ATRAVÉS DA MINHA JANELA

ATRAVÉS DA MINHA JANELA

Ariana Godoy

Tradução de Karoline Melo,
Lorrane Fortunato e Tamara Sender

Copyright © 2019 by Ariana Godoy
A autora é representada pelo Wattpad

TÍTULO ORIGINAL
A través de mi ventana

PREPARAÇÃO
Lara Berruezo
Luisa de Mello
Marcela Ramos

REVISÃO
Luíza Côrtes
Pedro Proença

DIAGRAMAÇÃO
Ilustrarte Design e Produção Editorial

ARTE DE CAPA
Penguin Random House Grupo Editorial / Manuel Esclapez

FOTO DE CAPA
© Koki Jovanovic / © Stocksy

ADAPTAÇÃO DE CAPA
Julio Moreira | Equatorium Design

CIP-BRASIL. CATALOGAÇÃO NA PUBLICAÇÃO
SINDICATO NACIONAL DOS EDITORES DE LIVROS, RJ

G532a

    Godoy, Ariana, 1990-
       Através da minha janela / Ariana Godoy ; tradução Karoline Melo, Lorrane
Fortunato, Tamara Sender. - 1. ed. - Rio de Janeiro : Intrínseca, 2022.
       448 p. ; 21 cm. (Os irmãos Hidalgo ; 1)

       Tradução de: A través de mi ventana
       ISBN 978-65-5560-511-2

       1. Romance venezuelano. I. Melo, Karoline. II. Fortunato, Lorrane. III. Sender,
Tamara. IV. Título. V. Série.

22-75353

CDD: 868.99383
CDU: 82-31(87)

Meri Gleice Rodrigues de Souza - Bibliotecária - CRB-7/6439

[2022]
Todos os direitos desta edição reservados à
EDITORA INTRÍNSECA LTDA.
Av. das Américas, 500, bloco 12, sala 303
22640-904 – Barra da Tijuca
Rio de Janeiro – RJ
Tel./Fax: (21) 3206-7400
www.intrinseca.com.br

1

A SENHA DO WI-FI

Tudo começou com a senha do wi-fi.

Sim, parece algo simples e sem importância, mas não é. Hoje em dia, a senha do wi-fi é mais valiosa que muitas coisas. A internet por si só já é um tanto viciante. E a internet sem fio é praticamente como ter seu próprio traficante dentro de casa. Conheço gente que prefere não sair a ter que perder sua valiosa conexão wi-fi.

Para mostrar a importância do wi-fi, quero contar a história envolvendo meus vizinhos dos fundos: os Hidalgo. Minha mãe veio do México para os Estados Unidos quando estava grávida de mim, e embora tenha sido uma grande luta até chegar a esta cidadezinha na Carolina do Norte, socializar com nossos vizinhos nunca foi um problema. Exceto com os Hidalgo. Por quê? Bem, eles são pessoas endinheiradas, fechadas e detestáveis. Se chegamos a nos cumprimentar três vezes, foi muito.

A família deles é formada pela sra. Sofía Hidalgo, seu marido Juan e os três filhos: Ártemis, Ares e Apolo. Seus pais são obcecados por mitologia grega. Não consigo nem imaginar o que esses coitados passam na escola, e não devo ser a única que reparou nos nomes peculiares. Como sei tanto sobre eles se nem nos falamos? Bem, a razão tem nome e sobrenome: Ares Hidalgo.

Suspiro só de pensar, e corações imaginários flutuam ao meu redor.

Ares não estuda no meu colégio, e sim em uma prestigiada escola particular. Mesmo assim, arquitetei um horário para vê-lo. Digamos que tenho uma obsessão não muito saudável por ele.

Ares é meu amor platônico desde que o vi brincando com uma bola de futebol no quintal dos fundos da casa dele, quando eu tinha só oito anos. Mas minha obsessão foi diminuindo com o tempo, porque nunca troquei uma palavra com ele, nem sequer um simples olhar. Acho que Ares nunca notou minha presença, embora eu o "persiga" um pouco; com ênfase no "um pouco" — não é motivo para se preocupar.

O pouco contato que tenho com meus vizinhos está prestes a mudar, já que o wi-fi não só é imprescindível, como tem a capacidade de unir mundos diferentes.

Uma música do Imagine Dragons ecoa por todo o meu pequeno quarto enquanto eu canto e termino de tirar os sapatos. Acabo de chegar do meu trabalho de férias e estou exausta; as pessoas acham que, por eu ter dezoito anos, deveria estar cheia de energia, mas não é bem assim. Minha mãe diz que tem muito mais energia que eu, e ela está certa. Estico os braços, bocejando. Rocky, meu cachorro, um husky siberiano, me imita do meu lado. Dizem que os cachorros se parecem com os donos. Bom, Rocky é minha encarnação canina, e juro que às vezes ele faz os mesmos gestos que eu. Rondando o quarto, meus olhos se detêm nos pôsteres com mensagens motivacionais nas paredes. Meu sonho é ser psicóloga para poder ajudar as pessoas, e espero conseguir uma bolsa de estudos.

Vou até a janela para contemplar o entardecer. É meu momento favorito do dia, adoro observar em silêncio o sol desaparecendo no horizonte e abrindo caminho para a chegada da lua esplendorosa. É como se os dois tivessem um ritual secreto, um pacto em que prometeram nunca se encontrar, mas sempre compartilhar o céu majestoso. Meu quarto fica no segundo andar, então tenho uma vista maravilhosa.

No entanto, quando abro as cortinas, não é exatamente o entardecer que me surpreende, mas a pessoa sentada no quintal dos fundos dos meus vizinhos: Apolo Hidalgo. Já faz muito tempo que não vejo um deles no quintal, e não posso culpá-los pela falta de privacidade, já que a casa fica a poucos metros da cerca entre nós.

Apolo é o mais novo dos três irmãos, tem quinze anos e, pelo que ouvi, é um garoto bonzinho, ao contrário dos outros. Sem dúvida, o gene da beleza está presente nessa família, porque os três irmãos são muito bonitos, e o pai não foge à regra. Apolo tem cabelo castanho-claro e um rosto bem delineado que esbanja inocência, os olhos são cor de mel, como os do pai.

Apoio meus cotovelos na janela e fico o observando. Percebo que está com um notebook no colo e parece escrever alguma coisa com certa urgência.

Onde estão seus modos, Raquel?, ouço mentalmente a voz da minha mãe me repreendendo. Eu deveria cumprimentá-lo?

Óbvio, é seu futuro cunhado.

Pigarreio e preparo meu melhor sorriso.

— Boa tarde, vizinho! — grito, dando um tchauzinho.

Apolo levanta o rosto, que se estica em uma expressão de surpresa.

— Ah! — Ele se levanta de repente, jogando o notebook no chão. — Merda! — xinga, pegando-o imediatamente e verificando seu estado.

— Tudo bem aí? — pergunto, me referindo ao computador, que parece caro.

Apolo solta um suspiro de alívio.

— Sim, tudo bem.

— Sou a Raquel, sua vizi…

Ele dá um sorriso fofo.

— Eu sei quem você é, somos vizinhos a vida inteira.

Com certeza ele sabe quem eu sou. Não faz papel de boba, Raquel!

— Pois é — murmuro, envergonhada.

— Preciso ir. — Ele recolhe a cadeira. — Ah, obrigado por nos dar a senha do wi-fi. Vamos ficar sem internet uns dias por causa da instalação de um serviço novo. É muito legal da sua parte compartilhar sua internet.

Fico paralisada.

— Compartilhar minha internet? Do que você está falando?

— Você está compartilhando seu wi-fi com a gente, por isso estou aqui no quintal. O sinal não pega dentro de casa.

— O quê? Mas eu nem dei a senha para vocês... — Mal consigo falar de tão confusa.

Apolo franze a testa.

— Ares me disse que você deu a senha para ele.

Meu coração dispara quando escuto o nome.

— Nunca troquei uma palavra com seu irmão.

Podem ter certeza de que eu me lembraria com riqueza de detalhes se tivesse falado com ele.

Apolo parece se dar conta de que não estou sabendo dessa história, e suas bochechas ficam vermelhas.

— Desculpa. Ares me disse que você tinha dado a senha, por isso estou aqui. Desculpa mesmo, de verdade.

Balanço a cabeça.

— Tudo bem, você não fez nada.

— Mas se não foi você quem deu, como ele tem a senha? Acabei de usar a sua internet.

Coço a cabeça.

— Não sei.

— Bem, isso não vai se repetir, desculpa mais uma vez. — Com a cabeça baixa, ele desaparece por entre as árvores do quintal.

Fico pensativa, olhando o lugar onde Apolo estava sentado. O que foi isso? Como Ares tem minha senha do wi-fi? Isso está se transformando num mistério policial, e já posso até imaginar o título: *O caso da senha do wi-fi*. Balanço a cabeça, tentando afastar essas ideias loucas.

Fecho a janela e me recosto nela. Minha senha é constrangedora, e Apolo sabe qual é. Que vergonha! Como ele conseguiu?

Não faço a mínima ideia. Ares não só é o mais bonito dos três irmãos, como também é o mais introvertido e fechado.

— Raquel! O jantar está pronto!

— Já vou, mãe!

Isso não vai ficar assim, vou descobrir como Ares conseguiu a senha. Vai ser minha própria investigação no estilo *CSI*. De repente até compro uns óculos escuros para parecer um detetive profissional.

— Raquel!

— Estou indo!

Projeto senha do wi-fi iniciado.

2

O VIZINHO DETESTÁVEL

Odeio que me incomodem quando estou dormindo. É uma das poucas coisas que não suporto. Normalmente, sou uma pessoa tranquila e pacífica, mas é só me acordarem para verem meu lado obscuro. Por isso, quando sou acordada por uma melodia desconhecida, não posso deixar de soltar um resmungo contrariado. Fico revirando na cama, cobrindo a cabeça com o travesseiro, mas o estrago já foi feito e não consigo pegar no sono outra vez. Irritada, jogo o travesseiro para o lado e me sento, murmurando palavrões. De onde vem esse barulho infernal?

Resmungo, amuada. É meia-noite. Quem será que está fazendo barulho a esta hora? Não é nem fim de semana. Vou como um zumbi até a janela, a brisa fresca entrando pela cortina me dá calafrios. Estou acostumada a dormir com o vidro aberto porque nunca tive problemas com barulhos à noite. Pelo visto, isso mudou. Reconheço a música: "Rayando el sol", do Maná. Coçando a cabeça, abro as cortinas para descobrir de onde vem. Fico paralisada ao notar alguém sentado na pequena cadeira do quintal dos Hidalgo, mas dessa vez não é Apolo. Meu coração dispara quando me dou conta de que é ninguém menos que Ares.

Me faltam palavras, e fôlego, para descrever Ares. Ele é o garoto mais charmoso que já vi na vida, e olha que já vi muitos.

É alto, atlético, de pernas perfeitamente definidas e uma bunda linda de morrer. Seu rosto tem feições gregas, com maçãs do rosto aristocráticas e um lindo nariz que parece desenhado. Os lábios são carnudos e dão a impressão de estarem úmidos o tempo todo. O lábio superior forma um arco parecido com a parte de cima de um coração, e o de baixo tem um piercing quase imperceptível. Seus olhos me tiram o fôlego todas as vezes. São de um azul profundo com um lampejo verde impressionante. O cabelo é preto-azeviche, em contraste com sua pele branca e suave, e os fios caem despreocupadamente na testa e nas orelhas. No braço esquerdo, ele tem uma tatuagem de um dragão cheio de curvas; dá para ver que é profissional e bem-feita. Ares parece envolvido por uma aura de mistério e perigo, o que deveria me afastar dele, mas, pelo contrário, me atrai com uma força que me tira o ar. Está de short, tênis Converse e uma blusa tão preta quanto seu cabelo. Fico observando que nem boba ele digitar algo no notebook enquanto morde o lábio. Que sexy!

Mas então algo acontece. Ares levanta o rosto e me vê. Seus lindos olhos azuis encontram os meus, e meu mundo para. Nós nunca tínhamos trocado um olhar tão direto. Sem querer, enrubesço na hora, mas não consigo virar o rosto.

Ares ergue a sobrancelha, os olhos frios como gelo.

— Está precisando de alguma coisa? — Sua voz soa sem emoção.

Engulo em seco, tentando encontrar a minha. Seu olhar me paralisa. Como alguém tão jovem pode ser tão intimidador?

— Eu... Oi — digo, gaguejando.

Ele não responde nada, só fica me olhando, e isso me deixa mais nervosa.

— Eu... é... sua música me acordou — acrescento.

Estou falando com Ares. Meu Deus! Não desmaie, Raquel. Respire.

— Você tem boa audição, então. Seu quarto fica bem longe.

É só isso? Ele não vai pedir desculpas por ter me acordado? Ele volta a digitar no computador. Franzo os lábios, irritada.

Após alguns minutos, ele percebe que não fui embora e volta a me encarar com a sobrancelha arqueada.

— Está precisando de alguma coisa? — repete ele, com um tom aborrecido.

Isso me dá coragem de falar.

— Estou. Na verdade, eu queria falar com você. — Ele faz um gesto para que eu continue. — Você está usando meu wi-fi?

— Estou. — Ele nem hesita.

— Sem minha permissão?

— Sim.

Meu Deus, como ele é irritante!

— Pois não deveria.

— Eu sei.

Ele dá de ombros, deixando óbvio que pouco se importa.

— Como conseguiu minha senha?

— Sei bastante de informática.

— Então quer dizer que foi de um jeito ilegal.

— Sim, tive que hackear seu computador.

— E você diz isso assim, tranquilamente.

— A sinceridade é uma das minhas qualidades.

Trinco a mandíbula.

— Você é um… — Ele espera meu insulto, mas seus olhos afetam minha mente e não consigo pensar em nada original, então recorro ao tradicional: — Você é um idiota.

Ele me lança um breve sorriso.

— Que insulto! Pensei que você fosse mais criativa depois que descobri sua senha.

Minhas bochechas esquentam e só consigo pensar no quanto devo estar vermelha. Ele sabe minha senha, meu amor não correspondido desde a infância sabe minha senha ridícula do wi-fi.

— Teoricamente não era para ninguém saber — respondo, abaixando a cabeça.

Ares fecha o notebook e se concentra em mim, achando graça.

— Sei muitas coisas sobre você que não era para eu saber, Raquel.

Ouvir meu nome sair da boca dele me dá um frio na barriga. Tento manter a pose de durona.

— Ah, é? Tipo o quê?

— Tipo esses sites que você acessa quando todo mundo está dormindo.

Abro a boca, surpresa, mas fecho depressa. Ai, meu Deus! Ele viu meu histórico de navegação! Estou quase tendo um treco de tanta vergonha. Visitei vários sites pornôs por curiosidade, só curiosidade.

— Não sei do que você está falando.

Ares sorri.

— Sabe, sim.

Não gosto do rumo que essa conversa está tomando.

— Enfim, a questão não é essa. Para de usar meu wi-fi e de fazer barulho.

Ares se levanta da pequena cadeira.

— Ou o quê?

— Ou... vou te denunciar.

Ares começa a rir, e sua risada é rouca e sexy.

— Me denunciaria para sua mãe? — pergunta, num tom debochado.

— Sim, ou para a sua. — Me sinto segura aqui, longe dele, mas acho que não seria tão corajosa se estivéssemos frente a frente.

Ele enfia as mãos nos bolsos.

— Vou continuar usando seu wi-fi e você não tem como me impedir.

— Tenho, sim.

A tensão em nosso olhar é implacável.

— Não há nada que você possa fazer. Se contar à minha mãe, eu vou negar e ela vai acreditar em mim. Se contar à sua, eu mostro a ela os sites que você vê escondida.

— Está me chantageando?

Ele esfrega o queixo como se estivesse pensando.

— Eu não chamaria de chantagem, é mais como um acordo. Consigo o que eu quero, e, em troca, você tem meu silêncio.

— Seu silêncio sobre informações que você conseguiu ilegalmente. Não é justo.

Ares dá de ombros.

— Nunca ouviu falar que a vida não é justa? — Trinco os dentes para conter a raiva. Ele é insuportável, mas fica lindo sob o luar. — Se você não tem mais nada a dizer, voltarei para o meu computador, estava fazendo uma coisa importante. — Ares dá meia-volta, pega o notebook e senta na cadeira.

Fico olhando para ele que nem trouxa, sem saber se é por achá-lo um idiota ou porque os sentimentos que eu tinha por ele quando criança não passaram totalmente. De qualquer forma, preciso voltar para dentro, o frio da noite não é nada agradável. Fecho a janela e, derrotada, me enfio nas cobertas quentinhas. Meu iPhone vibra na mesinha de cabeceira e eu o pego, espantada. Quem me enviaria uma mensagem a esta hora?

Quando desbloqueio a tela, dou um suspiro de surpresa.

> **Número desconhecido**
> Boa noite, bruxa.
> Atenciosamente,
> Ares

Solto um grunhido de frustração. Quem ele está chamando de bruxa? E como tem meu número? Pelo visto, as coisas com Ares não estão nem perto de terminar, mas ele está muito enganado se acha que ficarei de braços cruzados.

Você se meteu com a vizinha errada!

3

O TREINO DE FUTEBOL

— Como é que é?

Daniela, minha melhor amiga de infância, quase cospe sua bebida na minha cara. Estamos no café mais badalado da cidade.

— Sim, é exatamente o que você ouviu — confirmo e suspiro, brincando com o canudo do meu suco de laranja.

Daniela abre um sorriso como se tivesse ganhado na loteria. Seu cabelo preto emoldura o rosto, daquele tipo que, mesmo despenteado, fica bonito. Que inveja! Das boas, certamente.

Daniela faz parte da minha vida desde que me entendo por gente; nossa amizade começou no jardim de infância, quando ela enfiou um lápis no meu ouvido. Sim, foi um início pouco convencional, mas somos assim, nada convencionais e meio doidas. De alguma forma, nos moldamos uma à outra de um jeito perfeito e sincronizado. Se isso não é uma amizade eterna, então não sei o que é.

Dani não tira o sorriso besta do rosto.

— Por que você parece tão desanimada com essa história? É o Ares, seu amor não correspondido desde que você tinha uns sete anos.

— Já te disse como ele me tratou.

— Mas pelo menos te tratou, Raquel, falou com você, notou sua existência neste mundo. Já é um começo, muito melhor do que só vê-lo de longe, que nem uma obcecada.

— Não sou obcecada por ele!

Dani revira os olhos.

— Ah, não? Vai querer negar logo para mim, que já te viu observando o garoto escondida?

— Não foi nada disso. Foi totalmente por acaso que fiquei olhando o Ares de longe, enquanto caminhava pelo centro.

— Você estava caminhando ou se escondendo atrás de um arbusto?

— Enfim — interrompo o assunto porque não está nada bom para o meu lado. — Preciso que você me ajude. Tenho que arranjar um jeito de impedir que ele use meu wi-fi, porque não quero que ele saia impune dessa história.

— Por que não muda a senha?

— Para que ele volte a hackear meu computador? Não, obrigada.

Dani pega seu estojo de maquiagem e se olha no espelho, ajeitando o cabelo.

— Sinceramente, não sei o que dizer, amiga. E se pedirmos a ajuda do Andrés?

— Está brincando? E, pela última vez, Dani, é André, sem o "s".

— Ah, dá no mesmo. — Ela tira do estojo um batom vermelho um tanto chamativo e começa a passar. — Ele é bom nessas coisas de informática, não? Não é à toa que é o nerd da turma.

— Você realmente precisa fazer isso aqui? Não estamos na sua casa — comento, embora eu saiba que estou perdendo meu tempo. — E sim, acho que ele entende desses assuntos, já que ajudou a Francis no projeto dela de informática.

— Viu só? Então é isso. — Dani guarda a maquiagem e se levanta. — Está vendo como eu sempre arrumo uma solução? — Abro a boca para falar, mas ela continua: — E mais: sabe qual é meu conselho para isso?

— Que eu o supere?

— Sim, você está perdendo seu tempo, sério.

— É que ele é tão... — suspiro — perfeito.

Dani ignora minha declaração.

— Tenho que ir ao banheiro. Já volto.

Ela dá meia-volta e se afasta, ganhando vários olhares de uns garotos das outras mesas quando passa. Dani tem muito talento para se arrumar, e para completar é alta e tem um corpo esbelto. Posso dizer que minha melhor amiga é uma das meninas mais populares do colégio.

Brinco com meu canudo quando termino o suco de laranja. Faz um calor infernal, mas eu adoro. Não quero que o verão acabe, porque isso significa voltar às aulas e, para ser sincera, o último ano do ensino médio me assusta um pouco.

Ares volta a invadir minha mente, e eu me pego lembrando de sua voz com aquele sorriso arrogante da noite anterior. Eu sabia que ele não era o melhor cara do mundo. Quando o observei, pude notar como ele é frio e meticuloso fazendo as coisas. É como se fosse um robô, incapaz de sentir. Parte de mim tem esperança de que eu esteja enganada e que lá no fundo ele seja doce, ou algo do gênero.

O alarme do meu celular toca: treino de futebol. Um sorriso surge em meus lábios. É de conhecimento geral que toda terça e quinta, às cinco da tarde, o time da escola de Ares tem treino de futebol num campo público perto do meu bairro.

Guardo o aparelho na bolsa e pago a conta. Encosto na parede em frente ao banheiro para esperar Dani e fico mexendo os pés com impaciência até minha melhor amiga resolver dar o ar da graça.

Dani ergue a sobrancelha.

— Pensei que jantaríamos aqui.

— Treino de futebol.

— Está me dizendo que vai me abandonar para ver um monte de garotos lindos e gostosos, talvez sem camisa? — pergunta ela, mas sei que está brincando.

— Quer ir?

— Não, ficar perseguindo garotos de longe não é minha praia, sou mais de partir logo para a ação, você sabe. — Ela pisca para mim.

— Para de esfregar toda a sua experiência na minha cara — digo, fingindo estar chateada.

— E, você, para de ser uma virgem. — Ela faz uma careta, dando a língua.

— Bem, talvez eu não seja mais. — Também dou a língua.

— Sim, lógico, parou de guardar sua virgindade para esse seu amor platônico.

— Dani! Eu não estou guardando nada para ele.

Ela desvia o olhar.

— Tá bom, vai logo. Deus me livre você perder a oportunidade de vê-lo sem camisa por minha culpa.

— Ele nunca tira a camisa — murmuro.

Dani ri.

— É que ele tem medo de você, garota safada.

— Dani!

— Vou ficar quieta. Vai lá, a gente janta outro dia, tudo bem.

Com as bochechas em chamas, saio do café e vou para o campo de futebol. Dani está louca, sempre fala desse jeito para implicar comigo. Apesar de eu não ter experiência com garotos, sei o que importa sobre sexo. Mesmo assim, não consigo falar sobre isso sem enrubescer um pouco.

Ao chegar no campo, compro minha batida de abacaxi — minha preferida —, pego meus óculos escuros, puxo o capuz da minha jaqueta para cobrir o cabelo e me sento na parte da frente da arquibancada para aproveitar a vista. Além de mim, só há outras quatro garotas aqui.

Os jogadores entram em campo fazendo os alongamentos de rotina. Embora seja o time de futebol da prestigiada escola de Ares, eles são obrigados a treinar aqui durante o verão. Ares trota ao redor do campo, está usando um short preto e uma camiseta verde com os números 0 e 5 nas costas. Seus cabelos pretos balançam com o vento. Eu o observo que nem uma boba, esquecendo a conversa de ontem à noite.

Ele é tão lindo!

Quando o treino termina, ouve-se um estrondo no céu com um forte trovão e, sem aviso prévio, começa a chover. Gotas frias caem em mim; xingo internamente e ajusto o capuz na cabeça. Desço correndo as arquibancadas e chego depressa ao estacionamento. Os garotos estão prestes a sair, e assim corro o risco de que Ares me veja. Fico tão desesperada para sair logo dali que acabo esbarrando violentamente em alguém.

— Ai! — Levanto o rosto, apertando o nariz.

É um dos garotos do time, alto, de cabelos escuros e olhos claros, que parece ter saído de uma série de TV.

— Você está bem?

Faço que sim com a cabeça e desvio dele para continuar andando. E então acontece: escuto a voz do meu amor não correspondido de uma vida inteira.

— O que você está fazendo aqui parado na chuva? — Ouço Ares perguntar ao garoto de cabelos escuros atrás de mim.

— Tropecei numa garota estranha. Ela estava usando óculos de sol com um tempo desse.

Estranha é sua avó, penso, e tento ouvir a resposta de Ares em meio ao barulho da chuva, mas já estou longe. Essa foi por pouco.

Ando o mais depressa possível e suspiro de alívio quando vejo a saída do campo. Atravesso para a direita, que é a direção da minha casa. A chuva está forte, mas não vejo nada que sirva de abrigo, nem um ponto de ônibus. Escuto vozes e por instinto me enfio num beco. Contra a parede, me arrisco a dar uma olhada na rua.

Ares está conversando com uns colegas de time, todos com guarda-chuva. *Eu devia ter olhado a previsão do tempo!*

— Tem certeza de que não quer ir com a gente? — pergunta insistentemente o garoto em quem esbarrei.

Ares balança a cabeça.

— Não, tenho umas coisas para fazer em casa.

Os garotos vão embora, e Ares fica ali sozinho, parado na chuva, como se estivesse esperando algo. Estreito os olhos. O que será?

Quando ele decide andar, para minha surpresa, pega o sentido contrário ao de casa. Por que ele mentiu para os amigos? A curiosidade me faz tomar uma decisão nem um pouco sensata: segui-lo.

Está cada vez mais escuro, e nos afastamos do centro da cidade, entrando em ruas desertas. Que ideia péssima. Onde eu fui me meter? Nunca o havia seguido assim antes, mas quero saber por que ele mentiu, ainda que, para falar a verdade, não seja problema meu.

Ares segue sem hesitar, como se soubesse exatamente aonde vai. Atravessamos uma pequena ponte de madeira, e a brisa fresca da noite se faz presente enquanto as nuvens escuras engolem o que resta da luz do sol. Abraço meu corpo e umedeço os lábios. Aonde ele planeja ir nessa escuridão?

Já não consigo enxergar a estrada, apenas um caminho de terra que nos leva para dentro do bosque. Fico cada vez mais confusa, porque sei que aqui não tem nada além de árvores e escuridão. Ares pula uma cerca pequena do lugar mais inesperado: o cemitério da cidade.

Que inferno! Eu nem sabia que por esse caminho dava para chegar ao cemitério. E o que ele veio fazer? Ai, não. Minha imaginação vai longe de novo: ele é um vampiro e vem aqui para refletir se deve ou não matar sua próxima vítima. Ou, pior, ele sabe que está sendo seguido e me trouxe para chupar meu sangue até me deixar seca.

Não, não, não, eu não posso morrer virgem.

Hesitante, pulo a pequena cerca. Não posso acreditar que estou seguindo Ares dentro do cemitério. Maldita curiosidade!

Dizer que o cemitério tem um aspecto terrivelmente assustador é pouco; as nuvens carregadas que ainda ocultam o céu semiescurecido e os pequenos relâmpagos que iluminam os túmulos fazem com que eu me sinta num filme de terror.

Estúpida como sou, acompanho meu amor platônico por entre os túmulos e as árvores secas que se movem com o vento. Talvez ele tenha vindo visitar alguém, mas, que eu me lembre, ninguém próximo morreu na família de Ares. Podem acreditar: numa cidade pequena, nada escapa, todo mundo sabe de tudo. Ares começa a caminhar mais depressa, e eu me esforço para alcançá-lo mantendo uma distância prudente. Entramos em uma área de mausoléus que parecem pequenas casas para aqueles que já não estão entre nós. Ele vira uma esquina e eu me apresso para segui-lo, mas, quando faço a curva, Ares já não está mais lá.

Merda.

Mantendo a calma, atravesso o pequeno trecho entre os mausoléus, mas não o vejo em parte alguma. Engulo em seco, com o coração disparado. Alguns relâmpagos seguidos de um trovão me fazem pular de susto. Eu sabia que essa era uma péssima ideia. Como pude segui-lo até o cemitério no fim do dia? Dou a volta, tentando percorrer os pequenos caminhos entre os túmulos por onde entrei. Preciso sair daqui antes que uma dessas almas decida vir atrás de mim.

Isso que dá ser tão curiosa, eu mereço. Mais um relâmpago, mais um trovão, e meu pobre coração já está à beira de um colapso. Passo diante de uma cripta e escuto ruídos estranhos.

Merda, merda, merda.

Não vou ficar aqui para descobrir quem ou o que é. Aperto o passo quase correndo, mas, como fico estabanada quando estou com medo, tropeço na raiz de uma árvore e caio de quatro no chão. Me sento, sacudindo as mãos, até que de repente sinto algo ou alguém atrás de mim. A sombra se projeta à minha frente, uma sombra sem forma.

Dou um grito, tão alto que minha garganta fica ardendo depois. Levanto depressa, em pânico, e me viro, pronta para começar a rezar, até que o vejo.

Ares.

4

O CEMITÉRIO

Ares está diante de mim com seu casaco azul-escuro do time de futebol, que esconde a camiseta verde do treino, segurando um guarda-chuva e com a outra mão no bolso do short preto. Não vejo nada além do que ele é: um garoto rico, atleta e cheio de classe.

Parece tranquilo, como se não tivesse acabado de quase me matar de susto. É a primeira vez que fico frente a frente com ele dessa maneira, sua altura me intimida e seu olhar me atravessa, intenso e congelante.

— Você me assustou — digo em tom acusador, com a mão no peito.

Ele não responde, fica ali me observando em silêncio.

Passam alguns segundos que mais parecem anos, até que um sorriso brincalhão surge em seus lábios carnudos.

— Você mereceu.

— Por quê?

— Você sabe por quê.

Ele me dá as costas e começa a caminhar de volta aos mausoléus.

Ah, não, sem chance de eu ficar aqui sozinha.

— Espera!

Corro atrás dele, que me ignora, mas aparentemente não se incomoda que eu o siga feito um cãozinho perdido.

Ares chega a um clarão e senta sobre um túmulo, colocando de lado seu guarda-chuva. Fico ali parada olhando que nem uma idiota. Ele tira do bolso um maço de cigarros e um isqueiro. Não me surpreende, sei que ele fuma. Que tipo de garota obcecada eu seria se não soubesse disso?

Ele acende um cigarro e dá uma tragada, deixando a fumaça branca sair lentamente da boca. Seus olhos estão voltados para a paisagem à frente, e ele parece absorto em pensamentos. Então veio até aqui para isso? É uma longa caminhada só para fumar. Se bem que faz sentido, afinal seus pais não gostariam de saber que o filho de ouro e esportista fuma, e sei que ele faz isso com muita cautela e às escondidas.

— Vai ficar aí parada a noite toda?

Como uma pessoa tão jovem pode ter uma voz tão fria?

Sento num túmulo em frente a ele, mantendo certa distância. Seus olhos se fixam em mim enquanto ele solta a fumaça. Engulo em seco, não sei o que estou fazendo, mas não tenho como ir embora sozinha nesse escuro.

— Só estou esperando você para não voltar sozinha. — Sinto necessidade de esclarecer por que ainda estou aqui.

A luz das pequenas luminárias laranja do cemitério se reflete nele, que me lança um sorriso torto.

— O que você está fazendo aqui, Raquel? — Escutá-lo dizer meu nome provoca uma estranha sensação oscilante em minha barriga.

— Vim visitar um parente.

Mentirosa, mentirosa.

Ares arqueia a sobrancelha.

— Ah, é? Quem?

— Meu… Um parente distante.

Ares faz que sim com a cabeça, jogando o cigarro no chão e pisando nele.

— Sei. E você decidiu vir sozinha visitar esse parente, debaixo de chuva e à noite?

— Sim, não me dei conta de que já estava tão tarde.

Ares se inclina, apoiando os cotovelos nos joelhos e me encarando.

— Mentirosa.

— O que disse?

— Nós dois sabemos que você está mentindo.

Brinco com minhas mãos no colo.

— Óbvio que não.

Ele se levanta e eu me sinto indefesa sentada diante dele, então acabo me levantando também. Estamos frente a frente outra vez, e minha respiração fica acelerada e inconstante.

— Por que você está me seguindo?

Umedeço os lábios.

— Não sei do que você está falando.

Ares se aproxima de mim e eu recuo covardemente até bater em um mausoléu logo atrás. Ele coloca a mão na parede ao lado da minha cabeça, me fazendo pular.

— Não tenho tempo para seus joguinhos estúpidos. Me responda.

Minha respiração está desenfreada.

— É sério, não sei do que você está falando. Só vim visitar meu... Alguém que...

— Mentirosa.

Ele está perto demais. Assim meu coração não aguenta.

— Esta é uma cidade livre. Posso caminhar onde eu quiser.

Ares segura meu queixo, me forçando a levantar a cabeça e olhar para ele. Sinto sua mão quente na minha pele fria. Fico sem fôlego, o cabelo meio molhado está grudado no belo rosto pálido e perfeito, seus lábios estão naturalmente vermelhos e úmidos. Isso é demais para o meu pequeno ser. A duras penas, tudo que eu conseguia era observá-lo de longe; tê-lo assim tão perto é realmente demais para mim.

Ele esboça um sorriso presunçoso.

— Acha que não sei sobre sua ligeira obsessão infantil por mim?

A vergonha incendeia minhas bochechas e eu tento baixar o rosto, mas ele mantém meu queixo parado com gentileza.

— Me solta — exijo, segurando o pulso dele para afastar sua mão.

Mas Ares se mantém diante de mim, sem recuar, seu olhar descontrolando meu coração.

— Você não vai a lugar algum até me responder. — Ele soa decidido.

— Não sei do que você está falando — repito, tentando ignorar o calor que emana de seu corpo e esquenta o meu.

— Vamos refrescar sua memória, então. — Não gosto nem um pouco do rumo que a conversa está tomando. — Você me persegue há muito tempo, Raquel. — Escutá-lo dizer meu nome me dá calafrios. — A imagem de fundo do seu computador são fotos minhas que você roubou do meu Facebook, e a senha do seu wi-fi tem meu nome.

Fico sem palavras. Ele sabe de tudo. Dizer que estou envergonhada é pouco, minha vergonha já está em outro nível.

— Eu... — Não sei o que dizer. Sabia que existia a possibilidade de que Ares soubesse da minha obsessão, já que hackeou meu computador.

Sentimentos contraditórios me invadem. Ele está se achando, completamente no controle da situação. Dá para ver o deboche e a superioridade estampados em seu rosto. Está adorando me colocar contra a parede e me envergonhar dessa maneira. Espera que eu negue, que baixe a cabeça e o deixe rir da minha humilhação.

Então algo em mim muda, e a chama do desafio se acende. Não quero dar a ele esse gostinho, estou cansada de ser a garota tímida que se esconde atrás de piadinhas e frases sarcásticas. Sinto necessidade de provar para esse garoto lindo à minha frente que ele está enganado sobre mim, que tudo que ele julga saber é pura mentira, que sou uma garota forte, independente e extrovertida. Esse lado afrontoso costuma vir à tona quando me sinto encurralada; é uma espécie de mecanismo de defesa. Chega de me esconder nas sombras, chega de não dizer a ninguém o que penso e sinto, por medo de ser rejeitada e deixada de lado.

Então levanto o rosto e encaro seus olhos azuis, que são como o infinito.

— Sim, eu persigo você.

Dizer que Ares fica perplexo é pouco. Sua expressão de deboche e vitória desaparece, substituída por pura confusão. Suas mãos soltam as minhas e ele dá um passo para trás, atordoado.

Dou um sorriso torto e cruzo os braços.

— Por que está tão surpreso, gatinho?

Ele não diz nada.

Senhoras e senhores, eu, Raquel Mendoza, deixei meu crush de uma vida inteira sem palavras.

Ares se recupera, passando a mão pelo queixo como se estivesse assimilando tudo.

— Por essa eu não esperava, tenho que admitir.

Dou de ombros.

— Eu sei.

Não consigo tirar do rosto o sorriso estúpido provocado pela sensação de estar no controle da situação.

Ares umedece os lábios.

— E posso saber por que você me persegue?

— Isso não está na cara? — respondo, achando graça. — Porque eu gosto de você.

Os olhos arregalados de Ares ameaçam sair de suas órbitas.

— Desde quando você é tão… direta?

Desde que você me encurralou e quis me constranger.

Passo a mão por meus cabelos úmidos e dou uma piscadinha para Ares.

— Desde sempre.

Ele ri baixinho.

— Pensei que você fosse uma garota calada e introvertida que se faz de santa, mas pelo visto você até que é interessante.

— Até que sou interessante? — pergunto, bufando. — Sou a garota mais interessante que você já conheceu na vida.

— E pelo visto também tem uma ótima autoestima.

— Pois é.

Ares se aproxima de mim novamente, mas desta vez eu não recuo.

— E o que será que essa menina tão interessante quer de mim?

— Você não consegue deduzir? Pensei que tivesse o QI mais alto da cidade.

Ares desata a rir, e sua risada ecoa por alguns mausoléus.

— É impressionante tudo o que você sabe sobre mim, e sim, lógico que posso deduzir, mas quero que você mesma diga.

— Acho que já falei o suficiente, agora é com você adivinhar o que eu quero.

Ares se inclina até que nossos rostos fiquem a poucos centímetros de distância. Tê-lo tão perto ainda me afeta, e eu engulo em seco.

— Quer conhecer meu quarto? — O tom sugestivo não passa despercebido, então eu o empurro e balanço a cabeça.

— Não, obrigada.

Ares franze a testa.

— O que você quer, então?

— Uma coisa muito simples — respondo casualmente —, que você se apaixone por mim.

Pela segunda vez na noite, Ares ri. Não sei o que ele vê de tão engraçado, porque não estou de brincadeira, mas não reclamo, porque o som da sua risada é maravilhoso. Quando ele para de rir, me lança um olhar ofendido.

— Você está louca. Por que eu me apaixonaria? Você nem faz meu tipo.

— Isso é o que veremos. — Pisco para ele. — E talvez eu esteja louca mesmo, mas minha determinação é impressionante.

— Isso dá para ver.

Ele dá meia-volta e retorna ao túmulo onde estava sentado.

Na tentativa de aplacar a tensão entre nós, decido falar.

— Por que veio aqui a esta hora?

— É tranquilo e vazio.

— Você gosta de ficar sozinho?

Ares me olha enquanto põe outro cigarro entre os lábios vermelhos que eu gostaria de provar.

— Digamos que sim.

Percebo que sei muito pouco sobre ele, apesar de tanto tempo de obsessão.

— E o que ainda está fazendo aqui?

Fico ofendida com a pergunta. Por acaso ele quer me expulsar?

— Tenho medo de voltar sozinha.

Ares exala a fumaça do cigarro e toca no espaço ao seu lado antes de falar.

— Vem cá, senta aqui. Não precisa ter medo de mim, porque numa situação tão bizarra quanto esta quem deveria estar assustado sou eu, pequena perseguidora.

Engulo em seco, enrubescendo, mas obedeço como uma marionete. Me sento a seu lado, e ele continua fumando. Permanecemos em silêncio por um tempo. Não posso acreditar que eu tenha dito todas essas coisas para Ares. Um calafrio percorre meu corpo e eu estremeço um pouco. Já é noite, e, apesar de estar escuro, consigo enxergar claramente. A lua já abriu caminho entre as nuvens escuras, iluminando o cemitério. Não é a paisagem mais romântica do mundo, mas estar ao lado de Ares a deixa tolerável.

Dou uma conferida em seu perfil, enquanto ele olha o horizonte. Meu Deus, ele é tão gato. Como se sentisse meu olhar, Ares se vira para mim.

— O que foi?

— Nada. — Paro de olhar.

— Você gosta de ler, não gosta? — A pergunta me pega desprevenida.

— Gosto. Como você sabe?

— Seu computador tem muita informação, é como um diário eletrônico.

— Você ainda não pediu desculpas por ter me hackeado.

— Nem vou pedir.

— Sabe que violou leis federais, né?

— E você violou umas três ao me perseguir. Sabe disso também, não?

— Bem lembrado.

Meu celular toca e eu atendo rapidamente. É a Dani.

— Sua mãe está me perguntando a que horas você chega em casa.

— Diga que estou a caminho.

— Onde você se meteu? Sei que o treino de futebol já terminou há muito tempo.

— Estou... — começo a responder, lançando um olhar para Ares, que me retribui com um sorriso atrevido — na padaria. Estava louca por um donut.

Um donut muito gostoso.

— Um donut? Mas você odeia donuts...

Mordo os lábios.

— Só diga à minha mãe que estou a caminho. — Desligo antes que ela possa fazer outra pergunta.

Ares mantém o sorriso em seus lábios deliciosos, e eu me pego pensando em como seria beijá-lo.

— Você mentiu para sua melhor amiga. Por acaso sou seu segredo obscuro?

— Não, é que... explicar por telefone teria sido complicado. — Antes que ele pergunte mais sobre o que eu poderia dizer a Dani, falo: — Você pode... me acompanhar? Pelo menos até a rua, dali em diante posso ir sozinha.

— Sim, posso, mas isso tem um preço.

Ele se levanta.

— Um preço?

— Sim. — Ele aponta o guarda-chuva para mim, e tenho que chegar para trás para que a ponta não toque meu peito. — Que você me deixe te dar um beijo onde eu quiser.

Minhas bochechas queimam.

— É... isso é um preço alto, não acha?

— Está com medo? — provoca, em tom de deboche. — Esse papo de extrovertida e corajosa era pura encenação?

Estreito os olhos.

— Não, só acho um preço alto demais.

Ele dá de ombros.

— Então aproveite sua caminhada no escuro.

Ele se vira para voltar a se sentar; no entanto, olha para mim de soslaio, para confirmar que não vou embora. Mesmo que eu não permita o beijo, sei que ele não me deixaria ir sozinha. E a quem estou querendo enganar? Eu também quero esse beijo, cada parte de mim se incendeia só de imaginar.

— Espere — digo, mantendo a postura extrovertida. — Está bem.

Ares se vira para mim de novo.

— É sério?

— Sim!

Meu coração vai explodir a qualquer momento.

— P-podemos ir embora logo?

Ares passa a língua pelos lábios lentamente.

— Preciso do meu incentivo para começar o caminho de volta.

— Já disse que vou pagar seu preço.

O rosto dele fica a centímetros do meu.

— Você me dá sua palavra?

— Dou.

— Vejamos se isso é verdade.

— O que...? — Um gemido escapa da minha boca quando ele se inclina e enfia o rosto no meu pescoço, seu cabelo roçando minha bochecha. — Ares, o que você está...? — Minha voz falha. Na verdade, tudo em mim falha por causa da proximidade dele.

Sua respiração quente acaricia meu pescoço, despertando meus hormônios, e instintivamente chego mais perto.

— Está ansiosa, Raquel? — Ares diz meu nome bem no meu ouvido, provocando calafrios deliciosos em todo o meu corpo.

Não consigo acreditar que isso está acontecendo. O corpo de Ares junto ao meu, seu hálito quente no meu pescoço, sua mão na minha cintura. *Será que estou sonhando?*

— Você não está sonhando.

Merda! Falei em voz alta.

Morro de vergonha do que acabo de dizer, mas, assim que os lábios de Ares tocam meu pescoço, me esqueço de tudo. Ares vai deixando beijos molhados ao longo da minha pele, até que chega ao lóbulo da minha orelha e o chupa brevemente. Minhas pernas fraquejam e, se não fosse por ele me segurando com firmeza, eu já estaria no chão. O que Ares está fazendo comigo?

Estou tremendo, pequenos fios de prazer atravessam meu corpo, me deixando sem fôlego. Sinto uma pressão se formando embaixo do umbigo, e não consigo acreditar que estou sentindo tudo isso só com um beijo dele no meu pescoço. Sua respiração acelera. Pelo visto, não sou a única completamente envolvida na situação. Quando termina seu ataque a meu pescoço, Ares começa a beijar meu rosto e segue avançando pela minha bochecha, até que pressiona os lábios no canto dos meus. Abro a boca, na expectativa, esperando o contato, esperando seu beijo, que nunca chega.

Ares se afasta e me brinda com aquele sorriso presunçoso.

— Vamos embora.

Fico ofegante e um tanto abalada. *Você vai me deixar assim?*, quero perguntar, mas me contenho antes que a súplica saia de meus lábios.

Ares pega o guarda-chuva e sai andando sem parecer nem um pouco afetado pelo que acabou de acontecer. Recuperando o controle do meu corpo, eu o sigo relutantemente.

Percebo que algo começou esta noite, e não sei se conseguirei dar conta disso. Mas pelo menos vou tentar.

5

O MELHOR AMIGO

A volta não é tão desconfortável quanto eu esperava, mas, mesmo assim, estou nervosa, com as mãos tremendo. Parte de mim ainda não consegue acreditar que estou caminhando ao lado de Ares. Me mantenho um passo atrás dele para não ter que enfrentar seu lindo rosto que me desarma. No entanto, meus olhos curiosos percorrem seus braços definidos e suas pernas torneadas. Jogar futebol faz bem para ele, deixa Ares com um porte atlético, uma aparência forte. Fico admirando que nem boba e, quando ele me pega olhando, baixo o rosto, envergonhada.

Ares se vira para me espiar com um sorriso atrevido que me deixa sem ar.

Por que ele tem que ser tão absurdamente atraente? Por quê?

Resmungando, passo o restante do caminho com o rosto virado para a rua, e Ares, mexendo no celular. Ao chegarmos à porta da minha casa, o clima fica meio desconfortável. Ele para do meu lado e passa a mão no meu cabelo.

— Você chegou à sua caverna, bruxa.

— Para de me chamar assim.

— É só você se pentear com mais frequência.

Golpe baixo.

Imediatamente passo os dedos por meus cabelos embaraça-dos, tentando penteá-los.

— É culpa do clima.

Ares apenas sorri.

— Como queira — ele faz uma pausa —, bruxa.

— Muito engraçadinho.

Ares checa o celular como se estivesse vendo a hora.

— Entra logo, antes que sua mãe apareça e arraste você para dentro.

— Minha mãe não faria isso. Ela sabe como eu sou — rebato com arrogância. — Confia em mim.

E, como se tivesse me escutado, minha mãe grita lá de dentro:

— Raquel? É você?

— Merda! — Entro em pânico. — Bem... foi divertido, boa noite, tchau. — E saio andando.

— Não acabou de dizer que sua mãe sabe como você é?

— Raquel?

Eu me viro novamente para ele.

— Shhhh! — Faço um gesto com as mãos para que ele vá embora. — Vai logo! Se manda!

Ares ri, mostrando seus dentes perfeitos. Tem um sorriso lin-do, que eu poderia ficar olhando a noite inteira, mas minha mãe está a ponto de sair e armar um barraco. Ares faz um joinha.

— Está bem. Vou indo, bruxa obcecada.

— Apelido composto agora?

Ele abre um sorriso arrogante.

— Sou muito criativo, eu sei.

— Eu também sou, deus grego. — Assim que o suposto apelido sai da minha boca, eu me arrependo. *Deus grego? Sério, Raquel?*

— Gostei.

Óbvio que gostou, seu arrogante!

— Raquel!

Viro de costas novamente, e desta vez ele não diz nada, ape-nas se afasta enquanto eu abro a porta. Entro e me encosto na porta, um sorriso estúpido invadindo meu rosto. Passei um bom tempo com Ares, o garoto dos meus sonhos. Ainda não consigo acreditar.

— Raquel Margarita Mendoza Álvarez!

Você sabe que está ferrada quando sua mãe te chama pelo nome completo.

— Oi, mãezinha linda — respondo com o sorriso mais meigo que consigo esboçar.

Rosa María Álvarez é uma mulher trabalhadora, instruída e dedicada, é a melhor pessoa que conheço, mas como mãe pode ser bem rígida. Apesar de não passar muito tempo em casa por conta do trabalho — é enfermeira —, quando está gosta de controlar tudo e manter a ordem.

— Nada de mãezinha linda — diz ela, com o dedo apontado. — São dez da noite. Posso saber onde você estava?

— Pensei que tivéssemos combinado que eu poderia chegar até as onze durante o verão.

— Só no fim de semana — recorda ela. — Desde que você me diga onde e com quem está.

— Passei na padaria para comer um donut e…

— A padaria fecha às nove.

Pigarreio.

— Você não me deixou terminar. Fiquei do lado de fora da padaria, comendo o donut.

— E espera mesmo que eu acredite nisso?

Ponho as mãos na cintura.

— Foi isso que aconteceu, mãe. Você me conhece. O que mais eu poderia estar fazendo?

Deixando um garoto beijar meu pescoço no cemitério.

Minha mãe estreita os olhos, deixando-os bem pequenininhos.

— É bom que você não esteja mentindo para mim, Raquel.

— Jamais faria isso, mãezinha. — Dou um abraço e um beijo nela.

— Seu jantar está no micro-ondas.

— Você é a melhor mãe do mundo.

— E suba para dar um pouco de atenção ao seu cachorro. Ele está se arrastando pela casa, deprimido.

— Ownnn! Está sentindo minha falta.

— Ou com fome.

As duas coisas são possíveis.

Depois de esquentar e devorar minha comida, subo para o quarto e Rocky sai correndo para me receber, quase me derrubando. Ele não para de crescer.

— Oi, cachorrinho lindo, maravilhoso e peludinho. — Faço carinho em sua cabeça. — Quem é o cachorrinho mais lindo deste mundo? — Rocky lambe minha mão. — Isso mesmo, é você.

Meu celular apita no bolso da jaqueta e, fechando a porta do quarto com o pé, abro a mensagem. É de Joshua, meu melhor amigo. Faz dias que não o vejo porque passei muito tempo com a Dani, e os dois não se suportam.

> **Joshua BFF**
> Está acordada?

> Sim. O que houve?

Ouço o toque de chamada e atendo depressa.

— Oi, Rochi — diz ele num tom empolgado.

Joshua sempre me chamou de Rochi, um apelido carinhoso.

— Oi, Yoshi. — E eu o chamo pelo nome do dinossauro de *Super Mario*.

Ele se parece com Joshua e é fofo. Não são os apelidos mais adultos do mundo, mas em minha defesa devo dizer que os escolhemos quando ainda éramos crianças.

— Antes de mais nada, a louca não está com você, né?

— Não, a Dani deve estar em casa.

— Finalmente. Você me abandonou, já estou até me esquecendo da sua cara.

— Foram só quatro dias, Yoshi.

— É muito tempo. Enfim, o que acha de amanhã a gente maratonar *The Walking Dead*?

— Só se você jurar que não viu os novos episódios sem mim.

— Você tem minha palavra.

Ando pelo quarto.

— Combinado, então.

— Na minha casa ou na sua?

Olho o calendário na parede.

— Na minha. Minha mãe tem dois turnos seguidos amanhã, e a minha TV é maior.

— Tudo bem, então. A gente se vê amanhã, Rochi.

— Até amanhã.

Sorrio para o telefone e me lembro daqueles momentos em que eu pensava ter um crush em Joshua. Ele sempre foi o único garoto com quem interagi e compartilhei as coisas. Mas jamais me atreveria a pôr nossa amizade em risco, sem nem ter certeza do que sentia. Joshua é um garoto carinhoso, tímido e lindo; não extraordinário como Ares, mas lindo do seu próprio jeito. Usa óculos e um boné virado para trás que não tira nunca. Seu cabelo castanho rebelde fica escondido ali.

Distraidamente, eu me aproximo da janela. Será que Ares está ali no quintal roubando meu wi-fi? Meu coração dispara só de imaginá-lo sentado na cadeira, com o notebook no colo e aquele estúpido sorriso arrogante que lhe cai tão bem. Mas, quando abro as cortinas, só vejo a cadeira vazia, um pouco molhada da chuva da tarde.

Olho para a casa de Ares. Da minha janela, consigo vê-la muito bem, já que ele sempre deixa as cortinas abertas, e às vezes até acho que faz isso de propósito. Dou uma olhada para sua janela. A luz está acesa, mas não o vejo. Suspiro, decepcionada. Estou prestes a desistir quando ele enfim aparece, tirando a camisa. Enrubesço imediatamente ao ver aquele corpo definido.

Esse tanquinho sarado...

Esses braços fortes...

Essas tatuagens...
Esse "V" saindo da calça...
De repente fico com muito calor.

Baixo os olhos, envergonhada, mas me pego dando uma última olhada. Para minha surpresa, Ares está parado em frente à janela, me encarando.

Merda!

Eu me jogo no chão e me arrasto constrangida para longe da janela. Rocky inclina a cabeça, confuso.

— Não me julgue — digo, seriamente.

Meu celular apita, me dando um susto. Torço para que não seja Ares, zombando de mim.

Nervosa, abro a mensagem.

> **Ares <3**
> Gostou do que viu?

Sorrio e respondo:

> Não, só estava olhando a lua.

> Não dá para ver a lua, está nublado.

Como sou idiota!

> Só queria confirmar que nenhum vizinho está roubando meu wi-fi.

> Seu sinal não chega aqui.

Mas, gente, ele sabe de tudo?

> Só estava conferindo.

Passa um tempo, e imagino que ele não responderá mais, então tomo um banho e visto o pijama. Saio do banheiro, seco o cabelo com a toalha e vejo uma nova mensagem no meu celular.

Ares <3
Por que não vem aqui para conferir melhor?

A mensagem é de cinco minutos atrás e me pega de surpresa. Ares quer que eu vá até a casa dele? A essa hora? Por acaso ele... está me convidando para...
A toalha cai das minhas mãos.
Não.
Sou virgem, mas não sou estúpida, sei ler as entrelinhas.
Chega outra mensagem, me fazendo pular.

Ares <3
É divertido assustar você.
Boa noite, bruxinha obcecada.

Foi uma brincadeira?
Não acredito! Ares Hidalgo acaba de me chamar para ir até seu quarto fazer sabe-se lá o quê. Foi um convite sutil, mas mesmo assim. E o que mais me deixa confusa é o fato de eu ter hesitado em vez de sair correndo até lá. Pelo visto, sou muita falação e pouca ação, como diria Dani. Só falo, falo, mas, quando chega a hora, dou para trás.
Ah, Raquel, sua idiota!

6

O CONSELHO

— Ele não pode morrer! — grito para a tela da TV.

Isso é o que eu odeio em *The Walking Dead*, esse medo de que algum dos meus personagens favoritos possa morrer a qualquer instante.

Yoshi come Doritos do meu lado.

— O episódio vai acabar e não vamos saber quem morre.

Arranco o pacote das mãos dele.

— Fica quieto. Se acontecer isso, juro que não assisto mais essa série.

Yoshi revira os olhos e ajeita os óculos.

— Você diz isso desde a primeira temporada.

— Sou sensível, ok?

Nós dois estamos sentados no chão, com as costas apoiadas na cama. Faz calor, então coloquei um short e uma camiseta branca sem sutiã. Estou mais do que acostumada a ficar confortável perto de Yoshi, e sei que ele também não liga. Rocky dorme tranquilo ao lado da janela.

Meu quarto tem um tamanho razoável, com uma cama queen size, pôsteres dos meus ídolos espalhados pelas paredes roxas e, no alto, pisca-piscas que ficam lindos à noite. Em frente à cama fica a televisão, e de um lado, a janela, do outro, a porta do meu banheiro.

Estamos totalmente vidrados na TV quando o episódio termina e aparecem os créditos.

— Nãããããão! Eu odeio vocês, produtores e roteiristas de *The Walking Dead*! Odeio!

— Eu te falei — diz Yoshi, em um grunhido presunçoso. Bato na cabeça dele. — Ai! Não desconta em mim!

— Como eles podem fazer isso com a gente? Como podem encerrar assim? Quem vai morrer?

Yoshi esfrega minhas costas.

— Já passou, já passou — consola, entregando-me um copo com Pepsi gelada. — Toma, bebe.

— Vou morrer.

— Relaxa, é só uma série.

Arrasada, desligo a TV e me sento em frente a Yoshi. Parece inquieto e sei que não é por causa do episódio. Seus pequenos olhos cor de mel têm um brilho que nunca vi antes. Ele esboça um sorriso nervoso.

— Aconteceu alguma coisa?

— Sim.

O clima está pesado por alguma razão, não sei o que ele tem para me dizer, mas fico inquieta ao vê-lo hesitar tanto. O que está acontecendo? Quero perguntar, mas sei que preciso lhe dar tempo.

Yoshi passa a língua no lábio inferior e logo começa a falar:

— Preciso de um conselho seu.

— Pode falar.

Ele tira o boné, soltando o cabelo bagunçado.

— O que você faria se estivesse a fim de uma amiga?

Meu coração dá um pulo, mas tento agir com naturalidade.

— Descobriria que gosto de mulheres. — Sorrio, mas Yoshi não retribui.

Seu semblante fica ainda mais sério.

— Estou falando sério, Raquel.

— Ok, ok, desculpe, sr. Seriedade. — Ponho a mão no meu queixo como se pensasse profundamente. — Eu contaria a ela?

— Não teria medo de perder a amizade?

Então meu pequeno cérebro dá um clique, e me dou conta do que Yoshi está querendo dizer. Por acaso... essa *amiga*... sou eu? Yoshi não tem muitas amigas, só eu e algumas conhecidas. Ai... Meu coração está na boca, enquanto o fofo do meu melhor amigo da vida inteira me observa com atenção, esperando meu conselho.

— Tem certeza do que sente? — pergunto, brincando com meus dedos no colo.

Seus olhos lindos estão petrificados em mim.

— Sim, muita certeza. Gosto demais dela.

Minha garganta fica seca.

— Quando você percebeu esse sentimento?

— Acho que sempre soube. Fui um covarde, mas não posso mais esconder. — Ele baixa os olhos e suspira, e, quando me encara de novo, seu olhar tem um brilho repleto de emoções. — Morro de vontade de beijá-la.

Instintivamente, mordo o lábio.

— Ah, é?

Yoshi se aproxima um pouco mais.

— Sim, os lábios dela são uma tentação. Ela está me deixando louco.

— Ela deve ter uns lábios lindos, então.

— Os mais bonitos que já vi em toda minha vida. Ela me deixa enfeitiçado.

Enfeitiçado...

Feitiço...

Bruxa...

Ares...

Não! Não! Não pense em Ares!

Não agora!

Inevitavelmente, aqueles olhos azuis como o mar vêm à minha mente, aquele sorriso torto e arrogante, aqueles lábios tão suaves tocando meu pescoço.

Ah, não! Te odeio, cérebro!

Meu melhor amigo desde a infância está finalmente prestes a se declarar para mim, e eu aqui pensando no idiota arrogante e metido a deus grego do meu vizinho.

— Raquel?

A voz de Yoshi me traz de volta à realidade. Ele parece desconcertado e não é para menos, pois escolhi o pior momento para me desligar mentalmente. Mas também me serviu para colocar os pensamentos em ordem. Ao ver Yoshi tão vulnerável na minha frente, me dei conta de que não poderia lidar com uma confissão, não agora.

— Preciso ir ao banheiro — digo, e me levanto antes que Yoshi possa falar algo.

Entro no banheiro e me encosto na porta. Balanço a cabeça num gesto de frustração. Além de covarde, sou burra. Nem trouxe meu celular para o banheiro, para pedir ajuda a Dani. Quem hoje em dia entra no banheiro sem levar o telefone?

Ninguém, só eu, penso e massageio o rosto.

— Raquel? — Escuto Yoshi chamar do outro lado da porta.

— Preciso ir. A gente conversa outro dia.

Não! Abro a porta o mais depressa possível, mas só consigo ver suas costas enquanto ele deixa meu quarto.

— Aff!

Eu me jogo na cama e deixo a preguiça me dominar. Não quero mais pensar no que Yoshi ia me dizer, só quero descansar a mente. Fecho os olhos e logo mergulho no mundo dos sonhos.

Os latidos de Rocky me acordam no susto, são fortes e sucessivos, o que eu chamo de "latidos sérios". Ele late assim quando há algum desconhecido em casa. Me levanto tão depressa da cama que chego a ficar tonta e esbarro na parede.

— Ai!

Pisco e vejo meu cachorro latindo para a janela. Já é noite, a brisa noturna balança minhas cortinas suavemente. Não há ninguém na janela, então me acalmo.

— Rocky, não tem ninguém aí.

Mas meu cachorro não me dá ouvidos e continua latindo, talvez seja um gato andando lá fora e seu senso canino o percebeu. Rocky não para, por isso vou até a janela para acalmá-lo. Quando chego perto, grito tão alto que Rocky pula do meu lado.

Ares.

Numa escada.

Subindo para a minha janela.

— Que diabo você está fazendo aí? — É a única coisa que consigo dizer ao vê-lo ali na metade do caminho em uma escada de madeira.

Está lindo como sempre, de jeans e camiseta roxa, mas a loucura da situação não me permite admirá-lo.

— Isso se chama "subir". Você deveria tentar.

— Não estou com humor para seu sarcasmo — respondo, séria.

— Preciso reiniciar seu roteador, porque o sinal caiu e é a única forma de recuperá-lo.

— E você decidiu subir até a minha janela sem permissão? Sabe como chamam as pessoas que fazem isso? Ladrões.

— Tentei ligar, mas você não atendeu.

— Isso não te dá o direito de entrar assim no meu quarto.

Ares revira os olhos.

— Pode parar de drama? Só preciso entrar um segundo.

— Drama? Drama? Vou te mostrar o que é drama. — Seguro as duas pontas da escada apoiadas na minha janela e sacudo.

Ares se agarra com força e me lança um olhar fulminante.

— Faça isso de novo, Raquel, e vai ver só uma coisa.

— Não tenho medo de você.

— Então faça.

Ares crava seus olhos nos meus com uma intensidade avassaladora.

— Não me teste.

— É sério? Você vai me deixar cair?

— Não vale a pena.

Observo Ares subindo degrau por degrau até estar na minha frente, cara a cara comigo. Rocky começa a latir feito louco ao ver o intruso, mas estou atônita demais para conseguir tomar qualquer atitude.

— Você poderia controlar esse saco de pulgas?

— Rocky não teve pulgas este mês. Então, mais respeito, por favor.

— Certo. Não tenho a noite toda.

Suspiro de frustração.

— Rocky, silêncio! Sentado. — Meu cachorro obedece. — Quieto.

Recuo para deixar Ares entrar. Já do lado de dentro, ele é tão alto que faz meu quarto parecer pequeno. E me olha dos pés à cabeça, se detendo nos meus peitos, e neste momento eu me lembro de que estou sem sutiã.

— Preciso ir ao banheiro.

Pela segunda vez nesta noite, uso o banheiro como rota de fuga, mas esqueço um detalhe: Ares não é Yoshi. Não me deixará escapar tão facilmente. Sua mão pega meu braço, impedindo minha tentativa de escapar.

— Você não vai me deixar sozinho com esse cachorro de jeito nenhum.

— Rocky não vai fazer nada.

— Não vou arriscar.

Ares me segura, obrigando-me a ir até o computador. Ele me empurra até eu me sentar na cadeira e se ajoelha para ligar meu roteador.

— Por que você se acha o dono da minha conexão? — Ele dá de ombros. — Eu poderia te denunciar por entrar na minha casa dessa forma, sabia?

— Sabia. — Olho espantada para ele. — Mas também sei que você não vai fazer isso.

— Como pode ter tanta certeza?

— Os perseguidores não costumam denunciar quem eles perseguem, geralmente é o contrário.

— Isso — aponto para a janela e depois para ele — também é considerado perseguição.

— Não é a mesma coisa.

— Por que não?

— Porque você gosta de mim — faz uma pausa —, mas eu não gosto de você.

Ai! Essa acertou meu coração em cheio!

Quero retrucar e dizer a ele poucas e boas, mas suas palavras foram como álcool em uma ferida recém-aberta. Ele continua mexendo no roteador e eu fico calada.

Porque você gosta de mim, mas eu não gosto de você.

Ele disse isso de maneira tão casual, tão sincera... Se não sente nada, por que beijou meu pescoço naquele dia no cemitério?

Ignore as palavras dele, Raquel. Não deixe que ele te afete.

Ares ergue o olhar para mim.

— O que foi? Feri seus sentimentos?

— Pfff! Fala sério! Óbvio que não. — Meu coração está dilacerado. — Só quero que você ande logo com isso para eu voltar a dormir.

Ele não diz nada, e eu o observo. Tê-lo assim tão perto ainda é inacreditável. Posso ver cada detalhe do seu rosto, a pele suave sem nenhum rastro de acne. A vida é tão injusta às vezes... Ares tem tudo: saúde, dinheiro, habilidades, inteligência, beleza.

— Pronto. — Ele limpa a poeira das mãos com cara de nojo.

— Você deveria limpar seu quarto de vez em quando.

Solto uma risada sarcástica.

— Ah, sinto muito, Vossa Majestade, por ter que colocar vossos pés em meu quarto indigno.

— Limpeza não tem nada a ver com dinheiro, sua preguiçosa.

— Não vem com essa! Não tenho tempo para limpar. Entre meu trabalho de verão, dormir, comer, te perseguir... — Tapo a boca, surpresa. Por que disse isso? Por quê?

Ares sorri de orelha a orelha, o brilho do deboche em seus olhos.

— Me perseguir consome seu tempo, é?

Pisco rapidamente.

— Não, não, não foi isso o que eu quis dizer.

Ainda de joelhos, Ares se arrasta na minha direção, e eu estremeço em minha pequena cadeira. Seus olhos profundos não desgrudam dos meus, e ele se aproxima tanto que preciso abrir as pernas para deixá-lo passar. Seu rosto está a poucos centímetros do meu.

— O que você está fazendo?

Ele não responde, apenas põe as mãos nos braços da cadeira, uma de cada lado da minha cintura. Posso sentir o calor emanando de seu corpo definido. Estamos muito próximos. A intensidade do seu olhar não me deixa respirar direito. Meus olhos curiosos baixam até seus lábios e seu piercing, que agora consigo ver muito bem.

Seu olhar vai do meu rosto até meus peitos e minhas pernas expostas, mas logo volta a meu rosto, com um sorriso atrevido invadindo lábios úmidos que morro de vontade de provar. O ar fica pesado e quente ao nosso redor.

Ares segura minhas mãos e as coloca em cima dos braços da cadeira, tirando-as de seu caminho. Seus olhos não desgrudam dos meus enquanto ele baixa o rosto até ficar no meio dos meus joelhos.

— Ares, o que você está...?

Sua boca toca meu joelho com um beijo singelo, me deixando sem ar.

— Quer que eu pare? — Seus olhos buscam os meus, e eu nego com a cabeça.

— Não.

Acho absurdamente sexy como os músculos de seus braços e ombros se contraem enquanto ele dá beijos úmidos no começo das minhas coxas. Sua tatuagem atiça ainda mais o fogo desse vulcão que ele está despertando dentro de mim. Seus lábios suaves beijam, lambem e chupam a pele sensível da parte interna da minha perna. Meu corpo estremece, pequenos calafrios de prazer percorrem meus nervos, incendiando meus sentidos, turvando minha mente e meu senso moral. Seus cabelos pretos me fazem cócegas ao roçarem nas minhas coxas.

Ares ergue o olhar enquanto morde minha pele, e um pequeno gemido escapa dos meus lábios. Minha respiração está entrecortada e inconsistente, meu pobre coração pulsa acelerado. Ele continua sua investida, subindo e descendo pela minha perna, seus lábios atacando, devorando. Meus quadris se movem sozinhos, pedindo mais, querendo sua boca num lugar um pouco mais acima.

Meus olhos se fecham.

— Ares — digo seu nome num gemido e posso sentir seus lábios se esticando num sorriso junto à minha pele, mas não importa.

— Você me quer? — Os lábios dele roçam entre minhas pernas por cima do short, e sinto que vou ter um infarto. Só consigo fazer que sim. — Me diz.

— Eu te quero.

Ele para.

Eu abro os olhos e vejo o rosto dele tão perto do meu que posso sentir sua respiração acelerada nos meus lábios, seus olhos cravados nos meus.

— Você vai ser minha, Raquel.

E ele vai embora do meu quarto tão repentinamente quanto chegou.

7

A BOATE

— Bem-vindo ao McDonald's. O que deseja? — falo com o dispositivo Bluetooth colado ao meu ouvido.

— Quero dois McLanches Feliz e um cappuccino — murmura a mulher.

Selecionando o pedido na tela diante de mim, respondo:

— Algo mais?

— Não, só isso.

— Bem, são 7,25 dólares. Pode vir à cabine mais adiante para efetuar o pagamento.

— Obrigada.

O carro aparece ao lado da minha janela, e a mulher me entrega seu cartão. Despeço-me gentilmente e torço para que não surja mais ninguém no drive-thru, porque estou exausta, embora eu prefira atender às pessoas que só vêm buscar comida de carro a trabalhar dentro da lanchonete. Ajeito meu boné estampado com o "M" de McDonald's e suspiro. Ainda falta uma hora para acabar meu expediente, mas já estou quase me jogando da janela. O sensor me avisa que chegou outro carro e eu praguejo internamente.

Vão comprar sua própria comida, seus preguiçosos!

— Bem-vindo ao McDonald's. O que deseja?

Escuto uma risadinha feminina e logo alguém pigarreia.

— Gostaria de pedir uma Raquel para viagem.

Sorrio que nem boba.

— Siga até a cabine seguinte, senhora.

Em questão de segundos, Dani está ao lado da minha janela, seu cabelo perfeito como sempre, muito bem maquiada e com seus lindos óculos escuros.

— Não posso acreditar que você está passando o resto do verão aqui.

— Preciso trabalhar e você sabe disso. O que está fazendo aqui?

— Vim te sequestrar.

— Ainda falta uma hora para acabar meu turno.

Dani sorri como o gato de *Alice no País das Maravilhas*.

— Que parte de "sequestro" você não entendeu? É involuntário e sem chance de recusa.

— Não posso ir embora.

— Pode sim, sua boba.

Estou prestes a protestar quando sinto alguém atrás de mim. Quando me viro, vejo Gabriel, um colega de trabalho. Seu cabelo avermelhado escapa do boné, e ele observa Dani meio abobado.

Olho para minha melhor amiga.

— O que está acontecendo?

— Gabriel vai cobrir a hora que falta.

Meus olhos vão de Gabriel a ela.

— Por que ele faria isso?

Dani dá de ombros.

— Fazemos coisas por nossos amigos, não é, Gabo?

Ele olha para ela atordoado.

— Sim.

O olhar de Dani volta para mim.

— Pronto, vou esperar no estacionamento enquanto você pega suas coisas. Precisamos ir logo.

Alguns minutos depois, pulo para dentro do carro de Dani com minha pequena mochila.

— Não posso acreditar.

— Incrível, eu sei.

— Gabriel? Sério? Pensei que você não gostasse de ruivos.

— Ed Sheeran me fez mudar de opinião.

— O que você fez?

— Prometi aceitar um convite dele para sair.

— Você não pode passar a vida conseguindo as coisas com sua beleza.

— Lógico que posso.

A reação de Dani me faz bufar.

— Aonde vamos?

— À Insônia, óbvio.

Arregalo os olhos, surpresa. A Insônia é a boate mais badalada da cidade e o lugar predileto de Dani nas noites de sexta-feira. Nunca fui, pois nos Estados Unidos sou menor de idade, o que Dani parece ter esquecido por completo.

— Um: sou menor de idade. Dois: você realmente espera que eu vá a uma boate fedendo a batata frita e nesse estado deplorável?

— Um: essa parte já foi resolvida. Dois: vamos passar na minha casa para você se arrumar.

— Para você me emprestar um daqueles vestidos que deixam até minha alma à mostra? Dispenso.

Dani solta uma gargalhada.

— Você é muito exagerada. Deixar os joelhos aparecendo não é crime, Raquel.

— Pois, para sua informação, no Oriente Médio é, sim.

— Não estamos no Oriente Médio.

— Abriu — digo, quando vejo o sinal verde.

Dani se distrai facilmente enquanto dirige.

— Relaxa um pouco, só faltam duas semanas para acabar o verão e você não fez nada além de trabalhar.

— Está bem, mas não vou gastar nem um centavo.

— Isso é o de menos.

— Eu tinha me esquecido da sua habilidade de conseguir o que quer.

Dani coloca os óculos escuros na cabeça e pisca para mim.

— Pronto, agora sim. — Ela estaciona na garagem de casa.
— É hora de ficarmos lindas.

No entanto, eu a vejo ignorar a porta principal e ir para a janela de seu quarto.

— Dani?

— Ah, me esqueci de te dizer que meus pais não sabem das minhas saídas noturnas, então tem que ser escondido.

Essa garota é inacreditável.

Uma hora se passou, embora tenha parecido uma eternidade, e logo estávamos na Insônia. Conseguimos entrar. Mal acreditei.

Dani me emprestou um vestido preto que ficou perfeito. Apesar de ela ser mais voluptuosa, o vestido se ajustou à minha silhueta como se sempre tivesse sido meu. Não chega até os joelhos, fica uns quatro dedos acima, e eu me sinto confortável nele.

A primeira coisa que noto é que não é qualquer um que entra nesse lugar. A fila é bem longa, e os seguranças barram muita gente. Agora que estou dentro entendo por quê. Não é um lugar qualquer, é chique e tem uma decoração toda moderna. Há luzes coloridas e com efeitos de movimento ao nosso redor, a pista é ampla e está cheia de casais dançando.

A música…

Sinto que vibro com ela, é impossível escutar outra coisa. Como se espera que as pessoas conversem aqui? Como se ouvisse meus pensamentos, Dani se aproxima.

— Vou pegar alguma coisa para a gente beber — grita em meu ouvido e desaparece.

Com a mão no ouvido, fico um tempo olhando o ambiente, vendo muitas garotas lindas e bem-vestidas. Já esperava algo assim, porque sei que Dani não vai a qualquer lugar. Sua família tem dinheiro. Não tanto quanto a de Ares, mas vive bem. Então já era de se esperar que os espaços que Dani frequenta fossem chiques e bonitos. Mas obviamente não tem só garotas lindas, tem uns meninos muito gatos também.

Não chegam aos pés do meu Ares, porém…

Meu Ares?

Já me apropriei dele sem consentimento.

Observando o lugar, percebo que há um segundo andar que tem mesas com vista para a pista de dança, e é nesse momento que meus olhos encontram aquele par de olhos azuis que atormentam meus dias e minhas noites.

Ares.

Meu amor platônico está ali sentado, lindo como sempre. De calça preta, sapatos e uma camisa cinza com as mangas dobradas. Ele brinca com o piercing, deixando entrever seus lábios úmidos e vermelhos. Seu cabelo preto está daquele jeito despenteado que só fica bem nele. Distraída, vou até ele, como um metal atraído por um ímã. Seus olhos me capturam, estou sob seu feitiço. Só desperto do meu sonho quando esbarro no segurança diante da escada que me levaria a meu príncipe encantado.

— Esta é a área VIP, senhorita — avisa ele, com firmeza.

Tiro os olhos de Ares e balanço a cabeça para despertar.

— Ah, eu… é que… — Dou uma olhada em Ares, que me observa lá de cima, todo-poderoso e arrogante. — Pensei que qualquer um pudesse subir.

— Não, acesso restrito — responde o segurança, e faz um gesto para que eu vá embora e o deixe continuar seu trabalho de múmia em frente à escada.

Lógico que o presunçoso Ares está na área VIP. Ele é bom demais para se misturar ao suor e aos feromônios dos meros mortais dançando aqui embaixo. Percebam meu sarcasmo, por favor.

De má vontade, volto e encontro Dani no caminho.

— Pensei que tivesse sumido — grita ela em meu ouvido e me entrega uma bebida rosa fluorescente.

— O que é isso?

— Se chama Orgasmo. Você tem que provar!

Um drinque que se chama Orgasmo…

Até uma bebida transou mais que eu.

Lentamente, observo todos os lados do pequeno copo. Dou uma fungada, e o cheiro é bem forte… Fico embriagada só de sentir e espirro. Dani vira o dela num só gole, e eu fico pasma.

Ela me incentiva a tomar o meu, e, por alguma razão, meus olhos voltam para a área VIP. Ares ergue seu copo, que parece ser de uísque, como se brindasse comigo, e toma um gole.

Está me provocando, deus grego?

Viro o drinque, e o líquido agridoce desce por minha garganta, incendiando tudo por onde passa.

Isso definitivamente não parece um orgasmo!

Acabo tossindo, e Dani me dá um tapinha nas costas. Vamos até o balcão, e ali ela me entrega mais duas bebidas, e eu, ingênua, acho que é uma para cada, mas não, as duas são para mim. Cinco doses depois, Dani me leva para a pista de dança e estou com álcool demais nas ideias para me importar.

— Vamos dançar! — incentiva ela enquanto circulamos em meio à multidão.

Sinto o prazer de ser tão espontânea e não ter vergonha.

Ah, as vantagens do álcool...

Eu me acabo de dançar, tudo ao redor é colorido e a música vibra por todo o meu corpo. Curiosa, olho para a estúpida realeza sentada na área VIP. Ele continua me observando, como um falcão nas alturas vigiando sua presa.

Será que ele não consegue parar de me olhar? Não se iluda, Ares disse que não gosta de você. Então, por que fica me olhando?

Vou lhe dar algo para olhar, deus grego. Fico pensando e começo a dançar devagar, movendo os quadris ao ritmo da música. Passo as mãos pelos meus cabelos compridos e em torno dos meus peitos, minha cintura, meus quadris, até chegar à barra do vestido, então brinco com ela e a levanto um pouco. Os olhos de Ares se estreitam ainda mais, e ele leva o copo aos lábios e os lambe. Esses lábios que lamberam meu pescoço e minhas coxas, me deixando com gostinho de quero mais. Ares brincou comigo duas vezes, já é hora de ter o que merece.

Vou mostrar para ele que não esqueço nada e que até um deus grego pode ter que provar do próprio veneno.

Modo Raquel sedutora ativado.

8

O SALÃO DAS VELAS

Com tanto álcool percorrendo meu corpo, é muito difícil me concentrar em ser sensual.

Tenho que tentar de todas as formas, preciso me vingar de Ares. Ele já brincou comigo duas vezes, não pode sair por aí provocando almas inocentes como a minha e deixando-as cheias de desejo.

Almas inocentes...

Na verdade, estou bêbada, e minha alma obcecada não é inocente, não se considerarmos as coisas que faço no escuro do meu quarto quando ninguém vê. Enrubesço ao lembrar as vezes que me toquei pensando em Ares. Em minha defesa, devo dizer que Ares é a primeira figura masculina que conheci na adolescência. É tudo culpa dele, por ter aparecido em meu campo de visão quando meus hormônios estavam nas alturas.

Fico de costas para dar a ele uma boa visão do meu corpo; não é nada espetacular, mas não faço feio e minha bunda não é de se jogar fora. O suor escorre pelo decote do meu vestido, pela minha testa e pelas têmporas. A sede aparece quase imediatamente, me fazendo lamber com frequência meus lábios secos.

Não sei quanto tempo se passou, mas, quando me viro outra vez para encará-lo, Ares não está mais na área VIP. Meu coração quase sai pela boca enquanto eu o procuro por toda parte. Aonde será que ele foi?

Será que desceu e está vindo até mim? Nesse caso, o que devo fazer?

Não elaborei meu plano de sedução até essa parte. *Raquel, sua idiota, sempre se metendo em brincadeiras que não sabe jogar.* Isso não vai ficar assim. Decidida, volto até a escada onde está o segurança-múmia. Ele me dirige um olhar cansado.

— Área VIP.

— Eu já sei — respondo de má vontade —, mas um amigo meu está ali em cima e me disse para subir.

— Você espera que eu acredite nisso?

— É verdade, ele vai ficar irritado se souber que você está me segurando aqui. — Cruzo os braços.

— Se seu amigo quer você lá em cima, deveria vir buscá-la, não acha? Essas são as regras.

— É só um segundo — suplico, mas ele não me dá atenção. Tento contorná-lo, mas ele me detém.

— Me solta.

Tento me desvencilhar, e o segurança reage apertando meu pulso com mais força.

— Acho que ela disse para você soltá-la. — Uma voz doce chega aos meus ouvidos.

Eu me viro, e eis que vejo Apolo Hidalgo sério e bem-vestido.

— Isso não é assunto seu — rebate o segurança em tom grosseiro.

A expressão de Apolo é gentil, mas segura.

— Um processo judicial por agressão é coisa bem grave, duvido que você consiga sair ileso.

O segurança bufa.

— Se está querendo me assustar, saiba que está fazendo um papel ridículo, fedelho.

Olho para o segurança. Por acaso ele sabe com quem está falando? Apolo tem cara de moleque, é verdade, mas é de uma das famílias mais poderosas do estado.

Apolo dá uma risada.

— Fedelho?

O segurança mantém sua postura; eu tento me soltar, mas ele me segura com mais força.

— Sim, por que você não some daqui e para de se meter onde não é chamado?

— Apolo, tudo bem, tentei subir apesar de ele ter dito que eu não podia. — Encaro o segurança. — Pode me soltar?

O segurança muda de expressão por alguns segundos e acaba me soltando, culpado.

— Me desculpe.

Nós nos afastamos do cara, e Apolo levanta meu braço e o inspeciona: está vermelho, mas não roxo.

— Você está bem?

— Estou, obrigada.

— Se ele não tivesse pedido desculpas, eu o teria demitido.

— Demitido? O bar é seu?

— Não. É do meu irmão.

Arregalo os olhos exageradamente.

— Do Ares?

Apolo volta a fazer que não.

— Ares com um bar? Não, mamãe morreria. É do Ártemis.

Ah, o irmão mais velho.

— Não se preocupe, já mandei uma mensagem e ele disse que está vindo.

Parte de mim fica triste pelo segurança, mas logo me lembro do quanto ele foi grosseiro e a tristeza logo passa.

Espera aí...

Ártemis está vindo...

Bem no momento em que tenho mais álcool que sangue circulando em minhas veias.

A pequena discussão com o segurança diminuiu um pouco o efeito da bebedeira, mas ainda há um longo caminho até ficar sóbria de novo. Eu me dou conta da minha embriaguez pela dificuldade que tenho em subir uma simples escada. Sinto um nó na garganta diante da possibilidade de encontrar Ares aqui em cima. A área VIP é bonita, com mesas de vidro e poltronas confortáveis, garçons atendendo um pessoal grã-fino. Ao final, vejo cortinas vermelhas e, além delas, apenas escuridão.

Apolo me leva até uma das poltronas em frente a uma mesa vazia.

— Senta aqui. O que você quer beber?

Coço a cabeça tentando lembrar o que eu estava tomando com Dani, mas ela me deu tantos drinques diferentes que já nem sei. Só me lembro de uma por conta do nome peculiar: Orgasmo. Mas não há a menor chance de eu dizer essa palavra para Apolo.

— O que você recomenda?

Apolo esboça um sorriso inocente.

— Eu não bebo, mas meus irmãos adoram uísque.

— Então uma dose de uísque.

Apolo faz o pedido a um garçom e se senta ao meu lado em seguida. Eu junto minhas mãos no colo, nervosa.

— Lamento muito por aquela situação com o segurança — desculpa-se Apolo, me encarando com seus olhos ternos. — Às vezes contratam qualquer pessoa.

— Tudo bem, eu não deveria ter tentado subir.

— Não tem problema, vou pedir ao Ártemis para te dar um passe para você subir quando quiser.

— Obrigada, mas não precisa.

— Poxa, somos vizinhos e basicamente crescemos brincando através da cerca que divide as nossas casas.

Isso é verdade, não somos amigos, mas me lembro de várias vezes em que brincamos e conversamos todos juntos. Mas faz tanto tempo...

— Não imaginei que você se lembrasse disso. Éramos tão pequenos...

— Óbvio que lembro. Lembro tudo sobre você.

A forma como ele diz isso faz meu estômago se revirar de nervoso. Apolo nota minha expressão e ameniza:

— Não era para soar estranho nem nada, é que tenho boa memória.

Sorrio para tranquilizá-lo.

— Relaxa.

Não tenho moral alguma para te julgar quando o assunto é perseguição. O garçom traz o uísque e eu tomo um gole, me forçando a engolir. É horrível.

Meus olhos curiosos viajam até as cortinas vermelhas.

— O que tem ali?

Apolo coça a cabeça, mas, antes que possa responder, seu celular toca, e ele se levanta e se afasta para atender. Meus olhos se mantêm fixos nas cortinas, minha curiosidade como sempre falando mais alto. O que será que há ali? Apolo continua na ligação, então me levanto e vou até o local misterioso.

A primeira coisa que me envolve quando atravesso as cortinas é a escuridão. Meus olhos demoram a se acostumar com a pouca iluminação proveniente de velas e nada mais. Vejo casais se beijando e se acariciando nos sofás espalhados por todo o recinto. Alguns parecem ter transado com roupa e tudo. Uau, isso é demais para minha pequena alma. Ao passar por tantas cortinas da mesma cor, já não sei qual é a da saída, e tenho medo de abrir a cortina errada e interromper casais que estejam fazendo sabe-se lá o quê. Sigo uma luz que parece uma porta de vidro transparente, com a esperança de que seja uma saída. Mas meus olhos dão de cara com uma imagem inesperada.

Ares.

Está sentado em uma cadeira com a cabeça inclinada para trás e os olhos fechados. Com cuidado e em absoluto silêncio, saio para a varanda.

Ares está tão lindo de olhos fechados, parece quase inocente. Suas longas pernas estão esticadas, em uma das mãos segura sua dose de uísque, enquanto a outra dá uma rápida ajeitada em sua elevada ereção. Ele logo retira a mão, frustrado. Obviamente está tentando acalmar seu amiguinho tomando ar fresco, mas a tática não parece estar funcionando. Um sorriso de vitória invade meu rosto.

Então você não está imune às minhas tentativas de sedução. Você é meu, deus grego.

Pigarreio, e Ares abre os olhos, levantando a cabeça para me olhar; não consigo tirar o estúpido sorriso de vitória do rosto, e ele parece perceber.

— Por que não me surpreende ver você aqui? — diz ele num tom divertido, enquanto se ajeita na cadeira.

— Tomando ar fresco? — pergunto, dando uma risadinha.

Ares passa a mão no queixo.

— Acha que estou assim por sua causa?

Cruzo os braços.

— Sei que é por minha causa.

— Como pode ter tanta certeza? Talvez eu estivesse beijando uma garota linda que me deixou assim.

Sua resposta não abala meu sorriso.

— Tenho certeza pela forma como você está me olhando.

Ares se levanta e minha coragem vacila um pouco, diante desse gigante.

— E como estou te olhando?

— Como se estivesse a ponto de perder o controle e me beijar.

Ares solta aquela risada rouca que acho tão sexy.

— Você está delirando, talvez seja o álcool.

— Você acha? — respondo, empurrando-o, e ele desaba na cadeira.

Seus olhos profundos não desgrudam dos meus enquanto me aproximo e, passando uma perna de cada lado, me sento no colo dele.

Imediatamente sinto no meio das pernas o quanto ele está duro e mordo o lábio. O rosto de Ares está a poucos centímetros do meu, e tê-lo tão perto faz meu pobre coração disparar enlouquecidamente. Ele sorri, mostrando os dentes perfeitos.

— O que você está fazendo, bruxa?

Não respondo e enterro meu rosto em seu pescoço. O cheiro dele é delicioso, uma combinação de perfume caro e seu próprio odor natural. Meus lábios tocam a delicada pele de seu pescoço, e ele estremece. Minha respiração se acelera enquanto dou beijos molhados em todo o pescoço de Ares, depois o faço colocar o copo no chão, guio suas mãos até minha bunda e as deixo lá. Ele suspira, e eu continuo meu ataque. As mãos dele apertam meu corpo com desejo, e, entre as minhas pernas, eu o sinto ainda mais duro. Então, começo a movimentar o quadril suavemente contra ele, provocando-o, torturando-o.

Um leve gemido escapa de sua boca, e eu sorrio com os lábios encostados em sua pele, indo até sua orelha.

— Ares — digo, gemendo em seu ouvido, e ele me aperta com mais força.

Afasto o rosto de seu pescoço e olho em seus olhos: o desejo que vejo neles me desarma. Seu nariz encosta no meu, nossa respiração acelerada se mescla uma à outra.

— Você me quer? — pergunto, lambendo os lábios.

— Sim, eu quero você, bruxa.

Inclino-me para beijá-lo e, quando nossas bocas estão prestes a se encontrar, jogo a cabeça para trás e me levanto de repente. Ares me olha desconcertado, e eu lhe lanço um sorriso presunçoso.

— O carma é uma merda, deus grego.

E, me sentindo a rainha do universo, me afasto dele e volto para a boate.

9

O PLANO

— Você está bem? — pergunta Apolo assim que eu volto para seu lado. — Está toda vermelha.

Faço um esforço para fingir um sorrisinho.

— Tudo bem, só estou com um pouco de calor.

As sobrancelhas de Apolo se estreitam, quase se tocando.

— Você viu alguma coisa bizarra, não é?

Na verdade, não, só acabei de deixar seu irmão com uma ereção do tamanho da Torre Eiffel.

Apolo entende meu silêncio como um sim e balança a cabeça.

— Eu falei para o Ártemis que o salão das velas não era uma boa ideia, mas ele não me ouve. Por que ouviria? Sou só o bebezinho da família.

Noto certa amargura em sua voz doce.

— Você não é um bebê.

— Para eles, eu sou.

— Eles?

— Ares e Ártemis. — Ele suspira e toma um gole do refrigerante. — Nem meus irmãos nem meus pais me levam em consideração na hora de tomar decisões.

— Isso pode ser bom, Apolo. Você não tem responsabilidades, e como dizem as minhas tias, você precisa aproveitar esse momento da vida, já que vai ter que se preocupar com muitas coisas quando for adulto.

— Aproveitar? — Ele solta uma risada triste. — Minha vida é chata, eu não tenho amigos, pelo menos não de verdade, e na minha família sou um zero à esquerda.

— Nossa, você é jovem demais para estar tão triste.

Ele brinca com a borda de metal da lata do refrigerante.

— Meu avô diz que sou um velho no corpo de um garoto.

Ah, o avô da família Hidalgo. A última coisa que ouvi a respeito dele é que tinha sido hospedado em uma casa de repouso. A decisão havia sido tomada por seus quatro filhos, incluindo o pai de Apolo. Pela tristeza nos olhos dele, essa foi uma das tantas decisões que tomaram sem levar sua opinião em consideração.

Aquele rosto tão inocente e tão bonito não deveria carregar tanta tristeza, então me levanto e estendo a mão.

— Quer se divertir?

Apolo me lança um olhar cético.

— Raquel, não acho que...

O álcool que ainda circula pelo meu corpo me dá cada vez mais coragem.

— Levanta, Lolo, é hora de se divertir.

A risada de Apolo me lembra a de seu irmão, com a diferença de que a risada de Ares não soa inocente, mas sexy.

— Lolo?

— É, esse é seu nome agora. Esquece Apolo, o menino bom e chato. Agora você é o Lolo, um cara que veio se divertir esta noite.

Apolo se levanta e me segue, nervoso.

— Aonde vamos?

Eu ignoro e o conduzo escada abaixo. Fico surpresa por não cair com esses saltos. Dirijo-me ao bar e peço quatro vodcas e uma limonada, que o barman serve na nossa frente.

— Preparado?

Apolo sorri de orelha a orelha.

— Preparado.

Antes que eu possa dizer qualquer coisa, Apolo vira uma bebida após a outra com apenas alguns segundos de diferença. Deixando os quatro copinhos vazios, ele me olha, e observo horrorizada o garoto tentando se segurar no balcão enquanto seu corpo assimila tanto álcool de uma vez.

— Ah, merda, estou me sentindo estranho.

— Você está doido? Esses eram pra mim! A limonada que era sua!

Apolo põe a mão na boca.

— Ops! — Ele segura minha mão e me leva para a pista de dança.

— Apolo, espera!

Certo, é aqui que as coisas começam a ficar complicadas. Meu plano original era brindar com Apolo, ele tomar a limonada e, em seguida, levá-lo para dançar, apresentá-lo a uma garota para ele conversar e então fazê-lo ir embora com um sorriso fofo.

Dizer que meu plano foi por água abaixo é pouco.

Tudo que começa com excesso de álcool termina mal.

Foi assim que Dani, Apolo e eu acabamos em um táxi a caminho da minha casa, porque Apolo estava tão bêbado que não pudemos abandoná-lo na boate ou levá-lo a casa dele, onde sua família provavelmente lhe daria a bronca do século.

Vou falar uma coisa: lidar com um bêbado é difícil, mas transportá-lo é outro nível. Acho que Dani e eu ficamos com duas hérnias depois de carregar Apolo pela escada da minha casa. Por que não o deixamos no andar de baixo? Porque lá só tem o quarto da minha mãe, e por nada nesse mundo eu deixaria Apolo lá de ressaca. Se ele acabar vomitando no quarto da minha mãe, meus dias neste mundo chegarão ao fim.

Jogamos Apolo na minha cama, e ele cai como um boneco de pano.

— Tem certeza de que está tudo certo?

— Sim, minha mãe está de plantão no hospital e só volta amanhã — respondo. — Você já me ajudou bastante, não quero que arranje mais problemas com seus pais. Pode ir.

— Qualquer coisa me liga, tá?

— Fica tranquila, vai lá que o táxi está esperando.

Dani me abraça.

— Assim que ele ficar sóbrio, fala para ele voltar para casa.

— Pode deixar.

Dani vai embora e eu dou um longo suspiro. Rocky vem para o meu lado balançando o rabo. Apolo Hidalgo está deitado de barriga para cima na minha cama, sussurrando coisas que não consigo entender, a camisa aberta e o cabelo bagunçado. Ele parece lindo e inocente, apesar da alta porcentagem de álcool nas veias e um pouco de vômito na calça.

— Ah, Rocky. O que foi que eu fiz?

Rocky apenas lambe minha perna em resposta. Tiro os sapatos de Apolo e hesito ao olhar sua calça. Deveria tirá-la? Está suja. Eu pareceria uma pervertida se tirasse? Ele é só um garoto, pelo amor de Deus, não o vejo com malícia alguma. Decidida, tiro a calça e a camisa dele, que também está cheia de vômito, deixo-o de cueca boxer e cubro-o com meu cobertor.

O toque de um celular me faz dar um pulo. Não é o meu. Sigo o som e pego a calça de Apolo. Quando encontro seu celular, meus olhos se arregalam ao ver a tela.

> **Chamada recebida**
> Ares *bro*

Coloco o aparelho no silencioso e deixo tocar até que a ligação caia, então vejo a quantidade de mensagens e ligações perdidas de Ares e Ártemis. Ah, merda, não tinha pensado que obviamente os irmãos e os pais dele iam ficar preocupados se Apolo não voltasse para dormir em casa.

Ares volta a ligar e eu desligo na cara dele. Não posso atender, ele reconheceria minha voz. Posso enviar uma mensagem, mas o que eu digo?

> Ei, *bro*, vou dormir na casa de um amigo.

Aperto o botão de enviar. É isso, essa mensagem deve tranquilizá-lo.

A resposta de Ares chega rápido.

Atende a merda do telefone agora.

Certo, Ares não está nada calmo. Ele liga de novo, e encaro em pânico o nome dele na tela do celular de Apolo.

Tenho a sensação de que se passaram anos até Ares parar de ligar. Quando isso acontece, respiro aliviada e me sento na beira da cama aos pés de Apolo, que dorme profundamente. Pelo menos ele não vomitou. A tela do celular acende e chama minha atenção. Espio para ver se Ares está ligando de novo, mas é apenas a notificação de um aplicativo chamado Find my iPhone.

Esse aplicativo serve para localizar aparelhos da Apple registrados em uma conta. Se Ares se conectar pelo computador, consegue ver a localização exata do celular que está em minhas mãos. Em pânico, jogo o aparelho na cama.

Ele me encontrou! Sei que me encontrou. Por que Ares sabe tanto sobre tecnologia? Por quê? Ele vai me matar. Ares está vindo atrás de mim, e nem um milagre poderá me salvar.

10

A DISCUSSÃO

Não entre em pânico, Raquel!
Não entre em pânico!
— Ah! — solto um grunhido de desespero, caminhando de um lado para outro no quarto.

Rocky me segue fielmente, percebendo minha frustração. Observo Apolo, que continua no mundo dos sonhos. Roo minhas unhas. Ares parece muito irritado e com certeza está vindo atrás de mim. *Como eu te odeio, tecnologia! Você tem me causado muitos problemas ultimamente.*

— Tudo bem, se acalma, Raquel. Respira. Uma coisa de cada vez — digo para mim mesma, desarrumando o cabelo. — Se ele vier, é só não abrir a porta. Vai dar tudo certo.

Sento-me na beirada da cama e respiro fundo. A mão de Apolo está pendurada. Rocky a cheira e rosna, mostrando os dentes. Apolo é um estranho para ele.

— Rocky, não! Vem cá.

Eu o levo para fora do quarto e fecho a porta.

A última coisa que quero é que Rocky morda Apolo enquanto ele dorme, isso complicaria ainda mais a situação.

Não sei quanto tempo passa, mas bocejo. Checo meu celular e o de Apolo, mas não há notificações, nem uma ligação sequer.

Será que Ares se acalmou? O relógio na minha mesa de cabeceira me mostra as horas: 2h43. Já está bem tarde, a noite passou voando.

Entro no banheiro e o reflexo no espelho me espanta. Caramba, estou horrível! Meus olhos estão vermelhos, meu cabelo castanho completamente bagunçado, os fios apontando para várias direções. O delineador escorreu para baixo dos olhos, então estou parecendo o Coringa do filme do Batman. Poderia facilmente sair na rua e assustar as pessoas. Em que momento minha aparência passou de incrível para horrorosa?

O nome disso é álcool, querida.

Prendo o cabelo em um coque bagunçado e lavo o rosto para tirar a maquiagem. Descalça, saio do banheiro e vou até a cama. Sento-me do lado oposto a Apolo, o sono me tomando por completo. Estou exausta. Minha primeira noite de festa foi caótica demais. É um milagre eu ainda não estar dormindo. Suspiro e esfrego o rosto. Meus olhos vão se fechando devagar, a brisa entrando pela janela me dá arrepios. Meus olhos se arregalam quando me lembro da vez em que Ares entrou no meu quarto pela janela.

— Merda!

Corro até a janela, mas paro abruptamente no meio do caminho. Dá para ver a silhueta de alguém atrás da cortina. Ares pula dentro do meu quarto puxando as cortinas ao entrar.

Oh, fuck!, como diria Dani.

Ares Hidalgo está no meu quarto. Como sempre, sua altura faz o cômodo parecer pequeno. Ele ainda está usando a camisa cinza com mangas arregaçadas que lhe cai tão bem. Seus olhos me encaram com tanta frieza que juro que me dá calafrios. Ele está bravo, muito, muito bravo. Suas feições parecem tensas, os lábios apertados e as mãos cerradas. Sua linguagem corporal indica que preciso ser cuidadosa se não quiser virar comida de deus grego.

— Onde ele está?! — grita ele, me surpreendendo.

Engulo em seco e me aproximo dele devagar.

— Ares, me deixa explicar o que aconteceu.

Ares me empurra para o lado e vai até a cama.

— Você não tem nada para me explicar. — Seus olhos viajam para as roupas de seu irmão no chão, sujas de vômito, e para o estado em que ele se encontra. — Você embebedou ele?

— Foi um acidente.

— Você me deixou sozinho e foi embebedar meu irmão mais novo?

— Foi...

— Um acidente? Como você pôde ser tão irresponsável? — Ele sacode o irmão, mas Apolo só murmura algo sobre querer sua mãe e esconde a cabeça debaixo do travesseiro. — Olha só pra ele! — Ares se endireita e me encara com raiva. — Você fez isso de propósito? Queria tanto assim estragar minha noite?

Ele se aproxima de mim, mas eu não me movo, não vou deixar que me intimide.

— Escuta aqui, Ares, foi um acidente. Eu pedi drinques para mim, e seu irmão pensou que eram para ele. Como não está acostumado, ficou bêbado sem beber quase nada.

— Acha que eu vou acreditar nisso?

Solto uma risada sarcástica.

— Se acredita ou não, pouco me importa, só estou dizendo a verdade.

Ares parece surpreso, mas logo sorri.

— A menininha gentil até que tem personalidade.

— Não sou criança, e a menos que você se desculpe por gritar comigo e invadir o meu quarto, não quero mais falar com você. Vai embora.

— Pedir desculpas?

— Sim.

Ares suspira, mas não diz nada, então eu falo:

— Seu irmão não vai ressuscitar pelas próximas horas, então acho melhor você deixar ele dormir e depois vir buscá-lo.

— Deixar ele dormir com você? Nem morto.

— Você está parecendo um namorado ciumento.

Ares sorri, hesitante.

— Se quiser que seja assim.

Ele se aproxima de mim, e eu o observo com atenção.

— O que está fazendo?

Ares pega minha mão e a leva até seu rosto, pressiona seus lábios suaves na minha pele.

— Me desculpando. — Ele beija minha palma, seus olhos fixos nos meus. — Me desculpa, Raquel.

Quero gritar com ele e dizer que um pedido de desculpas não é o suficiente, mas esse gesto doce e a sinceridade em seu olhar quando fala comigo me desarmam. Minha raiva desaparece, e o frio na barriga, que sempre me domina quando estou perto de Ares, retorna.

Solto minha mão.

— Você é louco, sabia?

Ares dá de ombros.

— Não sou, só sei admitir meus erros.

Afasto-me dele porque minha mente idiota se lembra de quando o deixei com tesão.

Não pense nisso agora! Finjo dar uma olhada em Apolo e arrumar seu cobertor. Ares se posiciona do outro lado da cama, e o observo tirar os sapatos.

— O que você pensa que está fazendo?

Ele não responde. Depois de ficar descalço começa a desabotoar a camisa.

— Ares!

— Não espera que eu saia daqui nessa situação, né? — Ele me lança um olhar piedoso que me deixa sem fôlego. — Além do mais, não fica bem você dormir sozinha com um homem.

— Mas tudo bem dormir com dois?

Ares ignora minha pergunta e tira a camisa.

Minha Nossa Senhora dos Músculos!

Consigo sentir o sangue correndo para minhas bochechas, deixando-me vermelha feito um tomate. Ares tem outra tatuagem abaixo do abdômen e no lado esquerdo do peito. Seus dedos tocam o botão da calça.

— Não! Se você tirar a calça, vai dormir no chão.

Ares me lança um sorriso torto.

— Está com medo de não conseguir se controlar?

— Óbvio que não.

— Então o quê?

— Só fica com a calça.

Ele ergue as mãos, obedecendo.

— Como quiser. Vem, hora de ir para a cama, bruxa.

Luto para não deixar meus olhos percorrerem seu corpo. Ares está sem camisa no meu quarto. Isso é demais para mim.

Ele se deita no meio da cama e deixa espaço suficiente para mim no canto. Agradeço por ter uma cama grande e por Apolo estar encolhido no canto; caso contrário, não caberíamos os três. Nervosa, me deito de barriga para cima ao lado de Ares, que me olha se divertindo. Encaro o teto sem mover um músculo. Dá para sentir o calor do corpo dele roçando meu braço.

Vou morrer de tensão sexual. Pego meu travesseiro e o coloco entre nós dois, para me sentir protegida.

Ares ri.

— Um travesseiro? Jura?

Aperto os olhos.

— Boa noite, Ares.

Após alguns segundos, o travesseiro é arrancado, e, em seguida, sinto o braço de Ares me puxando para ele até que minhas costas estejam junto a seu peito. Posso senti-lo completamente grudado em mim, seu corpo inteiro. Ares me pressiona ainda mais contra ele, sua respiração na minha orelha.

— Boa noite? Não acredito. A noite acabou de começar, bruxa. Você me deve uma.

Que Nossa Senhora dos Músculos me proteja!

11

O DEUS GREGO SEXY

Vou ter um infarto.

Consigo sentir meu pobre coração bater desesperadamente e tenho certeza de que Ares também sente. Ele ainda está colado em mim, o calor que emana de seu corpo aquecendo minhas costas. Sua mão está no meu quadril, e o nervosismo faz meus músculos se tensionarem e minha respiração acelerar.

Você me deve uma...

As palavras de Ares ecoam em minha mente. Só eu mesma para ficar na cama com ele depois de tê-lo deixado daquele jeito na boate.

O hálito quente de Ares toca a lateral do meu pescoço, e arrepios percorrerem minha pele. Lentamente, a mão dele sobe por cima do meu vestido até chegar às minhas costelas. Paro de respirar. A mão para abaixo do meu seio esquerdo.

— Seu coração vai sair pela boca. — A voz dele é um sussurro em meu ouvido. Umedeço os lábios.

— Deve ser o álcool.

Ares roça os lábios na minha orelha.

— Não é, não.

Ele começa a dar beijos molhados em meu pescoço, subindo para lamber o lóbulo da orelha. Sinto minhas pernas enfraquecerem com essa sensação numa parte tão sensível do meu corpo.

— Gostou?

A pergunta me deixa confusa.

— Do quê?

— De me deixar duro.

Essas palavras indecentes me tiram o fôlego, e para enfatizar o que estava falando, a mão de Ares desce do meu peito até o quadril e ele me aperta. É quando sinto a ereção proeminente através da calça, tocando a parte inferior das minhas costas. Sei que deveria me afastar, mas sua língua me lambe, seus lábios me sugam, seus dentes mordem a pele do meu pescoço e me deixam louca.

Não caia no jogo dele, Raquel.

— Eu sei que você só quer se vingar — murmuro, pensando que talvez isso faça ele se dar por vencido.

— Me vingar?

Ele sorri, a mão subindo até meus peitos mais uma vez, só que agora Ares os massageia descaradamente. Tremo nos braços dele, é a primeira vez que um cara me toca assim.

— É, eu sei que é isso que você quer — digo, mordendo o lábio para conter um gemido.

— Não é isso que eu quero.

— Então o que é?

Sua mão deixa meu peito e desce, os dedos traçando minha barriga por cima do vestido. Levo um susto quando a mão dele toca minha virilha.

— É isso que eu quero.

Ok, isso explica tudo.

Ares segura a barra do meu vestido e a desliza para cima em uma velocidade dolorosamente lenta. Meu coração já sofreu dois infartos, mas continuo viva. Não faço ideia de por que estou deixando ele me tocar assim. Ou melhor, talvez eu saiba, já que sempre me senti atraída por ele de uma forma inexplicável.

Solto um leve murmúrio de negação quando Ares coloca a mão por baixo do vestido, seus dedos se movendo para cima e para baixo por cima da minha calcinha. A tortura lenta continua enquanto, inconscientemente, começo a mover meu quadril em direção a ele, querendo senti-lo por inteiro me pressionando.

Ares grunhe baixinho, e é o som mais sexy que já ouvi.

— Raquel, consigo sentir você molhada pela calcinha. — A forma como ele diz meu nome faz a pressão na minha barriga aumentar.

Estou mordendo o lábio inferior com tanta força para não gemer que tenho medo de fazê-lo sangrar. A tortura continua, devagar, para cima e para baixo, em círculos, preciso de mais, quero mais.

— Ares...

— Hum? — A voz dele não é mais aquela fria e automática com a qual estou acostumada, é grave, e sua respiração, inconstante. — Quer que eu te toque aqui?

— Quero — murmuro, tímida.

Obediente, Ares afasta minha calcinha e, no momento em que seus dedos fazem contato com minha pele, estremeço, arqueando as costas.

— Ah, meu Deus, Raquel. — Ele geme em meu ouvido. — Você está tão molhada, tão pronta para mim.

Seus dedos fazem magia, me levando a revirar os olhos de prazer. Cacete, onde ele aprendeu a fazer isso? Minha respiração está caótica, meu coração já nem tem mais um ritmo normal, meu corpo está carregado de sensações deliciosas e viciantes. Não posso e nem quero pará-lo.

Meus quadris se movem ainda mais junto ao corpo dele, deixando Ares mais duro.

— Isso, fica se mexendo assim. Fica me provocando que eu vou abrir suas lindas pernas e penetrar você com tanta força que vou ter que cobrir sua boca pra você não gemer alto.

Ah, merda. As palavras dele são como fogo para meu corpo em chamas. Os dedos seguem se mexendo em mim, a boca ainda em meu pescoço, o corpo pressionando o meu.

Não aguento mais.

Meu autocontrole não existe mais, desapareceu no momento em que ele colocou as mãos dentro da minha calcinha.

Estou muito perto do orgasmo, e ele parece saber disso, porque acelera o movimento dos dedos. Para cima, para baixo, posso senti-lo chegando, meu corpo tremendo com a expectativa.

— Ares! Ah, meu Deus! — Sou toda sensações, sensações deliciosas.

— Está gostando?

— Sim! — Gemo sem controle, chegando perto do orgasmo. — Ah, meu Deus! Eu sou sua!

— Toda minha?

— Sim! Toda sua!

E explodo.

Todo meu corpo explode em milhares de sensações que percorrem cada parte de mim, me deixando eletrificada e me fazendo gemer tão alto que Ares usa sua mão livre para cobrir minha boca. O orgasmo me desarma e me faz estremecer, nem se compara aos que tive ao me tocar sozinha. Ares libera minha boca e tira a mão da minha calcinha.

E então, uma coisa acontece...

Ele se afasta um pouco, e o que escuto em seguida é o barulho dele rasgando um plástico. Uma camisinha? Logo depois, vem o ruído do zíper de sua calça se abrindo. Entro em pânico e me viro para enfrentá-lo.

Nem em cem anos de vida eu estaria preparada para vê-lo assim: seminu na minha cama, corado com seus lindos olhos azuis cheios de desejo, me observando com luxúria. Meus olhos inquietos descem por seu abdômen até aquela zona proibida que já senti tanto, mas ainda não vi, e, uau, confirmo que Ares é todo perfeito ao vê-lo colocar a camisinha. É bem grosso.

— O que foi? — pergunta ele, me agarrando.

Bem, eu sou virgem e entrei em pânico porque senti seu grande amigo me tocar. Obviamente não respondi isso. Que alívio, eu sei.

— Hum, eu... não... — Engulo e sinto minha garganta seca. Para onde foi toda a minha saliva?

Perdi minha saliva gemendo como uma louca nos braços de Ares, respondi em pensamento.

Ares ergue a sobrancelha.

— Não quer que eu te coma?

Que direto.

— Eu...

— Nós dois sabemos que você está pronta para mim.

— Eu...

Ares leva a mão à sua intimidade, envolvendo-a e a acariciando.

— Vai me deixar desse jeito, Raquel?

Eu deveria retribuir o favor? É isso o que ele está insinuando? Mas eu nunca bati uma para um cara.

Ajo por instinto e, nervosa, estendo a mão até ele. Ares me observa como um predador, brinca com o piercing em seus lábios úmidos e provocativos. Tê-lo tão perto e nu depois de deixar ele me dar o melhor orgasmo da minha vida me dá certa confiança, a barreira da intimidade já foi cruzada.

No momento em que minha mão entra em contato com seu pênis duro, Ares fecha os olhos e morde o lábio inferior, o que tira qualquer dúvida de minha cabeça. Vê-lo estremecer desse jeito, contraindo os músculos da barriga enquanto mexo minha mão, é a coisa mais sexy que já vi.

— Merda — sussurra ele, colocando a mão sobre a minha e acelerando o movimento. — Você sabe o que estou imaginando, Raquel?

Mexo minhas pernas, e o atrito entre elas me faz querer sentir os dedos de Ares ali mais uma vez.

— Não. O quê?

Ele abre os olhos cheios de puro desejo.

— Como deve ser gostoso ficar dentro de você. Estou imaginando você embaixo de mim com as pernas em volta do meu quadril, eu fazendo você ser minha enquanto grita meu nome.

Ah, meu Deus, nunca pensei que palavras poderiam me excitar tanto.

Ele tira a mão e eu continuo no ritmo rápido que ele acabou de me mostrar. Ares massageia meus seios de um jeito selvagem e, depois de alguns segundos, fecha os olhos sussurrando obscenidades. O abdômen dele se contrai, assim como os músculos de seus braços. Ares solta um grunhido misturado com um gemido e goza na minha mão.

Nossas respirações estão aceleradas, nossos peitos subindo e descendo.

— Preciso ir ao banheiro — digo, escondendo a mão.

Fujo para salvar minha vida e me tranco no banheiro. Lavo as mãos e olho meu reflexo no espelho.

— Caramba, o que acabou de acontecer? — pergunto para mim mesma em um sussurro.

Uma parte de mim nem acredita. Ares e eu acabamos de ter belos orgasmos praticamente ao lado de seu irmão adormecido. Agradeço por ter uma cama grande o bastante para que houvesse uma distância considerável entre nós e Apolo enquanto tudo estava acontecendo, porque coitado do Apolo!

Aponto para o reflexo no espelho.

— Quem é você e o que fez com o meu eu inocente?

Talvez nunca tenha existido um eu inocente. Recuperando a compostura e minha decência quase inexistente, decido sair e enfrentar o deus grego.

12

A CONVERSA

Percebo que essa coisa de deus grego combina bastante com Ares, ainda mais depois de tê-lo visto nu. *Vi Ares nu, toquei nele, o vi gozar, estou sonhando?* Talvez eu tenha ficado bêbada e este seja um daqueles sonhos vívidos malucos que as pessoas têm quando ficam fora de si.

Ao sair do banheiro, agradeço mentalmente por Ares ter se vestido, mas acho estranho ele ter colocado tudo, inclusive a camisa e os sapatos. Ele vai embora? No entanto, meu coração fica um pouco apertado quando ele nem mesmo se vira para me olhar, ocupado demais escrevendo no celular, sentado na minha cadeira de escritório.

Para quem ele está mandando mensagens a esta hora?

Isso não é problema seu, Raquel.

E aqui estou eu, desconfortável. O que devo fazer? Ou dizer? Alguns segundos depois, Ares tira os olhos do celular e me encara. Engulo em seco, brincando com as mãos.

Jura, Raquel? Depois de fazer tudo isso com ele, você está tão nervosa assim?

Minha consciência é uma idiota.

Ares se levanta, colocando o celular no bolso de trás da calça.

— Vou embora. — Meu coração afunda no peito. — Quando Apolo acordar, fala para ele pular a cerca e entrar pela porta dos fundos, vou deixar aberta.

— Achei que não ficaria bem eu dormir sozinha com um homem — brinco, mas Ares não sorri.

— E não é, mas é seu quarto, sua vida, e não tenho nada a ver com isso.

Certo, esse cara é definitivamente instável.

Primeiro foi irritante, depois carinhoso, então sexy e agora frio? É superinstável.

— Aconteceu alguma coisa?

Ares caminha até a janela.

— Não.

Ah, não, você não vai embora. Você não vai sair daqui desse jeito sem explicar o que houve. Não vai deixar essa sensação de que fui usada corroendo meu coração.

Consigo alcançar Ares e paro na frente dele, bloqueando a passagem até a janela.

— O que aconteceu agora, Ares?

— Não aconteceu nada.

— Aconteceu, sim. Sua mudança de humor está me deixando maluca.

— E seu drama está me irritando, por isso vou embora.

— Drama?

Ele aponta para nós dois.

— Este drama.

— Eu nem falei nada até ver você saindo.

— Por que não posso ir?

— Você disse que dormiria aqui.

Ares suspira.

— Mudei de opinião, acontece. Não sabia?

— Você está sendo um babaca. Não sabia?

— E é por isso mesmo que vou embora. — Olho para ele bastante sentida. — Não entendo por que as mulheres começam a supor que devemos algo a elas só porque nos divertimos na cama. Eu não devo nada a você, não tenho que fazer nada por você.

Ai!

Ares continua:

— Olha só, Raquel, gosto de ser sincero com as garotas com quem me envolvo. — Já sei que não vou gostar do que ele vai dizer, seja o que for. — Você e eu estamos nos divertindo, mas não estou buscando um relacionamento nem quero dormir abraçado depois de me divertir um pouco, eu não faço esse tipo de coisa. Preciso que entenda, porque não quero machucar você. Se quiser ficar assim sem compromisso, tudo bem, mas se não quiser, se estiver a fim de um namorado, um romance, um príncipe encantado, então me pede para ir embora e eu vou.

Lágrimas grossas escorrem pelas minhas bochechas. Umedeço os lábios antes de falar.

— Entendo.

A expressão de Ares se transforma em tristeza e, antes que ele possa dizer qualquer coisa, enxugo as lágrimas e abro a boca outra vez.

— Então quero que fique longe de mim.

A surpresa no rosto de Ares é contundente e muito óbvia, e sei que isso não era o que ele esperava. Digo para ele ir embora porque sei que nem todo sexo do mundo é o bastante para mudar alguém, se essa pessoa não estiver disposta.

Minha mãe me ensinou a nunca tentar mudar alguém, porque essa é uma batalha perdida se a pessoa não quiser mudar, e Ares obviamente não quer.

Se eu gosto dele? Eu o adoro, ouso até dizer que estou me apaixonando por ele, mas vi minha mãe aguentar e perdoar as infidelidades do meu pai mais de uma vez, vi como ela esqueceu seu próprio valor, e não importa o quanto ela tenha aguentado, chorado e sofrido, meu pai nunca mudou e foi embora com uma mulher muito mais jovem. Depois de viver tudo isso, prometi não ser igual, não me deixar ser pisoteada e maltratada por amor, não me deixar levar pelas emoções.

Porque a dor de um coração partido passa, mas saber que alguém te pisoteou e fez você se esquecer do que era importante é algo que fica para sempre.

Então encaro os olhos de Ares. Não me importa se ainda tem lágrimas secas nas minhas bochechas.

— Fica longe de mim e não se preocupa, não estou interessada em continuar perseguindo você.

Ele ainda está surpreso.

— Você não para de me surpreender, é tão... imprevisível.

— E você é um idiota. Acha que andar por aí transando com as garotas para depois simplesmente largá-las vai te fazer feliz? Acha que essa babaquice de "não quero nada sério, só me divertir" vai te levar a algum lugar? Sabe, Ares, achei que você fosse diferente. Entendi por que dizem "não julgue um livro pela capa". Você tem uma capa linda, mas seu conteúdo é vazio, não é um livro que eu tenho interesse em ler. Então sai do meu quarto e não volta mais.

— Uau, você quer mesmo toda a história de príncipe encantado e de romance, não é?

— Quero, e não tem nada de errado com isso, porque pelo menos eu tenho certeza do que quero.

Ares cerra a mandíbula.

— Bem, como quiser. — Eu me afasto e ele começa a subir na janela.

— E... Ares?

Ele me olha, as mãos na escada, o corpo já para fora.

— Espero que a internet da sua casa já tenha voltado, porque vou mudar a senha do wi-fi. Não vejo mais sentido em ser AresEEuParaSempre.

Uma pitada de dor transparece nas feições de Ares, mas eu atribuo isso à minha imaginação. Ele apenas assente e desaparece, descendo a escada.

Deixo escapar um longo suspiro enquanto observo o cara dos meus sonhos ir embora pela minha janela.

* * *

Estou me sentindo horrível.

Tanto física quanto emocionalmente, o que é uma combinação muito ruim para um ser humano só. Minha cabeça dói; meu corpo e meu estômago não se estabilizam por completo depois da bebida. Não dormi nada e já amanheceu.

E Apolo?

Vai muito bem, obrigada, dormindo como um vampiro em um dia ensolarado.

A xícara de café aquece minhas mãos. Estou sentada no chão em frente à cama, enrolada no cobertor. Espero que o café faça algo pela minha alma, estou me sentindo um zumbi e tenho certeza de que também pareço um.

Apesar disso, o mal-estar não é nada comparado a esse sentimento de decepção que penetra minha alma. Me sinto usada, rejeitada e desvalorizada. Incrível o que Ares consegue fazer comigo com tão poucas palavras. Mesmo sabendo que fiz a coisa certa ao expulsá-lo, isso não ameniza a desilusão e a tristeza em meu coração por ele ter ido embora.

Tão rápido quanto chegou em minha vida, ele se foi.

O sol aparece pela pequena janela e me lembro como se fosse ontem — na verdade, foi ontem — de quando Ares desapareceu por ela. Não consigo deixar de analisar cada momento mais uma vez. Meu pobre cérebro guiado por meu coração tenta encontrar gestos, expressões, palavras escondidas que me deem esperança de que ele não estava apenas brincando comigo, de que não me usou, de que não é um idiota.

Sempre soube que sua personalidade não era das melhores, percebi isso no tempo em que o observei. Mas tampouco esperei que ele tivesse essa percepção sobre romance, que não quisesse um relacionamento ou que pensasse que as mulheres são feitas para se usar e jogar fora.

Isso doeu, e muito.

Sei que se não tivesse as convicções que tenho sobre me respeitar como mulher, teria caído na lábia dele. Teria me entregado por completo porque simplesmente o adoro, gosto de tudo nele.

Nunca na vida tinha me sentido tão atraída por alguém. As coisas que Ares me faz sentir só de olhar para mim me deixam sem fôlego.

Então eu não culpo as garotas que tiveram algo com ele, que tentaram mudá-lo, eu também tentaria se não tivesse visto com meus próprios olhos o que minha mãe passou. Isso sempre foi minha motivação.

Suspiro e tomo um gole de café.

Estou tão cansada de ficar sozinha.

Quero amar, quero experimentar, quero me divertir, quero tantas coisas, mas também quero alguém que me respeite, que goste de mim, que queira estar comigo. Não quero ser um joguinho para ninguém, por mais que eu goste da pessoa.

Apoio a cabeça na beirada da cama e deixo a xícara de café pra lá, observando o ventilador de teto girar, se movendo tão devagar, jogando o ar frio no meu rosto.

Sem me dar conta, adormeço.

Horas depois, Apolo finalmente acorda e vai embora com a cabeça baixa e murmurando mil desculpas. Percebo o medo e o respeito de Apolo por Ares, mas, acima de tudo, o quão carinhoso e amável ele é. Gosto muito dele e espero que essa situação, ainda que bizarra, seja o início de uma amizade.

Quando vi Apolo descer a escada do lado de fora da minha janela, não pude deixar de me lembrar de Ares e daquele momento tão recente, os olhos fixos nos meus, como se esperasse que eu mudasse de ideia e dissesse para ele voltar.

Ah! Sai da minha cabeça, deus grego. Preciso dormir. Cubro-me com o cobertor e tento cair no sono.

13

O INCIDENTE

Eu me considero uma pessoa trabalhadora.

Precisei começar a trabalhar para ajudar minha mãe e para comprar coisas que ela não podia me dar, não porque não queria, mas porque seu salário de enfermeira só dava para pagar o aluguel, as contas e o carro e outras despesas da casa. Somos uma equipe.

Porém, hoje eu não queria vir trabalhar. Pensei em uma centena de desculpas para não vir, mas a verdade é que preciso do dinheiro e as aulas começam na segunda-feira, então são meus últimos dias em período integral. Quando as aulas voltarem, só poderei trabalhar algumas noites e aos fins de semana, sem exceder as horas permitidas para estudantes durante o ano letivo.

Já se passou quase uma semana desde a última vez que vi Ares. Para ser honesta, não esperava sentir saudades dele, já que ficamos juntos pouquíssimas vezes. Como posso sentir tanta falta de alguém? Acho que também sinto falta de segui-lo; esse era meu hobby estranho que me dava emoção e adrenalina, e agora perdi os dois. Suspiro, pegando minhas coisas e colocando-as na mochila. Dizer que tive um dia ruim é pouco.

Ultimamente, ando distraída e bocejando o tempo todo. Meu chefe me chamou a atenção três vezes e tivemos que dar batata frita de graça para um cliente porque confundi o pedido dele. Tiro o boné do McDonald's e o coloco no armário. Penso em trocar de camisa, mas nem tento; estou com preguiça de ir ao banheiro, trocarei quando chegar em casa.

— Dia ruim, hein? — A voz de Gabriel me faz pular, e bato o ombro na porta do armário.

— Meu Deus! Que susto.

Ele dá um sorriso tímido.

— Desculpa.

Sorrio de volta.

— Tudo bem.

Gabriel tira o boné, deixando à mostra o cabelo ruivo, e agora posso ver sua cara direito: ele tem um rosto meio fofo, do tipo que, se fizer olhinhos pidões, é capaz de você cair aos seus pés.

— Então, estou curioso. Tem algum motivo para você ter servido nuggets para alguém que pediu um McFlurry?

— Ah, você viu?

— Todo mundo viu. Você estava viajando.

Ele abre o armário e tira suas coisas.

— Que droga.

— Não se preocupa, já fiquei assim também.

Olho para ele com tristeza.

— Dani?

— Aham. — Ele olha para o interior do armário, perdido em pensamentos. — Ela e eu somos de mundos diferentes. Para ela, eu sou só o cara gato que trabalha no McDonald's, mais nada.

— Sinto muito.

— Relaxa, eu sabia que não daria certo, mas não esperava me importar tanto com ela e tão rápido.

Ah, acredite em mim, eu entendo.

— Nem sei o que dizer, Gabo.

— Me conta a sua história.

— Minha história?

— Por que você está tão distraída hoje?

Fecho meu armário e coloco a mochila nas costas.

— Eu... tirei uma pessoa da minha vida há pouco tempo. Ele... — Lembro-me das palavras frias de Ares. — Ele não era o que eu esperava.

— Decepção, né? Isso dói.

— E como. — Ando em direção a ele. — Tenho que ir. — Passo ao seu lado para caminhar até a porta. — Boa noite, Gabo.

— Boa noite, Raquel McNuggets.

— É sério?

— Vai levar uns dias até eu esquecer isso.

Mostro o dedo do meio, e ele parece surpreso.

— Tchau, novato.

Andar para casa nunca foi tão deprimente quanto hoje. O som dos carros passando na avenida, as luzes alaranjadas dos postes iluminando parcialmente as ruas. É como se o ambiente tivesse sido moldado de acordo com meu humor. Já é quase meia-noite, mas não me preocupo, o índice de criminalidade é baixo nesta área e minha casa não é tão longe.

Minha mãe sempre me disse que a preguiça não traz nada de bom, e nunca imaginei que chegaria a um momento na vida em que esse conselho faria tanto sentido, e da pior forma. Porque, graças à preguiça, tomo uma péssima decisão: pego um atalho.

Para chegar mais rápido ao meu bairro, decido cruzar por baixo de uma ponte para cortar caminho. Está escuro e vazio, e meu conhecimento dos índices de criminalidade desta área não levou em conta as pessoas que vêm a esse lugar escuro para usar ou vender drogas. Minhas pernas ficam paralisadas quando vejo três homens altos debaixo da ponte. A distância entre nós é bem pequena, pois a escuridão serviu de camuflagem e eu não os tinha visto até quase estar frente a frente com eles.

— Procurando alguma coisa, lindinha? — diz um deles com uma voz grossa, tossindo um pouco.

Meu coração bate desesperadamente, minhas mãos suam.

— Não, eu não... Não.

— Está perdida?

— Eu p-peguei o caminho errado — gaguejo, e um deles ri.

— Se quiser passar por aqui, vai ter que dar alguma coisa em troca.

Balanço a cabeça.

— Não, vou pelo outro lado. — Dou um passo para trás e nenhum deles se mexe. Será que me deixarão ir? — Por favor, me deixem ir.

Estou prestes a me virar e ir embora quando meu celular toca, quebrando o silêncio. Merda!

Apressada e trêmula, tiro o aparelho do bolso e o coloco no silencioso para guardá-lo outra vez, mas é tarde demais.

— Ah, esse celular parece ser muito bonito. Não acha, Juan?

— Parece mesmo, acho que seria um bom presente de aniversário para minha filha.

Tento correr, mas um deles agarra meu braço e me arrasta para a escuridão sob a ponte. Grito o mais alto que posso, mas ele cobre minha boca e segura meu cabelo, mantendo-me quieta.

— Shhh! Calma, lindinha. Não vamos fazer nada com você, só passa o celular.

Lágrimas escorrem dos meus olhos. O homem cheira a álcool e milhares de coisas ilegais.

— O celular. Agora! — exige outro deles, mas não consigo me mexer.

O medo me paralisa, quero mexer minha mão e pegar o aparelho, mas não consigo.

O terceiro homem emerge das sombras, segurando um cigarro entre os dentes e com uma cicatriz no rosto.

— Está no bolso, segurem ela.

Não me toquem!

Grito, mas só murmúrios podem ser ouvidos, a voz abafada pela mão do homem que está me segurando. O cara com a cicatriz vem até mim e coloca a mão no bolso da minha calça, lambendo os lábios.

Quero vomitar. Por favor, alguém me ajuda.

Ele pega meu celular e o observa.

— Bonito, e parece novo. Vai ser um bom presente. — Ele o entrega ao outro homem, seus olhos doentios ainda presos no meu rosto. — Você é muito linda. — Seu dedo enxuga minhas lágrimas. — Não chora.

— Posso deixar ela ir? Já pegamos o celular — pergunta o que está me segurando.

O que agora está brincando com meu celular responde:

— Sim, Juan, agora pode.

Juan me encara e seus olhos descem para meu corpo. Não, por favor, não.

O cara me solta, mas Juan me agarra e me puxa em direção a ele por trás, tapando minha boca novamente. Consigo sentir meu coração na boca, palpitando sem controle. Não consigo respirar direito, não consigo me mexer.

Socorro!

— Juan, já chega, é só uma menina.

— É, Juan, ela deve ter a idade da minha filha.

— Calem a boca, idiotas! — O grito ecoa em meu ouvido. — Saiam daqui.

— Mas…

— Caiam fora!

Os dois homens trocam olhares, e eu suplico com os olhos, mas eles decidem ir embora.

Não. Meu Deus, por favor, não.

Juan me arrasta para dentro do túnel, então começo a chutar e gritar desesperadamente. Ele agarra meu cabelo e me vira em sua direção.

— Colabora, não quero te machucar mais do que o necessário. Vou destampar sua boca, mas se você gritar, vai se dar mal, gatinha.

Assim que ele solta minha boca, eu grito.

— Socorro! Por favo…! — Ele me bate.

Eu nem mesmo o vi levantar a mão, só sinto o forte impacto na minha bochecha direita. Nunca fui agredida, nunca senti uma dor tão forte e repentina. Fico desnorteada, e ele me joga no chão, tudo gira e meu ouvido direito lateja. Consigo sentir o gosto de sangue na boca.

— Tem alguém aí? — Ouço uma voz vindo de cima da ponte, como se fosse Deus. — O que está acontecendo?

Juan se assusta e sai correndo. Eu rastejo para me sentar. Todo o lado direito do meu rosto lateja.

— Socorro! Aqui embaixo! — Minha voz soa fraca.

— Ah, meu Deus! — É a voz de um homem. Após alguns segundos, que parecem durar uma eternidade, um garoto aparece no meu campo de visão. — Ah, meu Deus! Você está bem?

Não consigo falar, estou com um nó na garganta. Só quero ir para casa, só quero ficar segura.

Ele se ajoelha na minha frente.

— Você está bem? — Só consigo assentir. — Quer que eu chame a polícia? Consegue andar?

Com a ajuda dele, eu me levanto e nós saímos da escuridão infernal.

Mamãe...

Casa.

Segura.

Isso é tudo que meu cérebro consegue processar. O garoto me empresta o celular, e com os dedos trêmulos eu digito o único número que conheço: o da minha mãe. Mas ela não atende, e meu coração afunda no peito. Lágrimas encobrem minha visão.

— Quer que eu chame a polícia? — repete ele.

Não, não quero a polícia, não quero perguntas, só quero ir para casa, onde estarei segura, onde nada pode me fazer mal. Mas não tenho coragem de andar por essas ruas sozinha, não outra vez.

Então lembro que o número da minha mãe era o único que eu conhecia até pouco tempo. Até que Ares começou a me mandar mensagens e eu gravei o dele, de tão obcecada que era.

No momento, não importa o que ele e eu combinamos, só preciso que alguém me leve para casa, e o cara que me salvou disse que estava com pressa porque perderia o último trem. Esse telefonema é minha única salvação. Se Ares não me atender, terei que chamar a polícia e esperar sozinha.

Ao terceiro toque, escuto a voz dele.

— Alô?

O nó na minha garganta torna quase impossível dizer algo.

— Oi, Ares.

— Quem é?

— É... a Raquel. — Minha voz falha, as lágrimas escorrendo.

— Eu...

— Raquel? Você está bem? Está chorando?

— Não, tudo bem, sim... Eu...

— Pelo amor de Deus, Raquel, me fala o que está acontecendo.

Não consigo falar, apenas chorar. Por algum motivo estranho, escutar a voz dele me fez chorar. O garoto toma o celular de mim.

— Olá, sou o dono do celular. A garota foi agredida debaixo de uma ponte. — Há uma pausa. — Estamos no parque da quarta avenida, em frente ao prédio em construção. Certo, tudo bem. — Ele desliga.

Eu sou apenas um mar de lágrimas. O garoto toca meu ombro.

— Ele já vem, vai chegar em alguns minutos. Calma, respira.

Os minutos passam voando, e não demora para eu ver Ares correndo como louco até nós. Como eu disse, meu bairro não é longe, mas ainda assim ele deve ter corrido bastante para chegar aqui tão rápido. Está de calça de pijama cinza e uma camiseta da mesma cor; seus pés estão descalços e o cabelo todo bagunçado.

Seus lindos olhos encontram os meus, e a preocupação em seu rosto me desarma. Levanto-me para caminhar até ele. Ares não diz nada e me abraça rapidamente. Ele cheira a sabonete e, neste momento de segurança, também cheira a tranquilidade. Estou a salvo. Ele se afasta e segura meu rosto.

— Você está bem? — Fraca, faço que sim, e ele passa o dedo pelo meu lábio machucado. — O que aconteceu?

— Não quero falar, só quero ir pra casa.

Ares não me pressiona e olha para o garoto ao nosso lado.

— Vou cuidar disso, pode ir. Obrigado.

— Não há de quê, se cuidem.

Ficamos sozinhos. Ares me solta, se vira e se inclina para a frente, oferecendo-me suas costas enquanto eu olho para ele sem entender.

— O que você está fazendo?

Ele me lança um sorriso por cima do ombro.

— Levando você para casa.

Com cuidado, subo nas costas dele, e Ares me carrega sem dificuldades, como se eu não pesasse nada. Descanso minha cabeça em um de seus ombros. Meu rosto ainda lateja de dor, e as lágrimas inundam meus olhos quando penso no que acabou de acontecer, mas me sinto segura.

Nos braços do idiota que partiu meu coração, sinto-me segura.

O silêncio entre nós não é incômodo, apenas quieto. O céu está limpo, as ruas ainda estão movimentadas com alguns carros, as luzes alaranjadas dos postes continuam iluminando como se nada tivesse acontecido.

Chegamos à minha casa. Ares me coloca no chão e eu abro a porta. Minha mãe não está, como de costume, então ele entra comigo. Subo até meu quarto enquanto Ares pega gelo na geladeira. Rocky me recebe entusiasmado, e só consigo fazer um pouco de carinho em sua cabeça antes de mandá-lo ficar quieto, sentado no canto do quarto. Tiro a mochila e me sento na cama.

Ares aparece com um saquinho de plástico cheio de gelo e se senta ao meu lado.

— Isso vai ajudar.

Ele pressiona o saquinho no meu rosto, e eu gemo de dor.

— Desculpa.

Ares franze a testa.

— Pelo quê?

— Por ter ligado pra você. Sei que...

— Não — interrompe ele. — Nem pense nisso. Nunca hesite em me ligar se tiver algum problema. Nunca! Está bem?

— Está bem.

— Agora deita, você precisa descansar, amanhã vai ser outro dia. — Obedeço e me deito, segurando o saquinho de gelo junto à minha bochecha.

Ele me cobre com a coberta, e eu só o observo. Esqueci como ele é lindo.

Senti saudades...

Penso, mas não digo. Ares parece se preparar para ir embora, e o pânico de ficar sozinha me invade. Sento.

— Ares...

Os olhos azuis me encaram, esperando, e não sei como pedir que ele fique. Como posso dizer isso se há uma semana pedi para que fosse embora e não voltasse mais?

Não quero ficar sozinha, não posso ficar sozinha esta noite. Ele parece ler minha mente.

— Quer que eu fique?

— Quero. Você não precisa fazer isso se não quiser, vou ficar bem, eu... — Ele nem espera eu terminar, já vai se jogando ao meu lado na cama.

Antes que eu consiga esboçar alguma palavra, ele põe um braço ao redor da minha cintura e me puxa para perto dele, abraçando-me carinhosamente por trás.

— Você está segura, Raquel — sussurra. — Dorme, não vou deixar você sozinha.

Coloco a bolsa de gelo na mesa de cabeceira e fecho os olhos.

— Promete?

— Prometo. Eu não vou embora. Não desta vez.

O sono chega para mim, e estou naquele momento entre a consciência e a inconsciência.

— Senti saudades, deus grego.

Sinto um beijo na parte de trás da minha cabeça, e logo depois um sussurro baixo.

— Eu também, bruxa. Eu também.

14

O CAVALHEIRO

Rocky me acorda com seu hábito de lamber minha mão quando quer comida. A luz do sol está forte e entra pela minha janela, aquecendo o quarto. Meus olhos ardem, meu rosto dói. Levo alguns segundos para me lembrar de tudo o que aconteceu na noite passada.

Ares...

Sento-me em um pulo e olho para o espaço ao meu lado na cama.

Está vazio.

Meu coração fica apertado. Ele foi embora? O que esperava, que ele acordasse aconchegado em você? Sou uma boba mesmo.

Sem pressa, vou ao banheiro escovar os dentes, mas quando me olho no espelho, deixo escapar um grito.

— Santa Mãe dos Roxos!

Meu rosto está horrível, com todo o lado direito inchado e um hematoma que vai da metade da minha bochecha até o olho. Tenho um corte pequeno no canto da boca. Não fazia ideia de que aquele homem havia me batido com tanta força. Enquanto examino meu rosto, noto marcas nos punhos e braços, suponho que de quando os homens me arrastaram de um lado para outro.

Um calafrio me invade ao lembrar o que aconteceu. Depois de tomar banho e escovar os dentes, saio do banheiro de calcinha e sutiã, secando o cabelo com a toalha.

— Calcinha do Pokémon?

Dou um grito ao ver Ares sentado na minha cama, uma sacola com comida e dois cafés na mesa de cabeceira.

Cubro-me com a toalha.

— Achei que tinha ido embora.

Ele sorri daquele jeito que faz meu coração derreter em segundos.

— Só fui pegar o café da manhã. Como você está?

— Bem, obrigada. É muito gentil da sua parte.

E gentileza não é seu forte, penso, mas não digo.

— Se veste e vem comer, a não ser que queira comer assim, sem roupa. Eu não me importaria.

Eu o fuzilo com o olhar.

— Muito engraçado, já volto.

Já vestida e devorando o café da manhã, tento ignorar a linda criatura na minha frente, porque, caso contrário, não tenho como comer em paz.

Ares toma um gole de café.

— Preciso falar uma coisa. Não vou conseguir viver em paz se não disser.

— O quê?

— Pokémon? Jura? Eu nem sabia que existia calcinha do Pokémon.

Reviro os olhos.

— É minha roupa íntima, ninguém deveria ver.

— Eu vi. — Os olhos dele encontram os meus. — E também toquei nela.

Quase engasgo com a comida.

— Ares…

— Que foi? — Ele me lança um olhar brincalhão. — Ah, você se lembra bem, não é?

— Óbvio que não.

— Então por que está vermelha?

— É o calor.

Ele sorri maliciosamente, mas não diz nada. Termino de comer e tomo um gole de café, mantendo os olhos em qualquer lugar, menos nele, mas dá para sentir seu olhar em mim. E isso continua me deixando nervosa. Eu me dou conta de como estou vestida e de cada detalhe em mim que ele pode ver e desaprovar, como o cabelo molhado e despenteado.

Ares suspira.

— O que aconteceu ontem à noite?

Ergo o olhar e encontro o azul-escuro daqueles olhos que me desarmam. Sinto que posso dizer tudo para Ares. Por que confio nele mesmo depois que partiu meu coração? Ninguém entenderia.

Passo a mão pelo cabelo.

— Saí do trabalho e decidi pegar um atalho. — Ares me lança um olhar de desaprovação. — Que foi? Eu estava cansada e achei que não ia acontecer nada.

— Você não deveria nem cogitar ir pelos caminhos mais curtos e escuros àquela hora da noite.

— Agora eu sei. — Faço uma pausa. — Bom, fui por baixo da ponte e esbarrei com três caras.

Procurando alguma coisa, lindinha?

Aperto minhas mãos no colo.

— Pegaram meu celular, e um deles...

Você é muito linda. Não chora.

As palavras do homem ainda me assombram.

Ares põe a mão sobre a minha.

— Você está segura agora.

— Dois deles foram embora e me deixaram com o outro. Ele me arrastou para a escuridão e me mandou não gritar, mas eu reagi, por isso me bateu. O garoto que ligou pra você me ouviu, e o cara saiu correndo.

— Ele fez alguma coisa com você? — Os olhos de Ares têm um brilho raivoso que me surpreende. — Tocou em você?

Nego com a cabeça.

— Não, graças a Deus me socorreram a tempo.

Ele aperta minha mão, suas palmas são macias.

— Já passou, você vai ficar bem.

Ele sorri, e pela primeira vez não é um sorriso presunçoso ou travesso, é um sorriso genuíno, um verdadeiro, um que não havia me mostrado antes e que faz estragos no meu coração. Ares Hidalgo parece tão sinceramente grato por eu estar bem que sinto uma vontade ridícula de beijá-lo.

E é neste instante que me dou conta de que nunca nos beijamos na boca, apesar de termos feito coisas mais íntimas juntos. *Por que ele nunca me beijou?* Quero perguntar, mas não consigo criar coragem para isso, não agora. Além do mais, o que ganharia com essa pergunta se um relacionamento com ele está fora de cogitação?

Ele foi carinhoso e gentil, se comportou como um perfeito cavalheiro, mas isso não quer dizer que sua opinião tenha mudado, muito menos a minha. Ares acaricia as costas da minha mão com o polegar, e sinto que preciso agradecer.

— Obrigada, de verdade. Você não precisava fazer tudo isso. Muito obrigada, Ares.

— Estou sempre às ordens, bruxa.

Sempre…

As palavras me causam um frio na barriga e meu coração bate mais rápido.

Ares chega mais perto e segura meu queixo.

— O que você está fazendo?

Ele examina o lado machucado do meu rosto.

— Não acho que precise tomar nada, mas, se doer muito, pode tomar um analgésico. Vai ficar bem.

— Você é médico agora?

Ares dá uma risadinha.

— Ainda não.

— Ainda não?

— Quero estudar Medicina quando terminar o ensino médio.

Fico surpresa com a informação.

— Sério?

— Por quê?

— Achei que fosse estudar Administração ou Direito, como seu pai e seu irmão.

— Para trabalhar na empresa do meu pai?

— Nunca imaginei você como médico.

Se bem que você seria um médico muito bonito.

— Isso é o que todo mundo deve pensar. — Ele estreita os lábios. — Tenho certeza que meus pais e Ártemis acham o mesmo.

— Eles não sabem que você quer estudar Medicina?

— Não, você é a primeira pessoa para quem eu conto.

— Por quê? Por que eu?

A pergunta sai da minha boca antes que eu possa contê-la. Ares olha para o outro lado.

— Sei lá.

Mordo a língua para não fazer mais perguntas.

Ele se levanta.

— Tenho que ir, prometi ao Apolo que o levaria ao abrigo de animais.

— Ao abrigo de animais?

— Você faz muitas perguntas, Raquel — afirma ele, de uma forma que não soou rude. — Apolo adota cachorrinhos quando a mamãe está de bom humor e permite. Se dependesse dele, já teríamos dezenas de cachorros.

— Apolo é um doce.

Ares fica sério.

— Ele é mesmo.

— Pode mandar um oi por mim?

— Está com saudade de dormir com ele por acaso?

E aqui vamos nós com a instabilidade.

— Ares, vou esquecer que você disse isso porque se comportou muito bem até agora.

Vai embora antes de estragar o momento, deus grego.

Ares abre a boca para responder, mas hesita. Por fim, diz:

— Bem, espero que você melhore logo. Se precisar de alguma coisa, me avisa.

— Vou ficar bem.

Não tenho um celular para te avisar.

Ia dizer isso, mas não quero parecer carente. Talvez ele só tenha falado isso para ser gentil e não espere que eu avise mesmo. Ares sai pela minha janela, e eu me deixo cair na cama. Olho para o teto e suspiro.

Dani está perplexa.

Ela não pisca, não se mexe, não fala.

Nem tenho certeza de que está respirando.

Até que ela começa a perguntar se estou bem, o que aconteceu, se precisamos fazer uma denúncia formal, e quando digo que não, ela rebate dizendo que, ao denunciar esses homens, evitamos que eles ataquem outras garotas. A verdade é que não quero que mais ninguém passe pelo que eu passei, então, junto de minha mãe e Dani, vou até a delegacia. Faço questão de mencionar aquela ponte que eles parecem frequentar, na esperança de que a polícia os encontre ali em busca de outras vítimas. Mamãe nos deixa na casa de Dani depois de tudo porque vai estar de plantão hoje e não quer que eu fique sozinha esta noite.

No conforto do quarto de Dani, conto tudo o que aconteceu com Ares. Ela leva alguns minutos para processar todas as informações. Para ela, fui de perseguir Ares e brigar com ele por causa do wi-fi para, de repente, fazer coisas superíntimas. Fico vermelha ao me lembrar do que fizemos. Estamos sentadas na cama com as pernas cruzadas e de pijama, e há um balde de pipoca entre nós. Decidimos fazer uma última festa do pijama antes de as aulas voltarem.

— Respira, Dani.

Ela inala, deixando escapar um longo suspiro, e ajeita o cabelo escuro atrás das orelhas.

— Tenho que admitir, estou impressionada.

— Impressionada?

— Sim, você baixou a bola dele quando precisou. Foi muito corajosa. Estou orgulhosa de você.

— Não é pra tanto.

— Lógico que é. Nunca achei que você chegaria a ter algo com ele, muito menos que faria ele baixar a bola. Parabéns! — Ela levanta a mão para um *high-five*.

Insegura, bato minha mão na dela.

— Não foi fácil, Dani. Você sabe o quanto eu gosto dele.

— Eu sei, por isso mesmo estou dando os parabéns, boba.

Pego um punhado de pipoca.

— Às vezes, não consigo acreditar que a gente teve algo. Ele sempre pareceu tanta areia para o meu caminhãozinho. — Enfio todas as pipocas que consigo na boca.

— Nem eu consigo acreditar. Quem diria? A vida é mesmo imprevisível.

Dani mastiga lentamente.

— Embora ache que ele está fora do meu alcance… — Suspiro. — Ares não está interessado em algo sério, só quer se divertir. Nem sei se ele gosta de mim.

Dani discorda estalando a língua.

— Deve gostar, para ter se envolvido com você. No mínimo, está atraído fisicamente. Garotos não se metem com garotas de que eles não gostam, não faria sentido.

— Mas ele me disse, com aquela cara estúpida e linda: "Porque você gosta de mim, mas eu não gosto de você" — repito com amargura, tentando imitar a voz de Ares.

— Se ele não gostasse de você, não teria tentado nada. Nada mesmo.

— Já chega, Dani.

— Chega de quê?

— Não fala essas coisas, você me faz ter esperanças de novo.

Dani junta os dedos e fecha a boca como um zíper.

— Bem, vou calar a boca, então.

Jogo uma pipoca nela.

— Não fica chateada — peço.

Ela faz apenas gestos, como se não pudesse falar.

— É sério isso, Dani?

Jogo outra pipoca, que ela agarra e come, mas não diz nada.

— Dani, Dani, fala comigo.

Ela cruza os braços.

— Eu só disse a verdade, você que não quer acreditar. Ares está ótimo. Ele tem dinheiro, é inteligente e pode ter qualquer garota que quiser. E ainda assim você vem me dizer que ele ficaria com alguém de quem não gostasse? É, ele pode não querer nada sério, mas ele gosta de você, Raquel.

— Está bem! Você está certa.

Dani joga o cabelo por cima dos ombros de uma forma arrogante.

— Sempre estou. Agora vamos dormir. A última coisa de que precisamos é enfrentar o primeiro dia de aula sem ter dormido. É nosso último ano, temos que arrasar.

— A gente sempre está igual. Vivemos numa cidade pequena, Dani.

— Você adora ser estraga-prazeres.

Dani se levanta e coloca o balde de pipoca no chão.

Nós nos acomodamos e nos enfiamos debaixo das cobertas. Desligando a luminária da mesa de cabeceira, suspiramos. Um instante de silêncio depois, o belo sorriso genuíno de Ares invade minha mente.

— Para de pensar nele, Raquel.

— Ninguém nunca fez eu me sentir desse jeito.

— Eu sei.

— E dói muito ele não querer algo sério comigo. Faz eu me sentir como se não fosse boa o suficiente.

— Mas você é, não duvide disso. Você fez bem em se afastar dele, Raquel. Se continuasse, seria pior.

Pego uma mecha do meu cabelo e começo a brincar com ela. Dani se vira para mim e ficamos uma de frente para a outra, deitadas.

— Dani, eu gosto muito dele.

Ela sorri.

— Não precisa dizer, conheço você.

— O que eu sinto por ele me faz querer agarrar qualquer fiapo de esperança.

— Não complica tanto a sua vida pensando, você é jovem. Se ele não sabe valorizar você, alguém vai saber.

— Acredita mesmo nisso? Parece impossível encontrar alguém como Ares.

— Talvez não seja alguém como ele, mas alguém que faça você se sentir como ele faz.

Eu duvido muito.

— Bom, é hora de dormir.

— Boa noite, baixinha.

Ela sempre me chamou assim por ser mais alta que eu.

— Boa noite, doidinha.

15

O PRESENTE

Meu primeiro dia de aula começa com a surpresa de encontrar Apolo no corredor principal, e ele me conta que mudou de escola e agora vai estudar aqui também. Quando pergunto sobre Ares, ele me conta que o irmão nunca sairia da escola particular porque ama o time de futebol de lá. Apolo e eu estamos no meio da conversa quando escutamos um grito no corredor.

— Raquel! Amor meu, paixão de outro!

Esse é Carlos, meu admirador de longa data. Tudo começou no dia em que o defendi de uns meninos no quarto ano. Desde então, ele me jura amor eterno quase todos os dias. Só o vejo como amigo, e, apesar de ter deixado isso bem evidente, ele não entende.

— Oi, Carlos — digo calorosamente, porque gosto dele.

Apesar de ser um pouco louco, ele é divertido.

— Minha linda princesa. — Ele pega minha mão e a beija de forma dramática. — Este foi o verão mais longo e agonizante para mim.

Apolo nos observa em silêncio com uma cara de "que merda é essa?", mas não diz nada.

Os olhos de Carlos deixam meu rosto e fitam Apolo.

— E quem é você?

— Esse é Apolo, ele é novo — respondo, soltando minha mão da dele. — Apolo, esse é Carlos, ele é...

— O futuro marido da Raquel e pai dos quatro filhos dela — acrescenta Carlos rapidamente.

Dou um tapa na parte de trás da cabeça dele.

— Já disse para você não falar essas coisas. Tem gente que acredita.

— Nunca ouviu que uma mentira repetida muitas vezes se torna verdade?

Apolo solta uma risadinha.

— Nossa, você tem um admirador muito dedicado.

Todos rimos por um bom tempo antes de ir para a aula.

O primeiro dia de aula termina tão rápido quanto começa, e mal posso acreditar que já estou no último ano. A ideia de ir para a faculdade me apavora, mas ao mesmo tempo me deixa muito animada. Depois de tentar dar comida para Rocky, que não quis comer, tiro o uniforme e o jogo no cesto de roupa suja. A força do hábito me faz ter vontade de espiar pela janela, já que é a essa hora que Ares chega da escola. Sempre o vejo andar pelo quarto mexendo no celular.

Mas isso acabou.

Olho para minha cama e noto uma pequena caixa branca sobre ela. Aproximo-me e pego a caixa. Um bilhete cai. Meus olhos se arregalam ao ver que é a caixa de um iPhone do modelo mais recente, e eu me apresso para ler o bilhete.

> *Para você não andar por aí sem celular. Aceite como um consolo por tudo o que aconteceu naquela noite.*
> *Nem pense em me devolver.*
> *Ares*

Dou tanta risada que Rocky me olha de um jeito esquisito.

— Está doido, deus grego? — pergunto para o nada. — Você está muito louco!

Não posso aceitar esse celular de jeito nenhum, é caríssimo. Definitivamente dinheiro não é problema para Ares, mas como foi que ele conseguiu entrar no meu quarto com Rocky aqui dentro? Olho meu cachorro e me lembro de que ele não quis comer quando cheguei, ou seja, sua barriga está bem cheia.

— Ah, não... Rocky, seu traidor!

Rocky abaixa a cabeça.

Preciso devolver o celular para aquele garoto, então coloco uma calça jeans e uma camiseta e saio na rua igual uma doida. Tenho que dar a volta para poder chegar à frente da casa de Ares, porque de forma alguma vou entrar pelos fundos, não quero que me confundam com um ladrão e me deem um tiro ou sei lá o quê. Na frente da casa dele, minha coragem vacila. Ares mora em uma linda residência de três andares com janelas vitorianas e um jardim com uma fonte na entrada. Recuperando minha coragem, toco a campainha.

Uma mulher muito bonita de cabelo ruivo abre a porta. Se não fosse pelo uniforme, teria pensado que era da família.

— Boa noite, posso ajudar?

— Hum... O Ares está?

— Está, sim, quem gostaria?

— Raquel.

— Muito bem, Raquel, por questões de segurança não posso deixar você entrar até falar com ele. Pode aguardar um segundo enquanto eu o chamo?

— Espero, sim.

Ela fecha a porta e eu brinco com a caixa do celular nas mãos. Acho que não foi uma boa ideia vir até aqui. Se Ares disser a ela que não quer me ver, a mulher vai me mandar embora.

Alguns minutos depois, a ruiva abre a porta de novo.

— Bom, já pode entrar. Ele está esperando você na sala de jogos.

Sala de jogos?

Tipo Christian Grey?

Para de ler tanto, Raquel.

A casa de Ares é extremamente luxuosa, e isso não me surpreende em nada. A mulher me guia pela sala em um longo corredor e para de repente.

— É a terceira porta à direita.

— Obrigada.

Não sei por que fiquei tão nervosa do nada. Vou ver Ares. Sinto que já faz muito tempo, mas na verdade se passaram só alguns dias.

Só devolve o celular e pronto, Raquel. Entra, entrega o celular e vai embora. Simples e fácil.

Bato na porta e ouço a voz de que eu tanto gosto gritar "Entra". Abro a porta devagar e dou uma olhada ali dentro. Não há chicotes nem nada parecido, então estou a salvo. É uma sala de jogos comum: uma mesa de sinuca e uma televisão imensa com diversos consoles embaixo.

Ares está sentado no sofá em frente à televisão com o controle do que parece ser um PlayStation 4 nas mãos, jogando algo com muitos tiros. Ele está sem camisa, apenas com a calça da escola, o cabelo bagunçado por causa do fone de ouvido ao redor da cabeça, e está mordendo a boca enquanto joga.

Caramba, Ares, por que você tem que ser tão gostoso? Por quê? Já até esqueci por que estou aqui. Pigarreio, desconfortável.

— Gente, já volto — diz Ares no microfone conectado a seu fone. — Eu sei, eu sei, tem visita.

Ele sai do jogo e tira os fones de ouvido. Seus olhos encontram os meus e eu paro de respirar.

— Deixa eu adivinhar... Veio devolver o celular?

Ele se levanta e faz eu me sentir pequena, como de costume. Por que tinha que estar sem camisa? Isso não é jeito de se receber uma visita.

Encontro minha voz.

— Sim, agradeço o gesto, mas é demais.

— É um presente, e é falta de educação recusar.

— Não é meu aniversário nem Natal, então não tem motivo para me dar um presente. — Estendo a mão com a caixa.

— Você só aceita presentes nessas datas?

Sim, e às vezes nem aceito.

— Só pega.

Ares me encara e faz com que eu tenha vontade de fugir.

— Raquel, você passou por uma coisa horrível naquela noite e perdeu algo que trabalhou muito para conseguir.

— Como você sabe?

— Não sou idiota, com o salário da sua mãe e as contas que ela paga, você nunca poderia ter comprado o celular que tinha. Sei que foi você que comprou, com o seu dinheiro, trabalhando. Sinto muito não ter conseguido evitar que te roubassem, mas posso te dar outro. Deixa eu te dar outro, não seja orgulhosa.

— Você é tão... difícil de entender.

— Já me disseram isso.

— Não, de verdade. Você diz que não quer nada comigo e vai embora, e depois faz uns gestos lindos como esse. Qual é o seu jogo, Ares?

— Não estou fazendo jogo algum, só estou sendo gentil.

— Por quê? Por que está sendo legal comigo?

— Não sei.

Bufo.

— Você nunca sabe nada.

— E você sempre quer saber tudo.

Seus olhos azuis me encaram com intensidade enquanto ele se aproxima de mim.

— Acho que você gosta de me deixar confusa.

Ares me dá um sorriso presunçoso que combina com ele.

— Você se confunde sozinha. Já expliquei para você.

— Sim, muito bem explicado, sr. Gentileza.

— O que tem de errado em ser gentil?

— Isso não me ajuda a esquecer você.

Ares dá de ombros.

— Não é problema meu.

Uma onda de raiva atravessa meu corpo.

— E aí vem o sr. Instável.

Ares franze a sobrancelha.

— Você me chamou de quê?

— De instável. Suas mudanças de humor são muito constantes.

— Criativa como sempre. — O sarcasmo flui em seu tom antes de ele continuar: — Não é culpa minha se você gosta de dar significado para tudo.

— Tudo sempre é culpa minha, não é?

— Meu Deus, por que você é tão dramática?

A raiva continua crescendo dentro de mim.

— Se encho tanto o seu saco, por que não me deixa em paz?

Ares ergue a voz:

— Você me ligou! Você me procurou!

— Porque eu não sabia outro número! — Acho que vejo decepção em seu rosto, mas estou chateada demais para me importar. — Acredita mesmo que eu teria ligado para você se tivesse tido outra opção?

Ele cerra os punhos, e, antes que possa dizer qualquer coisa, jogo a caixa do celular para ele, que a pega no ar.

— Só pega seu celular idiota e me deixa em paz.

Ares joga a caixa no armário e dá passos largos em minha direção.

— Você é muito mal-agradecida! Sua mãe não te deu educação?

Empurro seu peito nu.

— E você é um babaca!

Ares segura meu braço.

— Louca!

Bato em seu braço para me soltar.

— Instável!

Dou as costas e seguro a maçaneta para abrir a porta. Ares pega meu braço, puxando-me em sua direção novamente.

Seus lábios macios pressionam os meus.

E ali, na sala de jogos, Ares Hidalgo me beija.

16
O BEIJO

Queria dizer que não correspondi ao beijo, que empurrei Ares e fugi dele. Mas, no momento em que seus lábios macios tocaram os meus, perdi toda a noção de tempo e espaço.

Correspondi ao beijo no mesmo instante. O beijo de Ares não é suave nem romântico, é exigente, apaixonado e possessivo. Ele me beija como se quisesse me devorar, e é absolutamente delicioso. Ele segura meu rosto entre as mãos, aprofundando o beijo, nossas bocas se movendo em sincronia, a língua dele me provocando. Nossas respirações se aceleram, sinto que posso desmaiar a qualquer momento com a intensidade desse beijo.

Derreto em seus braços.

Nunca pensei que alguém poderia me fazer sentir desse jeito. Todo meu corpo está eletrificado, o sangue correndo rapidamente pelas veias, passando por meu coração acelerado. Ares pressiona meu corpo contra o dele, roubando-me um pequeno gemido que fica preso em sua boca. Os lábios de Ares se movem agressivamente, a língua invade minha boca de forma sutil, enviando arrepios de prazer por todo meu corpo.

Ares me levanta, e eu imediatamente o envolvo com minhas pernas. Fico ofegante quando sinto o quão duro ele está. Ele não para de me beijar um segundo sequer enquanto me carrega até o sofá.

Lentamente me deita e sobe em cima de mim. Passo as mãos por seu peito e pelo abdômen, sentindo cada músculo, e, nossa, ele é muito sexy. Ares enfia a mão por baixo da minha camiseta para tocar meus seios, e um gemido de prazer escapa da minha boca. Estou tão excitada que não consigo pensar em nada, só quero sentir Ares, ele inteiro pressionando meu corpo.

Ares se afasta, ajoelhando-se entre minhas pernas e desabotoando minha calça com uma agilidade impressionante. Vê-lo assim na minha frente, com os olhos azuis brilhando de desejo, tirando minha roupa, me faz perder o fôlego. Eu me sinto surpreendentemente confortável enquanto ele tira minha calça, jogando-a para o lado, e sua boca volta para a minha.

Ele passa as mãos pelas minhas pernas nuas e geme.

— Você está me deixando louco.

Mordo seu lábio inferior em resposta. Eu o desejo como nunca desejei ninguém na vida. Meu lado racional está saindo de férias, e os hormônios assumem o controle. Desesperada, agarro o botão da calça dele para tirá-la. Ele se levanta e deixa a calça cair no chão junto da cueca.

Meu Deus, ele está nu e seu corpo é perfeito. Cada músculo, cada tatuagem, tudo nele é perfeito. Os lábios dele estão vermelhos de tanto beijar, e imagino que os meus estejam do mesmo jeito. Ele volta para cima de mim, beijando-me lentamente, beijos úmidos cheios de paixão e desejo que me levam ao limite. A mão dele voa para dentro da minha calcinha e ele geme outra vez na minha boca; o som é a coisa mais excitante do mundo.

— Amo como você fica molhada pra mim.

Consigo senti-lo duro tocando minha coxa e estou morrendo de vontade de senti-lo em outro lugar. Seus dedos tocam aquele ponto cheio de terminações nervosas e ele o acaricia em círculos. Eu arqueio as costas, ofegante.

— Ah, meu Deus, Ares! Por favor.

Eu o quero, isso é tudo que minha mente consegue pensar. Preciso de mais.

Como se estivesse lendo minha mente, Ares puxa minha camiseta para cima até onde consegue, deixando meus seios à mostra, atacando-os com a língua e massageando-os com a mão livre. Isso é demais.

Querendo mais, seguro-o em minha mão e, por um segundo, o tamanho me assusta, mas o desejo é tão grande que o receio desaparece.

— Ares, por favor. — Nem mesmo sei o que estou pedindo.

Ares se afasta apenas alguns centímetros, seus olhos penetrando os meus, seus dedos ainda se movendo dentro da minha calcinha.

— Quer que eu te coma? — Só consigo fazer que sim com a cabeça, e ele lambe meu lábio inferior. — Quer me sentir dentro de você? Diga.

Mordo meu lábio inferior enquanto os dedos dele me levam à loucura.

— Ah! Sim, por favor, quero sentir você dentro de mim.

Ele se inclina para trás e procura algo na calça. Inquieta, observo Ares pegar um preservativo e colocá-lo.

Ah, meu Deus, eu realmente vou fazer isso. Vou perder minha virgindade com Ares Hidalgo.

Em instantes, ele está em cima de mim, no meio das minhas pernas, e uma onda de medo percorre meu corpo, mas ele me beija com paixão, afastando-a e fazendo eu me esquecer do meu próprio nome. Ele se posiciona e se afasta um pouco de mim, olhando nos meus olhos.

— Tem certeza?

Umedeço os lábios, nervosa.

— Tenho.

Ares me beija, e eu fecho os olhos, perdendo-me em seus lábios macios e deliciosos. Mas então eu o sinto me penetrar devagarinho, gemo de dor e as lágrimas brotam nos meus olhos.

— Ares, está doendo.

Ele enche meu rosto de beijos.

— Shhh, tudo bem, vai passar.

Ele entra um pouco mais, e eu arqueio as costas. Sinto como se algo dentro de mim estivesse se rompendo até ele me penetrar completamente e as lágrimas rolarem por todo o meu rosto.

— Me beija — diz ele.

Ares está dentro de mim, mas não se mexe. Seus beijos são molhados, apaixonados, enquanto as mãos tocam meus seios com delicadeza, distraindo-me, devolvendo a excitação ao meu corpo dolorido.

Ele não tem pressa em se mexer, apenas se concentra em me excitar ainda mais, seduzindo, beijando, mordendo meus lábios, meu pescoço, meus peitos. A dor ainda está lá, mas fica cada vez menor, e apenas o incômodo da queimação permanece. Preciso de mais, preciso que ele se mexa, já estou pronta para isso.

— Ares — digo, ofegante, junto de seus lábios.

Como se soubesse o que eu quero, ele começa a se mover devagar. O atrito faz arder um pouco, mas estou tão molhada que começa a ficar uma delícia. Ah, meu Deus, a sensação é inacreditável. Nunca me senti tão bem na vida. Dentro, fora, dentro, fora.

De repente, quero que ele vá mais rápido, mais fundo. Coloco as mãos em volta do pescoço dele e o beijo com muita vontade, gemendo e sentindo-o perfeitamente duro dentro de mim.

— Ares! Ah, meu Deus. Ares, mais rápido.

Ares sorri.

— Quer mais rápido, é? Você gosta? — Ele me penetra com força antes de começar a se movimentar mais depressa.

— Ah, por favor!

— Raquel — sussurra em meu ouvido, enquanto agarro suas costas —, você gosta de me sentir assim, com tudo dentro de você?

— Sim!

Posso sentir o orgasmo chegando e gemo tão alto que Ares me beija para silenciar os gemidos. Meu corpo explode, onda após onda de prazer invadindo cada parte de mim. Ares geme comigo, e seus movimentos ficam desajeitados e ainda mais rápidos. Ele goza e cai em cima de mim. Nossas respirações aceleradas fazem eco pelo cômodo inteiro. Com nossos peitos colados, podemos sentir as batidas do coração um do outro. Enquanto os últimos vestígios do orgasmo me deixam, a lucidez retorna à minha mente. *Ah, meu Deus! Acabei de transar com Ares. Acabei de perder a virgindade.*

Ares usa as mãos para se levantar e me dá um beijinho, saindo de dentro de mim. Arde um pouco, mas não é nada insuportável. Vejo rastros de sangue na camisinha e desvio o olhar, sentando. Ele retira a camisinha e a joga no lixo, depois veste a calça e me entrega minha roupa. Então se senta no braço do sofá e só me olha sem dizer nada. Não fala comigo, não me diz coisas bonitas, nem mesmo me abraça ou algo do tipo. É como se estivesse impaciente para eu ir embora.

O silêncio é muito incômodo, então me visto o mais rápido possível. Já de roupa, levanto e faço uma careta de dor.

— Está tudo bem?

Apenas assinto. Os olhos de Ares voam para o sofá atrás de mim, e eu sigo seu olhar. Há uma pequena mancha de sangue, mas muito visível. Ares parece notar meu constrangimento.

— Não se preocupa, vou mandar lavar.

— Eu... tenho que ir.

Ele não diz nada, e isso me machuca. Nenhum "Não, não vai" ou um "Por que você está indo embora?".

Começo a andar em direção à porta, o coração apertado. Tenho vontade de chorar, mas não deixo as lágrimas se formarem. Quando seguro a maçaneta da porta, ouço:

— Espera!

A esperança se acende em mim, mas logo se transforma em decepção quando o vejo caminhar com a caixa do celular nas mãos.

— Por favor, aceita. Não seja orgulhosa.

Esse simples gesto faz eu me sentir ainda pior, como se ele estivesse me pagando pelo que acabou de acontecer. Lágrimas rebeldes enchem meus olhos, e eu nem mesmo respondo. Abro a porta e saio depressa.

— Raquel! Não vai embora desse jeito! Raquel! — Eu o escuto gritando atrás de mim.

Sem perceber, já estou correndo para a saída e esbarro na empregada, mas a ignoro e continuo.

Já na rua, as lágrimas correm livremente pelo meu rosto. Sei que sou responsável pelo que acabou de acontecer. Ele não me obrigou, mas isso não faz com que eu me sinta melhor. Acabo de fazer algo muito importante para mim, e ele não deu a menor importância.

Sempre pensei que minha primeira vez seria um momento mágico e especial, que o garoto com quem eu estivesse me valorizaria, que pelo menos sentiria algo por mim. O sexo foi maravilhoso e fez meus sentimentos por ele crescerem em níveis incontroláveis, mas não significou nada para ele, foi só sexo.

Ares me avisou, ele me disse o que queria, eu que ainda assim fui burra o suficiente para dar a Ares o que era precioso para mim. Continuo correndo. Meus pulmões ardem por conta do esforço e porque estou chorando enquanto corro. Ao chegar em casa, me jogo na cama, completamente inconsolável.

17

A MENSAGEM

— Nutella?

— Não.

— Morango com chantili?

Balanço a cabeça.

— Não.

— Sorvete?

— Não.

— Já sei, tudo junto? Sorvete, morango e Nutella?

Nego outra vez e Yoshi ajeita os óculos.

— Desisto.

Estamos sozinhos na sala. A última aula terminou há pouco e Yoshi está tentando me animar. Está usando o boné virado para trás e óculos, como sempre. Já é sexta-feira, e passei a semana me arrastando pela escola. Não tive coragem de contar para ninguém o que aconteceu, nem mesmo para Dani. Estou muito decepcionada comigo mesma, não acredito que consigo falar sobre isso ainda.

— Vamos, Rochi. O que quer que tenha acontecido, não deixa isso derrubar você. Luta — aconselha ele, acariciando meu rosto.

— Não quero.

— Vamos tomar um sorvete. Pelo menos tenta, pode ser? — Seus lindos olhos me suplicam, e não consigo dizer não.

Ele está certo, o que aconteceu... aconteceu. Não posso fazer nada para voltar no tempo. Yoshi estende a mão para mim.

— Vamos?

Sorrio para ele e seguro sua mão.

— Vamos.

Decidimos tomar um sorvete e nos sentamos na praça da cidade. Está um dia lindo. Embora já tenha passado das quatro horas, o sol ainda brilha como se fosse meio-dia.

— Lembra quando a gente vinha aqui todo dia depois da escola no ensino fundamental?

Sorrio com a lembrança.

— Lembro, a gente virou amigo da senhora que vendia doces.

— E ela dava doces de graça pra gente.

Rio, lembrando-me de nossas caras meladas. Yoshi ri comigo.

— Eu gosto assim. Você sorrindo fica mais bonita.

Levanto a sobrancelha.

— Você está admitindo que eu sou bonita?

— Mais ou menos, talvez se eu beber um pouco eu dê em cima de você.

— Só se beber? Aff!

— E a Dani? Não a vi na escola esses dias. — Ele toma um pouco do sorvete.

— É que ela já faltou dois dias. Está ajudando a mãe com um projeto na agência. — A mãe de Dani tem uma agência de modelos muito renomada.

— Primeira semana e ela já está faltando, a cara da Dani.

— Ainda bem que ela é inteligente e consegue pegar a matéria rápido.

— É.

Tomando o sorvete, reparo em como Yoshi fica me olhando como se esperasse alguma coisa.

— Rochi, você sabe que pode confiar em mim, não é? — pergunta ele, e não faço ideia do que quer com isso. — Não precisa lidar com as coisas sozinha.

Suspiro com tristeza.

— Eu sei, é só que... estou tão decepcionada comigo mesma que não quero decepcionar mais ninguém.

— Você nunca vai me decepcionar.

— Não tenha certeza disso.

Seus olhos me encaram com expectativa.

— Confia em mim, talvez falar com alguém sobre isso ajude você a se sentir melhor.

Não há um jeito fácil de dizer, então apenas falo, sem rodeios.

— Perdi a virgindade.

Yoshi quase cospe o sorvete na minha cara. O choque em sua expressão é completamente visível.

— O quê? É brincadeira, não é?

Estreito os lábios.

— Não.

Uma expressão indecifrável cruza seu rosto.

— Como? Quando? Com quem? Que merda, Raquel! — Ele se levanta e joga o sorvete de lado. — Merda!

Levanto e tento acalmá-lo. As pessoas estão começando a nos olhar.

— Yoshi, calma.

— Com quem? — Seu rosto está vermelho e ele parece muito magoado. Yoshi segura meu braço. — Você nem tem namorado. Me diz com quem foi!

Solto meu braço.

— Se acalma!

Yoshi leva as mãos à cabeça e vira de costas para chutar uma lata de lixo. Ok, essa não era a reação que eu esperava.

— Yoshi, você está exagerando. Se acalma.

Ele passa a mão no rosto e se vira para mim.

— Me diz quem foi pra eu poder socar ele.

— Não é hora de dar uma de irmão mais velho ciumento e protetor.

Ele ri, sarcástico.

— Irmão mais velho? Você acha que essa é a reação de um irmão mais velho? Você está cega pra cacete.

— O que está acontecendo com você, caramba?

Ele me encara, e parece que milhares de coisas estão passando por sua cabeça.

— Você está cega — repete ele em um sussurro. — Preciso tomar um ar, a gente se vê.

E, sem mais nem menos, Yoshi vai embora. Fico sem palavras na praça, o sorvete derretido escorrendo pela casquinha, pingando no chão. Que merda é essa que acabou de acontecer?

Suspirando, volto para casa.

É sábado, minha vez de fazer faxina.

Resmungando, sigo a lista de tarefas que minha mãe me deu. Já fiz quase tudo, só falta meu quarto, então ligo o computador e coloco uma música para me motivar. Abro o Facebook e o deixo aberto, porque, agora que estou sem celular, a rede social se tornou meu único meio de comunicação.

Estou ouvindo "The Heart Wants What It Wants", da Selena Gomez, enquanto limpo a bagunça. Pego o controle do ar-condicionado e o uso como microfone para cantar.

— *The heart wants what it wa-a-a-ants.*

Rocky vira a cabeça e eu me ajoelho na frente dele, cantando. Um sapato bate na minha nuca.

— Doida! — grita minha mãe da porta.

— Ai! Mãe!

— Por isso você demora tanto para limpar. Deixa o pobre do cachorro traumatizado.

— Você sempre acaba com a minha inspiração — resmungo, me levantando. — O Rocky está encantado com a minha voz.

Minha mãe desvia o olhar.

— Vai logo, pega as roupas sujas e me dá, vou lavar hoje — ordena ela e vai embora.

Fazendo beicinho, olho para Rocky.

— Ela ainda não reconhece meu talento.

— Raquel, ainda tenho outro sapato — grita mamãe da escada.

— Já vou!

Depois de levar as roupas e terminar de arrumar meu quarto, sento em frente ao computador. Entro nas minhas mensagens do Facebook e fico surpresa ao encontrar duas de pessoas diferentes. Uma é de Dani, e a outra, de Ares Hidalgo.

Pisco, relendo o nome algumas vezes. Ele e eu não somos amigos no Facebook, mas sei que mesmo assim ele pode me enviar mensagens. Meu coração burro dispara, e sinto um frio na barriga. Não dá para acreditar que ele ainda me abala desse jeito depois de tudo o que aconteceu.

Nervosa, abro a mensagem.

> Bruxa.

É sério? Quem diz oi assim? Só ele. Curiosa para saber o que ele tem a dizer, respondo, ríspida:

> Que é?

Ele demora um pouco, e fico cada vez mais ansiosa.

> Vem aqui em casa quando puder.

Para você me usar de novo? Não, valeu. Queria escrever isso, mas não vou dar a ele o gostinho de saber o quanto fez eu me sentir mal.

> Você bebeu? Por que eu faria isso?

> Você esqueceu uma coisa aqui.

> Já disse que não quero o celular.

> **Ares enviou uma foto.**

Quando abro, é uma foto da mão dele segurando a correntinha de prata que minha mãe me deu quando eu tinha nove anos, o pingente gravado com meu nome. Instintivamente, minha mão sobe ao pescoço para confirmar que ela não está comigo, nunca a tirei. Como não percebi que estava sem ela? Talvez estivesse muito ocupada com meu rancor pós-primeira vez.

A ideia de ver Ares me enche de raiva e agitação ao mesmo tempo. Esse idiota me atingiu em cheio com sua instabilidade. Recuperando um pouco da dignidade (só um pouquinho), digito uma resposta.

> **Pede pro Apolo me devolver na escola segunda-feira.**

> **Está com medo de me ver?**

> **Não quero ver você.**

> **Mentirosa.**

> **Pense o que quiser.**

> **Por que você está brava?**

> **Você ainda pergunta? Só pede pro Apolo me entregar e me deixa em paz.**

> Não entendi sua raiva, nós dois sabemos o quanto você gostou. Consigo me lembrar muito bem de você gemendo.

Eu coro e desvio o olhar. Me sinto boba, já que ele não pode me ver.

> Ares, olha, não quero falar com você.

> Você vai ser minha de novo, bruxa.

Um arrepio pecaminoso percorre meu corpo. *Não, não, Raquel, não caia na dele.* Não respondo e fico observando. Ele volta a escrever.

> Se quiser a corrente, vem buscar, não vou mandar por ninguém. Espero você aqui, tchau.

Esse idiota!

Solto um grunhido de frustração. Se minha mãe perceber que eu perdi a correntinha, vai me matar. Atirar um sapato em mim não seria nada comparado ao que ela faria comigo. Depois de tomar banho e colocar um vestido casual de verão com estampa floral, vou ao resgate do meu cordão. Tenho estratégias objetivas para não cair nos jogos dele, não vou nem mesmo entrar na casa, só esperar que ele traga a corrente até o lado de fora.

Projeto resgate da correntinha sem perder minha dignidade no meio do caminho ativado!

18

A FESTA

Não consigo acreditar que estou na porta da casa de Ares de novo, menos de uma semana depois. Ai, dignidade, não sei onde te deixei! Em minha defesa, se minha mãe perceber que não estou usando a correntinha, ela me esgana, não sem antes me obrigar a assistir a todas as novelas da noite com ela. Tortura, eu sei.

Respirando fundo, toco a campainha.

A ruiva abre a porta, parecendo um pouco agitada.

— Boa noite — cumprimenta ela cordialmente, ajeitando a saia do uniforme.

Eu apenas sorrio.

— O Ares está em casa?

— Está sim. A festa é na piscina, nos fundos, me acompanhe. — Ela dá meia-volta e caminha, entrando na casa.

Festa?

A moça me leva até a piscina, que é coberta porque deve ser aquecida, imagino.

Assim que piso lá, todos olham em minha direção, e fico superdesconfortável. Meus olhos inquietos procuram por Ares e o encontram na piscina. Ele está com uma garota nos ombros enquanto outro garoto, na frente dele, faz o mesmo. Os quatro estão brincando de briga de galo.

É impossível não sentir ciúme da garota em cima de Ares. É muito bonita e tem um sorriso deslumbrante. Ares se vira para ver o que todo mundo está olhando e nossos olhares se encontram; ele não parece surpreso, mas satisfeito. Está tão lindo todo molhado... *Não, foco, Raquel.* Ares volta a brincar como se nada estivesse acontecendo.

Apolo me cumprimenta com um sorriso.

— Bem-vinda.

São todos amigos de Ares, mas eu também os conheço. Eu e Apolo nos aproximamos do grupinho com três garotos.

— Pessoal, essa é Raquel.

Reconheço um deles: é o garoto de cabelos escuros que encontrei no dia em que espionei Ares no treino de futebol.

— Raquel, esses são Marco, Gregory e Luis — apresenta Apolo.

— Ah! Pode me pagar a aposta! — exclama Luis, o loiro. — Eu sabia que alguém da escola nova de Apolo viria.

Gregory resmunga.

— Cara, não acredito. — Ele tira o dinheiro do bolso e entrega a Luis.

Marco, o garoto do treino, não diz nada, apenas me lança um olhar em cumprimento. Apolo parece chateado.

— Suas apostas são péssimas. Já volto, Raquel, fique à vontade.

Gregory aponta o dedo para mim.

— Eu te daria boas-vindas, mas você acabou de me fazer perder dinheiro.

— Aprende a perder — provoca Luis, sorrindo para mim. — Bem-vinda, Raquel, senta aqui.

Não posso negar que eles são muito atraentes e que em toda a minha vida imaginei como seria me sentar com caras assim. Não são desagradáveis, mas dá para ver que gostam de provocar. Meus olhos viajam até a piscina e a garota nos ombros de Ares cai, afundando Ares com ela. Eles emergem, sorrindo um para o outro, e a garota lhe dá um breve beijo na bochecha.

Ai!

Quase posso ouvir meu coração se partir.

E, pela primeira vez, me encontro em uma encruzilhada.

Eu sempre disse que tudo na vida é uma escolha, e embora eu tenha feito algumas bem ruins, também tiveram as boas. Diante de mim, há duas opções:

1. Dar meia-volta e ir embora de cabeça baixa.

2. Ficar aqui, recuperar minha correntinha e talvez me divertir com os amigos de Ares, mostrando que estou bem e que não dou a mínima para ele.

Se Ares pode agir como se nada tivesse acontecido, então eu também posso. Preciso recuperar minha dignidade, fazer algo para não me sentir mais a garota estúpida que foi usada por um garoto. Então controlo meu coração e, com um grande sorriso, sento ao lado de Marco, que está quieto até agora.

— Quer uma cerveja? — oferece Luis, e eu faço que sim, agradecendo quando ele me entrega.

Gregory levanta sua cerveja.

— Vamos brindar, porque a única amiga que o Apolo fez na escola é bonita.

Luis levanta seu copo.

— Sim, tenho que admitir que estou impressionado.

Corando, brindo com eles. Os dois garotos olham para Marco e ele nem se mexe. Luis revira os olhos.

— Vamos brindar sem ele. Fica igual ao Ares quando está de mau humor.

— Não é à toa que são melhores amigos — diz Gregory.

Brindamos e continuamos bebendo. Marco se levanta. Ele é quase tão alto quanto Ares e está sem camisa. Meus olhos não têm vergonha e vão do peitoral até o abdômen dele. Nossa Senhora dos Músculos foi muito generosa com esses caras. Marco sai e se joga na piscina, meus olhos acompanhando seus movimentos.

— Gostou? — pergunta Luis, brincalhão.

A Raquel ousada e divertida aparece.

— Sim, ele é lindo.

— Gostei dela. — Gregory me dá um *high-five*. — É sincera.

Eu levanto minha cerveja olhando para eles, com um sorriso. Conversamos muito e percebo que esses garotos não são pretensiosos nem se acham melhores do que ninguém. Eles são muito simples e educados. Luis é o tipo brincalhão que faz piada de tudo, enquanto Gregory é mais o cara que gosta de contar histórias interessantes.

Por um momento, conversando ali com eles, me divertindo, esqueço completamente de Ares. Os garotos me fazem perceber que há mais homens no mundo e que é possível superá-lo.

Sim, pode existir um cara mais bonito que ele e com um coração melhor. Eu não tenho que ficar presa àquele deus grego estúpido e sexy.

A música preenche o lugar, e eu nem me lembrei de procurar Ares ou de ver o que ele está fazendo. Colocam uma música eletrônica que eu gosto muito e me levanto da cadeira dançando. Luis e Gregory dançam comigo de onde estão, erguendo as mãos. Gregory escorrega e quase cai, e eu gargalho. Rimos tão alto que todos olham em nossa direção. Sinto os olhares em mim, mas não me importo. Sentamos novamente. Devo admitir que o álcool está fazendo efeito, me sinto mais confiante e livre.

Marco volta para a mesa encharcado, pega uma cerveja e toma um longo gole.

— Hora da verdade, Raquel — começa Luis, se divertindo. Marco apenas se senta do outro lado da mesa, seu cabelo molhado pingando no rosto. Luis o ignora e continua: — Você tem namorado?

Solto uma risadinha.

— Nope.

Gregory ergue as sobrancelhas.

— E gostaria de ter?

— Uuuuuu — bufa Luis. — Parece que você tem um pretendente.

— Já está flertando, Gregory?

Marco pigarreia, chamando a atenção. Quando fala, sua expressão é séria.

— Não percam tempo, ela é do Ares.

Meu queixo cai. O quê?! Gregory faz uma expressão contrariada.

— Aff. Que injustiça.

Ofendida, encaro Marco.

— Em primeiro lugar, não sou uma coisa e, em segundo, não tenho nada com ele.

— Aham — responde Marco, o sarcasmo evidente em seu tom.

— Qual é o seu problema? — pergunto, irritada. — Por que me odeia se nem me conhece?

— Eu não tenho problema nenhum com você, só estou atualizando o pessoal.

— Você não tem nada para atualizar. Ares e eu não temos nada.

Luis intervém:

— Ela disse que não, Marco, e eu acredito nela.

Gregory levanta sua cerveja para mim.

— Por que então você não prova isso para a gente?

Franzindo a testa, pergunto:

— Como?

Gregory apoia o queixo na mão, pensando.

— Dança pra mim.

Marco ri, vitorioso.

— Aposto que ela não vai fazer isso.

Abro a boca para protestar e meus olhos vão para a piscina, onde Ares ainda está com a garota pendurada em suas costas, andando com ela na água, rindo. Estou aqui há mais de uma hora e ele nem sequer veio falar comigo. E está com aquela garota grudada nele.

Os meninos acompanham meu movimento e Luis suspira, derrotado.

— Não pode ser. Ela se virou para olhar para ele, então Marco tem razão.

Eu me levanto, determinada a provar que eles estão errados.

— Não, ele não tem.

Dou alguns passos e Gregory me encara.

— Você vai dançar para mim?

Mas sua expressão surpresa se desfaz quando passo direto por ele. Na frente de Marco, minha confiança vacila porque seu olhar está cheio de convicção. É como se ele estivesse me dizendo que tem certeza que não sou capaz de fazer isso. Ignorando os protestos do meu bom senso, começo a rebolar. Marco fica confortável em aceitar o desafio.

Finge que você está dançando na frente do espelho, Raquel.

Deixo a música fluir em mim e passo as mãos pelo corpo até chegar ao final do vestido, que levanto, deixando um pouco das coxas à mostra. Os olhos de Marco acompanham minhas mãos. Me lembro de quando dancei para Ares e do poder que posso ter sobre um homem com meus movimentos, e isso me dá mais força.

Passo as mãos sobre os seios enquanto me mexo ao ritmo da música. Marco dá um gole em sua cerveja, sem desgrudar os olhos de mim. Eu me viro de costas e me sento no colo dele, me mexendo, sentindo seu corpo molhado encharcar a parte de trás do meu vestido. O atrito entre nós é ótimo. Pressionando meu corpo contra o dele, posso sentir o quão duro Marco está. Foi rápido. Eu me inclino para trás, quase me deitando em cima dele para sussurrar em seu ouvido:

— Se eu tivesse alguma coisa com Ares, seu melhor amigo não ficaria de pau duro, concorda?

Eu me endireito e posso sentir meu coração disparado. Dizer que os três garotos estão sem palavras é pouco; a cara deles não tem preço. Me levanto e estou prestes a me virar para encarar Marco quando Ares aparece no meu campo de visão, caminhando na minha direção, parecendo extremamente contrariado, como naquela noite em que entrou em meu quarto procurando por Apolo, só que agora por motivos bem diferentes.

Ares para bem na minha frente.

— Posso falar com você rapidinho? — murmura ele.

Considero recusar a conversa, mas não quero criar um clima na frente de todas essas pessoas, então relutantemente o sigo para dentro da casa, até a sala de jogos. Fecho a porta e ele vem até mim, segurando meu rosto, pressionando os lábios nos meus.

Meu coração derrete com a deliciosa sensação da boca dele, mas não vou cometer o mesmo erro duas vezes. Eu o empurro com toda a força, conseguindo afastá-lo de mim.

— Nem pense nisso!

Ares parece muito chateado, seu rosto corado me lembra da reação de Yoshi quando contei a ele que havia perdido a virgindade. Ciúmes?

— O que diabo você pensa que está fazendo, Raquel?

— O que quer que eu esteja fazendo não é problema seu.

— Você está tentando me deixar com ciúmes? É esse o seu jogo?

Ele se aproxima de mim novamente e eu recuo.

— O mundo não gira ao seu redor. — Dou de ombros. — Estava só me divertindo.

— Com o meu melhor amigo? — Ares pega meu queixo entre os dedos, seus olhos penetrando os meus. — Cinco dias depois do que aconteceu aqui?

Inevitavelmente, eu coro.

— E daí? Você estava se divertindo com aquela garota na piscina.

Ele apoia a mão na parede, ao lado da minha cabeça.

— Então é isso? Eu faço e você faz também?

— Não, e eu nem sei por que estamos tendo essa conversa. Não te devo explicações, não te devo nada.

Ares passa o polegar pelo meu lábio inferior.

— Isso é o que você pensa? Não ficou óbvio então, né? — Ele apoia a outra mão na parede, me prendendo entre seus braços. — Você é minha, só minha.

As palavras dele levam meu coração estúpido à beira de um ataque cardíaco.

— Eu não sou sua.

Ele me pressiona contra a parede com o corpo, seus olhos nos meus.

— Sim, você é. Você só pode dançar daquele jeito para mim. Entendeu? — Eu nego com a cabeça, desafiando-o. — Por que você é tão teimosa? Sabe muito bem que a única pessoa que quer dentro de você sou eu, e mais ninguém.

Lutando contra meus hormônios, eu o empurro. Não vou demonstrar o quanto ele me afeta. Ares já me fez mal o suficiente.

— Eu não sou sua — repito com firmeza. — Nem vou ser, não gosto de idiotas como você.

Mentiras, mentiras.

Ares me lança aquele sorriso que mexe tanto comigo.

— Ah, é? Não foi isso que você disse naquele dia, aqui mesmo, lembra?

Não posso acreditar no que ele está falando. Sinto necessidade de machucá-lo.

— Na verdade, não me lembro muito bem, não foi tão bom.

Ares recua, a expressão de arrogância deixa seu rosto e se transforma em sofrimento.

— Mentirosa.

— Pense o que quiser — rebato com todo o desprezo que consigo fingir. — Eu só vim pegar meu colar. Se não fosse isso, acredite, eu não estaria aqui. Então, me dá a correntinha para eu poder ir embora.

Ares cerra os punhos ao lado do corpo, me encarando com uma intensidade que me desarma. Não sei como reúno forças para não me atirar em seus braços. Ele está tão sexy, sem camisa, todo molhado, com o cabelo preto grudado nas laterais do rosto.

Ele parece um anjo, tão lindo, mas capaz de fazer muito mal.

Ares se vira e eu tento não olhar para a bunda dele. Ele procura algo em uma das mesas atrás do sofá e depois caminha em minha direção com o colar nas mãos.

— Só me responda uma coisa, e eu entrego isso pra você.

— Tanto faz, vamos acabar logo com isso.

Ele passa a mão pelo cabelo molhado.

— Por que você está tão irritada comigo? Você sabia o que eu queria, não menti para você, e não te enganei para conseguir isso. Então por que a raiva?

Olho para baixo com o coração na boca.

— Porque... eu... — Solto uma risada de nervoso. — Eu esperava mais, pensei que...

— Que se a gente transasse eu ia começar a gostar de você e querer alguma coisa séria?

As palavras duras me machucam, mas são verdadeiras, então só sorrio com tristeza.

— Sim, sou uma idiota, eu sei.

Ares não parece surpreso com minha confissão.

— Raquel, eu...

— Estou interrompendo?

Claudia, a empregada, entra na sala e nos pega de surpresa.

Esta noite vai ser bem longa.

19

A GAROTA

Minha dignidade agradece por Claudia ter aparecido e me salvado dessa conversa dolorosa, mas meu coração está louco para saber o que Ares ia dizer antes que ela o interrompesse.

Ele ia partir meu coração de novo? Ou ia dizer outra coisa? Nunca vou saber.

— Não está interrompendo nada — responde Ares bruscamente, me entregando o colar e saindo do cômodo.

Eu dou um sorriso para Claudia antes de deixar a sala de jogos.

Estremeço e culpo meu vestido, que está molhado. Chego à sala e vejo Ares encostado na parede, com os braços cruzados. Seus olhos encontram os meus e luto inutilmente para decifrar sua expressão glacial. Meu olhar recai sobre Apolo, que está sentado no sofá, no telefone.

Mas então a linda garota que estava com Ares na piscina sai da cozinha com o que talvez seja um sanduíche. Seu cabelo parece preto, mas está molhado, os olhos são escuros como a noite e ela tem um rosto muito delicado e bonito. O corpo dela é todo proporcional; está de saída de praia transparente por cima do biquíni e caminha confiante. Ela é gostosa e sabe disso. Olha para Ares ao falar:

— Eu fiz para você um de frango e outro de presunto.

Ares sorri, e justo quando penso que meu coração não pode ficar mais partido, ele se quebra mais um pouquinho. Os dois parecem muito à vontade um com o outro. Ares pega o prato.

— Obrigado, estou morrendo de fome e ainda estamos sem a churrasqueira.

A menina vira o rosto e nos vê, franzindo as pequenas sobrancelhas quando me nota.

— Ah, oi. Não sabia que vocês estavam aqui.

Apolo nos apresenta.

— Samy, essa é a Raquel, nossa vizinha.

Samy me oferece a mão cordialmente e eu a cumprimento.

— Prazer em conhecê-la, Raquel.

— Igualmente — digo, soltando a mão dela.

— Pronta para a piscina?

— Na verdade, não. Eu já estou de saída.

— Não, fica! Quero muito saber mais sobre a vizinha desses idiotas de longa data. — Ela se aproxima e coloca o braço por cima do meu ombro, me dando um meio abraço. — Não acredito que não te conhecia até hoje.

Todos aguardam minha resposta. Eu não posso ficar aqui, não de novo. Apolo espera ansiosamente pela resposta, ele parece vulnerável e, pela segunda vez esta noite, decido ficar por ele.

— Ok, só mais um pouquinho.

Voltamos para a piscina e meus olhos vão para o grupo dos amigos de Ares.

Ele para ao meu lado para sussurrar algo.

— Fique longe dele.

Eu sei que Ares está falando do Marco.

— Você não manda em mim.

Samy tira o vestido transparente, sorrindo.

— Hora da piscina!

Ela se joga na água, que espirra em todos nós. Dou um passo para trás. Apolo segue seus passos, tira a camisa e se lança atrás dela. Samy emerge da água.

— Vamos, Ares! O que está esperando?

Fico encarando Ares como uma boba, aqueles lábios que me beijaram tão deliciosamente, aquele abdômen que toquei durante minha primeira vez, aquelas costas que agarrei sentindo-o dentro de mim.

Pelo amor de Deus, Raquel! O sangue flui pelo meu rosto, sinto as bochechas queimarem e desvio o olhar. Ares ri.

— Você está vermelha. No que estava pensando?

— Em nada — respondo rapidamente.

Posso sentir a arrogância em seu tom de voz.

— Estava se lembrando de algo?

— Raquel! — chama Gregory da mesa, acenando para que eu me aproxime.

— Já vou! — Eu só consigo dar um passo, porque Ares agarra meu braço.

— Eu disse para você ficar longe dele.

— E eu falei que você não manda em mim.

— Eu te avisei. — Antes que eu possa processar o que ele acabou de dizer, Ares me puxa com ele até a piscina.

— Não, não, Ares! Não! — Estou lutando desesperadamente para me desvencilhar dele, mas é muito mais forte que eu. — Por favor! Não, Ares, não!

Mas é tarde demais, um grito desesperado sai da minha boca quando Ares pula, me puxando com ele. A água me recebe me cobrindo por inteira. Bolhas saem da minha boca enquanto luto para emergir. Estou ofegante ao chegar na superfície e instintivamente ponho meus braços ao redor do pescoço de Ares, me agarrando a ele com força. Ele me segura pela cintura, nossos corpos grudados, os rostos a apenas alguns centímetros, os olhos azuis derretendo minha alma.

— Já está me agarrando?

Apesar da pergunta arrogante, eu não o solto. Meu cabelo gruda em ambos os lados do rosto.

— Natação não é minha praia.

Ele ergue a sobrancelha, surpreso.

— Você não sabe nadar?

— Sei, mas não muito bem — admito, envergonhada.

Ok, estamos bem próximos e os lábios de Ares são muito provocantes.

— Só me leva para a parte rasa da piscina.

— E perder a oportunidade de ter você assim, grudada em mim? — Ele sorri, mostrando seus dentes retos e perfeitos. — Não, acho que vou aproveitar um pouco mais.

— Você é um pervertido.

— Eu que sou o pervertido?

— Sim.

O corpo de Ares exala calor, sua pele é tão macia.

— Quem é que tem a trilogia *Cinquenta tons de cinza* no computador?

Meus olhos se arregalam em choque e a vergonha não cabe em mim. Ah, pelo amor de Deus. O que eu fiz para passar tanta vergonha? As mãos de Ares se mantêm firmes na minha cintura.

— Eu não estou te julgando, só dizendo que você não é tão inocente quanto parece, bruxa.

— Ler não faz de mim uma pervertida.

— Quer dizer que quando você lê cenas de sexo não fica excitada?

Desvio o olhar.

— Eu...

As mãos dele descem até a parte de fora das minhas coxas e ele levanta minhas pernas, fazendo com que eu as coloque ao redor de sua cintura.

— Tenho certeza que mais de uma vez você desejou que alguém te pegasse desse jeito, com força e sem medo.

Meu Deus, preciso urgentemente fugir de Ares.

Minha respiração fica rápida e instável, a água se move em pequenas ondas ao nosso redor.

— Você é louco.

Ele usa as mãos agora livres para tirar o cabelo molhado do meu rosto.

— E você é linda.

Meu mundo para, não respiro, não me movo. Apenas me perco no infinito dos olhos dele.

— Ares! Raquel! — chama Samy da parte rasa da piscina. — Hora do jogo!

Ares pigarreia e começa a ir até lá. Quando chegamos ao lado raso, eu me afasto dele, ainda corada. Antes que eu possa me aproximar de Samy e Apolo, Ares se inclina para me dizer algo no ouvido.

— Eu posso ser seu Christian Grey sempre que você quiser, bruxinha pervertida.

Eu congelo, e ele se move em direção ao grupo como se nada tivesse acontecido.

Esse deus grego maluco!

20

O JOGO

— Raquel! Raquel! Raquel!

Nunca imaginei que a primeira aposta que faria na vida envolveria bebida. Apolo, Samy e Gregory estão ao meu redor na beira da piscina, me oferecendo uma dose de tequila. Eu hesito. A verdade é que estou um pouco tonta, já perdi a conta de quanto bebi até agora e isso não é bom. Principalmente porque estou dentro da água.

Derrotada, pego o copinho e viro. A tequila desce pela minha garganta incendiando tudo até chegar ao estômago. Eu estremeço, mas Apolo me dá um *high-five*.

— Isso! É assim que se faz.

— Estou surpresa — admite Samy, sorrindo.

Eu queria poder dizer que ela é uma idiota que fica se oferecendo para Ares o tempo todo, que me manda indiretas ou diz coisas para fazer com que eu sinta que não pertenço a esse lugar, mas não posso. Samy só foi gentil e muito atenciosa comigo, parece ser uma garota legal.

Embora eu saiba que ela gosta de Ares, já que isso dá para ver de longe, não sinto raiva dela. Samy não me fez nada. Gregory toma sua bebida e bufa, respirando fundo.

— Parece mais suave a cada vez, nem queima mais minha garganta.

— Isso é porque você já está bêbado — interrompo, dando um tapinha nas costas dele.

Olho em direção à parte funda da piscina e vejo o estúpido deus grego conversando com Marco, os dois parecem bem sérios. Fico tomada pela vergonha quando me lembro de como dancei para Marco. Será que eles estão falando de mim? Ai, meu Deus!

A água está quente e parece divina ao tocar minha pele. Pequenas ondas se formam quando nos movemos e colidem com a parte de trás dos meus braços.

— A gente devia jogar alguma coisa — sugere Gregory, balançando o cabelo e espirrando água em todos nós.

Apolo segura o queixo, pensando.

— Esconde-esconde?

Samy ri.

— Não, alguma coisa mais legal! Como "Verdade ou consequência", ou "Eu nunca"...

Eu franzo as sobrancelhas, confusa.

— "Eu nunca"?

Samy acena com a cabeça.

— Sim, vou explicar as regras. — Ela faz uma pausa, entrando em modo professoral. — Por exemplo, digamos que eu comece com "Eu nunca fiquei bêbada...", então aqueles que já ficaram bebem.

— E se você também já ficou?

— Aí eu também bebo. É legal porque você vai ficar sabendo das coisas que os outros fizeram quando eles beberem. O suspense é ótimo.

— Ok, ok — diz Gregory. — Mas precisamos de mais pessoas?

As únicas pessoas que continuaram dentro da piscina somos nós e o grupo de amigos de Ares, bem ali. Os outros saíram agora há pouco, e não tenho ideia de que horas são. Gregory grita chamando o grupo e os três nadam em nossa direção.

Saímos da piscina e o vento fresco da noite me deixa arrepiada, meu vestido gruda no corpo, mas eu já bebi tanto que não me importo mais. Sentamos em círculo no chão molhado. Apolo e Gregory estão ao meu lado, ao lado deles está Samy, depois Marco, Ares e Luis. A garrafa de tequila está no centro. Ares está na minha frente. Samy explica as regras mais uma vez para os recém-chegados. Todos nós ouvimos com atenção, especialmente Marco.

— Já sabem, se tiverem feito o que for dito, vocês devem tomar um gole do copo. — Samy pega os copos e os enche de tequila. Cada um de nós fica com o copo cheio bem à frente. — Se são culpados, bebem um gole. Se não são, não bebem.

Ares solta uma risada de zoação.

— Que tipo de jogo é esse?

Samy olha de cara feia para ele.

— Eu já expliquei as regras, então só joga.

— Alguém corajoso?

Ninguém. Samy suspira.

— Covardes, eu começo. — Ela pega seu copo. — Eu nunca fugi de casa.

Ela e todos os outros bebem, menos eu. Eles me olham surpresos.

— Que foi? Eu me comporto bem.

Apolo me encara.

— Até eu, que sou mais novo que você, já fugi.

Gregory esfrega minha cabeça.

— Own! Você é uma menina bem-comportada.

Ares não presta atenção em mim, está ocupado demais acendendo um cigarro. A fumaça sai de sua boca enquanto espera a vez de Marco, que mantém aquela cara séria e inexpressiva e roça o polegar no lábio inferior, pensativo.

— Eu nunca parti o coração de alguém.

— Ahhh! — exclama Luis, rindo. — Acho que todos nós vamos beber nessa.

Olho para Ares e o observo com tristeza enquanto ele leva o copo à boca. Eu sei que ele partiu muitos corações, mas de alguma forma, sinto que ele está bebendo enquanto pensa em mim, em como despedaçou meu coração iludido e estúpido. Novamente, todos bebem, menos eu.

Luis grunhe.

— Sério, Raquel? Você nunca partiu o coração de ninguém?

Samy geme, aborrecida.

— Desse jeito, vamos acabar todos bêbados e a Raquel sóbria.

— Estou sendo honesta, juro.

Ares me encara e um sorriso arrogante surge em seus lábios perfeitos.

— Não se preocupe, é a minha vez. Vou fazer a Raquel beber.

Gregory lhe dá um *high-five*.

— Vamos, nos surpreenda.

Ares pega seu copo e o ergue na minha direção.

— Eu nunca persegui alguém.

Golpe baixo.

Todos me encaram, esperando minha reação. Aperto as mãos e mordo meu lábio inferior. Me sentindo a esquisita do grupo, tomo um gole. As pessoas me observam em silêncio. Com raiva, meus olhos encontram os de Ares e o vejo sorrir. Mas então ele faz algo que me deixa sem ar.

Ares bebe. Dizer que isso foi uma surpresa é pouco. Ele pousa o copo de volta no chão. Apolo balança a cabeça.

— Temos dois perseguidores aqui. Não acredito.

Luis dá um tapinha nas costas de Ares.

— Nunca pensei que você seria capaz de perseguir alguém, sempre achei que seria você o perseguido.

Ares não tira os olhos dos meus.

— Era assim, mas a vida dá muitas voltas.

Samy pigarreia.

— Tá bom, tá bom, próximo.

Luis levanta o copo.

— Vamos deixar isso mais interessante. Eu nunca fiz alguém chegar ao orgasmo com sexo oral.

O calor invade minhas bochechas, e eu sei que todo mundo vai beber, exceto eu e Apolo, talvez. Luis, Gregory, Marco e uma

Samy muito envergonhada bebem. Em agonia, observo Ares, esperando que ele tome um grande gole da bebida.

Mas isso não acontece. Seria possível...?

Gregory verbaliza o que todos nós estamos pensando:

— Não acredito! Ares Hidalgo! Você nunca fez uma garota gozar com sexo oral?

Luis balança a cabeça.

— Você está mentindo.

Ares termina o cigarro, apagando-o no chão ao lado dele.

— Eu nunca fiz sexo oral.

Ele diz isso de forma tão natural, tão calma. Todos nós o encaramos. Apolo não consegue controlar a curiosidade.

— Por que não?

Ares dá de ombros.

— Me parece uma coisa íntima e muito pessoal.

Gregory interrompe:

— E todos sabemos que Ares não está interessado em um contato íntimo e pessoal.

Samy baixa a cabeça, brincando com os dedos no colo. Será que... ela... e ele...? Pelo que sei, eles são só amigos. Mas as reações de Samy me lembram as minhas. Aconteceu alguma coisa entre os dois? Meus olhos recaem em Marco e sua expressão endurece, me lançando um olhar tão intenso que eu tenho que desviar. É muito desconfortável.

É a vez de Apolo.

— Vamos todos beber! Eu nunca fiquei bêbado.

Sorrio com cumplicidade.

— Saúde!

Nossos copos tilintam e bebemos.

É a minha vez e não tenho ideia do que dizer. Todo mundo está esperando com impaciência.

— Eu nunca beijei alguém desta roda.

Marco ergue a sobrancelha e Ares solta uma risada sarcástica. Com muita atenção, observo Ares e Samy beberem. Com tristeza, também bebo. Então Samy beijou Ares. Essa confirmação me dá um aperto no peito. Algo aconteceu entre eles. Observando Samy, me sinto em desvantagem. Ela é tão bonita e simpática. Com certeza Ares a escolheria e não a mim; sei que ele a escolheria sem pestanejar.

Gregory faz uma careta.

— Uau!

Depois de três rodadas, estamos todos bêbados demais para raciocinar e jogar decentemente. Então decidimos entrar na parte rasa da piscina. Jogo água no rosto e na cabeça, estou tonta, mas sei que se parar de beber posso voltar para casa. Samy me abraça por trás.

— Raquel!

Eu me solto de seu abraço e me viro.

— Samy!

— Acho que bebemos muito — diz ela, e eu concordo. — Você é muito legal!

— Você também.

— Preciso te perguntar uma coisa.

— Tudo bem, o que quiser.

— Quando estávamos brincando de "Eu nunca", você bebeu quando falou sobre ter beijado alguém do grupo. Sei que é óbvio, mas você beijou o Ares?

Ok, bêbada ou não, não estou pronta para essa pergunta. Samy me dá um sorriso triste.

— Esse silêncio diz tudo. Você... vocês têm algo?

— Samy...

— Não, não, me desculpa, não precisa responder. Estou sendo muito invasiva.

Passo a língua pelos lábios, me sentindo desconfortável, mas ao mesmo tempo me identificando muito com ela.

— Você... e ele...

Ela nega, balançando a cabeça.

— Eu sou apenas o clichê, sabe? A garota que se apaixona pelo melhor amigo.

— Se vocês tivessem algo, eu nunca iria me meter.

Estou sendo honesta. Eu nunca ficaria no meio do relacionamento de alguém. Tenho pouca dignidade, mas ser a outra, nunca. Samy pega minha mão.

— Nós dois não temos nada, então não se sinta tão culpada.

— Sinto muito. — Eu nem sei pelo que estou me desculpando.

— Ares é... difícil, sabe? Ele já passou por muita coisa. — Ela toma um gole do copo. — De alguma forma, pensei que eu seria a pessoa que mudaria isso, já que sou a única a quem ele deu abertura, para quem contou tantas coisas. Mas o fato de ele confiar em mim não significa que esteja apaixonado, e eu demorei para entender isso.

A história dela é de partir o coração, e definitivamente Samy não é uma má pessoa. Ela é apenas uma garota que se apaixonou por alguém que não sente a mesma coisa, assim como eu.

— Acho que temos algo em comum: um coração partido.

— Ele gosta de você, Raquel, e muito. Provavelmente não sabe lidar com isso porque nunca experienciou algo assim.

Meu coração acelera com as palavras dela.

— Acho que não, ele falou com muita certeza que não está interessado em mim.

— Ares é muito complexo, assim como Ártemis. São garotos criados por pais muito rígidos, que sempre disseram a eles que demonstrar sentimentos é sinônimo de fraqueza, de dar a outra pessoa poder sobre você.

— E por que Apolo é diferente?

— Quando Apolo nasceu, o avô Hidalgo veio morar aqui por um tempo, então foi ele quem o criou com bastante amor e paciência. Tentou incutir isso nos dois irmãos mais velhos, mas eles já eram crescidos e passavam por coisas que não deveriam ter acontecido quando tinham aquela idade.

— Que tipo de coisas?

— Não sou eu quem deve contar essa parte, me desculpa.

— Tudo bem, você já me disse muitas coisas. Como você sabe tanto?

— Eu cresci com eles. Minha mãe é muito amiga da mãe deles, e ela me deixava aqui direto quando tinha coisas para fazer. O pessoal que trabalhou aqui por muito tempo também conhece a história.

— Samy! O motorista chegou. Vamos!

Gregory, Luis e Marco estão se secando, cambaleando de um lado para outro.

— Já vou! — Samy me dá um abraço rápido, se afasta e sorri.

— Você é uma garota legal, então nunca pense que estou brava com você ou algo assim por causa de Ares, ok?

Sorrio de volta.

— Ok.

Eu os observo ir embora. Apolo está atrás deles murmurando algo sobre abrir a porta. Percebo que é hora de eu ir para casa também. Meus olhos correm pela piscina e congelo quando vejo Ares do outro lado, os braços estendidos na borda e olhando para mim. Estamos sozinhos. E pelo jeito que ele me encara, sei que vai querer tirar vantagem disso.

Corra, Raquel, corra! Você já tentou correr na água? É muito difícil. Desde quando essa piscina ficou tão grande? Nervosa, me viro para onde Ares estava alguns segundos atrás, mas ele desapareceu.

Merda! Está vindo por debaixo d'água! Estou sendo caçada!

Chego à borda e me ergo para sair da piscina, mas é óbvio que estou no meio do movimento quando mãos fortes agarram meus quadris e baixam meu corpo bruscamente.

Ares me pressiona contra a parede da piscina, seu corpo definido colado às minhas costas, o hálito quente roçando minha nuca.

— Fugindo, bruxa?

Engulo em seco, tentando me soltar.

— Está tarde, eu tenho que ir, eu...

Ares chupa o lóbulo da minha orelha, as mãos apertando meus quadris suavemente.

— Você o quê?

Cometo o grave erro de me virar em seus braços, meus hormônios gritando com a imagem diante mim. O deus grego todo molhado, seu cabelo grudado nas laterais do rosto, a pele macia e perfeita e seus olhos azuis infinitos que me lembram o céu ao amanhecer. Seus lábios estão vermelhos e parecem muito provocantes.

Tento focar em todo mal que ele me causou com suas palavras, com suas atitudes, mas é muito difícil me concentrar com ele tão perto e com tanto álcool dominando minha mente. Ares acaricia a lateral do meu rosto. A ação me desconcerta, não parece algo que ele faria normalmente.

— Fica aqui comigo esta noite.

O pedido me surpreende, mas minha dignidade reaparece e assume o controle.

— Eu não vou ser a garota que você usa quando quer, Ares.

— Eu não espero que você seja.

Ele parece sincero e tão diferente, como se estivesse cansado de ser um idiota arrogante.

— Então não me peça para ficar.

Ele se aproxima, o polegar ainda acariciando minha bochecha.

— Só fica, não precisamos fazer nada, não vou tocar em você se não quiser, só... — Ele suspira. — Fica comigo, por favor.

A vulnerabilidade em sua expressão me desarma. Uma batalha interna entre meu coração e minha dignidade começa.

O que eu faço?

21

O JOGO II

Meu reflexo no espelho me encara com desaprovação, como se estivesse julgando minha decisão. Suspiro e toco meu rosto lentamente. O que estou fazendo? Por que decidi ficar? Não era para eu estar aqui.

Mas como eu poderia dizer não? Ele me perguntou com aqueles olhos gentis, a súplica evidente em seu rosto. Ninguém pode me julgar, nem mesmo meu reflexo; ter o garoto que você gosta bem na sua frente, todo sexy, molhado, implorando para você ficar com ele, é demais. O efeito do álcool também não ajuda a fazer boas escolhas. Além disso, minha mãe não está em casa hoje, então não terei problemas.

Sacudo o cabelo úmido e o seco com a toalha. Já tirei o vestido molhado e coloquei uma camisa que Ares me emprestou antes de eu entrar no banho. Não acredito que estou aqui no banheiro do quarto dele. É como se eu estivesse invadindo sua privacidade. O banheiro é impecável, a cerâmica branca brilha. Tenho medo de encostar em alguma coisa e arruinar tanta organização.

Olhando para minha imagem no espelho, seguro a camisa de Ares tentando me cobrir o máximo possível. Por baixo, estou só com a cueca boxer dele, que fica larga em mim. Não podia recusar, era isso ou ficar molhada e pegar um resfriado. Eu me questiono se não deveria ficar trancada aqui dentro, mas sei que ele está me esperando. Ares não falou nada desde que viemos andando da piscina até o quarto. Ele me deixou usar seu banheiro, avisando que usaria o do corredor. Por alguma razão estranha, sei que já está do outro lado da porta.

Você pode sair, Raquel. Ele prometeu não tocar em você. Se você não quiser...

Esse é o problema, eu quero. Tudo o que eu quero é beijá-lo de novo, voltar a senti-lo, mas sei que não devo. Por que tudo que é proibido sempre dá mais vontade de fazer? Por que eu aceitei? Por quê? Agora estou na toca do lobo. Determinada, abro a porta do banheiro e volto para o quarto.

O ambiente está à meia-luz, com apenas uma pequena luminária acesa. O quarto de Ares é grande e surpreendentemente arrumado. Meus olhos inquietos procuram por ele do outro lado do cômodo e o encontram sentado na cama, sem camisa, apoiado na cabeceira. Uma parte de mim esperava que ele já estivesse dormindo, mas Ares está acordado e tem uma garrafa de tequila na mão. Seus olhos encontram os meus e ele sorri.

— Você fica bem com a minha camisa.

Não sorri assim! Você não vê que desse jeito meu coração se derrete?

Devolvendo o sorriso, fico sem saber o que fazer.

— Vai ficar parada aí a noite toda? Vem cá.

Ares aponta para um espaço próximo a ele.

Hesito e ele percebe.

— Está com medo de mim?

— Lógico que não.

— Sei, sei, vem cá, então.

Eu obedeço, sentando na beirada da cama e deixando o máximo de distância entre nós. Ele ergue a sobrancelha, mas não diz nada.

— Que tal continuarmos jogando? — Ele ergue a garrafa, se virando na minha direção.

— O jogo da piscina? — pergunto, e ele assente. — Já está tarde, não acha?

— Você tem medo de jogar comigo?

— Eu já falei que não tenho medo de você.

— Então por que está quase caindo da cama? Você não precisa ficar tão longe. Eu fiz uma promessa, não fiz?

Sim, mas você disse que não me tocaria se eu não quisesse; o problema é que eu quero.

— Só para garantir.

— Se você prefere... — Ele coloca os pés em cima da cama para se sentar de pernas cruzadas e eu faço igual. Ficamos de frente um para o outro, com a garrafa entre nós. — Você começa.

Eu penso um pouco e me decido por algo simples.

— Eu nunca dormi na mesma cama com alguém do gênero oposto sem fazer nada.

Então bebo. Eu o vejo vacilar, mas finalmente bebe. Depois solta um pigarro.

— Nunca me interessei pelo melhor amigo da pessoa de quem eu gosto.

Ele não bebe.

Eu olho para ele, surpresa. Está me perguntando indiretamente se eu gosto de Marco? O garoto é muito atraente, mas eu não diria que tenho interesse nele, então não bebo. O alívio é evidente em seu rosto.

— Eu nunca senti nada diferente pelo meu melhor amigo ou pela minha melhor amiga — afirmo, e observo com tristeza Ares tomar um gole.

Ele sente alguma coisa pela Samy? Isso magoa, e de alguma forma eu quero que doa nele também, então bebo. Ares parece surpreso, mas o desafio em seus olhos é iminente. Ele passa as mãos pelo cabelo molhado e desgrenhado.

— Acho que quero que você beba. — Ele parece vitorioso.

— Nunca me apaixonei sem ser correspondido.

Ai! Isso me machuca.

O sorriso presunçoso, sua marca registrada, aparece, e eu engulo a bebida tentando acalmar meu estúpido coração despedaçado. Bebo em silêncio. Com raiva, eu o encaro.

— Eu nunca fingi um orgasmo.

A boca dele se abre e ele me observa beber. Seu ego está ferido, posso ver a raiva em seus olhos. Eu sei que estou mentindo, mas não me importo com mais nada. Ares pega a garrafa, pensando por um momento, e eu me preparo para que ele acabe comigo, sei que depois do que eu disse ele só vai querer me machucar ainda mais.

Ares me olha ao falar:

— Eu nunca menti quando disse que não gostava de alguém.

Franzo a testa. Será que...?

Ele brinca com o piercing no lábio inferior e bebe.

Eu fico petrificada, olhando para ele. Ares está me dizendo que gosta de mim e que mentiu quando disse que não gostava? Ou estou imaginando coisas? Ou talvez seja o efeito da tequila e eu acabei de ficar bêbada por completo. Ele sorri e coloca a garrafa entre nós. Eu a pego e não sei o que dizer.

— Você parece surpresa. — Ele apoia as mãos atrás do corpo, inclinando-se para trás, deixando aparecer o abdômen e as tatuagens, e posso ver o que tem na parte de baixo de sua barriga, um traçado tribal pequeno, bem delicado.

— Não, é só que... — Paro, brincando com a garrafa. — Estou pensando na minha vez.

Mentira, mentira.

— Vamos ver, me surpreenda. — Ele se inclina para a frente mais uma vez e se move para se aproximar de mim, apenas a garrafa nos separando.

Nervosa, eu falo:

— Acho que já tive o suficiente por hoje — me desculpo, entregando a garrafa. — É tarde, precisamos dormir.

Ele morde o lábio inferior.

— Tudo bem, deixa a última rodada para mim então, ok?

— Tá bom.

Ares me encara direto nos olhos enquanto fala:

— Eu nunca quis tanto beijar alguém quanto agora.

Eu fico sem ar e ele bebe, umedecendo esses lábios que eu amo, seus olhos descendo até a minha boca. Ele me passa a garrafa e eu não hesito em tomar um gole. Em um piscar de olhos, Ares está em cima de mim, sua boca encontrando a minha e atirando meu bom senso pela janela. Seu beijo não é terno, é rude, apaixonado, e eu adoro isso. Seus lábios macios lambem, sugam. Não consigo evitar gemer em sua boca, e a língua dele abre caminho, provoca. Ares tem gosto de tequila e chiclete de morango. Eu agarro seu cabelo, beijando-o com todas as minhas forças. Senti tanta falta dele, e só se passou uma semana. Ele poderia se tornar meu vício facilmente.

Ares abre minhas pernas para se encaixar entre elas e me deixa senti-lo todo contra mim. A mão dele sobe por baixo da camisa que estou vestindo, acariciando a parte de trás das minhas coxas. Seus dedos enlaçam a boxer que estou usando e a puxam para baixo. Ele afasta nossos lábios por um momento para tirá-la completamente.

Eu aproveito para observar seu lindo rosto e acariciá-lo. Ele fecha os olhos e eu me levanto um pouco, apoiada nos cotovelos, para beijar seu pescoço lentamente. Eu o ouço suspirar. Seu corpo é muito macio e cheira a sabonete caro.

Ares se levanta e minha pele esfria imediatamente com a falta de contato. Ele pega minha mão e me agarra, até que me vejo em pé, parada na frente dele. Suas mãos vão para a barra da minha camisa e ele a puxa pela minha cabeça. Os olhos de Ares observam cada parte do meu corpo nu, me fazendo corar e tremer de excitação.

Ele me pega pela cintura e me beija mais uma vez. Sentir seu torso nu contra meus seios me faz soltar um gemido baixo. Ares me empurra para a cama até que eu caia de costas, sobe em cima de mim ainda me beijando e me tocando. Seus lábios inquietos deixam os meus e descem pelo meu pescoço. Sua língua, ágil como sempre, me lambe deliciosamente, enviando correntes de desejo por todo o meu corpo.

Em seguida, ele desce para os meus peitos e os ataca, me deixando sem fôlego. Isso é demais para mim. Eu reviro os olhos, mordendo os lábios. Para minha surpresa, Ares continua descendo pela minha barriga, disparando todos os meus alertas.

— Ares, o que está fazendo? — pergunto, enquanto ele abre minhas pernas, me deixando tensa.

Ele me encara.

— Confia em mim?

Diz que não! Você não confia nele... confia?

Como uma idiota apaixonada, eu faço que sim com a cabeça.

— Confio.

Ele sorri junto à minha pele e continua descendo os beijos. Eu olho para o teto, nervosa. No momento em que sua língua faz contato com o ponto no meio das minhas pernas, arqueio as costas e solto um gemido alto.

— Ai, meu Deus!

Eu me agarro aos lençóis. Novas sensações me invadem, me afogando em prazer.

Nunca senti nada tão bom, tão perfeito, especialmente porque é com ele. Ares está sendo minha primeira experiência em muitas coisas, e estou gostando. Isso me faz sentir como se tivéssemos uma conexão íntima e única. Ares se torna mais agressivo com a língua, movendo-a para cima e para baixo, e depois em movimentos circulares, então sinto que não vou mais conseguir me segurar. Cubro a boca com a mão para silenciar meus gemidos ruidosos.

Ares estende a mão enorme para pegar meu pulso e libertar minha boca.

— Não, eu quero te ouvir gemer. Só eu posso fazer você perder o controle desse jeito.

Eu estremeço e ele continua sua tortura, até que sinto meu corpo prestes a explodir.

— Ares!

— Assim, assim. Geme pra mim, linda. — Sua voz é rouca e sexy.

O orgasmo que toma conta de mim é inédito. Arqueio as costas e minhas mãos vão até os cabelos dele para tirá-lo dali. Tudo está muito sensível. Minhas pernas tremem, minha respiração fica inconstante e acelerada. Ares se ergue, de frente para mim e lambendo os lábios. Ele é a pessoa mais sexy que já vi.

Eu posso vê-lo com tantos detalhes, seu peitoral e abdômen definidos. Seus olhos brilhando de desejo. Ele abaixa o short junto com a boxer, deixando-os cair no chão, me permitindo contemplá-lo inteiramente nu na minha frente. É tão perfeito. Eu quero senti-lo, todo ele.

Ares pega uma camisinha da mesa de cabeceira e eu mordo o lábio inferior, observando-o colocá-la. Ai, meu Deus! Eu não vejo a hora de senti-lo dentro de mim outra vez.

Ares me pega pelos tornozelos e me puxa até a beira da cama, sua mão segura meu queixo.

— Você quer me sentir? — Faço que sim com a cabeça. — Vira de costas.

Obedeço, e então ele agarra meus quadris e me coloca de quatro. A expectativa me mata quando ele roça minha pele com seu membro, mas não me penetra.

— Ares, por favor.

— Por favor o quê?

Ele me transformou em alguém tão safada.

— Por favor, eu quero você dentro de mim.

Eu o sinto me agarrando pelo cabelo, e um gritinho escapa da minha boca quando ele me penetra de uma vez só. Arde e dói um pouco, mas nada como a primeira vez. Ele não se mexe, como se esperasse para ver se reagi bem.

— Está tudo bem?

— Sim.

Ele começa a se mover devagar. Ainda dói um pouco, mas o atrito começa a ficar delicioso.

Poucos minutos depois, não sinto mais nenhuma queimação, apenas prazer. Ares solta meu cabelo e agarra meus quadris para me penetrar ainda mais fundo, mais rápido. O som de nossa pele se tocando ecoa no quarto junto com nossos gemidos. Não demora muito para nós dois desabarmos na cama, lado a lado. Nossa respiração acelerada faz com que nossos peitos subam e desçam no mesmo ritmo. Ares alcança a mesa de cabeceira e pega a garrafa de tequila.

— Eu nunca fiz sexo oral em uma garota. — E então dá um gole na bebida.

Não posso deixar de sorrir.

— Você é louco, Ares Hidalgo.

Seus olhos encontram os meus.

— Você está me deixando louco, bruxa.

Ele nos envolve em seus lençóis e acaricia meu rosto com ternura. De repente, o cansaço e o sono me dominam, estou piscando, tento ficar acordada, mas o sono me vence. Então adormeço, nua na cama do garoto que eu observava escondida até algumas semanas atrás.

A vida real é imprevisível.

22

O DESPERTAR

ARES HIDALGO

A primeira coisa que sinto ao acordar é algo quente ao meu lado; o contato da pele no meu braço me pega de surpresa, então me viro e a vejo.

Os olhos fechados, os longos cílios repousando nas maçãs do rosto, a boca fechada enquanto respira lentamente pelo nariz. Ela parece tão delicada e frágil. Um nó fecha minha garganta, tornando impossível respirar. Eu me levanto da cama, me afastando dela, quase hiperventilando.

Eu preciso sair daqui.

Eu preciso ficar longe dela.

O que eu tinha na cabeça?

Pegando minhas roupas do chão, rapidamente coloco minha boxer e o short. Saio do meu quarto com cuidado para não acordá-la, não quero encará-la, não posso enfrentar suas expectativas e partir seu coração de novo. Não posso fazê-la chorar e vê-la se afastar de mim, não outra vez.

Então volta lá.

A voz da minha consciência me censura, mas também não posso fazer isso. Não sou o que ela espera ou o que ela precisa.

Não posso brincar de relacionamento com alguém quando não acredito nessa merda, porque mais cedo ou mais tarde vou acabar machucando essa garota, vou fazê-la sofrer, e ela não merece isso.

Se eu sei que não posso dar o que ela quer, por que continuo a atraindo para perto de mim? Por que não a deixo ir? Porque eu sou um egocêntrico maldito, é por isso, porque só de imaginá-la com outra pessoa meu sangue ferve. Não posso ficar com ela, mas também não quero que ela fique com mais ninguém. Desço as escadas correndo e pego as chaves do carro.

Corra, seja o covarde egoísta que você é.

Estou prestes a agarrar a maçaneta da porta quando ouço alguém pigarrear. Eu me viro e vejo Ártemis sentado com roupas esportivas. Ele deve ter ido fazer exercícios cedo.

— Aonde você está indo vestido desse jeito?

E é então que percebo que estou apenas de short, não coloquei nem os sapatos.

— A lugar nenhum — respondo rapidamente, devolvendo as chaves ao lugar. Não quero parecer idiota.

— Fugindo?

— Não, só estou meio dormindo ainda.

Ártemis me lança um olhar incrédulo, mas não diz mais nada, e quando Claudia me pergunta o que dizer a Raquel, só consigo sussurrar:

— Diga a ela que eu tive que sair e só volto tarde. — Aperto as chaves na mão. — Fala para ela ir para casa.

Dou as costas para os dois e saio de casa, entro no carro, mas não dou a partida, só apoio a testa no volante. Não sei quanto tempo passa, mas quando ergo o olhar, eu a vejo.

Raquel...

Saindo da casa, o vestido amassado e ainda úmido da noite anterior, o cabelo em um coque bagunçado. Meu coração se despedaça. Ela estremece, enxugando as bochechas molhadas. Está chorando.

Ah, Deus, o que você está fazendo, Ares?

Meus olhos descem até os pés dela e noto que está descalça, provavelmente não encontrou as sandálias e não quis ficar para procurá-las. Não consigo parar de observá-la enquanto ela se afasta devagar. Aperto minhas mãos.

Quase saio e corro até ela, mas minha mão fica paralisada na maçaneta da caminhonete. O que vou dizer a ela? Como me explicar? Eu sei que se a perseguir, só vou machucá-la ainda mais com minhas palavras.

Fico parado, sem me mexer, sem falar nada. Não sei quanto tempo se passa até eu finalmente sair do carro, com os olhos na rua vazia por onde Raquel foi embora. Por que não consigo dizer nada? Por que não falo o que sinto por ela? Por que todas as palavras ficam presas na minha garganta? Por que estou tão ferrado?

Como se a vida quisesse me dar respostas, um veículo preto blindado surge ao meu lado, o vidro traseiro está abaixado e o cheiro de perfume caro atinge meu nariz.

— O que está fazendo aqui fora, querido? — pergunta minha mãe, e respondo com um sorriso falso.

— Eu só fui correr.

— Esportista como sempre. Venha para casa, senti saudade de vocês.

— Óbvio que sentiu.

Ela decide ignorar meu sarcasmo.

— Vamos.

O vidro sobe e o carro continua seu caminho até a garagem. Com o coração pesado, dou uma última olhada na rua por onde Raquel seguiu e volto para casa.

É o melhor, repito mil vezes na minha cabeça.

Tenho que cumprimentar meus pais, as pessoas que me fizeram ser quem eu sou, os culpados de eu não poder dizer à garota que acabei de perder o que sinto por ela e que é a primeira vez que me sinto assim.

— Que merda! — Soco o ar de tanta frustração e entro em casa.

RAQUEL

Lembro perfeitamente quando acordei e procurei por ele, pensando que tinha saído para fazer o café da manhã. Eu estava quase descendo as escadas quando o ouvi conversando com Claudia.

"Diga a ela que eu tive que sair e só volto tarde", disse Ares com uma careta de aborrecimento. "Fala para ela ir para casa."

Dói...

Eu estremeço, sentindo o asfalto queimando meus pés descalços, mas esse incômodo não se compara ao que estou sentindo dentro de mim.

Eu fui tão idiota.

Não consigo parar de chorar, não consigo conter as lágrimas, e isso só faz com que eu me sinta ainda mais patética. Acreditei que dessa vez seria diferente, acreditei mesmo. Como pude ser tão estúpida? Ele seria capaz de dizer qualquer coisa para estar no meio das minhas pernas, era tudo o que ele queria, me usar e depois me chutar no dia seguinte. Como fui deixá-lo fazer isso comigo mais uma vez?

O sorriso genuíno de Ares invade minha mente, a maneira como conversamos e rimos ontem em sua cama brincando daquele jogo idiota, o que fizemos depois. Eu confiei nele. E Ares pegou essa confiança e a destruiu bem na minha frente, junto ao meu coração. Ares realmente é especialista em me fazer mal.

Ele nem sequer teve a decência de me encarar. Eu não tenho a menor importância para ele. Ares só mandou a funcionária da casa se livrar da garota que ele usou na noite anterior. Ele tem o poder de me fazer sentir especial, a garota mais sortuda do mundo, mas também consegue esmagar minha autoestima e atropelar minha dignidade com muita facilidade.

Ele pode me fazer mal como ninguém, mas a culpa é minha se dou a um garoto tamanho poder sobre mim. Ares sabe que sou louca por ele e usa isso para tirar vantagem, como o idiota que é. Mas não mais. A verdade é que todo esse tempo eu não quis tirá-lo da minha vida pra valer. Dei a Ares tantas oportunidades porque acreditava em seus olhos e tinha esperança de que por trás da fachada houvesse algo de bom. Mas não mais.

Chego em casa e fico surpresa ao ver Dani ali, tocando a campainha. Ela está usando um vestido larguinho de verão e óculos escuros, e seus longos cabelos estão presos em um rabo de cavalo. Ela parece impaciente, sei que odeia calor. Tento falar, tento chamar seu nome, mas não consigo, sinto um nó na garganta e mais vontade ainda de chorar. Meus lábios tremem quando ela se vira e me vê.

Ela tira os óculos e seu rosto se franze de preocupação. Corre até mim e me pega pelos ombros.

— O que aconteceu? Você está bem?

Eu só consigo assentir com a cabeça.

— Meu Deus, vamos entrar.

No meu quarto, não tento segurar as lágrimas, não mais. Eu rolo no chão até conseguir me sentar, encostada na parede, e choro. Dani senta ao meu lado, sem dizer nada, simplesmente fica ali, e isso é tudo de que preciso. Não quero palavras de consolo, só que quero que ela esteja ao meu lado.

Preciso colocar tudo para fora, arrancar essa dor do meu peito, e sinto que chorando posso externalizá-la, tirá-la de mim para que nunca mais doa dessa forma. Há algo terapêutico em chorar com tanta vontade. Certa paz nos invade depois.

Dani passa o braço por trás de mim e me envolve para que eu descanse a cabeça em seu ombro.

— Deixe sair, isso, estou aqui.

Choro até que a paz chegue, até que minhas lágrimas sequem e meu nariz esteja tão entupido que mal consigo respirar. Dani beija minha cabeça.

— Você quer conversar?

Eu me afasto dela, me endireitando, pressionando as costas contra a parede. Enxugo o rosto e assoo o nariz. Com a voz fraca, conto tudo a ela. Dani fica vermelha de raiva.

— Maldito, filho da puta! Argh!

Não digo nada.

Ela solta um grunhido, soprando o cabelo de seu rosto.

— Eu quero bater naquela cara estúpida dele. Posso? Só um soco e saio correndo.

— Dani...

— Aprendi um golpe ótimo na minha aula de defesa pessoal, sei que vai machucar e, de repente, podemos recorrer ao clássico chute no saco. Ah, sim, acho que prefiro esse.

Seu delírio me faz sorrir, mas continuo triste.

— Agradeço o esforço, mas...

— Ou posso contar ao Daniel. Eles jogam futebol juntos. Vou pedir para ele dar um chute que pareça acidental.

— Dani, você não pode mandar seu irmão bater nele. Daniel é muito calmo.

— Mas também é excessivamente superprotetor, então só preciso dizer a ele que Ares fez algo ruim com você! Ares vai ter o que merece.

Daniel é o irmão mais velho de Dani, ele estuda na mesma escola particular de Ares, só para fazer parte do time de futebol.

— Sou contra violência e você sabe disso.

— Tá bom! — resmunga ela, se levantando. — Vou comprar sorvete, você procura o filme mais romântico que conseguir achar na internet.

— Eu não acho...

— Shhh! Vamos lidar com isso como se deve. Hoje você vai chorar e gritar insultos para a TV, falando como a vida é injusta porque essas coisas não acontecem com a gente. — Ela coloca as mãos na cintura. — Vamos dormir juntas e amanhã você vai acordar outra pessoa.

Tento sorrir.

— Não acho que isso vai acontecer da noite para o dia.

— Pelo menos tenta, e depois vamos sair para dançar com uns garotos. Você vai se distrair e perceber que aquele idiota não é o único cara do planeta. Combinado?

— Sim, senhora.

— Não ouvi direito.

— Sim, senhora!

— Ok, agora vai escolher o filme, eu já volto.

Eu a vejo sair e sorrio como uma idiota, grata por tê-la por perto; caso contrário, eu teria desmoronado. Acho que o que mais me dói é que, mesmo tendo visto tudo o que minha mãe passou com meu pai, ainda assim eu caí nas garras daquele idiota, como a menina de antes, como uma boba, cega de amor. Estou decepcionada comigo mesma como mulher, é isso que mais me machuca.

Ligo meu computador e abro o navegador para procurar um filme. Meu Facebook abre automaticamente enquanto acesso o Google. Ouço a notificação de uma nova mensagem e meu coração fica apertado quando vejo o nome dele.

> **Ares Hidalgo**
> Sinto muito.

Um sorriso triste me invade. Deixo a mensagem visualizada e simplesmente continuo minha busca. Outra notificação, e eu leio:

> Sério, sinto muito.

Vou com o mouse até a barra de opções e bloqueio Ares, para que ele não possa mais me escrever.

Adeus, deus grego.

23

O JOGO DE FUTEBOL

Futebol.

O esporte mais popular do mundo e um dos meus favoritos. Não sei quando desenvolvi essa paixão por assistir aos jogos, talvez tenha sido quando vi Ares jogando no quintal de casa ou naquele primeiro jogo a que a mãe da Dani nos levou para vermos o irmão dela jogar, não sei. O fato é que eu realmente gosto de assistir a uma partida de futebol. Então, passados alguns dias, não hesito em vir com Dani, Gabo, Carlos e Yoshi ao jogo do time do irmão de Dani para torcer por ele. Tento ignorar ao máximo que esse também é o time de Ares e que isso significa que vou vê-lo pela primeira vez desde aquela manhã dolorosa.

Admito que tem sido difícil, especialmente de noite, quando fecho os olhos e não consigo deixar de ficar revirando os acontecimentos na minha mente; fico tentando entender quando e por que tudo terminou. Em alguns momentos até assumi parte da culpa; ele me avisou, disse o que queria, mas mesmo assim fui e me entreguei a ele não apenas uma vez, mas duas.

Tento afastar da cabeça esses pensamentos, estou aqui para me divertir e aproveitar um jogo do meu esporte favorito com meus amigos. Embora, para ser honesta, no fundo eu saiba que meu coração acelerado e as mãos suadas não são por causa do jogo, mas pela presença de Ares.

Por que a possibilidade de vê-lo me deixa tão nervosa? Ele vai estar longe, nem vai me ver ou notar minha presença entre tanta gente nas arquibancadas. Preciso ficar calma. Chegamos e, como previ, está lotado. Dani demorou para encontrar uma vaga no estacionamento, mas depois de uma longa procura, conseguiu. Caminhamos e andamos em fila, procurando um lugar para sentar. Achamos um espaço na segunda fileira, e dali teremos uma boa visão do campo, então sentamos. Apolo se junta a nós, tem estado conosco todos esses dias no colégio.

Dani se senta primeiro, depois Apolo, Carlos, Yoshi e eu. Não queria ficar tão longe da minha amiga, mas não quero que Yoshi pense que não quero estar perto dele ou que tenho alguma preferência. Existem duas torcidas bem definidas, e nós estamos do lado do time de Daniel e Ares. A grama do campo é muito verde e bem aparada. Ainda há um pouco de luminosidade, embora o sol tenha se posto. O céu está cinzento, dando boas-vindas à escuridão da noite, as grandes luzes estão acesas, iluminando o campo.

Eu engulo em seco enquanto meus olhos dançam até os jogadores se alongando e treinando com a bola perto do gol. O uniforme do time de Ares é preto com listras e números em vermelho, enquanto o da outra equipe é branco.

Camisa 05. Onde está você, deus grego?

Como se tivesse me escutado, Ares surge de um grupo de garotos de seu time, caminhando com aquela confiança tão típica. Meu coração voa na direção dele. O short do uniforme se ajusta com perfeição a suas pernas definidas e a camisa também lhe cai muito bem, revelando aqueles braços que me pegaram com força. Ele está usando uma faixa elástica vermelha bem discreta na cabeça, para afastar o cabelo preto da testa. E leva a braçadeira de capitão presa no braço esquerdo.

Meu Deus, por que ele dificulta tanto as coisas? Por que ele precisa ficar mais gostoso a cada dia? Eu já estou confusa o bastante.

Ares se aproxima de outro jogador que eu só consigo ver de costas, mas que me parece muito familiar. Os dois conversam e Ares mantém o ar sério, como se tomasse uma decisão importante. O jogador desconhecido se vira rapidamente e consigo ver quem é: Marco. Como eu pude esquecer que ele também joga nesse time?

Eu mordo o lábio, me lembrando de quando dancei para ele. Deus, que vergonha. Mas, veja bem, Marco também não fica nada mal com o uniforme. Meus olhos inquietos vão até sua bunda. Ah, que beleza.

Raquel, pelo amor de Deus!

Eu me dou um tapa imaginário. Ter transado definitivamente libertou meu lado mais selvagem. Ares ri e balança a cabeça com algo que Marco diz e eu prendo a respiração. Ele fica tão lindo quando ri.

— Raquel? — Yoshi me traz de volta à realidade.

— Oi? — Eu olho para ele e Yoshi está com os olhos semicerrados.

— Apreciando a vista?

Dou uma risadinha.

— Um pouco.

— Eu perguntei se você quer refrigerante, eu vou buscar.

— Não, estou bem.

Carlos enfia a cabeça por trás das costas de Yoshi e pergunta:

— Tem certeza de que não quer nada, minha princesa?

— Tenho, obrigada.

Apolo e Dani parecem estar conversando, quer dizer, ela está falando e Apolo simplesmente balança a cabeça, vermelho como um tomate. Carlos e Yoshi descem para buscar refrigerantes quando o narrador da partida começa a falar:

— Boa noite! Bem-vindos ao jogo de abertura do campeonato municipal de futebol deste ano letivo. Por favor, deem as boas-vindas ao time convidado: Tigres de Greenwich!

A torcida da equipe rival uiva, grita e festeja enquanto nós vaiamos. Então o narrador continua:

— Agora, vamos dar uma salva de palmas à nossa equipe local: os Panteras!

Todo mundo está pirando, gritando e pulando, inclusive eu. Aproveito que os meninos saíram para trocar de lugar e ficar ao lado de Apolo. Dani me vê e imediatamente puxa Apolo pelos ombros e o move para que ela fique entre nós. Dani sussurra em meu ouvido:

— Eu entendo por que você veio assistir aos treinos, todos são gostosos, com exceção do meu irmão, porque eca.

— Cadê o Daniel?

Dani agarra meu queixo e move meu rosto na direção da trave.

— Ali. Você com certeza está muito focada em seu Voldemort para prestar atenção no meu simples irmão.

— Bem, é hora do grande jogo, senhoras e senhores. Vamos dar uma salva de palmas aos times e desejar-lhes boa sorte!

A multidão grita, erguendo as mãos no ar. Do meu lado, todos começam a gritar "Panteras, Panteras!", a emoção do jogo se infiltra em minhas veias e por um segundo eu me divirto, esquecendo aquele capitão arrogante que tem meu coração nas mãos.

A rivalidade entre as duas equipes está no ar. Greenwich é o time de uma cidade próxima e eles sempre nos menosprezaram, dizendo por aí que não temos talento. Nós os fizemos engolir cada palavra muitas vezes. Os Panteras ganharam vários campeonatos e nós até chegamos às competições estaduais enquanto eles não conseguiram passar nem da primeira fase eliminatória.

Os times entram em campo, cada jogador segue para sua posição, e as arquibancadas vibram com os pulos, gritos e incentivos dos torcedores. Eu bato palmas, meus olhos estão em Ares novamente. Como é possível ignorar Ares quando ele parece tão confiante, tão animado?

Você é uma idiota, Raquel.

Minha consciência me reprova. Ares me machucou muito, e eu continuo olhando para ele e suspirando como uma idiota. Por que não consigo controlar o que sinto? Eu gostaria que os sentimentos tivessem um botão de ligar e desligar. Isso tornaria as coisas muito mais fáceis para as pessoas.

Sentimentos...

É uma palavra forte, que não falo da boca para fora. Mas eu sei que sinto alguma coisa por ele, sei que estou mentindo para mim quando falo que "estou me apaixonando", quando a verdade é que já estou apaixonada, não dá para voltar atrás. Porém, admitir o sentimento não vai mudar nada, porque ele não sente o mesmo, então o que preciso fazer é enterrar o que sinto e seguir com minha vida como se nada tivesse acontecido.

Yoshi surge ao meu lado, Carlos se senta ao lado dele. Yoshi me oferece seu refrigerante.

— Tem certeza de que não quer? É Coca-Cola, sua bebida favorita.

— Só um gole. — Eu bebo um pouco e a devolvo para ele.

Yoshi ajeita os óculos e me lança alguns olhares, como se quisesse dizer outra coisa, mas não diz. Nossos olhos se encontram e eu percebo que tinha esquecido como meu melhor amigo é lindo.

— Raquel... está acontecendo alguma coisa entre você e aquele garoto da família Hidalgo?

— Apolo? Não mesmo, ele é um...

— Não estou falando do Apolo, e você sabe disso.

Eu mordo os lábios, ganhando tempo.

— Não, óbvio que não.

Por que estou mentindo?

Yoshi abre a boca para protestar, mas o árbitro apita, dando início à partida. Eu sorrio para Yoshi e me concentro no jogo. Todos os jogadores estão cheios de energia e com vontade de ganhar, por isso o começo é muito corrido, com passes muito bons e efetivos. Carlos assobia de empolgação.

— Uau! Viram como ele correu para conseguir esse passe? Esse atacante é muito bom.

Ares está jogando muito bem e isso não ajuda em nada sobre aquele papo de enterrar meus sentimentos, especialmente quando quero gritar como uma fã apaixonada toda vez que ele se aproxima do gol. Dani me cutuca com o cotovelo.

— Você tem bom gosto. Além de gato e inteligente, ele joga bem.

E também é muito bom de cama.
Queria dizer isso, mas apenas sorrio. Quase na metade do primeiro tempo, Ares corre sozinho com a bola, se aproximando do gol, e todos se levantam na arquibancada, incentivando-o a continuar. Mas então o goleiro sai do gol e corre em sua direção, se chocando contra Ares com um baque surdo. Um grito de horror sai da minha boca quando vejo Ares no chão, se contorcendo de dor e com as mãos no rosto.

Sem pensar, fico de pé e quase corro na direção dele, mas Dani agarra meu braço e me segura, me lembrando da realidade entre nós dois. Eu o observo se levantar com a ajuda de Marco e de outros jogadores, que o trazem para a beira do campo, perto das arquibancadas, e fico ainda mais assustada quando vejo sangue saindo de seu nariz.

O narrador informa ao público:

— Nossa, parece que houve um grande confronto entre o atacante e o goleiro. O árbitro deu cartão amarelo, mas os Panteras não estão satisfeitos.

O técnico entrega um pano para Ares, que limpa o sangue do rosto. Seus olhos azuis encontram os meus, e eu não posso deixar de perguntar a ele, movendo meus lábios em silêncio, na esperança de que ele entenda a pergunta a distância:

— Tudo bem?

Ele apenas acena com a cabeça.

Eu me sento novamente. Yoshi vira o rosto e Dani me lança um olhar cúmplice. Percebo que Apolo não está conosco. Dani explica:

— Ele correu para o outro lado quando você se levantou, acho que está se certificando de que está tudo bem com o irmão.

— Foi uma jogada muito suja — comenta Carlos. — Isso foi contra as regras.

Yoshi dá um gole em seu refrigerante.

— Foi mesmo.

Apolo volta com o rosto vermelho. É a primeira vez que o vejo com tanta raiva. Dani aperta seu ombro de modo reconfortante.

— Ele vai ficar bem.

Apolo não fala nada, apenas cerra os punhos junto ao corpo e se senta, respirando fundo. Acho extremamente bonito que ele se preocupe tanto com o irmão. Apolo é o menino mais doce que já conheci. O jogo continua, mas ainda tenso. Os Panteras estão zangados com a falta injusta que seu capitão sofreu. Ares continua jogando, checando o nariz de vez em quando; não há mais sangue, mas imagino que ainda esteja doendo.

Coitadinho.

Não, coitadinho nada, ele partiu seu coração.

Estúpida, pensa um pouco, idiota.

É quase o final do primeiro tempo quando começa a melhor jogada da partida: o meio-campo faz um passe longo para Marco, que após driblar dois jogadores passa a bola para Ares, que corre para recebê-la de um lado do gol. Todos se levantam empolgados, Ares chuta a bola na diagonal e acerta o gol quase de escanteio, em um ângulo impressionante.

— GOOOOOOOOOOOOOOOOOOOOOOOOOOOOL!

O campo vai à loucura, nós pulamos e gritamos feito loucos.

— Toma essa, seu goleiro de merda! — grita Apolo, surpreendendo a todos.

Ares sai correndo com os braços estendidos no ar, comemorando o gol, se aproxima da arquibancada e puxa a camisa, mostrando algo escrito na barriga.

Bruxa.

Eu paro de respirar, levando a mão à boca em choque.

O narrador fala:

— Goool! Uau, parece que o artilheiro está dedicando o gol a alguém. Quem será essa bruxa sortuda?

O olhar de Ares encontra o meu e ele sorri antes de ser abraçado por todos os companheiros de time. Meu coração ameaça pular do peito, batendo desesperadamente. Ele acabou de…?

Ares Hidalgo ainda vai me deixar louca com seus sinais confusos. Correção, ele *já* me deixou louca.

24

A CONFISSÃO

O jogo acabou e ainda não consegui assimilar que Ares Hidalgo dedicou o gol para mim. Pensei em mil coisas nos últimos dez minutos, desde que ele estava brincando a que talvez tenha uma namorada secreta que ele também chama de bruxa. Só que ele olhou e sorriu para mim.

Estou pensando muito.

Não devo permitir que ele me afete, não posso deixar que seu gesto atrapalhe minha decisão de me manter afastada dele. Sim, ele me dedicou um gol e foi a coisa mais linda, mas isso não deveria ser suficiente, não depois de todo o mal que me causou.

Uma parte de mim — a maior — quer correr para os braços dele, mas a parte racional, a que recuperou a dignidade, não aprova e decido ouvi-lo. Embora eu ache que essa minha firmeza venha de uma emoção nova para mim: o medo. Medo de que ele me machuque, medo de deixá-lo entrar e eu sair ferida outra vez. Eu não aguentaria passar por isso de novo, então não vou me arriscar.

— Uau, foi emocionante — afirma Dani, cutucando minhas costelas de brincadeira enquanto descemos as arquibancadas.

— Foi mesmo — opina Apolo inocentemente. — Adorei o jogo, 3 a 0, e aquele goleiro mereceu depois do que fez com o meu irmão.

— Temos que comemorar. — Carlos tenta segurar minha mão, mas Dani, parecendo uma ninja, dá um tapa nele e o afasta. — Ai!

— Você mereceu — digo a ele, lembrando-o de que não gosto que ele me toque sem permissão.

— Entendido — garante Carlos.

Procuro o olhar de Yoshi, que está um pouco sério. Que estranho.

— Pessoal, a gente podia ir dar parabéns aos jogadores.

Essa ideia de Apolo não parece muito boa no momento. Não quero encarar Ares. Uma coisa é ser forte para me afastar dele e outra bem diferente é tê-lo diante de mim e depois precisar me afastar.

Dani percebe meu desconforto.

— Ah, é melhor irmos para a festa de comemoração.

— Festa de comemoração? — pergunto, confusa.

Carlos me dá um tapa nas costas.

— Você não está por dentro dos eventos sociais, princesa? A festa que o time faz quando vence.

Óbvio. Como esquecer as festas infames dos Panteras? Fui apenas uma vez e só porque Daniel nos convidou. No campo somos um, mas fora dele ainda somos de escolas diferentes, e a verdade é que não vamos muito com a cara uns dos outros.

Passamos ao lado do gramado enquanto caminhamos para o estacionamento, e não deixo de olhar para os jogadores conversando. Ares está lá, completamente encharcado de suor, seu cabelo grudado nas laterais do rosto, assim como o uniforme em seu corpo. Como ele pode continuar atraente para mim mesmo depois de tudo? Preciso de ajuda profissional.

Seu olhar encontra o meu e eu congelo, paro de andar. Ele lança um sorriso malicioso, agarra a barra da camisa e a puxa pela cabeça. Muitos jogadores estão sem camisa, então ninguém vê o gesto como algo incomum. Meus olhos descem para seu peito e abdômen definidos, onde a palavra *bruxa* já desbotou com o suor. Eu mordo o lábio.

Não caia nessa, Raquel.

Eu odeio meus hormônios.

Balançando a cabeça, desvio o olhar e continuo meu caminho. Dou alguns passos até que esbarro em Yoshi.

— Ai! Não vi você!

Yoshi só pega minha mão.

— Vamos sair daqui.

Yoshi me arrasta para o estacionamento, onde todos já estão no carro de Dani, esperando por mim. Apolo tomou meu lugar no banco do carona, então fico entre Yoshi e Carlos. Ambos estão cheirosos, e adoro quando um cara cheira bem. Ares tem um cheiro maravilhoso.

Calem a boca, hormônios sem dignidade!

O lugar da festa fica a leste da cidade, a cerca de dez minutos da minha casa. A música pode ser ouvida do lado de fora, o baixo trovejando nas paredes do gigantesco imóvel de dois andares. Estou surpresa de ver tantas pessoas, elas são bem rápidas quando o assunto é festa.

Olha quem fala.

Minha consciência me censura quando saímos do carro e nos dirigimos para a entrada. Há algumas pessoas no jardim com copos nas mãos.

Ao entrar, luto contra a necessidade de tampar os ouvidos. A música eletrônica vibra por toda a casa, as luzes estão apagadas, apenas algumas lâmpadas de meia-luz iluminam o local, o que dá um toque meio hippie ao cenário. Me sinto como se estivesse em uma festa eletrônica no meio de um campo aberto. O DJ está na sala, é um garoto magro, de cabelos compridos e braços tatuados, que parece concentrado.

— Vamos pegar alguma coisa para beber! — Dani segura minha mão para que não nos separemos na multidão.

A cozinha está lotada, mas de alguma forma Dani consegue trazer bebidas para todos nós. Tomando o que quer que esteja dentro daquele copo de plástico, não posso deixar de me lembrar da última vez que bebi na casa de Ares, como brincamos com a tequila, seu sorriso, seus beijos.

Não, não, Raquel.

Estou aqui para me distrair, não para pensar nele.

Como se Dani pudesse ler meu pensamento, fala:

— Vamos dançar!

Todos nós vamos para o centro da sala que se tornou a pista de dança e começamos a nos movimentar ao ritmo da música, com os copos no ar. Por um segundo, deixo minha mente vagar para longe de qualquer memória do deus grego e danço, bebo, rio dos passos malucos de Carlos e do rosto corado de Apolo enquanto Dani se mexe ao lado dele. Me sinto livre de rancor e preocupações.

Yoshi pega meu braço e me gira em sua direção. Sigo a correnteza, danço com ele, coloco meus braços em volta de seu pescoço e eu cometo o grave erro de olhar para cima. Quando os olhos dele encontram os meus, a intensidade de seu olhar tira meu fôlego. Ele sempre me atraiu e é a primeira vez que o tenho tão perto.

"Pillowtalk", de Zayn Malik, toca ao fundo, e o ritmo suave e sedutor nos faz mover lentamente o corpo um contra o outro. Suas mãos deslizam pela minha cintura até ficarem em meus quadris. Meus lábios se separam e ele lambe os dele, umedecendo--os. Quero beijá-lo.

Essas sensações me pegam de surpresa. Yoshi aperta meu corpo e se inclina em minha direção, até que sua testa toca a minha, seu nariz roça no meu. Cada momento que compartilhamos invade minha mente, todas as vezes que ele me fez sorrir, esquecer meus problemas, me apoiou. Ele é meu melhor amigo e eu o via assim até alguns anos atrás, quando aquele rosto de criança inocente deu lugar a um cara lindo, por quem me senti atraída mais de uma vez, mas nunca ousei fazer nada por medo de perder a amizade.

Yoshi suspira, fechando os olhos.

— Raquel…

Eu fico tensa com a seriedade do tom dele. Yoshi quase sempre me chama de Rochi, raramente usa meu nome, só quando está falando de algo muito sério e delicado.

Com o coração na boca, respondo:

— Sim?

— Estou morrendo de vontade de te beijar.

Meu coração acelera e ele observa minha reação. Eu apenas assinto, dando meu consentimento. Quase posso sentir seus lábios nos meus quando fecho os olhos. Mas o rosto de Ares aparece na minha mente, me fazendo dar um passo para trás. Yoshi me encara confuso e estou prestes a falar quando um garoto com o microfone nos interrompe.

— Muito bem, pessoal! É hora de dar as boas-vindas aos jogadores.

Todos gritam, levantando os copos. O time entra na sala e todos já tomaram banho e estão arrumados. Ares é um deles, com uma camisa preta que lhe cai muito bem. Preto é uma cor que fica bem demais nele para o meu gosto.

O garoto que reconheço como goleiro do time continua:

— Antes de mais nada, vamos dar as boas-vindas ao capitão, que fez três belos gols hoje.

— Ares! Ares! Ares! — Todo mundo grita o nome dele e eu abaixo a cabeça.

— Capitão — o goleiro passa o braço pelos ombros de Ares —, você jogou como nunca, mas também sabemos que dedicou um gol a uma garota.

— Sim! — gritam as pessoas ao meu redor.

— Acho que todo mundo aqui quer saber quem é a bruxa sortuda.

Uma garota levanta a mão.

— Eu posso ser sua bruxa quando quiser, lindo!

— Você vai contar quem é ela, capitão?

Ares ri, balançando a cabeça.

— Ela sabe quem é, e isso é o suficiente.

— Uuuu! Conta! Conta!

Ares balança a cabeça novamente e sai, o goleiro dá de ombros.

— Ok, vamos parar de atrapalhar a festa. Aproveitem!

Com isso, ele sai da sala onde está o DJ. Sua presença me faz sentir culpada por quase beijar Yoshi, mas sei que não deveria me sentir assim. Ares não é meu namorado, então posso beijar quem eu quiser. Yoshi pega minha mão e me arrasta em meio às pessoas.

— Ei, Yoshi! — reclamo de sua brusquidão.

Quando saímos da casa, ele me leva até a calçada, longe o bastante das pessoas que ainda estão no jardim.

Ele me solta e posso perceber sua chateação.

— Qual é o problema?

— Por favor, me diga que não foi com ele.

— Do que você está falando?

— Me diga que você não perdeu a virgindade com aquele idiota.

Fico paralisada, sem saber o que responder.

— Raquel, me diga! — grita ele, e eu baixo a cabeça. — Ah! Merda! Ares Hidalgo? Aquele idiota arrogante que trata as mulheres como lixo? Onde você estava com a cabeça?

— Eu não estava com a cabeça em lugar nenhum! Eu só... Ele...

—Você o quê? Você o quê?

— Me deixei levar pelo que eu senti!

— Pelo que você sentiu? — Eu percebo o erro que cometi ao dizer essa palavra. — Você está apaixonada por ele?

Quero dizer não, quero gritar não, mas as palavras ficam presas na minha garganta. Yoshi parece tão desapontado que dói muito vê-lo assim.

— Yoshi... eu...

— Está na cara que você está apaixonada.

Ele coloca as mãos na cabeça e solta um suspiro longo e exasperado.

Não sei o que dizer, uma onda de sentimentos toma conta de mim. Nunca me senti tão confusa, mas então ele morde o lábio inferior e diz, me deixando ainda mais confusa e sem reação:

— Eu gosto muito de você, Raquel. Sou louco por você.

Tudo para. Só consigo olhar para aqueles olhos cor de mel inundados de lágrimas.

— Eu sempre gostei de você. Pensei que nós dois acabaríamos juntos, como nos filmes. — Ele solta uma risada triste. — Acho que era perfeito demais para ser verdade.

— Yoshi...

— Estou indo embora. Avisa o pessoal, e aproveite a noite com aquele idiota.

— Yoshi... espera...

Ele não me escuta e começa a se afastar. Meu coração bate loucamente. Não quero que vá embora, mas o que faço se ele ficar? O que eu digo? Mas então Yoshi para a alguns metros de distância e se vira para mim outra vez. Eu o observo surpresa, enquanto ele caminha rapidamente em minha direção.

Seus olhos estão cheios de determinação.

— Que se dane!

— Yoshi, o que...

Ele pega meu rosto com as mãos e me beija.

25

A COMEMORAÇÃO

O beijo de Yoshi me pega de surpresa.

Não só pelo fato de eu não estar esperando, mas porque, no momento em que nossos lábios se tocam, sensações boas e novas invadem meu corpo. Seu beijo é suave e lento, e posso sentir o encontro de nossas bocas com tantos detalhes que cerro as mãos. Ele tem gosto de vodca e algo doce que não consigo identificar, mas gosto. Ele suga meu lábio inferior e recomeça o beijo, acelerando de leve os movimentos.

A parte pensante do meu cérebro deixa os hormônios assumirem o controle. Eu me permito curtir o beijo, sou uma garota solteira sendo beijada por um cara lindo, não há nada de errado nisso. Yoshi me segura pela cintura, me puxando para mais perto dele e eu envolvo seu pescoço com os braços. Nunca imaginei que Yoshi beijasse tão bem. Nossas respirações aceleram e a língua dele acaricia o canto dos meus lábios, me fazendo estremecer.

Alguém pigarreia.

E é aí que me lembro de que estamos na frente da casa, à vista de todo mundo. Me afasto de Yoshi, sem tirar as mãos de seu pescoço, e viro a cabeça para olhar quem é.

Marco.

Meu coração congela, porque ele não está sozinho.

Atrás dele, a poucos passos de distância, está Ares, com as mãos no bolso da calça e os olhos em mim.

Ai, merda.

Seu rosto tem uma expressão vazia e indecifrável. Ele está com ciúmes? Desapontado? Surpreso? Ou simplesmente não liga? Nunca saberei a resposta só de olhar seu rosto, que não me diz nada.

Tiro as mãos do pescoço de Yoshi e as deixo cair junto à lateral do meu corpo. Ah, o destino e suas reviravoltas cruéis... quais eram as chances de Ares sair da festa bem agora? Marco me dá um sorriso divertido, com um tom provocador.

— Você não para de me surpreender.

Ares desvia o olhar e caminha em nossa direção.

— Vamos, não temos a noite toda. — O tom dele é frio, me lembra da primeira vez que conversamos.

Ares passa por mim como se não tivesse visto nada. Ele realmente não se importa. Por que isso dói tanto? Por que eu quero que ele se importe? Marco me dá um último sorriso. Eles vão até o carro de Ares, que está na rua, e começam a tirar algumas caixas da caminhonete. Parece cerveja.

Yoshi segura minha mão.

— Terra chamando Raquel.

Eu paro de olhar para o estúpido deus grego e me concentro no meu melhor amigo, o garoto que acabei de beijar. Merda. Que noite!

— Me desculpe, só... nada.

Yoshi acaricia minha bochecha.

— Se alguém tem que se desculpar aqui, sou eu. Desculpe. Agora sei o que você sente por ele, não espero que aja como se não ligasse de uma hora para outra.

Ele ajeita os óculos e eu não posso evitar o sorriso que me invade. Yoshi é tão fofo e beija tão bem.

— Acho que podemos entrar. — Eu não quero enfrentar Ares de novo quando ele voltar com aquelas caixas.

Yoshi assente com a cabeça, sua mão brincando com a minha.

— Sim, mas antes quero que você saiba que, para mim, isso não é coisa de uma noite só. Eu realmente me importo com você e quero que a gente tente dar certo.

— Eu também me importo com você, mas não quero te machucar.

— Eu sei — diz ele, com um sorriso. — Se não funcionar, podemos continuar amigos, mas pelo menos saberemos que tentamos.

— Eu...

— Pensa nisso, ok? Você não precisa me responder agora.

Eu concordo e o puxo para que me siga.

— Ok. Agora vamos, Casanova.

Yoshi ri e entramos juntos na casa.

Tendo a subestimar a capacidade do álcool de deixar as pessoas bêbadas em pouco tempo. Estamos todos muito felizes, por assim dizer, mas Carlos passou um pouco do ponto. Está inconsciente em um dos sofás da casa, babando em uma almofada florida. Apolo, sendo o garoto fofo que é, verifica a respiração dele de vez em quando em sua preocupada inocência.

Estou me divertindo muito, e por alguns poucos momentos consigo esquecer Ares completamente. Mas quanto mais eu bebo, mais penso nele. Não sei se é efeito colateral da bebida, mas não consigo evitar, e isso me incomoda. Não quero pensar nele, não quero vasculhar a sala de vez em quando atrás dele, não quero me perguntar o que ele está fazendo e com quem está.

Eu não me importo com ele, eu não me importo com ele, repito para mim mesma incontáveis vezes. Dani beija Apolo na bochecha, dizendo que é muito fofo e ele fica vermelho, abaixando o rosto. Eu balanço a cabeça e então meus olhos o encontram. Ares passa pela sala acompanhado de uma garota alta, com corpo esguio e cabelos escuros e ondulados. Ele nem mesmo olha em minha direção, continua andando entre as pessoas até chegar à escada e então sobe, os dois rindo.

Sinto um vazio, como se todo o ar tivesse saído de dentro do meu corpo, e isso dói. Eu sei o que as pessoas vão fazer nesses quartos, e, pelo olhar que a garota está lançando para Ares, ela está com muita vontade. O ciúme me atormenta, e então me dou conta de que ele realmente não se importa comigo, porque só de vê-lo passar com aquela garota já faz com que eu sinta que meu coração vai explodir, e imaginar os dois se beijando faz meu estômago revirar. Ele me viu beijando Yoshi e não se importou, nem parecia surpreso.

Essa é a grande diferença entre nós.

Eu sinto tudo e ele não sente nada.

Estou apaixonada e não sou correspondida, sempre foi assim.

Então, por que estou me torturando dessa maneira? Eu preciso tirá-lo da cabeça, do meu coração, tenho que esquecê-lo. Não quero mais me sentir assim, machucada, decepcionada. Pego o copo de Yoshi e viro toda a bebida. Todos me olham, surpresos. Tanto álcool de uma vez me deixa tonta por um segundo, mas passa, e eu pego o copo de Dani e começo a fazer o mesmo, mas ela me interrompe.

— Ei, calma aí, sem pressa!

Devolvo o copo dela, respirando pesadamente depois de beber tanto de uma vez só.

— Sinto muito, me empolguei.

Ela me lança um olhar cético.

— Está tudo bem?

Um sorriso forçado preenche meus lábios, a imagem de Ares com a garota carimbada em minha mente.

— Eu estou muito bem.

Minhas orelhas esquentam, assim como meu rosto. Lembra dos efeitos do álcool? Me sentindo corajosa, pego a mão de Yoshi e fico em pé, forçando-o a se levantar também.

— Ei, o que foi? — pergunta Yoshi, surpreso.

— A gente já volta — aviso a Dani e Apolo, puxando Yoshi atrás de mim.

Subir as escadas é mais difícil do que parece quando o mundo está girando ao nosso redor. Eu seguro firme no corrimão e com a outra mão continuo puxando Yoshi, que ri, confuso.

— Para onde estamos indo, Rochi? — questiona ele quando chegamos ao fim da escada e encontramos um corredor escuro, cheio de portas dos dois lados.

— Nos divertir, como ele, como todo mundo — digo rapidamente, e Yoshi está tão bêbado que não percebe.

Inevitavelmente, imagino Ares atrás de uma daquelas portas, beijando a garota de cabelos escuros, suas mãos a tocando, fazendo-a atingir um orgasmo delicioso. Meu estômago se revira e eu engasgo. Tropeço pelo corredor com Yoshi atrás de mim. Escolho uma porta ao acaso, porque sei que o destino não será tão cruel assim para me fazer entrar no quarto em que Ares está.

É um quarto pequeno com uma cama de solteiro. Não perco tempo acendendo a luz. A claridade externa ilumina o suficiente. Puxo Yoshi pela camisa e o jogo na cama. Fecho a porta, rindo, brincando com a barra da minha blusa.

— Yoshi...

Yoshi só murmura:

— O que você está fazendo, Rochi?

— O que você acha? — Tento me mover sedutoramente em direção à cama, mas cambaleio tanto que preciso me apoiar na parede.

Yoshi levanta a mão que estava apoiada na cama para acenar em negativa.

— Não, Rochi, você está bêbada, assim não.

— Você também está bêbado, seu bobo.

Tento tirar a blusa pela cabeça, mas ela fica presa no meu pescoço; eu me enrosco, bato na parede e caio. Levanto o mais rápido que posso, ainda tropeçando.

— Estou bem!

Mas Yoshi não me responde, logo ouço um ronco alto. Lanço um olhar mortal para ele, enquanto ajeito minha blusa.

— Isso é sério?

Resmungo de frustração e belisco a perna dele.

— Yoshi?! Vamos, acorde! Yoshi!

Outro abraçado pela inconsciência.

A Bebadolândia deve estar lotada esta noite.

Frustrada, saio do quarto e me apoio na porta. Vejo uma luz no final do corredor, e não, não estou morta. Mesmo assim, sigo aquela luz. Dizer que ouço todo tipo de coisa enquanto atravesso o corredor é pouco. Estou diante de uma porta branca com quadrados de vidro e a abro, porque a luz vem de lá.

É uma varanda e não tem ninguém.

Ou é o que acho até fechar a porta e ver uma pessoa encostada no parapeito à minha direita, a fumaça de cigarro no ar. Só consigo ver suas costas, mas sei que é ele; meu coração também sabe e acelera, como o idiota masoquista que é.

Ares.

Não me mexo, minha boca está seca, minha língua está pesada, acho que é por causa da bebida. Ele me olha por cima do ombro e não parece surpreso ao me ver, seu rosto inexpressivo, como há algumas horas. Apertando minhas mãos com força, eu enfrento o estúpido deus grego que tem assombrado meus pensamentos a noite toda.

Meu primeiro instinto é fugir.

Não sei por que, mas depois de pensar nele incansavelmente e de procurá-lo com os olhos durante toda a festa, agora que o tenho a poucos passos de mim, quero fugir.

Quem me entende?

Ares nem mesmo se deu ao trabalho de virar para me olhar direito e ainda assim consegue acelerar minha respiração e as batidas do meu coração. Sua presença é imponente e a tensão na varanda é demais para mim. Como uma covarde, eu me viro para a porta de novo, no entanto, antes que eu alcance a maçaneta, ele anda a passos rápidos e fica no meu caminho, bloqueando a passagem.

Sempre esqueço o quanto ele é alto, quão lindo e perfeito é cada detalhe de seu rosto e como seus olhos são intensos. Eu desvio o olhar, me afastando, mas Ares se move comigo, me fazendo recuar até que eu encoste no parapeito da varanda.

— Fugindo? — Sua voz é fria e me faz estremecer.

— Não. — Balanço a cabeça e fico um pouco tonta.

Mantenho os olhos em seu peito. Nem mesmo a coragem que o álcool me dá é suficiente para enfrentá-lo. O perfume de Ares invade meu nariz e luto para não fechar os olhos e inspirar fundo.

Senti falta de seu cheiro, de sua presença e da habilidade que ele tem de me fazer sentir tudo sem nem sequer me tocar.

— Olha pra mim — ordena ele, mas eu me recuso. — Olha pra mim, Raquel.

Obedeço com relutância; o oceano infinito de seus olhos está esplêndido ao luar. Sem querer, fito os lábios dele, que parecem úmidos, e noto que está sem o piercing.

Pigarreio.

— Eu… preciso ir.

Tento me afastar para ir embora, mas ele coloca os dois braços na grade do parapeito, me prendendo.

— O que você está fazendo aqui em cima? — pressiona Ares. — Você veio me procurar?

— Não, o mundo não gira ao seu redor.

Ele me dá aquele sorriso estúpido que eu amo e odeio.

— Não o mundo. Mas você, sim.

Sua declaração arrogante me irrita e eu o empurro, mas ele não se move.

— Me deixa sair! — Eu o empurro novamente, sem sucesso.

— Por quê? Eu te deixo nervosa?

Eu desvio o olhar, fingindo desinteresse.

— Não.

— Então por que está tremendo?

Não sei o que responder, então desvio o olhar outra vez.

— Você está tremendo e eu nem toquei em você, e não se preocupe, não vou.

Por quê? Quero perguntar, mas fico quieta. Ele está fora da minha vida, tenho que manter minha palavra desta vez.

O silêncio reina entre nós e me atrevo a olhar para ele, sua expressão impassível como sempre. Como faz para não sentir nada? Como faz para me ter tão perto e não mostrar uma emoção que seja? Enquanto estremeço, lutando para manter meus sentimentos sob controle, ele está impassível, calmo. Então por que não me deixa ir embora se não se importa comigo? Por que está bloqueando meu caminho?

E então sou tomada por uma onda de emoções. Ares me machucou muito, mas também parece não querer sair da minha vida, porque sou um joguinho ou sei lá o quê. Mas já cansei de andar em círculos, de esperar dele o que não vou receber. Ele não tem interesse algum em ficar comigo, não lutou nenhuma das vezes que eu disse que o tiraria da minha vida.

E a verdade é que eu assumo minha parcela de culpa. Ele foi honesto comigo desde o início, me disse o que queria e eu me entreguei a ele, voluntariamente. A memória daquele dia em sua sala de jogos me vem à mente. Seu rosto impaciente, esperando que eu fosse embora. Sua mão me oferecendo o celular, como se fosse um pagamento.

Apertando as mãos, eu o empurro de novo.

— Me deixa ir! Sai daqui!

Ele se move para o lado e eu me afasto. Cambaleio na direção da porta da varanda, meu estômago se revira.

Não, agora não, não vomita agora, Raquel, não é a hora.

Fico tão tonta que me agarro a uma cadeira de metal perto da porta. Caio sentada sobre ela. O suor frio desce pela minha testa.

— Não estou me sentindo muito bem.

Ares aparece ao meu lado em um segundo.

— E você esperava o quê? Bebeu muito.

Não sei como ele entende meu balbucio.

— Como você sabe que eu bebi mui...?

Vomito.

Sim, senhoras e senhores, vomito gloriosamente na frente do cara por quem estou apaixonada. Óbvio que isso se qualifica como o episódio mais desagradável e constrangedor da minha vida.

Ares segura meu cabelo enquanto eu passo terrivelmente mal e vomito no piso de madeira da varanda. Lágrimas escapam dos meus olhos pelo esforço. Quando termino, sinto como se tivesse bebido uma garrafa inteira de álcool. Não consigo nem sustentar meu corpo, pareço uma boneca de pano.

Ao que parece, vomitar me deixou mais bêbada. Sempre pensei que seria o contrário. Desse momento em diante, tudo se tornou um borrão, com a voz de Ares soando cada vez mais distante.

26

A HISTÓRIA

ARES HIDALGO

Faço cara de nojo quando Raquel vomita. Seguro sua cabeça, porque pelo visto ela já não consegue se manter de pé, sentada ou de qualquer outra forma. Seguro o rosto dela com as mãos e assopro para refrescá-la. Seus olhos estão quase fechando, e ela me dá um sorriso bobo.

— Seu hálito tem cheiro de cigarro e chiclete de menta — diz, soltando uma risadinha. — Tão você...

Tiro algumas mechas de cabelo que grudaram no seu rosto com o suor. Ela tenta bater na minha mão, mas seus braços não respondem.

— Não precisa me ajudar, deus grego, estou bem.

Ergo a sobrancelha.

— Ah, é? Então fica de pé.

— Só vai embora e me deixa aqui, vou ficar bem.

Não posso deixá-la aqui, ainda que ela não seja minha pessoa favorita no momento, depois que a vi beijando aquele nerd.

Não pense nisso, Ares.

Soltando um suspiro de cansaço, eu a ajudo a se levantar e, quando ela já está de pé, me agacho um pouco e apoio seu braço no meu ombro para carregá-la. Quando saímos da varanda, ela não consegue fazer nada além de soltar sussurros.

Carregá-la pelo corredor não é difícil, ela não é pesada e estou acostumado a levantar mais peso nos treinos do time. Entro no único quarto que não foi usado como motel hoje. Como sei disso? Porque meus amigos estão lá dentro, jogando videogame e bebendo. O primeiro que me vê é Marco.

— Deixa eu adivinhar — diz ele, e finge estar pensando. — Raquel?

A garota de cabelos escuros que eu trouxe há pouco está sentada no colo de Gregory e indaga:

— Quem é ela?

Luis levanta as mãos, mostrando não saber.

— Pergunte ao Ares. Eu ainda não entendi qual é a desses dois.

Dando uma olhada séria em todos, respondo:

— Todo mundo para fora, já.

Depois que todos saem, levo Raquel ao banheiro, coloco-a na banheira e ela fica ali sentada, com a cabeça recostada na lateral.

— Você vomitou na sua roupa — aviso, começando a levantar sua camiseta branca florida.

Ela protesta, mas consigo tirar. Seus seios ficam nus, tão perfeitos como eu lembrava, nem tão grandes nem tão pequenos, o tamanho ideal para seu corpo.

Não é hora disso, Ares.

Abaixo a saia dela até os calcanhares, meus olhos percorrendo suas pernas. Raquel está usando uma lingerie preta, que contrasta com sua pele. Engulo em seco, tentando me concentrar. Abro a torneira, e ela dá um grito com o jato de água fria na cabeça.

— F-friiiiiiiiio — gagueja ela, os cabelos molhados grudando no rosto.

Sem encará-la, ensaboo seu corpo, fitando a parede. A carne é fraca, e eu sempre desejei Raquel mais do que me permito admitir. Depois de deixá-la escovar os dentes ainda meio desajeitada, eu a enrolo na toalha e a coloco sentada na cama.

— Ares...

— Hmm?

— Estou com frio.

Deve estar mesmo, porque o ar-condicionado está ligado na menor temperatura para manter a casa fresca com tanta gente. Raquel parece ter recuperado um pouco mais de força depois do banho, pelo menos já consegue ficar sentada sozinha. Eu a ajudo a se enxugar e jogo a toalha molhada no chão. Meus olhos viajam por seu corpo despido, e eu preciso de todo meu autocontrole para não abraçá-la. Senti tanto a falta dela...

Ela está bêbada, Ares.

Tenho que me forçar a lembrar disso. Desabotoo a camisa rapidamente. Raquel ri.

— O que você está fazendo?

Tiro-a e a coloco em Raquel, abotoando-a e afastando a tentação de seu corpo diante dos meus olhos. Minha camisa fica bem nela.

— Deita, vai se sentir melhor depois de dormir um pouco.

— Não, estou sem sono — responde ela, e cruza os braços como uma menina malcriada. — Me conta uma história.

— Deita logo.

— Não.

Ela está determinada, então eu a obrigo a se deitar e me sento a seu lado, me recostando na cabeceira da cama.

— Me conta uma história — insiste ela, virando para mim e abraçando minha barriga.

Eu deixo, porque é bom demais tê-la junto de mim depois de sentir tanta saudade. Faço cafuné, pensando no que dizer.

Raquel não vai se lembrar disso amanhã; a liberdade de poder lhe falar qualquer coisa me motiva, então começo:

— Era uma vez um menino que acreditava que seus pais fossem o casal perfeito, que sua casa era o melhor lar do mundo. — Sorrio. — Um garoto muito ingênuo.

O que estou dizendo? Por que é tão fácil me abrir com ela?

Raquel se aproxima, roçando o nariz nas minhas costelas.

— E o que aconteceu com ele?

— O menino admirava o pai. Ele era seu pilar, seu maior exemplo. Um homem forte, bem-sucedido. Tudo era perfeito, talvez até demais. O pai viajava muito a trabalho, deixando os filhos e a esposa sozinhos com frequência. — Fecho os olhos, respirando fundo. — Um dia, o garoto voltou mais cedo da escola, depois de tirar uma excelente nota numa prova difícil de matemática. Subiu correndo à procura da mãe, queria que ela ficasse orgulhosa dele, mas quando entrou no quarto dela...

Lençóis brancos, corpos nus.

Afasto essas imagens da mente.

— A mãe estava na cama com outro homem. Depois disso, tudo virou explicações sem sentido, súplicas e lágrimas, mas para o menino tudo soava muito distante; sua mente estava em outro lugar, a imagem do seu lar, da família perfeita, desvaneceu-se diante de seus olhos, independentemente do que a mãe lhe dissesse.

Eu me detenho, com esperança de que Raquel já tenha adormecido, mas não.

— Continue, quero saber o que aconteceu depois.

— Ele contou o que viu a seu irmão mais velho, e os dois esperaram que o pai chegasse para lhe contar. Depois de muitas discussões e ameaças vazias, o pai perdoou a esposa. Os dois meninos viram o pai ceder, esquecer o orgulho, chorar desiludido na escuridão de seu escritório. Aquele homem tão forte, um herói para seus filhos, estava ali tão frágil e ferido. Desde aquele dia, o pai os fez lembrar incansavelmente de que a paixão os torna fracos. O menino aprendeu a não confiar em ninguém, a não se apegar, a não dar a ninguém o poder de fragilizá-lo, e assim cresceu e espera ficar sozinho para sempre. Fim.

Olho para a garota ao meu lado, e seus olhos estão fechados. Ainda assim, ela responde:

— Que final triste.

— A vida pode ser mais triste do que parece.

— Não gostei desse final — diz ela, grunhindo. — No meu final, vou imaginar que ele conheceu alguém, se apaixonou e viveu feliz para sempre.

Caio na risada.

— Lógico que você ia imaginar isso, bruxa.

— Estou com sono.

— Durma.

— Ares?

— Quê?

— Você acha que o amor é uma fraqueza?

Sua pergunta não me surpreende.

— Tenho certeza.

— É por isso que nunca se apaixonou?

— Quem disse que nunca me apaixonei?

— Já se apaixonou?

Suspiro e olho para ela.

— Acho que sim.

A respiração dela fica mais fraca, os olhos se fecham. Raquel adormece, e eu sorrio feito um idiota, observando-a. Vê-la dormir me enche de paz.

O que você está fazendo comigo, bruxa obcecada?

27

O SEGUNDO DESPERTAR

Frio.

Os calafrios e os tremores me acordam; grunhindo, abro os olhos devagar. A luz golpeia minha vista com força, me obrigando a estreitar os olhos. Por que está tão gelado? Não me lembro de ter ligado o ar-condicionado. A primeira coisa que vejo é uma estante cheia de troféus e medalhas esportivas.

Fico confusa. Não tenho isso no meu quarto. Conforme vou analisando melhor o lugar, me dou conta de que este não é meu quarto.

Como assim?

Sento-me de uma vez só e minha cabeça lateja.

— Ai!

Ponho a mão na testa, e meu estômago ronca, embrulhado. Onde diabos eu estou? Como se o carma quisesse responder, algo ou alguém se move um pouco ao meu lado.

Apavorada, viro para olhar, e um guincho abafado escapa da minha boca, enquanto volto para a frente e caio no chão. Ai outra vez!

Merda, merda.

Levanto somente o rosto por cima da cama e confirmo o que eu suspeitava.

Ares Hidalgo, em toda a sua glória, deitado de barriga para cima, com o antebraço sobre o rosto. Ele está sem camisa, coberto pelos lençóis até a cintura, deixando o belo peito e a barriga de fora.

Instintivamente, dou uma conferida em mim mesma e reparo que estou com a blusa dele.

Coloco as mãos no rosto, desolada.

— Puta merda!

O que aconteceu aqui? Desta vez, eu estava tão decidida a não ceder... O que será que houve comigo?

Hmm, pensa bem, Raquel.

Tenta se lembrar, vai.

Tudo está embaralhado na minha mente como um quebra-cabeça, com as peças apagadas ou perdidas. A última coisa de que me lembro é estar na mesa com Dani, Apolo, Carlos e Yoshi. Depois Yoshi e eu subimos. Íamos ao banheiro?

Aff!

E depois Ares... Na varanda...

E depois nada, vazio, escuridão.

Que frustrante!

Surpreendentemente, cair em suas garras de novo não é o que mais me incomoda, mas sim essa sensação tão desagradável de não me lembrar de nada. *Transamos?* Para ser sincera, duvido que Ares tenha feito alguma coisa comigo neste estado. De qualquer forma, preciso sair daqui. Levanto-me e me sinto enjoada, então respiro fundo. Ares não move nem um dedo, ainda cobrindo os olhos, os lábios entreabertos e o peito nu.

Meus sapatos...

Minha roupa...

Têm que estar por aqui. Que horas são?

Dani deve estar muito preocupada! Foi uma decisão sábia dizer à minha mãe que eu dormiria na casa da Dani, senão estaria ferrada. A parte ainda adormecida do meu cérebro procura o celular, mas logo desperta e me dá uma bofetada.

Roubaram seu celular há semanas, Raquel, acorda!

Engatinho ao redor, e nada da minha roupa, mas que...? Onde eu a enfiei? Se nos despimos aqui, deve estar em algum lugar. Ou será que fiquei pelada em outro cômodo e depois vim para cá? Meu Deus! Vejo uma porta entreaberta à direita que parece ser de um banheiro e entro. Minha roupa está no chão ao lado da banheira.

Meu corpo é dominado por uma sensação de alívio: não vou precisar sair na rua apenas com essa camisa. Fecho a porta e pego minha camiseta branca florida, mas faço uma cara de nojo quando um cheiro de vômito invade meu nariz.

Vômito?

Eu vomitei? Ai, meu Deus. Que merda aconteceu ontem à noite?

Não posso vestir essa camisa de jeito nenhum. A saia não está muito melhor, mas me limito a lavar na pia os pequenos pontos vomitados. Não posso ir embora com a blusa do Ares e sem nada embaixo. Mesmo toda molhada, visto a saia. Agora estou tremendo de frio, mas consigo escovar os dentes com os dedos.

Yoshi, ah, não, a lembrança de tentar usá-lo ontem à noite surge em fragmentos na minha mente. Preciso me desculpar com ele.

De volta ao quarto, me permito olhar para Ares. Seu peitoral branco contrasta com o azul dos lençóis. Mordo o lábio, controlando a vontade de pular nele, beijar cada parte nua de seu corpo, sentir sua pele.

Foco, Raquel.

Com todo o cuidado, seguro a maçaneta da porta, mas ela não gira. Como assim? Tento com mais força, mas não adianta. Verifico a maçaneta e reparo que não tem botão, é de chave.

Está trancada. Por quê?

— Está procurando isto?

A voz dele me faz dar um pulo. Eu me viro e, para minha surpresa, Ares está sentado na cama com a mão para cima, empunhando a chave. Seu rosto é tão lindo que me faz estremecer. Que ódio! Seus lábios esboçam um sorriso debochado.

— Por que está trancado?

— Rolou uma festa aqui ontem à noite, lembra? — pergunta ele, com certa cautela. — Eu não queria que ninguém entrasse e nos incomodasse.

Tento engolir, mas minha garganta está seca.

— Você... Eu... Quer dizer... Você sabe...

— Transamos? — Sempre tão direto. — Você não se lembra de nada?

Há certa tristeza em sua voz, como se ele quisesse que eu me recordasse de alguma coisa; envergonhada, confirmo.

— Não lembro.

Noto uma decepção em seu semblante.

— Não aconteceu nada. Você vomitou, eu te dei um banho e te botei para dormir.

Acredito nele.

— Obrigada.

Ares se levanta. E de novo me sinto pequena diante dele.

— Abre a porta pra mim — peço, porque estar com ele num quarto, os dois com pouca roupa, é demais.

Ele enfia a chave no bolso da frente da calça.

— Não.

Tento protestar, mas ele entra no banheiro e fecha a porta. Mas como assim?! Frustrada, cruzo os braços, esperando que ele saia. O que Ares pretende me mantendo trancada aqui? Escuto o chuveiro. Foi tomar banho? É sério isso? E eu desesperada para sair.

Passam alguns minutos, que parecem anos, e ele enfim sai do banheiro, apenas com uma toalha enrolada na cintura. Gotas de água escorrem pela barriga, e seu cabelo úmido gruda no rosto. Imagino que ele não esteja com frio.

Pigarreio.

— Abre a porta pra mim, Ares.

— Não.

— Por que não?

— Porque não quero.

Solto uma risada sarcástica.

— Nossa, que maduro.

Ele se senta na cama e me observa, seus olhos descendo do meu peito até minhas pernas. Engulo em seco.

— É sério, preciso ir.

— Você vai depois que a gente conversar.

— Tudo bem. O que você quer agora?

— Você.

Sua resposta me surpreende e faz meu corpo ferver, mas tento agir com naturalidade.

— Você está mesmo louco.

— Por quê? Por te dizer o que eu quero? Sempre fui sincero.

— Pois é, sincero até demais, eu diria — rebato, me lembrando daquela vez que disse que não queria nada sério comigo.

— Vem cá.

O calor sobe até minhas bochechas.

— Ah, não, não vou cair no seu joguinho.

— Meu joguinho? Pensei que você que era a adepta dos joguinhos aqui.

— Do que você está falando?

— Gostou de beijar outro?

A raiva fica evidente em seus lindos olhos, e eu perco a coragem por um momento, me sentindo encurralada, mas ainda assim levanto o queixo.

— Para ser honesta, sim, ele beija muito bem, além disso ele…

— Cala a boca.

Um sorriso de vitória invade meus lábios: me sinto poderosa por conseguir desestabilizá-lo. Ele sempre manteve essa pose fria e indiferente comigo, mas agora posso ler bem sua expressão, e isso é revigorante.

— Foi você que perguntou — retruco, dando de ombros.

— Admiro sua tentativa de me substituir, mas nós dois sabemos que é de mim que você gosta.

Ele chega ainda mais perto, o cheiro de sabonete acaricia meu nariz, enquanto sinto o calor de seu corpo me invadindo.

Encaro-o, e meu coração bate enlouquecido, mas não quero lhe dar o gostinho de saber que tem razão.

— Isso é o que você acha. Yoshi beija tão bem que...

— Para de falar dele. Não brinca com fogo, Raquel.

— Está com ciúmes, deus grego?

— Estou.

Sua resposta me pega de surpresa, e eu fico sem ar. Ares Hidalgo admitindo que está com ciúmes? Será que fui parar em outra dimensão? Ele passa a mão pelo rosto.

— Não te entendo, Raquel. Eu te dedico um gol e você beija outro. Por que está fazendo esse joguinho?

— Não estou fazendo joguinho. Eu que não te entendo.

Ares sorri e balança a cabeça.

— Parece que a gente não se entende. — Ele me segura pelo pulso e prende delicadamente meus braços no alto, contra a porta. Com a outra mão, passa o dedo pelo meu pescoço e meu decote. Uma onda de prazer percorre meu corpo. — Mas nossos corpos, sim.

Estou prestes a sucumbir, mas me lembro de como ele foi frio depois de tirar minha virgindade e de como mandou a funcionária da casa dele me expulsar de seu quarto na segunda vez que estivemos juntos. Eu o desejo com toda a minha alma, mas meu coração não suportaria outra decepção, tenho certeza disso. Não quero essa sensação horrível que me domina depois que ele me possui e me descarta como se eu fosse um objeto.

Não posso.

Não quero.

Não vou mais me entregar.

Sei que ele não espera nenhum movimento brusco, então aproveito e o empurro com meu corpo, usando toda a minha força para soltar meus pulsos. Ares fica surpreso, os lábios vermelhos e a respiração agitada. Ele tenta se aproximar de mim outra vez, e eu levanto a mão.

— Não.

Ares franze as sobrancelhas. É a primeira vez que eu o rejeito, e ele fica nitidamente desconcertado.

— Por quê?

— Não quero, não vou cair nessa, não desta vez.

Ele passa a mão pelos cabelos.

— Você pensa demais, fala demais. Vem aqui.

Ares estica a mão para mim, mas dou um tapa nela antes que ele consiga me tocar.

— Não! Se acha que vou estar sempre disponível quando te der vontade, está enganado. Não sou seu brinquedinho.

Ele faz uma careta, como se minhas palavras o ferissem de verdade.

— Por que você sempre pensa coisas tão negativas sobre mim?

— Porque é isso que você demonstra — respondo, deixando escapar um suspiro de frustração. — Já tirei você da minha vida. Então me deixa em paz.

Dói... Como me dói dizer isso.

Ele me oferece seu estúpido sorriso presunçoso.

— Me tirar da sua vida? Isso não é algo fácil, Raquel.

— Mas estou começando a fazer isso e vou conseguir.

— Não vou deixar.

Solto um grunhido de frustração.

— É isso o que eu odeio em você! Não me leva a sério, mas também não me deixa ir embora. Por quê? Você gosta de brincar com meus sentimentos?

— Lógico que não.

— Então o quê?

— Não entendo por que a culpa é minha. Você sabia onde estava se metendo. Conversei com você.

— Não muda de assunto! Sim, eu sabia onde estava me metendo, mas não quero mais isso. Quero você fora da minha vida, e você não me deixa seguir em frente. — Meu peito oscila com a respiração acelerada. — Por quê, Ares? Por que não me deixa em paz?

— Não posso.

— Por quê?

Eu o vejo hesitar, franzindo os lábios, sem palavras. Deixo escapar um risinho triste.

— Você não responde porque não tem justificativa. Só não quer perder sua diversão do mês.

— Para de dizer isso! Eu não te vejo desse jeito!

— Então como você me vê?

Silêncio de novo, uma expressão de dúvida.

— Você sabe que essa conversa não vai levar a lugar algum. Abre a porta logo — digo, mas ele não se move. — Abre essa maldita porta, Ares!

Ele continua parado. Então olho furiosa para a janela.

— Bom, então vou pular pela janela.

Quando passo por ele, ouço-o sussurrando:

— Preciso de você.

Paro abruptamente, de costas para ele. Essas três palavras são suficientes para me paralisar.

Ares pega minha mão e me vira de frente para ele. Seus olhos procuram os meus.

— Só me escuta. Eu não sou bom com as palavras, não sei como dizer... Não consigo explicar, mas posso mostrar o que sinto por você. — Ele aperta minha mão. — Deixa eu te mostrar, não estou tentando te usar, juro, só quero te mostrar. — Ares põe minha mão em seu peito, e sinto o coração dele bater tão depressa quanto o meu.

Ele aproxima o rosto, dando tempo suficiente para rejeitá--lo, mas, como eu não faço isso, seus lábios quentes encontram os meus.

28

A MUDANÇA

Estou perdida.

No instante em que nossas bocas se tocam e uma corrente de emoções deixa todo o meu corpo eletrizado, me dou conta de que não tenho cura, não tenho salvação e tampouco sei se quero. Já não posso voltar atrás.

Estou perdidamente apaixonada por Ares Hidalgo.

O que começou como uma obsessão nem um pouco saudável acabou se transformando num sentimento tão forte que mal consigo suportar. Ele me desestabiliza, me faz perder o controle, desperta em mim sensações que jamais pensei experimentar. O que sinto por ele me deixa tão exposta, vulnerável, uma presa fácil... e me assusta.

Ares me beija suavemente, e esse ritmo me permite sentir com detalhes cada toque de nossos lábios úmidos e ansiosos. Ponho as mãos ao redor do seu pescoço e o puxo para perto. Seu peitoral nu encosta em mim e, embora eu esteja com a camisa dele, consigo sentir o calor emanando de sua pele. Ele intensifica o beijo, acelerando a boca sobre a minha e me deixando sem fôlego. Meu Deus, como ele beija bem!

Nossos movimentos fazem a toalha se soltar da cintura de Ares, e eu não reclamo. Sinto o quanto está duro junto à minha coxa, pois ele levantou minha saia até quase tirá-la. Ares passa os dedos pela parte de trás da minha perna, acariciando com delicadeza, e, quando chega à minha cintura, me aperta com desejo. Ele se afasta por um instante, me encarando.

— Eu te desejo tanto, Raquel...

E eu te amo.

Mas não digo isso, apenas sorrio e acaricio seu rosto.

Ele me beija de novo, desta vez num ritmo selvagem, brutal, implacável, aqueles beijos apaixonados de que me lembro tão bem e que me deixam louca. Minhas mãos sobem e eu agarro os cabelos dele enquanto meu corpo começa a arder. Ares se afasta novamente da minha boca e vai dando beijos e mordidas no meu pescoço. Definitivamente, esse é meu ponto fraco. Arqueio o corpo, soltando um suspiro. A mão dele desliza por dentro da minha camisa, e seus dedos ágeis se movem pelos meus peitos, apertando-os e acariciando-os, o que me leva à loucura. Arfando, deixo escapar um gemido quando sua mão explora o interior da minha saia. Estou sem calcinha, então o contato é direto.

Na cama, Ares interrompe o ataque ao meu pescoço e ergue o rosto para me olhar enquanto enfia o dedo em mim.

— Ai, meu Deus! — exclamo, fechando os olhos.

Quero senti-lo dentro de mim, não consigo esperar mais.

Ares me puxa pelos calcanhares até que minhas pernas fiquem para fora da cama, mas eu continuo deitada.

Eu me abro para Ares, que observa cada detalhe do meu corpo, a luxúria vibrando em seus olhos lindos. Ele roça seu membro entre minhas pernas. Estou molhada e solto um gemido suave, esperando a sensação que nunca chega.

Olho suplicante para ele.

— Ares, por favor.

Ele abre um sorriso malicioso.

— O que você quer?

Não respondo, e ele se inclina sobre mim para me beijar cheio de paixão. Roça o membro duro em mim outra vez, provocando-me, mas nunca me preenchendo como eu quero.

Interrompo o beijo.

— Por favor, Ares.

— Quer que eu te coma? — sussurra em meu ouvido com tesão.

Faço que sim com a cabeça, mas ele não reage.

Decidida, eu o empurro pelos ombros e o jogo na cama. Reviro os bolsos de sua calça ao lado da cama em busca de uma camisinha e, com um sorriso sedutor, coloco-a em seu membro antes de montar nele. Ares me olha surpreso, mas sei que está gostando dessa nova posição. Tiro a blusa, e ele na mesma hora agarra meus peitos. Tenho a sensação deliciosa de seu membro duro me tocando. Preciso logo disso. Quero senti-lo dentro de mim.

Levanto um pouco o corpo e paro bem em cima dele, então sento e o sinto me preencher por completo.

— Ah, merda, Raquel — geme ele, e esse é o som mais gostoso do mundo. A sensação é tão maravilhosa que por alguns segundos eu nem me mexo. — Você fica tão sexy em cima de mim.

Ele massageia meus seios, e eu começo a me mover; não sou especialista, mas me esforço, e meus movimentos rápidos me fazem gemer ainda mais. Ares lambe os lábios, apertando meus quadris, movendo meu corpo ainda mais depressa e me penetrando profundamente. Agarro seu peito, fechando os olhos. Para cima, para baixo, para dentro, para fora, o roçar da pele quente e úmida me deixa louca.

Sinto o orgasmo vir e sei que vai ser alucinante, então tento segurá-lo para aproveitar um pouco mais. Sinto-me poderosa em cima dele, dona de cada grunhido e cada gemido que escapam de sua boca. Sem soltar meus quadris, Ares se move junto comigo, com estocadas que me levam à beira do orgasmo.

— Ah! Ares, isso! Assim! Assim!

Ele ergue o corpo, ficando sobre mim e me beijando, mas sem parar os movimentos bruscos e deliciosos. Ele me puxa pelos cabelos, obrigando-me a encará-lo enquanto se move dentro de mim. O brilho e a intensidade de seu olhar deixam tudo ainda mais intenso, como se ele quisesse demonstrar o que sente por mim justo neste instante, neste olhar, na união de nossos corpos.

Agarro suas costas, cravando as unhas na pele dele. O orgasmo me faz gritar seu nome, repetir que sou sua. Ondas e mais ondas de prazer percorrem meu corpo, fazendo estremecer cada nervo, cada músculo. Ares emite um grunhido, e o sinto gozar.

Descanso a cabeça em seu ombro, nossa respiração acelerada ecoando por todo o quarto. Não me atrevo a olhá-lo, não quero ver sua expressão, não quero vê-lo com cara de quem já conseguiu o que queria e que agora vai me dispensar.

Ele empurra meus ombros suavemente, obrigando-me a encará-lo. Engulo em seco e olho para ele. Fico surpresa com seu sorriso lindo e a ternura irradiando de seus olhos. Sua mão pega uma mecha do meu cabelo e a coloca atrás da minha orelha.

— Você é linda.

É a segunda vez que ele me diz isso, mas mesmo assim pega meu coração de surpresa, fazendo-o bater mais depressa. Ele abre a boca para dizer algo, mas logo a fecha, indeciso.

O que você quer me dizer, deus grego?

É a primeira vez que me sinto próxima dele. Sei que isso parece estranho, mas das outras vezes que estivemos juntos eu o senti tão distante, tão fora do meu alcance, quando terminamos de transar. Compartilhar o corpo com alguém não significa intimidade. Aprendi isso com ele. Levanto a mão e acaricio sua bochecha, sua pele é tão macia... Ares fecha os olhos, parecendo vulnerável em sua beleza.

Te amo...

Essas palavras ficam entaladas na minha garganta, e eu automaticamente baixo a mão. Ele abre os olhos, e a pergunta em seu olhar é evidente: por que parou de me tocar?

Porque te tocar me faz querer dizer uma coisa que te assustaria. E eu não quero estragar o momento.

Sorrio e me levanto, indo apressada até o banheiro. Tomo uma ducha, e meu estômago ronca. O sexo matinal me deixou exausta e faminta. Ares bate na porta do banheiro.

— Eu trouxe um short e uma camiseta para você. São do Marco, mas é melhor do que sair daqui com aquela roupa toda vomitada.

Envergonhada, abro um pouco a porta e pego a roupa. Fica grande em mim, mas não reclamo. Quando me olho no espelho, um grito escapa dos meus lábios. Há um ponto rosa-arroxeado no meu pescoço.

Um chupão!

Irritada, abro a porta num só golpe. Ares está sentado na cama, sem roupa, só com uma toalha enrolada na cintura. Mordendo os lábios, lanço um olhar fulminante para ele, que ergue a sobrancelha e eu mostro meu pescoço.

— É sério isso? Um chupão?

Ares sorri e está prestes a dizer algo quando batem à porta. Ouço a voz de Marco lá fora.

— Estão acordados?

— Sim — responde Ares.

— Desçam. Pedimos café da manhã.

Encaro Ares. Não quero ser grudenta nem incomodá-lo, então não sei se é melhor ir embora ou não. Ares vem até mim.

— Certo, descemos em cinco minutos — responde ele, parando na minha frente e me dando um beijinho rápido antes de ir para o banheiro.

Estou sonhando? Ares está sendo carinhoso comigo depois do sexo. Será que está drogado? Bateu a cabeça em uma pedra?

Uso o celular de Ares para avisar a Dani que estou bem e ligar para Yoshi e me certificar de que está tudo certo com ele. Então descemos, e eu fico meio nervosa. Conheço o grupo de amigos de Ares, mas ainda não me sinto à vontade. A única vez que interagimos não foi exatamente perfeita. Eu me lembro muito bem de ter dançado para Marco, de Ares ter ficado com ciúmes, e das risadas de Luis e Gregory.

Amarro o cabelo em um rabo de cavalo alto, mas me sinto meio desconfortável com a roupa de Marco, então hesito um pouco. Ares percebe meu constrangimento, porque pega minha mão e me dá uma olhada por cima do ombro, como se dissesse está tudo bem.

Chegando ao fim da escada, a primeira pessoa que vejo é Luis, sentado no sofá e esfregando a testa. Gregory está estirado num móvel grande, cobrindo o rosto com o antebraço; a garota de cabelos escuros de ontem está sentada do lado, fazendo carinho no braço dele. Marco está de pé ao lado da lareira, com as mãos no peito. Ele me encara e dá um sorriso torto. Na mesinha de centro, há embalagens de comida fumegantes... Acabou de chegar.

— Quase acabamos com tudo — afirma Luis, comendo desesperado.

Gregory levanta o rosto.

— Bom dia, dorminhoca.

Eu o cumprimento com a mão.

— Oi.

Fico surpresa ao ver o quanto a sala está limpa e arrumada. Lembro o desastre de ontem à noite. Como limparam tão rápido?

Depois que terminamos de comer, Ares e eu nos despedimos do pessoal e vamos embora, o que me deixa mais aliviada do que eu gostaria de admitir. Ainda não me sinto à vontade com eles e, para ser sincera, nem muito com Ares. Apesar da intimidade que tivemos, às vezes ainda fica um silêncio incômodo entre nós. Ares me guia até seu carro para me levar em casa. Assim que entramos na caminhonete, seu cheiro e algum tipo de fragrância para carros invadem meu nariz. É uma caminhonete linda e moderna, mas nada se compara ao motorista.

Ares coloca os óculos escuros e parece um modelo pronto para um ensaio fotográfico. Está com uma blusa branca — provavelmente emprestada de Marco — e uma calça jeans. Um lindo relógio preto enfeita seu pulso direito. Ele dá a partida e olha para mim, mas eu viro o rosto na hora. Fui flagrada olhando para ele feito uma idiota.

Ares põe uma música e eu só observo as casas pela janela. *Me conta uma história...*

Estreito os olhos quando me vem a lembrança de estar junto dele, implorando que me contasse uma história. Isso foi ontem à noite? Eu me viro para Ares e o observo dirigindo. Como pode ser tão sexy fazendo algo tão simples? Os músculos de seu braço se contraem quando ele troca de marcha e maneja o volante com uma confiança que o torna irresistível. Dá vontade de subir no colo dele e começar a beijá-lo.

Ares para num posto de gasolina por alguns minutos e eu fico na caminhonete esperando. O celular dele está acoplado ao lado do volante com a tela desbloqueada. A notificação de uma nova mensagem chama minha atenção, e eu dou uma olhada: é de Samy. Não dá para ver o conteúdo, apenas o nome piscando com mais três mensagens. Meu estômago se contrai ligeiramente, mas eu disfarço ao ver Ares voltar. Ele me dá um sorriso enquanto sai com o carro, e eu esqueço as mensagens de Samy por alguns instantes.

— Ares...

— O quê?

— Eu... — *Te amo, te amo, quero ficar com você assim.* — Hmm... nada.

Fico olhando para ele feito boba pelo restante do caminho.

Minha obsessão...

Meu lindo deus grego.

29

A PERGUNTA

ARES HIDALGO

A viagem de carro é mais desconfortável do que imaginei e me pega desprevenido. Pigarreio antes de falar.

— Quer que eu te deixe em casa ou na casa da sua amiga? — pergunto, apertando o volante ao fazer uma curva.

Raquel está sentada no banco do carona, com as mãos no colo. Será que está nervosa?

— Da minha amiga — responde e me dá o endereço.

Depois o silêncio impera entre nós. Sinto necessidade de preenchê-lo, então ligo o rádio. Uma música começa a tocar, e a letra rouba um sorriso de Raquel.

I hate you.

I love you.

I hate that I love you.

Começo a cantarolar para disfarçar o constrangimento.

I miss you when I can't sleep.

Or right after coffee.

Or right when I can't eat.

— Uau, Ares Hidalgo canta — provoca ela. — Você deveria gravar e postar. Aposto que ganharia muitos likes.

Dou um grande sorriso.

— Só aumentaria minha popularidade com as garotas. Você quer isso?

— Sua popularidade com as garotas? Ah, fala sério, você não é tão bom assim.

— Não sou tão bom assim? Não foi isso que você disse hoje de manhã. Quer que eu repita as coisas que você me pediu gemendo?

Lanço um olhar que a deixa sorrindo, corada. Bem, não está tão ruim assim, parece muito mais à vontade do meu lado.

— Não precisa.

Coloco a mão na perna dela.

— Aquela foi uma boa maneira de começar o dia.

— Pervertido.

Dou um apertãozinho em sua perna.

— Mas você gosta desse pervertido aqui, não?

— Aff, não aguento seu ego — retruca ela. — É grande demais.

— Foi exatamente o que você disse hoje de manhã.

Ela dá um tapinha no meu ombro.

— Ah! Para com essa mente suja!

Dou uma risada, e o alívio por tudo estar fluindo com mais naturalidade entre nós é interrompido pelo toque do meu celular. Vejo o nome de Samy na tela e atendo. Meu celular está sincronizado com o rádio do carro para eu poder falar sem ter que tirar as mãos do volante, então o "alô" de Samy ecoa nitidamente. Não me incomoda que Raquel escute, não tenho nada a esconder.

— Alô?

— E aí, o que estão fazendo? — pergunta Samy, e parece estar comendo.

— Estou indo para casa. Por quê?

— Pensei que você ainda estivesse no Marco, deixei umas coisas lá outro dia. Ia pedir pra você trazer pra mim.

— Já saí de lá.

Samy suspira do outro lado da linha.

— Tranquilo. Está de pé o cinema hoje?

Sinto Raquel ficar tensa ao meu lado, mas deve ser coisa da minha imaginação.

— Lógico, passo aí às sete — confirmo.

— A gente se vê mais tarde, lindo — diz Samy antes de desligar.

Ela sempre me chama por esse apelido carinhoso.

O silêncio se instala entre nós, e eu lamento por essa maldita ligação que acabou com o clima bom que havíamos construído.

— Quem era? — pergunta Raquel, num tom sério.

— Samy.

— Hmm, sei — limita-se a responder, e as mãos estão outra vez inquietas no colo. — Vão sair hoje?

Confirmo com a cabeça, parando num sinal.

— Sim, vamos ao cinema com os meninos.

Aproveito o sinal para olhá-la, mas ela não retribui. Está olhando pela janela e franzindo os lábios. O que eu faço? O que eu digo para ela voltar a se sentir à vontade comigo, em vez de evitar meu olhar dessa forma? Ela ficou chateada por causa da ligação? Começo a bater o polegar no volante, ansioso para o sinal abrir, e, quando enfim fica verde, dou uma última olhada nela.

Olha pra mim, Raquel. Dá um sorriso, mostra que está tudo bem.

Nada acontece, e fico um pouco mais estressado. Não quero estragar tudo de novo, mas pelo visto isso é algo que faço com uma facilidade absurda.

— Eu também tenho planos — diz ela de repente, num tom estranho.

Será que ficou irritada por eu ter marcado de encontrar meus amigos? Ela também marcou. E se for com o nerd?

Raquel me olha de soslaio, e eu reparo que faz um tempo que estou calado. Ela esperava uma resposta, mas perguntar com quem ela marcou de sair me parece pior do que ficar em silêncio. E também não sei se dizer que confio nela seria ainda pior.

Quando estaciono, Raquel apenas me olha, sorrindo, e desce do carro.

Não, definitivamente isso não está legal.

Preocupado, desço também e vou atrás dela.

— Raquel.

Ela se vira para mim.

— Raquel. — Vou para a frente dela. — Ei, o que está acontecendo?

— Nada.

Mas seus olhos se esquivam dos meus. Está mentindo.

— Não entendo você. O que foi que eu fiz agora?

— Deixa pra lá, Ares. — Seu tom é frio e me deixa assustado.

Não entendo, e isso me desconcerta, me inquieta e me apavora, porque eu achava que estava tudo bem, que ontem à noite tinha mostrado a ela que me importo. Será que não fui claro?

— Raquel, olha pra mim. — Ela me encara, cruzando os braços. Está na defensiva e eu não faço a menor ideia do porquê. Será que está com ciúmes de Samy? — Estou tentando, ok? — digo com sinceridade. — Faço tudo errado, mas estou tentando.

— Está tentando o quê? Pode me deixar aqui e vai encontrar com...

Abro a boca para responder, mas ela me interrompe:

— Muito bem, com seus *amigos*. Só que não me leva em consideração para nada, né? Afinal, eu importo ou não importo para você? Já não estou entendendo nada. E não quero que você me magoe ainda mais.

— E eu não quero te magoar — protesto, quase sem forças. Obviamente, estou falhando nessa missão.

— Então me diz: o que você sente por mim?

A pergunta me pega de surpresa. Abro a boca para dizer algo, mas nada sai. Um sorriso triste invade meu rosto.

— Quando você puder responder a essa pergunta, me procura — conclui ela, direta.

E assim ela desvia de mim, me deixando ali, de pé e sozinho, com as palavras entaladas na garganta e o coração ardendo no peito, porque não posso responder a sua pergunta, embora saiba a resposta.

30

A DECEPÇÃO

— Preciso que você seja meu freio de mão.

Dani me olha espantada.

— Seu o quê?

— Meu freio de mão... como o dos carros, um último recurso de segurança para quando eu perder o controle, ou melhor: o autocontrole...

— Ah, para — interrompe Dani. — Em primeiro lugar, essa é a pior analogia que você já fez, sério mesmo, e olha que você já fez várias péssimas. — Abro a boca para me defender, mas ela continua: — Segundo, você quer que eu te controle toda vez que te der vontade de abrir as pernas para o Ares, certo, já entendi. Não precisa de tantos rodeios ou analogias ruins para me pedir isso.

— Minhas analogias são as melhores.

Ela revira os olhos, levantando-se. Estamos no seu quarto, viemos aqui para bater papo depois da escola. Hoje é segunda-feira, e a semana já começou com tudo. Estou exausta. Por que preciso estudar? Por quê?

Para o seu futuro, quase posso escutar na cabeça a voz mal-humorada da minha mãe. Dani volta para a cama com seu celular na mão.

— Já sei toda a história do Ares, mas tem uma coisa que não entendo.

— O quê?

— Hoje você ficou o tempo todo evitando o Yoshi na escola, como se ele tivesse uma doença contagiosa. Por quê?

Desabo na cama, ainda abraçada com o travesseiro.

— Essa parte do fim de semana eu talvez tenha omitido.

Dani se deita junto comigo e se vira para mim.

— O que houve?

Fico encarando o teto por um momento, sem dizer nada, e Dani parece entender tudo.

— Ele finalmente te contou que gosta de você?

Eu viro para ela tão depressa que meu pescoço chega a doer um pouco.

— Você sabia?

— Todo mundo sabia, menos você.

Dou um soco no travesseiro.

— Mas como assim? Por que você não me contou?

— O segredo não era meu para eu contar.

Volto a olhar para o teto.

— Bom, ele me contou ontem à noite e... me beijou.

— Ahhhhh! — Dani se senta na cama de um pulo. — Por essa eu não esperava! Como é que foi? Você gostou? Retribuiu o beijo? Foi de língua? O que você sentiu? Quero detalhes, Raquel, detalhes!

Reviro os olhos, sentando-me também.

— Foi... tudo bem.

Dani ergue a sobrancelha.

— Tudo bem? Só isso?

— O que você quer que eu diga? Ele... Ele esteve aqui esse tempo todo... cheguei a ter uns sentimentos platônicos por ele. Nunca imaginei que ele gostasse de mim... e beijá-lo foi gostoso, mas foi... irreal. Não sei explicar direito.

— Você gostou, mas não foi tão incrível quanto beijar Ares.

— Foi diferente...

— Você está ferrada, Raquel. Está completamente apaixonada pelo Ares.

Baixo a cabeça sem poder negar. Dani passa o braço pelos meus ombros para me dar um abraço.

— Está tudo bem. Sei que dá medo gostar tanto de alguém, mas vai dar tudo certo.

— Não sei o que dizer ao Yoshi.

— A verdade. Diga que neste momento você não está pronta para tentar nada com ninguém. Conta que gosta de outra pessoa e talvez não seja correspondida, mas nem por isso pode mudar seus sentimentos de uma hora para outra. Diga que não quer usá-lo.

— Eu não deveria ter retribuído o beijo.

— E eu não deveria ter comido aquele hambúrguer tão tarde, mas todo mundo comete erros.

Desato a rir, me afastando dela.

— Você comeu hambúrguer sem mim?

Seu celular apita com uma mensagem. Empolgada, ela vai conferir de quem é, e um sorriso bobo a invade.

— Ok, esse sorriso é suspeito.

Ela pigarreia.

— Não é, não.

— Com quem você está falando?

Ela põe o celular no colo com a tela virada para baixo.

— Só um amigo.

Luto com ela e arranco o celular de suas mãos. Tento ler as mensagens, mas ela me ataca e eu saio correndo do quarto. Descalça, atravesso o corredor e esbarro em seu irmão, Daniel, na escada. Ele está de uniforme da escola.

— Raquel, o que...?

Escuto a voz de Dani longe do corredor.

— Daniel! Segura ela!

Desço a escada ainda mais depressa e paro de repente lá embaixo, de forma tão abrupta que quase caio.

Ares.

Ele fica igualmente surpreso ao me ver.

Está usando o elegante uniforme preto de sua escola, assim como Daniel. Está sentado no sofá, com os cotovelos apoiados nos joelhos, inclinado para a frente.

Reaja, Raquel.

Recupero a compostura e dou um sorriso simpático.

— Oi.

Ele retribui o sorriso, mas não é apenas simpático, é aquele sorriso encantador de sempre.

— Oi, bruxa.

E logo meu coração dispara feito louco.

— Raquel! — Dani aparece atrás de mim e congela como eu ao ver nossa visita inesperada. — Ah, oi, Ares.

Ele apenas sorri.

Daniel chega para nos salvar do clima pesado.

— Aqui estão as anotações — diz ele, entregando um caderno para Ares.

Sua mera presença faz estragos em mim. Ares aperta a mão de Daniel.

— Obrigado, já estou indo. — Seus olhos me encontram e eu engulo em seco. — Você vai agora, Raquel?

— Eu?

— Posso te levar, se você quiser.

Esses olhos lindos...

Esses lábios...

Quero gritar que não, quero rejeitá-lo, mas as palavras ficam entaladas. Dani se mete na minha frente.

— Não, ela não vai agora, vamos terminar umas coisas.

Eu olho para ela confusa, e ela me diz, baixinho:

— Freio de mão.

Isso me faz sorrir.

Ares me dá uma olhada antes de sair.

— Uau, isso foi interessante — comenta Daniel, virando-se para nós duas. — Que tensão.

Dani assente.

— Tensão sexual pesada, maninho. Acho que todo mundo ficou meio constrangido.

Daniel ri, e eu lanço para os dois um olhar fulminante.

O celular nas minhas mãos apita com uma mensagem, e eu me lembro do que estava fazendo antes de o deus grego aparecer e me tirar dos eixos. Corro escada acima, com Dani me perseguindo. Tranco-me no banheiro do quarto dela, o que faz com que eu me sinta estúpida, porque deveria ter feito isso desde o início.

Confiro as mensagens e meu queixo quase cai no chão.

São de Apolo. Pelo visto, faz tempo que eles estão se falando, trocando mensagens de bom-dia e boa-noite.

— Posso explicar.

Caio na gargalhada.

— Apolo? Ai, Deus, eu realmente amo o carma.

Dani cruza os braços.

— Não sei o que você está pensando, mas está enganada.

— Você está flertando com ele! Está gostando dele!

— Óbvio que não! Está vendo? Por isso não queria te contar, sabia que você teria uma ideia errada. Ele é uma criança.

— Não é criança nada, Dani, e você sabe disso, mas gosta de instigá-lo. Quer que ele te prove que já é homem — digo, segurando-a pelos ombros. — E que te agarre e te beije com tanta paixão que sua calcinha chegue a deslizar até o chão.

Ela dá um tapa nas minhas mãos, tirando-as de seus ombros.

— Para de falar bobagem. Eu não gosto dele e fim de papo.

— Um mês.

— O quê?

— Dou um mês para você chegar aqui com o rabo entre as pernas, admitindo que não resistiu. Não é fácil dizer não aos Hidalgo, pode acreditar.

— Eu me recuso a continuar falando disso.

— Pois então não fale, só escute — digo, pondo as mãos na cintura. — Apolo não é uma criança. Você só é dois anos mais velha que ele. E Apolo é muito maduro para a idade que tem. Se você gosta dele, por que vai ter esses preconceitos? Nunca ouviu que no amor não existe isso de idade?

— Sim. Sabe de quem escutei isso? Do pedófilo lá da esquina.

— Não exagera.

— Chega… vamos esquecer essa história.

— Não precisa mentir para mim. Você sabe disso, não sabe? Consigo sacar com muita clareza o que está acontecendo com você.

— Eu sei, mas não quero falar sobre isso… Não quero tornar essa situação real.

— Ah, minha querida freio de mão, já é real.

Dani joga um travesseiro em mim e logo parece se lembrar de algo.

— Ah! Olha, encontrei o celular antigo de que falei.

Ela me dá um aparelho pequeno, a tela é de luz verde e só mostra a hora. Dani solta uma risada nervosa.

— Só serve para ligações e mensagens, mas já é alguma coisa.

— Está ótimo!

Pelo menos vou poder me comunicar, embora parte de mim fique triste por ter perdido meu iPhone. Trabalhei e fiz tantas horas extras para juntar dinheiro para comprá-lo… Eu me lembro das palavras de Ares quando fui lhe devolver o telefone:

Sei que foi você que comprou, com o seu dinheiro, trabalhando. Sinto muito não ter conseguido evitar que te roubassem, mas posso te dar outro. Deixa eu te dar outro, não seja orgulhosa.

Seu gesto foi tão lindo…

E logo depois ele foi tão idiota…

Nunca pensei que existisse alguém que pudesse ser as duas coisas ao mesmo tempo, mas Ares conseguiu me surpreender.

Me despeço de Dani para ir à operadora colocar meu número nesse aparelho. Acho essas burocracias chatas, mas não tenho escolha. Todo mundo tem esse número, não quero trocar.

Ares tem esse número.

Mas isso não importa, certo?

Depois de desperdiçar duas horas da minha vida, volto para casa. Já está anoitecendo, e meu celular não parou de apitar com todas as mensagens recebidas. Sorrio ao ver uma de Apolo me convidando para a festa em sua casa há quase duas semanas. Como eu gostaria de ter lido essa mensagem no dia...

Há várias mensagens dramáticas de Carlos, como sempre, e algumas antigas de Dani e Yoshi, de antes de saberem que eu tinha perdido o celular.

Nada de Ares...

E você esperava o quê, Raquel? Ele foi o primeiro a saber que roubaram seu telefone.

Fecho a porta, bocejando.

— Cheguei!

Silêncio.

Ponho os pés na sala e me surpreendo ao encontrar Yoshi e minha mãe sentados no sofá. Yoshi ainda está de uniforme. Veio direto da escola? Por quê?

— Ah, oi, não esperava te ver aqui — digo com sinceridade.

Mamãe está com um semblante extremamente sério.

— Onde você estava?

— Na casa da Dani, e depois fui à loja da operadora de... — Paro de falar porque a expressão deles me assusta. — Está acontecendo alguma coisa?

Yoshi baixa a cabeça, e minha mãe se levanta.

— Joshua, pode ir. Tenho que conversar com minha filha.

Minha expressão confusa faz Yoshi murmurar algo ao passar a meu lado.

— Desculpa.

Fico olhando enquanto ele sai. Ao me virar, minha mãe está bem na minha frente.

— Mãe, o que está acon...?

A bofetada me pega de surpresa, ecoando por toda a pequena sala. Atordoada, ponho a mão na bochecha latejante. Meus olhos se enchem de lágrimas. Minha mãe nunca tinha me batido.

Seus olhos estão vermelhos, segurando o choro.

— Estou tão decepcionada... O que passou pela sua cabeça?

— Do que você está falando? O que Yoshi te contou?

— Do que estou falando? De minha filha sair por aí transando sem responsabilidade nenhuma!

— Mãe...

Os olhos dela se enchem de lágrimas, e isso parte meu coração. Ver minha mãe chorar é simplesmente devastador.

— Te dei tanta confiança e liberdade, e é assim que você retribui?

Não sei o que dizer, apenas baixo a cabeça, envergonhada. Eu a escuto respirar fundo.

— Você melhor do que ninguém sabe o que passei com seu pai. Viveu isso comigo! Pensei que ao menos tiraríamos uma coisa boa dessa situação, que com meus erros você aprenderia a ser uma jovem inteligente que sabe se valorizar. — Sua voz falha. — Que não seria como eu.

Irrompo em soluços, porque realmente não tenho como me justificar. Levanto o rosto e sinto um aperto no coração. Minha mãe está com a mão no peito, como se tentasse aliviar a dor.

— Desculpa, mãe... mil desculpas.

Ela balança a cabeça, enxugando as lágrimas.

— Estou tão decepcionada, filha...

Eu também, mãe, eu também estou decepcionada comigo mesma.

Ela se senta na poltrona.

— Isso me dói tanto... Pensei que havia te educado melhor, pensei que éramos unidas.

— Somos unidas, mamãe.

— Onde foi que eu errei? — pergunta ela, e algo dentro de mim se despedaça. — Onde falhei?

Eu me ajoelho diante dela e seguro seu rosto com as mãos.

— Você não errou em nada, mamãe, em nada. É culpa minha.

Ela me puxa e me abraça.

— Ah, minha menina.

Ela beija minha cabeça e continua chorando.

Meu coração está tão apertado que só me resta chorar junto.

31

O CASTIGO

Cinza.

É assim que eu descreveria as últimas duas semanas. De castigo, só saio de casa para ir à escola e tenho que voltar logo depois que o último sinal toca.

Embora eu tenha garantido que Ares estava fora da minha vida, minha mãe me botou de castigo mesmo assim. Estou cumprindo a pena obedientemente, porque ela tem razão. Não agi de forma correta. Talvez se Ares fosse meu namorado, eu teria como me defender e ela entenderia, mas não posso esperar que entenda que aceitei dormir com um garoto que não quer nada sério.

Na última vez que o vi, Ares até foi gentil, mas nem sequer conseguiu me responder se gosta de mim. Não espero que diga que me ama, só preciso escutar de sua boca uma palavra que indique que ele sente algo por mim além de atração sexual.

Não tive notícias de Ares nessas duas semanas e nem cheguei perto da janela para tentar vê-lo. Para quê? O que eu ganharia com isso? Mais sofrimento? Não, obrigada, já me torturei bastante.

Parte de mim sente que a conversa com minha mãe me devolveu a força e as convicções que eu costumava ter: tudo que deixei de lado por causa de Ares; ou melhor, não por causa dele, porque ele não me obrigou, fiz isso por iniciativa própria.

Sabem o que é mais triste nessa situação?

Yoshi.

Por incrível que pareça, não é o tapa da minha mãe que dói no meu coração. É Yoshi.

Eu me sinto traída em muitos níveis. Yoshi contou tudo para minha mãe, tudo, e isso me machuca muito. Ele é meu melhor amigo desde que éramos pequenos, sempre esteve ao meu lado, e o fato de ter me traído dessa forma me deixa arrasada. Não sei se ele fez isso pensando no meu bem ou se foi simplesmente por ciúmes, mas de qualquer modo foi errado. Dividimos nossos segredos com as pessoas em quem confiamos e ele descartou essa confiança como se não significasse nada.

Dani ficou furiosa quando contei, ameaçou bater nele e usar outras formas de violência bem explícitas, que é melhor nem descrever. Tive que acalmá-la e obrigá-la a me prometer que não faria nada.

Não quero mais drama nem problemas.

Só quero que o tempo continue passando, que minhas feridas comecem a cicatrizar e esses sentimentos desapareçam.

Sim, quero um milagre.

Qualquer um acharia que Yoshi me procuraria para implorar que eu o perdoasse, mas ele não fez isso. Só me evita e baixa a cabeça toda vez que nos esbarramos nos corredores da escola. Eu gostaria de confrontá-lo, de gritar, dar na cara dele, saber o que tem a dizer, qual é sua desculpa, mas simplesmente não tenho energia nem ânimo para isso.

Apolo e eu nos aproximamos um pouco, embora toda vez que conversamos eu sempre acabe me lembrando de seu irmão. Mas me controlo porque ele não tem culpa do que aconteceu entre mim e Ares.

Solto um longo suspiro. Hoje já é sábado e estou limpando a casa. Me sinto um zumbi, me movendo no piloto automático. Posso dizer que estou um pouco deprimida. Não sei se é pelo desgosto, pela situação com minha mãe ou com Yoshi. Talvez uma combinação das três coisas.

Rocky está com o focinho apoiado nas patas, olhando para mim como se soubesse que não me sinto bem. Meu cachorro e eu temos uma conexão que vai além das palavras. Me ajoelho e faço carinho na cabeça dele.

Rocky lambe meus dedos.

— Eu e você contra o mundo, Rocky.

Minha mãe aparece na porta do quarto, com o uniforme de enfermeira.

— Estou indo, hoje fiquei com o turno da noite.

— Ok.

— Já sabe, né? Nada de sair e nada de visitas, a menos que seja a Dani.

— Sim, senhora.

Sua expressão dura se suaviza.

— Vou te ligar de vez em quando, para o telefone de casa.

Isso me tira do meu estado adormecido.

— Está brincando?

— Não, eu te dei muita liberdade, filha, e você a usou para ficar saindo por aí e trazendo garotos para casa.

— Mãe, não cometi um crime, só…

— Chega, já está ficando tarde. Espero que você se comporte.

Dou um sorriso forçado enquanto cerro os punhos. Não posso acreditar no que está acontecendo. A relação com minha mãe está abalada, e tudo por culpa de Yoshi.

Quem ele pensa que é para contar meus segredos para minha mãe?

A noite cai, envolvendo meu quarto na escuridão. Não quero me mexer nem para acender a luz. Fico surpresa ao escutar a campainha. Pelo olho mágico, vejo que é meu ex-melhor amigo, esperando, impaciente. Está usando seu casaco favorito e um gorro de lã. Os óculos dele estão levemente embaçados… Deve estar um pouco frio lá fora. O outono já chegou, deixando para trás o verão escaldante.

Penso em não abrir a porta, mas também não posso deixá-lo congelando.

— Sei que você está aí, Raquel. Abre a porta.

De má vontade, abro e lhe dou as costas para subir a escada. Escuto a porta se fechar.

— Raquel, espera!

Eu o ignoro e continuo subindo, até que ele me segura pelo braço e me vira.

— Espera!

Dou um tapa na mão dele, fazendo-o me soltar.

— Não encosta em mim!

Ele ergue as mãos.

— Ok, só me escuta. Me dá alguns minutos.

— Não quero falar com você.

— É uma vida inteira de amizade, mereço alguns minutos.

Lanço um olhar frio para ele.

— Só cinco minutos, e depois eu te deixo em paz — insiste Yoshi.

Cruzo os braços.

— Fala.

— Eu tinha que fazer aquilo, Raquel. Você está cega por causa desse cara. Tem noção de como eu sofri vendo ele usar você várias vezes e você deixando? Conheço você desde pequeno e me dói ver essas coisas — diz Yoshi, colocando a mão no peito. — Independentemente do que eu sinto, você é minha melhor amiga e eu quero o melhor pra você.

— E contar à minha mãe era a solução? Está de brincadeira com a minha cara?

— Infelizmente era. Se eu tivesse falado com você, você nunca teria escutado.

— Teria, sim.

— Seja sincera, Raquel. Você não teria me dado atenção, teria achado que era ciúmes e me ignorado, porque está completamente cega de amor e não enxerga um palmo à sua frente.

— Você só tem mais dois minutos.

— Lembra o que você me disse no último Natal, quando me repreendeu e falou que já era hora de eu perdoar meu pai?

Faço uma careta, porque, sim, eu lembro.

— Não, não lembro.

Ele abre um sorriso triste.

— Eu estava furioso e gritei: "Como pode ficar do lado dele, que tipo de amiga você é?" E você respondeu: "Um verdadeiro amigo é aquele que diz a verdade na sua cara, mesmo que doa." Não gosto que ele use minhas palavras contra mim.

— Foi diferente, eu conversei com você, não dei uma de fofoqueira e fui falar com seu pai.

— Sim, você conversou comigo e eu te escutei. Você não teria me escutado, Raquel. Eu sei disso, e você também sabe — afirma ele, e um momento de silêncio se instaura entre nós.

— Acabou seu tempo — anuncio e viro as costas, ouvindo-o murmurar derrotado.

— Rochi...

— Meu nome é Raquel. — Minha voz sai mais fria do que eu esperava. — Obrigada por me explicar. Independentemente das suas razões, você destruiu anos de confiança em poucos minutos, e não sei se dá para recuperar. Boa noite, Joshua.

E assim eu o deixei ali, ao pé da escada, como um cavalheiro esperando sua dama descer os degraus. Exceto pelo fato de que ele havia se encarregado de destruir qualquer possibilidade com essa dama. Quando chego no quarto, eu escuto a porta fechar. Com um suspiro, vou até a janela.

A janela onde tudo começou.

— *Você está usando meu wi-fi?*

— *Estou.*

— *Sem minha permissão?*

— *Sim.*

Idiota.

Um sorriso triste me domina. Sento-me em frente ao computador e me vem à mente a lembrança de Ares ajoelhado diante de mim, consertando o roteador. Olho para a janela e quase posso vê-lo subindo aqui, entrando sem permissão. Balanço a cabeça.

O que está acontecendo comigo?

Pare de vê-lo em todo canto. Isso não é saudável.

Sem nada para fazer, entro no Facebook. Bem, não é minha conta pessoal, mas um perfil falso que criei há séculos para fuxicar a vida de Ares. Eu sei, sou um caso perdido. Em minha defesa, criei essa conta há muito tempo e nunca mais a usei. Mas, como Ares está bloqueado no meu Facebook pessoal, vou usar o perfil falso de novo.

Não vai fazer mal fuçar o perfil dele, né?

Não tenho nada a perder.

Ares não tem publicações novas, só fotos de amigos em que ele foi marcado.

A mais recente é de Samy, como era de se esperar. Na foto, eles estão no cinema, ela rindo com a boca cheia de pipoca e ele segurando uma pipoca no alto, como se estivesse jogando para ela. Na legenda, ela escreveu: "Cinema com esse louco que alegra meus dias."

Ai.

Sinto uma pontada no peito e rolo a tela, mas só vejo pessoas o marcando em fotos do jogo de futebol de duas semanas atrás, parabenizando-o, elogiando seu desempenho na partida. Reviro os olhos. Isso, continuem alimentando o ego do Ares. Como se ele já não fosse arrogante o suficiente.

Dou uma última olhada em sua foto com Samy, porque obviamente sou masoquista, depois fecho o Facebook e vou dormir.

Não quero mais pensar nisso.

O barulho do celular me acorda. Abro parcialmente os olhos e minhas pupilas tremem, tentando se adaptar. Ainda está um pouco escuro. Que horas são?

O telefone segue tocando e eu estico a mão para a mesa de cabeceira, derrubando tudo no caminho.

Atendo sem nem olhar para a tela.

— Alô?

— Bom dia — responde minha mãe. — Levante.

— Mãe, hoje é domingo ou... Agora nem dormir mais eu posso?

— Hoje só vou sair do plantão depois de meio-dia. Por favor, dá uma ajeitada na casa e leva a roupa suja para lavar à tarde.

— Ok.

Depois de desligar, escovo os dentes e desço a escada. A campainha toca, me dando outro susto. Será que Joshua voltou? Se ele acha que vir aqui todo dia vai ajudar em alguma coisa, está redondamente enganado.

A campainha toca de novo e, resmungando contrariada, eu grito:

— Já vou!

Não dá para esperar um pouco? Já mencionei que não gosto de acordar cedo, certo? Estou com zero energia para aturar Yoshi neste momento. A campainha volta a tocar e eu me apresso para abrir a porta. Perco o fôlego.

A primeira coisa que me atinge é o frio do outono, mas logo depois sou tomada pela surpresa de ter diante de mim a última pessoa que eu esperava ver na minha porta.

Ares Hidalgo.

Meu coração dá um pulo e dispara. Ares está com cara de quem não dormiu nada; cabelo despenteado e cheio de olheiras. Está usando uma blusa branca amarrotada e com os primeiros botões abertos.

Um sorriso bobo surge em seus lábios.

— Oi, bruxa.

32

O INSTÁVEL

Controlar as próprias emoções é muito fácil quando o gatilho não está na sua frente.

Você se sente forte, capaz de superar e seguir com a vida sem olhar para trás. É como se seu autocontrole e sua autoestima se recarregassem. Demoramos dias, semanas, para ter essa sensação de força, mas destruí-la demora apenas um segundo.

No momento em que a pessoa aparece na sua frente seu estômago fica embrulhado, suas mãos suam, sua respiração acelera, sua fortaleza desmorona, e isso é muito injusto depois do tanto que custou construí-la.

— O que você está fazendo aqui? — A frieza da minha voz me surpreende, e a ele também.

Ares ergue as sobrancelhas.

— Não vai me deixar entrar?

— Por que eu deveria?

Ele desvia o olhar, sorrindo.

— Eu... só... Posso entrar, por favor?

— O que você está fazendo aqui, Ares? — repito, com os braços cruzados.

Ele volta a me encarar.

— Eu precisava te ver.

Meu coração dispara, mas eu o ignoro.

— Bom, então já me viu.

Ele põe um pé no batente da porta.

— Só... me deixa entrar um segundo.

— Não, Ares.

Tento fechar a porta, mas não sou rápida o bastante e ele entra, obrigando-me a dar dois passos para trás. Ele fecha a porta e, em pânico, só me ocorre dizer algo que acho que o fará ir embora.

— Minha mãe está lá em cima. É só eu chamar que ela vem aqui te botar para fora — ameaço.

Ele ri, senta no sofá e põe o celular na mesinha em frente, então apoia os cotovelos nos joelhos.

— Sua mãe está de plantão.

Franzo a testa.

— Como você sabe?

Ele ergue o olhar e me lança um sorriso atrevido.

— Você acha que é a única obcecada aqui?

Como assim?

Decido ignorar e foco em tentar tirá-lo daqui antes que Yoshi decida me visitar ou minha mãe volte mais cedo e comece a Terceira Guerra Mundial. Talvez se ele disser logo o que veio me dizer vá embora de uma vez.

— Ok. Agora já está aqui dentro. O que você quer?

Ares passa a mão pelo rosto, parecendo insone e exausto.

— Quero falar com você.

— Então fala.

Ele abre a boca, mas logo a fecha, como se não tivesse certeza do que dizer. Estou prestes a mandá-lo embora quando esses lábios que beijei se abrem de novo para pronunciar duas palavras que me deixam sem fôlego: as duas palavras que eu menos esperava escutar dele, nem agora nem nunca.

— Te odeio.

Seu tom é sério; sua expressão, fria.

A afirmação me pega de surpresa, meu coração afunda e meus olhos ardem, mas ajo como se não tivesse me afetado.

— Ok, você me odeia. Entendi. É só isso?

Ele balança a cabeça e dá um sorriso triste.

— Minha vida era tão ridiculamente fácil antes de você, estava tudo sob controle e agora... — Ele aponta para mim. — Você complicou tudo, você... estragou tudo.

Meu coração já está apertado, e as lágrimas turvam minha visão.

— Uau! Você realmente sabe fazer alguém se sentir mal. Veio até minha casa para dizer isso? Acho melhor ir embora.

Ele aponta o dedo para mim.

— Não terminei.

Não quero chorar na frente dele.

— Mas eu, sim. Vai embora.

— Não quer saber por quê?

— Destruí sua vida, acho que você já mostrou isso. Agora sai da minha casa.

— Não.

— Ares...

— Não vou embora! — Ele eleva a voz, levantando-se, e isso atiça minha raiva. — Preciso disso. Preciso te dizer! Preciso que saiba por que te odeio.

Aperto as mãos.

— Por que você me odeia, Ares?

— Porque você me faz sentir. Você me faz sentir e eu não quero isso.

Sua resposta me deixa sem palavras, mas não demonstro.

Ele continua:

— Não quero ser frágil, jurei não ser como meu pai e aqui estou eu, sendo frágil diante de uma mulher. Você me faz ser como ele, me faz fraquejar, e eu odeio isso.

Deixo a raiva dominar minhas palavras.

— Se me odeia tanto, que diabos está fazendo aqui? Por que não me deixa em paz?

Ares volta a elevar a voz.

— Acha que não tentei? — Ele deixa escapar um riso sarcástico. — Eu tentei, Raquel, mas não consigo!

— Por que não? — provoco, me aproximando dele.

Ares é logo dominado pela hesitação: abre e fecha a boca, trincando os dentes. Sua respiração está acelerada, e a minha também. Eu me perco na intensidade dos seus olhos, e ele me dá as costas, bagunçando o cabelo de novo.

— Ares, você tem que ir embora.

Ele fica de perfil, olhando para o chão.

— Pensei que essa merda nunca aconteceria comigo. Eu evitei tanto e mesmo assim está acontecendo, e não sei se é isso que todo mundo sente, mas já não tenho como negar... — Então ele se vira completamente para mim, com os ombros um pouco caídos, parecendo derrotado, e os olhos azuis cheios de emoção: — Estou apaixonado, Raquel.

Perco o fôlego e fico boquiaberta.

Ele sorri com o olhar perdido, feito um bobo.

— Estou perdidamente apaixonado por você.

Meu coração dá um salto, e uma sensação eletrizante toma minha barriga. Será que ouvi direito? Ares Hidalgo acabou de dizer que está apaixonado por mim? Não disse que me desejava, não disse que me queria em sua cama, disse que estava apaixonado por mim. Não consigo falar nada, não consigo me mexer, apenas observá-lo. Só consigo ver seus muros de frieza desmoronando diante de mim.

E então eu me lembro...

Da história...

Da história *dele*...

A lembrança é nebulosa, mas suas palavras são certeiras. Ele tinha encontrado a mãe na cama com um homem, e seu pai havia perdoado a infidelidade. Ares vivenciou isso tudo, viu tudo. O pai era seu pilar; vê-lo frágil e chorando deve ter sido um golpe forte demais para ele.

Não quero ser frágil, jurei não ser como meu pai...

Agora entendo, sei que não justifica, mas pelo menos explica um pouco o comportamento dele. Minha mãe sempre me disse que tudo que somos é reflexo da nossa criação e do que vivemos na infância e na primeira fase da adolescência. Nesses anos, somos como esponjas que absorvem tudo.

E então eu vejo...

O garoto que está na minha frente não é o idiota frio e arrogante com quem falei pela primeira vez pela minha janela; é só um garoto que teve um começo difícil. Um garoto que não quer ser como a pessoa que ele mais admirava, que não quer ser frágil.

Um garoto vulnerável.

Um garoto atormentado, porque não quer ser vulnerável. E quem quer? Apaixonar-se é estar nessa posição de vulnerabilidade

Ares ri, balançando a cabeça, mas seus olhos não transparecem alegria.

— Agora você não diz nada.

Não sei o que dizer.

Estou em choque com a reviravolta da conversa. Meu coração está à beira de um colapso, e minha respiração não está muito melhor.

Ares vira as costas, murmurando:

— Merda.

Ele encosta a testa na parede.

Minha reação é soltar uma gargalhada. Ares se vira para mim de novo, parecendo confuso.

— Você está... louco... — digo, morrendo de rir. Nem eu mesma sei por que estou rindo. — Até sua declaração tinha que ser tão controversa; ele é tão instável...

— Para de rir — ordena ele, aproximando-se de mim, sério.

Não consigo.

— Você me odeia porque me ama? Está escutando o que diz?

Ele não responde nada, apenas massageia a ponte do nariz, frustrado.

— Não entendo você. Finalmente tenho coragem de dizer o que sinto e você ri?

Pigarreio.

— Desculpa, sério, é que...

Acho que foi de nervoso.

Sua seriedade oscila, e ele dá um sorriso torto.

— Você conseguiu.

Franzo a testa.

— O quê?

— Lembra o que você me disse no cemitério aquela vez?

— *O que você quer, então?*

— *Uma coisa muito simples, que você se apaixone por mim.*

Não consigo conter o sorriso.

— Sim, e você riu de mim. Quem está rindo agora, deus grego?

Ele inclina a cabeça, me observando.

— Você me capturou, mas também acabou se apaixonando por mim.

— Quem disse que estou apaixonada?

Ele se aproxima, me obrigando a recuar até encostar na porta. Sem me dar chance de escapar, ele se inclina, pondo as mãos na madeira e me encurralando entre seus braços. Exala essa mistura deliciosa de perfume caro com seu próprio cheiro. Engulo em seco, tendo diante de mim esse rosto tão perfeito.

— Se não está apaixonada, por que parou de respirar?

Solto a respiração, que eu não havia percebido que estava prendendo. Não tenho resposta, e ele sabe disso.

— Então por que seu coração bate tão depressa sem eu nem encostar em você?

— Como sabe que meu coração está acelerado?

Ele pega minha mão e a coloca em seu peito.

— Porque o meu está. — Sentir seus batimentos acelerados faz meu coração estremecer. — Era isso que eu estava tentando mostrar na última vez que estivemos juntos: o que eu sinto por você.

Ele apoia a testa na minha, e eu fecho os olhos, sentindo seus batimentos tão perto de mim. Quando Ares fala de novo, sua voz é doce:

— Desculpa.

Abro os olhos e encontro o mar infinito dos dele.

— Pelo quê?

— Por demorar tanto para te contar o que sinto.

Ele pega minha mão que está no seu peito e a beija.

— Desculpa mesmo.

Ares se aproxima ainda mais, sua respiração se mescla à minha e sei que está esperando minha aprovação; como eu não recuo, seus lábios doces encontram os meus. O beijo é suave, delicado, mas tão cheio de sentimentos e emoções que sinto aquele famoso frio na barriga. Ele pega meu rosto com as mãos e me beija mais intensamente, inclinando a cabeça para o lado. Nossos lábios se movem em perfeita sincronia, roçando, molhados. Meu Deus, eu amo esse garoto. Estou ferrada.

Ele para, mas mantém o rosto colado ao meu. Eu respiro e falo:

— Primeira vez.

Ele se afasta um pouco para me olhar.

— De quê?

— É a primeira vez que você me beija e não é algo sexual.

Ele me dá seu sorriso ridículo, algo tão dele.

— Quem disse que não é sexual?

Lanço um olhar fulminante, e seu sorriso é substituído por uma expressão sombria.

— Não tenho a menor ideia do que estou fazendo. Só sei que quero ficar com você. Você quer ficar comigo?

Ele observa em detalhes meu rosto, com medo da minha resposta. E isso de algum modo faz com que eu me sinta poderosa.

Ares veio até aqui e se expôs. Posso fazê-lo feliz ou destruí-lo com minhas palavras. Abro a boca para responder, mas o som da campainha me interrompe.

Não sei como, mas tenho certeza de que é Yoshi.

Merda!

Ares me olha espantado.

— Está esperando alguém?

— Shhhhh! — Cubro sua boca com a mão e o puxo para longe da porta.

A campainha toca de novo e agora Yoshi grita. Eu sabia.

— Raquel!

Merda, merda, mil vezes merda!

— Você precisa se esconder — sussurro, tirando a mão da boca dele e levando-o pelo braço até a escada.

Ares se solta.

— Por quê? Quem é?

O tom acusatório não passa despercebido.

— Não é hora para ter ciúmes. Vem logo.

Alguma vez já tentaram mover alguém mais alto e mais forte? É como empurrar uma pedra imensa.

— Ares, por favor — suplico, antes que Yoshi ligue para minha mãe e ela me ligue e então a catástrofe esteja formada. — Depois te explico, mas, por favor, vai lá para cima e não faz barulho.

— Estou me sentindo o amante quando o marido chega — brinca ele, mas sobe, e eu fico aliviada.

Quando Ares enfim desaparece, não sei por que ajeito o cabelo antes de ir até a porta.

Espero que dê tudo certo, mas Yoshi me conhece muito bem e sabe quando estou nervosa ou mentindo. E me dou conta tarde demais de que o celular de Ares está na mesinha de centro. Cruzo os dedos para que Yoshi não o veja.

Nossa Senhora dos Músculos, me ajude, por favor!

33

A TESTOSTERONA

Nada é perfeito. Nem ninguém.

A perfeição é um tanto subjetiva. A declaração de Ares poderia parecer pouco romântica para muita gente, mas para mim? Bem, para mim foi perfeita. Para mim ele é perfeito, com sua instabilidade e tudo.

Talvez eu esteja cega de amor, talvez não consiga ver além dos meus sentimentos, mas se existe a possibilidade — por menor que seja — de ser feliz com ele, eu vou tentar. Quero ser feliz, eu mereço depois de ter passado por tanta coisa.

Quem não está nem um pouco satisfeito com essa escolha?

Ah, Yoshi, lógico.

Meu querido melhor amigo está na minha frente, seus olhos ardem de raiva. Ele está empunhando o celular de Ares para mim.

— Ele está aqui, não está?

Abro a boca para negar, mas não sai nada. Yoshi contrai os lábios e desvia os olhos, como se não suportasse nem mesmo olhar para mim.

— Você não aprende, Raquel.

Isso me irrita, e eu cerro os punhos.

— E o que vai fazer? Dar uma de fofoqueiro e contar tudo para minha mãe? É sua especialidade ultimamente.

Antes que ele possa responder, eu continuo:

— Me diz, Joshua. — Reparo em sua expressão de dor quando o chamo pelo nome e não pelo apelido. — O que mais posso esperar? Que você conte a ela a primeira vez que fiquei bêbada? Ou aquela vez que matei várias aulas para ir com a Dani jogar boliche? Me diz, assim eu posso me preparar.

— Raquel, não faz isso, não me pinta como o vilão da história. Tudo o que fiz foi porque...

— Porque está apaixonado por ela e é um babaca ciumento.

A voz de Ares me pega de surpresa, e eu o observo descer a escada, com o olhar frio cravado em Yoshi.

Yoshi fica na defensiva imediatamente.

— Isso não é assunto seu.

Ares para perto de mim e me puxa pela cintura.

— É, sim. Tudo que tem a ver com ela tem a ver comigo também.

— Ah, é? — Yoshi deixa escapar um riso sarcástico. — E quando você conquistou esse direito? Você só fez mal a ela. E vai continuar fazendo.

— Pelo menos eu não estraguei a relação dela com a mãe por causa de uma crise de ciúmes. — Olho surpresa para ele. Ares balança a cabeça. — Você tem ideia de como foi egoísta? Deveria aprender a jogar limpo.

Esperem um momento. Como Ares sabe da história de Yoshi? Tenho o pressentimento de que Dani não conseguiu se segurar e acabou contando para Apolo, e ele talvez tenha dito a Ares. Dani vai se ver comigo. Yoshi lança um olhar assassino para ele.

— Não quero falar com você. Estou aqui por ela, não por você. Você não deveria nem estar aqui. Deveria ir embora — diz Yoshi.

Ares lhe lança um sorriso torto.

— Me tira daqui, então.

Ares me solta e vai até ele, com as mãos fechadas. Yoshi parece pequeno perto dele.

— Vamos, tenta me tirar daqui. Me dá motivo para eu quebrar sua cara por ter feito tanta merda com a minha namorada.

Minha namorada…

Isso me faz conter a respiração. Yoshi se mantém firme.

— Típico. Recorre à violência quando não sabe o que dizer.

— Não, recorro à violência quando alguém merece.

— Pois então você deveria bater em si mesmo — responde Yoshi num tom venenoso. — Ninguém merece mais um soco do que você.

Só consigo ver Ares tensionando os ombros e fechando os punhos. Logo me coloco entre os dois.

— Acho que já deu. — Lanço um olhar de súplica para Yoshi. Penso em pedir que ele vá embora, mas sei que isso só vai piorar as coisas. A única forma de evitar uma confusão é fazendo com que os dois saiam daqui. — Acho que vocês dois devem ir embora.

Olho para Ares, atrás de mim, e ele não parece surpreso com meu pedido. Levanta as mãos, em sinal de rendição.

— Bem, como quiser.

Ele vai até a porta, mas para antes de sair, esperando Yoshi, que me lança um último olhar triste. Os dois saem pela minha porta. Parte de mim tem medo de que eles se atraquem, mas estando fora da minha casa, os dois já são grandinhos e podem tomar as próprias decisões.

Com um suspiro profundo, caio no sofá. Que manhã!

Não só escutei a declaração de Ares, que mexeu totalmente com minhas emoções, como precisei lidar com o estresse de Yoshi nos descobrir aqui. Além disso, de alguma forma, o que Ares disse sobre Yoshi ficou na minha cabeça.

Porque está apaixonado por ela e é um babaca ciumento. Pelo menos eu não estraguei a relação dela com a mãe por causa de uma crise de ciúmes. Você tem ideia de como foi egoísta? Deveria aprender a jogar limpo.

Será que Ares tem razão? Me convenci de que Yoshi tinha feito aquilo para o meu bem, porque assim eu talvez conseguisse perdoá-lo com o tempo. É uma vida inteira de amizade, mas se ele só fez isso por ciúmes, a possibilidade de perdoá-lo diminui.

Suspiro de novo. Espero mesmo que ele não conte à minha mãe que viu Ares aqui. Não quero mais drama e problemas.

Estou perdidamente apaixonado por você.

Meu coração acelera com a lembrança dessas palavras. Ainda não consigo acreditar. Ares está apaixonado por mim, tem sentimentos por mim, não sou apenas mais uma garota com quem ele sai para se divertir. Lembro-me de suas palavras frias de algumas semanas atrás, o gelo que me deu depois de transar comigo pela primeira vez, a sensação de acordar em uma cama vazia e escutá-lo dizer à empregada da sua casa que se livrasse de mim. Ele me magoou tantas vezes... mas não ponho toda a culpa nele, eu sabia onde estava me metendo. Ele foi sincero comigo e mesmo assim eu continuei disponível para ele em várias situações.

Mas agora...

Pela primeira vez, Ares demonstrou que se importa comigo.

O idiota instável tem coração. Eu me lembro de sua declaração e da intensidade de seus olhos lindos. Sem conseguir evitar, solto um gritinho infantil. Estou sendo correspondida.

Com um sorriso bobo no rosto, subo até meu quarto. Apesar de tudo, consigo voltar a dormir. Eu sei, tenho uma habilidade sobre-humana para dormir em qualquer circunstância.

34

O PRIMEIRO ENCONTRO

Ares me convidou para nosso primeiro encontro e não sei o que vestir.

Este não é um daqueles típicos momentos de indecisão de alguém que tem um monte de roupas e não sabe qual escolher. Literalmente não tenho o que vestir, está tudo pendurado no varal, porque minha mãe lavou todas as minhas roupas e só deixou no armário o que eu não uso, e é óbvio que não uso por uma razão: não cabem em mim ou simplesmente já partiram dessa para uma melhor (em outras palavras, as peças estão rasgadas ou transparentes de tão desbotadas).

Por que Ares tinha que me chamar para sair logo hoje?

Ainda me lembro daquela voz doce no telefone, quando ele me pediu que, por favor, desse uma fugidinha. Como eu poderia dizer não? Obviamente não pensei direito quando respondi que sim. A única pessoa que pode me salvar é Dani.

Quando ligo, ela atende no terceiro toque.

— Funerária Las Flores, em que posso ajudá-la?

— Até quando você vai fazer isso, Dani? Já te falei que não é engraçado.

Ela solta uma risadinha culpada.

— Eu acho engaçado. O que houve, resmungona?

— Preciso que você venha aqui.

— Você não está de castigo?

— Estou. — Diminuo a voz. — Mas vou fugir.

— O quêêêêê? Como assim? — Dani exagera no tom. — Bem-vinda ao lado sombrio da Força, irmã.

Solto um suspiro.

— Você está louca. Vem para cá, mas me espera na esquina da minha rua.

— Certo, mas você está escondendo o motivo da sua fuga. Vai para a balada comigo hoje?

— Não, tenho... planos.

— Com quem?

— Depois te explico. Você vem, né?

— Sim. Chego aí em dez minutos.

— Obrigada, você é incrível.

— Me diz alguma coisa que eu não saiba. Até daqui a pouco!

Desligo e enfio travesseiros debaixo dos lençóis, para parecer que estou na cama. Faço isso apesar de saber que minha mãe não vai conferir, porque jamais imaginaria que fugi e, bem, sinceramente, até algumas horas atrás nem eu acreditaria que sou capaz disso.

Saio do quarto sem fazer barulho. As luzes de casa já estão apagadas, então dou uma conferida rápida no quarto da minha mãe, e nunca pensei que ficaria tão feliz em escutar seus roncos. Ela está dormindo pesado; teve plantão ontem à noite e provavelmente não dormiu nada até agora. Por um instante morro de remorso, mas logo um par de olhos azuis invade minha mente e isso é motivação suficiente para sair de casa.

Já na rua, o frio me atinge com força. Sempre esqueço que o verão escaldante já passou. Não trouxe casaco, então abraço meu corpo, esfregando os braços. A rua está bem iluminada e há algumas pessoas conversando do lado de fora de suas casas. Eu as cumprimento cordialmente e sigo andando.

Na esquina, tremendo de frio, me dou conta de que talvez fosse melhor ter esperado um pouco no calor da minha casa. Só se passaram seis minutos. Dani não mora longe, mas os sinais de trânsito podem atrasá-la um pouco.

Estou morrendo de frio.

Está vendo tudo o que faço por você, deus grego?

Quando avisto o carro de Dani, sinto um alívio tão grande que sorrio que nem idiota. Pulo dentro do veículo, e Dani volta feito louca para casa.

Dezoito combinações de roupa depois...

Dizer que sou indecisa é pouco. Dani me deu muitas opções, e todas eram lindas, mas me bate a ansiedade de querer estar perfeita para ele, e nada ali me parece à altura. Sei que ele estará lindo seja qual for a roupa que escolher. Preciso me achar bonita também e nunca me arrumei de modo especial para encontrar alguém. É a primeira vez.

Ares continua marcando todas as minhas primeiras vezes.

Como vou superar esse cara se ele não para de fazer isso?

— Eu voto pela saia, a blusa e as botas — opina Dani, mastigando um Doritos com a boca aberta.

— Que classe — debocho.

— Ficam ótimas em você e servem para qualquer ocasião. Não sabemos aonde vocês vão.

Ela tem razão. Será que iremos ao bar de Ártemis ou a alguma outra casa noturna? Depois de me vestir, estou penteando os cabelos quando vejo no espelho que Dani se levanta e vem até mim. Ela está apontando o dedo laranja de Doritos na minha direção.

— Preciso te falar uma coisa.

Eu me viro, nervosa. Seu tom é sério.

— O quê?

— Fico muito feliz que esse idiota finalmente tenha confessado o que sente por você, mas... — ela morde o lábio — não esqueça que Ares já te fez sofrer muito, e não estou dizendo para guardar rancor nem nada disso, mas ele precisa lutar para merecer seu amor. Você sempre se entregou de bandeja, e ele não deu valor. Meia dúzia de palavras bonitas não bastam, amiga. Você vale muito. Deixe que Ares saiba disso e que lute para conquistar seu amor.

Sinto uma pontada no peito ao ouvir essas palavras. Dani percebe a mudança em meu semblante e sorri.

— Não, não estou tentando estragar seu primeiro encontro. Só acho que é meu dever, como sua melhor amiga, te dizer a verdade, mesmo que seja um pouco dolorosa. Você merece tudo de bom, Raquel, eu sei disso, e esse idiota precisa saber também.

Retribuo o sorriso.

— Obrigada — digo, pegando sua mão. — Às vezes me deixo levar pelos sentimentos e esqueço tudo o que já passei com ele.

Ela aperta minha mão.

— Te adoro, boba.

Meu sorriso aumenta.

— Também te adoro, sua tonta.

Meu celular toca. Dani e eu trocamos um olhar rápido.

> **Chamada recebida**
> ***Deus grego***

Pigarreio, nervosa.

— Alô?

— Estou aqui fora.

Essas palavras são suficientes para acelerar meu coração.

— Já saio.

Desligo e solto um gritinho. Dani me segura pelos ombros.

— Calma!

Despeço-me dela e vou até a porta com o coração na boca. Por que estou tão nervosa? *Certo, calma, Raquel, não tem razão para isso.*

É só o Ares, você já o viu *pelado.*

Ótimo, agora estou pensando *no Ares pelado.*

Nossa Senhora dos Músculos, por que o fez tão bem-dotado?

Saindo à rua, avisto o carro preto parado em frente à casa. Os vidros escuros não me deixam ver nada no interior do veículo. Concentro-me em andar direito e não sei por que estou com tanta dificuldade.

Maldito nervosismo.

Quando me aproximo, faço movimentos hesitantes diante da porta. Não sei se devo abrir a do carona ou a de trás. Ele me disse que viria com Marco. Será que Marco está no banco do carona? Ou no de trás?

Meu Deus, estou tão perdida!

Fico ali que nem uma idiota, sem saber o que fazer. Pelo visto Ares nota minha indecisão, porque abre a janela e pergunta, com sua voz neutra como sempre e o rosto perfeito:

— O que está fazendo?

Não tem ninguém no banco do carona.

Abro a porta e entro no carro.

— Eu só estava... — começo a dizer, enquanto dou uma olhada para trás e vejo Marco mexendo no celular. — Oi, Marco.

Ele ergue o rosto e sorri. Quando me acomodo no banco, volto a olhar para Ares e me dou conta de que ele está me analisando dos pés à cabeça. Até que me encara com um sorriso torto.

— E eu? Não vai me cumprimentar?

Umedeço o lábio. Ares está tão lindo com essa blusa branca...

— Oi.

Ele arqueia a sobrancelha.

— Só isso?

Meu pobre coração bate tão forte que parece prestes a saltar pela boca.

— Quer mais o quê?

Num movimento rápido, Ares desafivela o cinto de segurança, me segura pelo pescoço e me beija. Sua boca se move suavemente, e seus lábios deliciosos provocam em mim uma sensação maravilhosa. Controlo um gemido quando ele suga meu lábio inferior e dá uma mordidinha.

Marco pigarreia.

— Ei! Eu estou aqui!

Ares me solta e me dá um último beijo rápido, sorrindo junto aos meus lábios.

— Oi, bruxa.

Ele se ajeita no banco, põe o cinto de segurança e sai com o carro. Enquanto isso, fico ali paralisada, com as pernas bambas feito gelatina. Ai, meu Deus, o que esse garoto faz comigo com um simples beijo... Ares põe música eletrônica, e Marco se inclina para a frente, entre os dois assentos.

— A Samy disse que está pronta.

A menção a esse nome me causa um frio na barriga. Ares faz uma curva.

— Passamos para buscá-la, então. E o Gregory?

Marco mexe no celular.

— Já foi com o Luis.

— E as meninas?

— Foram com eles.

Encaro Ares. Que meninas? Além de Samy, tem outras?

— Bem, vamos só buscar a Samy, então.

Ares para o carro em frente a uma bela casa de dois andares com um jardim lindo. Samy está parada ao lado da caixa de correio, deslumbrante num vestido curto colado no corpo e uma jaqueta bem bonita. Suas pernas são longas e muito atraentes. Será que não está com frio?

Ela sorri para Ares, e em seus olhos se vê a adoração por ele. É óbvio que ela gosta de Ares, e eu me pergunto se também fico assim quando olho para ele. Samy se acomoda no banco de trás, e seu sorriso vacila quando me vê.

— Ah, oi, Raquel.

Sorrio para ela.

— Oi.

— Não está com frio? — pergunta Marco, preocupado, e acho curioso como seu semblante sério se desfaz toda vez que Samy aparece.

— Não, tranquilo.

Ares olha para ela pelo retrovisor e sorri. Sinto uma fisgada na barriga, me obrigando a me mexer um pouco no assento. É muito desagradável sentir ciúmes. Eu nunca tinha passado por isso até conhecer Ares. E saber que eles já transaram não ajuda em nada. Já se viram nus. Meu Deus, é muita intimidade para uma amizade. E, para completar, Samy ainda é louca por ele. Não sei se estou exagerando, mas uso todas as minhas forças para me manter tranquila e não deixar transparecer nada.

A voz de Marco interrompe meus pensamentos.

— Já estão todos lá, vão pedir as bebidas. O que você quer beber?

Ares balança a cabeça.

— Não vou beber, estou dirigindo.

Fico surpresa com a seriedade e a maturidade de seu tom, mas também satisfeita. Marco bufa.

— Que estraga-prazeres! Devíamos ter vindo de táxi, então.

Ares diminui a velocidade numa rua cheia de gente. A noite pelo visto está bem animada.

— Não gosto de táxi.

Ergo a sobrancelha. Ah, o menino rico não gosta de táxi. Eu nem sequer posso me dar ao luxo de andar de táxi, minha única opção é ir de ônibus. Não quero nem imaginar o que Ares acha dos ônibus. Isso me faz lembrar que vivemos realidades bem diferentes.

Marco volta a interromper meus pensamentos loucos e me pergunta:

— E você, Raquel? O que quer beber?

Fito Ares, que segue concentrado no caminho. Posso sentir o olhar de Samy em mim.

— É, bem, eu… — Aperto as mãos no colo. — Vodca?

— Você não me parece muito certa disso — comenta Marco.

— Bem, vodca, então. Acho que pediram uma garrafa de uísque e outra de vinho. Vou dizer a eles para pedirem uma de vodca também.

Uma garrafa inteira?

Espero que seja para várias pessoas, não só para mim, ou vou terminar muito mal esta noite. Não, não posso me permitir passar vergonha hoje. Tenho que me comportar.

Quando chegamos, eu reconheço o lugar. É uma espécie de bar elegante que abriram há pouco tempo. Acho que não chega a oferecer concorrência ao de Ártemis, porque fica bem longe do centro da cidade, enquanto o de Ártemis está num ponto estratégico. Passamos pela entrada e acho estranho que o segurança não tenha pedido nossa identidade.

A primeira coisa que me surpreende são as luzes de várias cores e efeitos por todo canto. Passamos ao lado do balcão do bar, e bartenders fazem malabarismo com garrafas e copos. Uau, todo mundo parece estar se divertindo muito. Subimos umas escadas decoradas com pequenas luzes coloridas até chegar a seu grupo de amigos.

Esta noite vai ser interessante.

35
O PRIMEIRO ENCONTRO II

RAQUEL

Vocês se lembram do desconforto que senti no café da manhã daquele dia com os amigos de Ares?

Bom, estou sentindo algo parecido, mas muito pior.

Samy passa do meu lado e vai cumprimentando todo mundo. Com as mãos na frente do corpo, entrelaço os dedos e dou uma olhada em Ares, que agora também está cumprimentando todo mundo.

E eu?

Odeio essa sensação de ser invisível, de as pessoas agirem como se eu não existisse ou não estivesse parada diante delas. Principalmente esse bando de riquinhos acostumados a olhar os outros com ar de superioridade, a julgar a roupa que você usa, se é de marca ou se está na moda. E não, não estou generalizando, há muitas pessoas com dinheiro que são humildes, como Dani e Apolo, mas uma olhada superficial já basta para eu perceber como as garotas desse grupo avaliam em detalhes minha roupa e fazem caretas. E os garotos? Só me observam julgando se sou bonita o suficiente para eles falarem comigo. Ser a única menina latina entre todos só piora meu constrangimento.

Sinto como se tivessem se passado anos, quando na verdade foram só alguns segundos em que estou parada aqui feito uma idiota. Tenho que me obrigar a não sair correndo, para fugir de todos esses olhares inquisidores, e aperto minhas mãos de nervoso.

Queria poder dizer que é Ares quem se vira e vem até mim, mas não é. Samy foi a única que se comoveu com minha situação lamentável.

— Vem, Raquel, deixa eu te apresentar.

Forço um sorriso simpático enquanto ela me apresenta a todos. Há três garotas, a de cabelos pretos se chama Nathaly, a loura a seu lado é Darla, e a outra é aquela menina que vi na festa do time de Ares e que tomou café da manhã conosco há algumas semanas. O nome dela é Andrea. Há outros dois garotos, além de Gregory, Luis e Marco. Um louro de feições árabes, que se apresenta como Zahid, e um menino de óculos que se chama Óscar. Sei que é possível que eu não vá lembrar esses nomes todos, mas não importa.

Dou uma olhada em Ares, que foi se sentar perto de Nathaly do outro lado da mesa. Tenho que me contentar em ficar ao lado de Samy, que foi a última a se sentar; antes dela está Óscar, e eles parecem estar falando sobre algum show. Fico igual a uma trouxa olhando Ares, que continua conversando animadamente com Nathaly.

Meu estômago se contrai com o peso da decepção. Foi para isso que você me trouxe aqui, deus grego? Para me deixar de lado e se divertir com crushes do passado? Baixando os olhos, vejo um copo na mesa à minha frente e luto contra a amargura em meu peito, um sentimento que me causa um aperto e muita angústia.

Dói muito...

Criei tantas expectativas para esse encontro, meu primeiro com ele. Pintei tantos cenários diferentes na cabeça, desde cenas românticas até uma simples ida ao cinema, quem sabe até só ficar no carro dando umas voltas pela cidade e conversando.

Mas não foi nada disso que aconteceu.

Aqui estou, sentada, e ele lá do outro lado da mesa, distante de mim como no início de tudo. Quanto mais perto eu chego dele, mais a distância aumenta.

A tristeza é devastadora, e eu me esforço para impedir que lágrimas brotem em meus olhos. Todos ao redor estão conversando, rindo, compartilhando histórias, e eu estou sozinha. É como se estivesse apenas assistindo à cena de fora.

Este é o mundo dele, a zona de conforto dele, não a minha. E Ares me deixou sozinha, sem a menor preocupação. Ele nem me olha, nem sequer uma vez. Já não consigo conter as lágrimas. Com a visão borrada, olho para minhas mãos no colo, a saia que escolhi com tanto cuidado. Para quê?

Levanto-me e Samy se vira para mim, mas apenas sussurro:

— Vou ao banheiro.

Passando em meio a uma multidão dançando, deixo as lágrimas escorrerem pelo rosto. Sei que todos estão muito ocupados se divertindo e nem vão reparar em mim. A música vibra e só diminui quando chego ao banheiro. Entro numa cabine e me permito chorar em silêncio. Preciso me acalmar, não quero ser a dramática que faz cena pelo que considerariam ser uma bobagem. A questão é que esse encontro significava muito para mim, e a decepção me dói demais.

Eu devia ir embora.

Mas como?

O lugar fica afastado da cidade. Um táxi seria uma fortuna, e não quero incomodar a Dani de novo. Sei que ela viria sem se queixar, mas não quero atrapalhar sua noite, já a incomodei demais. Talvez eu só deva aguentar até todo mundo se cansar e logo iremos embora.

Respirando fundo, saio da cabine do banheiro. Para minha surpresa, a garota de cabelos pretos, Nathaly, está parada em frente ao espelho, com os braços cruzados, como se estivesse me esperando.

— Está tudo bem?

— Sim.

— Adoraria dizer que você é a primeira garota que vejo chorando por causa do Ares. — Ela suspira com tristeza, como se já tivesse passado por isso. — Mas não seria verdade.

— Estou bem — afirmo, lavando o rosto na pia.

— Certo, então, pequena obcecada.

Sinto um aperto no peito.

— Como foi que você me chamou?

— Pequena obcecada — repete, cruzando novamente os braços. Fico petrificada e ela percebe. — Ah, sim, todos nós sabemos das suas habilidades em perseguir o Ares. Ele sempre contava, morrendo de rir, que a coitada da vizinha tinha uma obsessão inacreditável por ele.

Ai...

Preciso sair daqui.

Fugindo do banheiro, tento mais uma vez conter as lágrimas. Quero sair desse lugar, preciso de ar fresco, de algo que aplaque minha tristeza. Sei que Nathaly só queria me ferir, me tirar do seu caminho, mas isso não significa que suas palavras não tenham me machucado, porque a verdade é que Ares não me deu bola hoje e acho uma crueldade ele ter contado para os amigos sobre minha obsessão por ele.

Saio do bar e o frio do outono me atinge; com as mãos tremendo, pego o celular e ligo para Dani. Meu coração dispara quando me dou conta de que o telefone dela está desligado. Há algumas pessoas do lado de fora, fumando e conversando. Abraçando meu corpo para espantar o frio, desço a rua e continuo tentando o número de Dani, com a esperança de que ela me atenda logo.

ARES HIDALGO

Nathaly continua me contando sobre uma de suas viagens, mas estou distraído. Raquel está demorando muito no banheiro. Será que ela está bem? Talvez a fila esteja grande. Se bem que Nathaly foi ao banheiro há pouco tempo e já voltou.

Interrompo sua história.

— Você viu a Raquel no banheiro?

Nathaly assente.

— Vi, sim. Ela estava lavando o rosto, mas logo a perdi de vista.

Sorrio para ela, olhando para onde Raquel deveria estar sentada. Alguma coisa está errada. Talvez eu esteja paranoico, mas estou com uma sensação estranha no peito. Vou até Samy.

— Pode vir comigo para ver se Raquel está bem? Ela está demorando muito no banheiro.

— Sim, vamos. Eu estava me perguntando a mesma coisa.

Quando chegamos aos banheiros, Samy entra e eu fico esperando do lado de fora. Então ela sai com uma cara assustada.

— Está vazio.

Sinto um aperto no peito e sei que é preocupação.

— Então cadê ela?

Foi embora...

Essa ideia atravessa minha mente, mas eu ignoro. Por que ela iria embora? Não, ela não iria, não teria com quem ir, e não teria razão para isso. Ou teria?

Samy nota minha expressão confusa.

— Talvez esteja do lado de fora ou na varanda, tomando um pouco de ar fresco.

Sem pensar duas vezes, deixo Samy e procuro Raquel por todo canto.

Não está.

O desespero me domina quando minha mente começa a analisar cada detalhe da noite, seu olhar nervoso, a forma como mexia os dedos, de pé diante de todo mundo. E logo depois, quando se sentou ao lado de Samy e ficou me procurando com o olhar, havia um evidente vislumbre de decepção e tristeza em seus lindos olhos. Como não percebi? Como ignorei todos esses sinais e não fiz nada?

Porque você é um idiota que não está acostumado a pensar nos outros.

Sem fôlego, saio do bar, meus olhos procurando desesperadamente a garota que faz meu coração disparar dessa maneira. Fico torcendo para que ela não tenha ido embora, mas não poderia julgar se ela tiver ido. Estraguei tudo de novo.

Nas laterais do bar, só há duas ou três pessoas fumando. Dou uma olhada nos dois lados da rua: está vazia.

Não...

Ela não pode ter ido embora. Com quem?

Sei que se não conseguir encontrá-la, eu a perderei. Ela já perdoou tanta coisa que fiz... E sei que seu coração — por maior que seja — não poderá me perdoar de novo. Passando a mão pelos cabelos, disponho-me a dar uma última olhada no meu entorno, procurando-a.

Raquel, onde você está?

36

O AMIGO

Que noite!

Tudo ficou tão complicado desde que Ares entrou na minha vida... Ele é como um pequeno furacão, que destrói tudo por onde passa. Teve seus momentos carinhosos, mas esses instantes são ofuscados por todas as vezes em que me fez mal. Como pode ser carinhoso numa hora, e no instante seguinte ser tão frio?

Suspiro, soltando uma fumacinha pela boca. Está muito frio, e talvez sair do bar não tenha sido uma ideia lá muito brilhante, mas qualquer coisa era melhor que continuar suportando aquilo. Tento ligar para Dani de novo, mas nada. Penso em apoiar as costas numa árvore, mas é tão desconfortável que desisto.

E então escuto:

— Raquel!

A voz que atormenta minha cabeça e que faz meu coração disparar sem controle. Surpresa, olho para a rua e vejo Ares vindo depressa. Seu rosto deixa transparecer a preocupação, mas a essa altura não me importo mais. Adoraria dizer que não sinto nada ao vê-lo, mas não é verdade. Ele está sempre absurdamente lindo e perfeito.

Quando me alcança, Ares me envolve num abraço forte. Seu cheiro é sempre tão bom...

— Pensei que não fosse te encontrar.

Permaneço imóvel, sem levantar os braços para retribuir o abraço. Ele me solta e segura meu rosto.

— Está tudo bem?

Não respondo nada, apenas afasto as mãos dele.

Ares fica chateado com meu gesto, mas não me impede.

— Você está muito brava, né?

— Não. — A frieza da minha voz surpreende a nós dois. — Estou decepcionada.

— Eu... — Ele coça a parte de trás da cabeça, bagunçando os cabelos pretos. — Desculpa.

— Tá.

Ele franze o cenho.

— Tá? Raquel, fala comigo, sei que você tem um milhão de coisas para dizer.

Dou de ombros.

— Na verdade, não.

— Por favor, mente, me ofende, grita comigo, mas não fica assim calada. Seu silêncio é... angustiante.

— O que você quer que eu diga?

Ele vira de costas, segurando a cabeça como se não soubesse o que dizer. Quando se vira para mim de novo, sua voz é doce:

— Me desculpa, sério.

Dou um sorriso triste.

— Isso não é suficiente.

— Eu sei e não quero que seja. — Ele contrai os lábios. — Só... me dá mais uma chance.

Meu sorriso fica mais triste.

— É nisso que essa história se transformou: um ciclo interminável de chances. Você me machuca, eu te desculpo e volto como se nada tivesse acontecido.

— Raquel...

— Talvez seja minha culpa ter tantas expectativas em relação a você.

Uma expressão de dor desponta em seu rosto. Eu me viro e começo a me afastar dele. Não sei o que estou fazendo nem aonde vou, mas preciso me afastar de Ares.

— Raquel, espera! — Ares me pega pelo braço, me virando para ele mais uma vez. — Tudo isso é muito novo para mim, e não é desculpa, nunca tinha... tentado nada sério com ninguém antes. Não sei o que você espera, sei que parece óbvio para muitas pessoas, mas para mim não é.

Desvencilho-me dele.

— É questão de bom senso, Ares. Você tem o QI mais alto daqui e não é capaz de deduzir que não seria uma boa ideia me levar a um lugar onde estão duas garotas com quem você já ficou?

— Duas garotas com quem já fiquei? — Ele fica confuso. — Ah, Nathaly... — É sério que ele não lembrava? — Como você sabe...? Ah, merda, eu tinha esquecido totalmente. Foi coisa de uma noite, não significou nada para mim.

— Aham.

— O que mais ela te falou?

Levanto o queixo.

— Também me contou que você ficava debochando com seus amigos da minha obsessão por você.

Ele não fica surpreso com a afirmação.

— Isso foi muito antes de te conhecer melhor. A gente nunca tinha nem se cumprimentado direito.

— E espera que eu acredite em você?

— Por que não acreditaria? Nunca menti para você.

Lembro de todas as vezes que ele falou comigo com tanta sinceridade que chegou a doer.

— É verdade, eu tinha esquecido que a franqueza é uma de suas qualidades.

Seus olhos azuis esbanjam sinceridade.

— Acho que isso foi sarcasmo, mas eu realmente não estou mentindo. O que tive com a Nathaly não significou nada para mim.

Cruzo os braços.

— E o que eu significo para você?

Ele baixa os olhos.

— Você sabe.

— Depois de hoje à noite, não tenho mais a mínima ideia.

Ares ergue o olhar. Seus olhos brilham com uma intensidade que acelera meu coração.

— Você é... minha bruxa. A garota que me enfeitiçou, que me faz querer ser diferente, tentar coisas novas que me assustam, mas que sei que com você valem a pena.

As fisgadas na minha barriga são insuportáveis.

— Lindas palavras, mas já não bastam, preciso de atitude. Quero que você me mostre de verdade que quer ficar comigo.

— Estou tentando. Te apresentei para os meus amigos. O que mais você quer que eu faça?

Ele parece tão vulnerável nesses momentos...

— Isso é você quem tem que saber. Está acostumado a ter tudo de mão beijada, mas desta vez vai ser diferente. Se você quer ficar comigo, vai ter que lutar por isso, conquistar esse direito. Começaremos como amigos.

— Como amigos? Amigos não sentem o que você e eu sentimos nem se desejam como nós nos desejamos.

— Eu sei, mas você precisa conquistar as coisas depois de estragar tudo tantas vezes.

Ele passa a mão pelo rosto.

— Está me dizendo que não vou poder te beijar nem te tocar?

— Limito-me a assentir. — Está me colocando na *friendzone*?

— Não, não é bem isso, quer dizer, é, mas com a possibilidade de se tornar algo mais se você souber como agir.

Um sorriso de ironia surge em seu rosto.

— Ninguém nunca me deixou na *friendzone*.

— Há uma primeira vez para tudo.

Ele se aproxima de mim.

— E se eu não aceitar ser seu amigo?

— Bom — reúno toda a minha força para dizer isso —, então, infelizmente, você vai estar fora da minha vida.

— Uau, desta vez você ficou magoada mesmo.

Ignoro suas palavras.

— Então, é pegar ou largar.

Ele passa a mão pelos cabelos.

— Você sabe que vou me apegar às menores coisas, né? Está bem, faremos do jeito que você quer, mas com uma condição.

— Qual?

— Durante esse período de "amizade" — diz Ares, fazendo sinal de aspas com os dedos —, você não pode ficar com outros garotos. Continuará sendo minha.

Deixo escapar um sorriso.

— Por que você é sempre tão possessivo?

— Só quero deixar registrado que, ainda que estejamos começando como amigos, isso não quer dizer que você vai poder sair por aí com outros caras. Entendido?

— Amigos não têm direito de fazer esse tipo de exigência.

Ele me olha desanimado.

— Raquel...

— Está bem, sr. Ciumento, nada de sair com outras pessoas. Mas isso também se aplica a você.

— E vale jogar sujo.

Franzo a testa.

— Como assim?

— O fato de eu ser seu "amigo" — ele volta a fazer o sinal de aspas com os dedos — não quer dizer que eu não possa tentar te seduzir.

— Você está louco.

Ares estica a mão para mim.

— Estamos combinados?

Faço que sim com a cabeça e aperto sua mão.

— Estamos — respondo.

Ele ergue minha mão e a leva a seus lábios, dando um beijo úmido sem desgrudar os olhos dos meus.

Engulo em seco e solto minha mão. Ele me dá aquele sorriso torto que eu tanto amo.

— O que você quer fazer? Quer que eu te leve para casa ou quer voltar lá para dentro?

Não sei o que responder.

Acabo decidindo voltar e testar Ares, para ver como ele lidará com a situação, agora que se deu conta de que estava mandando muito mal. Com muita segurança, volto para o bar.

A mesa está quase vazia, exceto por Nathaly e Samy, que estão ali conversando. Imagino que os outros tenham ido dançar. Eu me sento ao lado de Nathaly, e Ares, do meu. Ela me lança um olhar incomodado e eu abro um enorme sorriso.

I'm back, bitch, como diria Dani.

— Quer beber alguma coisa? — pergunta Ares em meu ouvido.

— Uma margarita — respondo, e ele se levanta para ir buscar o drinque.

Pouco tempo depois, vejo Ares voltando ao longe. Uma taça de margarita aparece diante de mim na mesa, e ele se senta a meu lado. Começa a tocar música eletrônica, e Nathaly se levanta, dançando, passa por mim e para em frente a Ares.

— Quer dançar? — convida ele, estendendo a mão.

Eu me limito a tomar um gole da minha margarita, fingindo um sorriso.

— Não.

Sem qualquer explicação.

— Ai, deixa de ser chato. Por que não?

— Porque a única menina com quem eu quero dançar é ela.

Essa resposta me surpreende. Nathaly volta para seu lugar. Ares aperta minha mão e me obriga a me levantar, e depois vamos andando até a pista de dança. Isso vai ser interessante.

Passamos por um monte de gente até nos enfiarmos no meio da multidão dançando. Estou nervosa, não posso negar, é a primeira vez que dançarei com ele. Ares está na minha frente, esperando. Está incrivelmente bonito sob as diversas luzes coloridas. Mordo o lábio e começo a me mover. Ele segue meus movimentos, colando seu corpo ao meu.

Passo as mãos ao redor do pescoço de Ares, mexendo os quadris suavemente junto ao corpo dele. Posso sentir sua respiração no meu rosto, seu corpo pressionando o meu. Estar tão perto dele é *intoxicante*, e me dou conta de que talvez subestime o efeito que ele tem sobre mim com essa história de começarmos como amigos.

Ares coloca as mãos na minha cintura, movendo-se comigo. A tensão sexual entre nós é palpável, como uma corrente elétrica que atravessa nossos corpos com a música. Ele vai para trás de mim e passa os braços ao redor da minha cintura. Descansa seu queixo no meu ombro e me dá um beijo suave no pescoço. Sinto seus lábios úmidos e quentes na minha pele. Não sei quanto tempo passa, mas não quero que esse momento acabe. Quero ficar assim com ele, que nada mude, que mais nada dê errado, porque eu não suportaria.

A música termina e começa a tocar "I Hate You, I Love You", de Gnash. Eu me viro para ele e cantamos juntos. Ares está tão lindo, cantando, me olhando nos olhos...

I hate you, I love you, I hate that I love you...

Ares segura minha mão e me gira, num movimento um tanto teatral. Começo a rir e continuo cantando. O mundo ao nosso redor desaparece, somos só nós dois, cantando e dançando feito bobos no meio da multidão. Uma sensação de paz e alegria invade meu coração.

Quero acreditar nele, vou lhe dar um último voto de confiança para que conquiste meu amor. Vou ficar na torcida desse deus grego idiota que roubou meu coração.

37

A BEBEDEIRA

RAQUEL

Suor...
  Margaritas...
  Risadas...
  Música...
  Essa combinação tomou conta da noite, e eu nunca pensei que poderia suar tanto assim, mas pelo visto é o que acontece quando se dança no meio de muita gente. Prendo o cabelo enquanto procuro um lugar para me sentar à mesa. Àquela altura, todos já estão alegres, beberam demais para restar alguém sóbrio.
  Já estou um pouco tonta, então paro de beber. Marco aparece, e os olhos dele encontram os meus.
  — Por que você não dança comigo, Raquel?
  Meu olhar vai até Ares, que está conversando com os amigos, mas ainda assim fica me lançando olhares com certa frequência. Ares e eu estamos em um momento muito delicado. Embora ache que ele tem que lutar para merecer meu coração, não quero tomar nenhuma atitude que leve a um mal-entendido ou a situações desconfortáveis. Além do mais, Marco não tem sido tão legal comigo.

Marco espera a resposta, e eu fecho a cara.

— Valeu, não é minha praia dançar com gente amargurada.

Marco não responde nada, apenas pega seu copo e, sem tirar os olhos de mim, toma um longo gole.

Gregory levanta a mão para me dar um *high-five*.

— O que vai fazer no Halloween? Tem planos?

— Na verdade, não, ainda faltam duas semanas.

— Acho que a gente vai a uma festa na cidade, provavelmente você vai junto.

Ares não disse nada a respeito.

— Pode ser.

Gregory suspira.

— Acha que eu deveria ser um vampiro ou um policial sexy?

Começo a gargalhar. Por que duas opções tão diferentes?

Gregory dá um soquinho de leve no meu ombro.

— É sério, preciso de uma opinião feminina.

— Hum... — Olho para ele e imagino as duas fantasias. — Acho que você daria um vampiro muito sexy.

— Sabia! — Ele parece orgulhoso, e eu dou um sorriso.

Sinto alguém me olhando e procuro ao redor. Andrea está me fuzilando com o olhar.

— Sua namorada não parece muito feliz — comento e bebo um gole da minha margarita.

Gregory olha para ela rapidamente.

— Ela não é minha namorada.

Não respondo, não quero parecer intrometida, mas Gregory continua:

— Eu gostava muito dela, mas... — A expressão dele se torna melancólica. — Ela é igual às amigas dela.

— Como assim?

— Todos os caras nessa mesa são de famílias ricas. — Meus olhos passam por cada um deles: Ares, Zahid, Óscar, Luis, Marco, e, por último, Gregory. — Eles são a futura geração de gestores e CEOs de grandes empresas e corporações.

— Ah.

Gregory aponta para vários homens com roupas escuras ao redor do bar.

— Tá vendo esses caras? — Faço que sim com a cabeça. — São guarda-costas. Mesmo que pareça, nunca estamos sozinhos.

Mas o que isso tem a ver com Andrea?

Gregory percebe que fiquei confusa.

— Pouquíssimas pessoas se aproximam da gente sem nenhum interesse. E a Andrea... — Reparo a tristeza em sua voz.

— Vamos apenas dizer que o que ela sentia por mim não era verdadeiro.

Aperto seu ombro.

— Sinto muito.

Ele esconde a tristeza com um sorriso.

— Estou bem, vou ficar bem. Vou arrasar no Halloween fantasiado de vampiro.

Dou um largo sorriso.

— Com certeza vai.

Uma música animada toca e Nathaly e Andrea se levantam, começando a dançar para os garotos que estão sentados. Samy continua sentada, mexendo no celular. Andrea se balança na frente de Gregory, e eu olho para longe, desconfortável. Fico observando Nathaly. É bom que ela nem pense em se aproximar de Ares.

Nathaly dança na frente de Marco, que nem se preocupa em esconder o desinteresse. Ela vai até o próximo garoto, Luis, que a aplaude e segue o jogo. Observo ela passar cuidadosamente para Óscar e logo depois para Zahid. O próximo da fila é Ares, e eu prendo a respiração. Não posso fazer uma cena aqui se ela dançar para ele. O que eu faço?

Nathaly está prestes a se mover em direção a Ares, mas ele lança um olhar tão gélido que sinto um calafrio percorrer meu corpo. Tinha esquecido o quão frio o deus grego consegue ser. Ela ignora seu olhar e continua, mas, antes de chegar, Ares se levanta e diz que vai ao banheiro, deixando-a parada lá, sozinha.

Ah, deus grego, você está aprendendo.

Com sua dignidade no chão, Nathaly estreita os lábios e volta para seu lugar.

Pego o celular e escrevo uma mensagem para Ares.

> Muito bem. Estou orgulhosa do meu amigo. :)

A resposta chega rápido.

> Você está adorando isso, não é?

> Pff, não, nem um pouco.

> Você vai ver, "amiga".

> Não vou nada. E eu sou sua amiga, não precisa das aspas.

> Minha "amiga" que geme no meu ouvido e me pede mais quando eu tô duro.

Um arrepio me percorre, e sinto o calor subir até meu rosto.

> Muito inapropriado, amigo.

> Inapropriadas são as coisas que eu quero fazer. Você nem faz ideia.

Ui, ficou quente aqui de repente. Covarde como sou, não respondo. Tenho medo do que ele pode dizer.

O tempo passa voando e já é hora de irmos embora. Nem acredito que são três da manhã. No estacionamento, todo mundo começa a se despedir. O frio não fez muito bem para Samy, e Marco a ajuda a entrar no SUV.

Todos entramos no carro. Ares liga o motor, e agradeço pela calefação.

Marco assopra o rosto de Samy.

— Ei, Samantha.

— Acho que estou bêbada — diz Samy e solta uma risada.

Sinto pena dela.

Ares olha para ela pelo retrovisor.

— Você acha?

Marco suspira, segurando-a no banco de trás.

— A gente não pode levar a Samy para casa nesse estado. A mãe dela vai surtar.

— Eu sei. — Ares começa a dirigir. — Vai ser melhor ela ficar na minha casa.

Viro a cabeça para ele tão rápido que meu pescoço dói, e lhe lanço um olhar incrédulo. Marco corre a mão pelo cabelo.

— Melhor. Eu também vou ficar na sua casa para ajudar a carregar ela.

Calma, Raquel, eles são amigos.

Marco também vai estar lá, é normal, são só amigos dormindo na casa dos amigos. Mas o ciúme está me consumindo por dentro. Quando chegamos à minha casa, hesito em descer, mas não quero fazer cena, principalmente na frente do Marco.

Controlando-me, finjo um sorriso.

— Bom, espero que vocês tenham uma ótima noite.

Abro a porta do carro, mas Ares pega minha mão e a leva aos lábios.

— Confia em mim, bruxa.

Respiro fundo. Quero falar que confiança é algo que se conquista, mas engulo minhas palavras e saio da caminhonete.

No frio ameno do outono, observo o carro desaparecer rua abaixo.

ARES HIDALGO

— Ares, ela não quer descer do carro — grunhe Marco, incomodado.

Fecho a porta do motorista e me dirijo à porta de trás. Samy está deitada de lado no banco, as pernas penduradas para fora da caminhonete.

— Samy — chamo, e ela me olha. — Você tem que descer agora.

— Não — reclama —, está tudo girando.

— Vamos, Samy — peço e, com cuidado, passo as mãos por baixo de suas pernas e costas para carregá-la.

Marco fecha a porta atrás de mim. Entramos pelos fundos, e Marco abre as portas pelo caminho. Samy agarra meu pescoço com força, resmungando:

— Meu príncipe sombrio.

Marco me lança um olhar triste ao ouvi-la me chamar assim. Samy me chama desse jeito desde que éramos pequenos, segundo ela porque sempre estou por perto para salvá-la, mas o que ela esqueceu é que Marco também sempre esteve ao seu lado.

— Estou com fome.

Ele vai até a cozinha, e eu vou para o quarto de hóspedes, porque nem ferrando vou subir as escadas com Samy nesse estado.

Entro no quarto e a coloco no chão. Ela cambaleia, mas fica de pé com minha ajuda.

— Você não devia ter bebido tanto.

Ela acaricia o rosto, sem jeito.

— Eu precisava.

Seus olhos castanhos encontraram os meus, e sei que não devo perguntar, mas ela espera que eu pergunte:

— Por quê?

Ela aponta para o meu peito.

— Você sabe por quê.

O silêncio se instala por alguns segundos, a expressão dela cada vez mais triste.

— Ares...

— Ahm?

— Você ficou a noite toda se divertindo com a sua namorada e nem olhou para mim.

— Samantha...

— E ficar vendo você só de longe me deu tanta saudade. — A súplica em sua voz me atormenta. Eu me importo com ela, talvez não da forma que ela gostaria, mas Samy continua sendo muito importante para mim. — Você não sente minha falta? Nem um pouco?

Penso em dizer que sim para não fazê-la se sentir mal, mas Raquel invade minha mente, seu sorriso, o jeito que ela franze o rosto quando não gosta de alguma coisa e não quer dizer, como eu me sinto quando ela me toca... É como se estivesse tocando além da minha pele, como se suas mãos pudessem chegar até meu coração e aquecê-lo. Por isso não respondo, não quero dar esperanças à Samy quando meu coração já pertence à Raquel.

Os olhos castanhos dela se enchem de lágrimas, e eu passo a mão por seu cabelo.

— Não chora.

— Você é um idiota, sabia? — A raiva em sua voz é dilacerante. — Por quê? Por que você transou comigo? Por que me usou como fez com todas as outras? Achei que eu fosse diferente, que você se importasse comigo.

— Samy, eu me importo muito com você.

— Mentira! Se você se importasse, nunca teria deixado a gente se tornar algo mais. Você sabia o que eu sentia por você e, se não iria corresponder, não deveria ter deixado isso acontecer.

Eu me aproximo dela e estendo a mão, mas Samy se afasta como se meu toque fosse venenoso.

— Samantha...

As lágrimas escorrem por suas bochechas.

— Por quê, Ares? — A voz dela falha. — Por que me beijou naquele Natal? Por que começou algo se sabia que não sentia nada?

— Samantha...

— Me diz a verdade pela primeira vez na vida. Por quê?

— Eu estava confuso! Achei que sentia algo por você, mas não era isso... Me desculpa. — A expressão de dor em seu rosto deixa meu peito apertado. — Me desculpa, de verdade.

— Desculpa? — Ela solta uma risada entre lágrimas. — É tão fácil para você dizer isso. Você acaba com tudo que há de bom ao seu redor e espera consertar com um "desculpa". As coisas não são assim, Ares. Você não pode sair por aí machucando as pessoas e esperar que elas te perdoem como se fosse simples.

— Sei que só faço besteira, Samantha, mas eu...

— Você sabe disso, mas não faz nada para mudar.

— Você não sabe do que está falando, eu estou tentando mudar.

— Por ela? Quer mudar pela Raquel, não é?

— Quero.

Ela morde o lábio.

— E... você não podia tentar comigo? Por acaso não fui o suficiente pra você?

— Não é isso, Samantha. Simplesmente não posso controlar o que sinto. Eu me importo muito com você, mas ela... — Faço uma pausa. — Ela é... o que ela me faz sentir... não sei explicar.

Uma lágrima grossa desliza pelo rosto dela.

— Você ama a Raquel?

Samy parece tão machucada, não quero magoá-la ainda mais.

— Você precisa descansar.

Ela concorda com a cabeça e cambaleia até a cama, deita de lado olhando para onde eu estou e levanta a mão, chamando por mim.

— Você se importa de ficar aqui comigo até eu dormir?

Hesito, mas ela parece tão derrotada que não quero mais machucá-la, então me deito ao lado dela, nossos rostos a uma distância segura. Ela apenas me olha, as lágrimas rolando para a lateral de seu rosto.

Acaricio sua bochecha.

— Me desculpa.

Sua voz é fraca.

— Te amo tanto que dói.

É a primeira vez que ela diz que me ama, mas de alguma forma suas palavras não me surpreendem, talvez eu já soubesse. Samy entende meu silêncio e me dá um sorriso triste.

— Preciso ficar longe de você por um tempo, tenho que me curar desse sentimento. Porque, como sua melhor amiga, quero ficar feliz por você ter finalmente encontrado alguém que te motiva a mudar, alguém que te faz feliz, mas esses sentimentos estúpidos estragam tudo.

— Leve o tempo que precisar. Estarei aqui quando você voltar.

Ela segura minha mão.

— Faça seu melhor, Ares. Você tem uma chance de ser feliz, não estrague tudo. Abrir o coração não torna você fraco. Não tenha medo.

— Medo? — Solto uma risada sarcástica. — Estou apavorado.

— Eu sei. — Ela aperta minha mão. — Sei que é difícil para você confiar nas pessoas, mas a Raquel é legal.

— Disso eu sei, só não consigo evitar me sentir vulnerável pra cacete. — Suspiro. — Ela tem o poder de me destruir e poderia fazer isso muito facilmente se quisesse.

— Mas não vai. — Ela fecha os olhos. — Boa noite, Ares.

Eu me inclino e beijo sua testa.

— Boa noite, Samy.

38

A PROVA

Amigos...

O que eu estava pensando quando disse aquilo?

Estou morrendo de vontade de enviar uma mensagem para Ares. Ele não tem falado muito comigo, só me mandou uma mensagem dizendo que está lidando com uma coisa importante e que em breve vai me procurar. Já se passaram vários dias desde então.

Como ele acha que vai ganhar meu coração dessa forma? Será que aconteceu alguma coisa com Samy? E se ele desistiu da nossa história e não quer mais lutar por mim? Minha mente viaja por uma infinidade de opções que beiram a insanidade. Isso mesmo, estou ficando louca. Era esse o plano dele? Me ignorar até eu dar o braço a torcer e o aceitar de novo como se estivesse tudo bem? Rá! Só nos seus sonhos, deus grego.

Solto um grunhido ao fechar o livro que tenho nas mãos e apoio o rosto na mesa. Dani suspira ao meu lado.

— Parece que o castigo está afetando mais você do que ele.

Dani vira a página do livro que está lendo.

— Ele nunca foi fácil de entender, então não sei por que está tão surpresa.

Desarrumo meu cabelo com a frustração.

— Supostamente tenho todo o controle agora, mas o silêncio está me matando.

— Talvez este seja o plano dele, não acha? Que você sinta tanta saudade que, quando o vir, pule em cima dele e esqueça de se comportar como amiga.

— Você acha?

— Shhhhh! — repreende a bibliotecária.

Nós duas sorrimos para ela. Viemos aqui para ver se conseguimos terminar de ler o livro que a professora de literatura nos indicou. Gosto de ler, mas essa professora só escolhe livros antiquados. Queria dizer que aprecio um bom clássico, mas seria mentira.

— A prova é amanhã, a gente nunca vai terminar de ler isso — reclamo com cuidado para não atrair a atenção da bibliotecária.

Dani me dá um tapinha nas costas.

— Tenha fé, já estamos na página 26.

Cubro o rosto.

— Vinte e seis de 689 páginas. A gente já era.

Não consigo me lembrar da última vez que li um dos livros obrigatórios. Como sobrevivi a essa matéria nos últimos anos sem ler? E então me lembro: Joshua, ele sim gosta de ler de tudo. Sempre nos ajudou com as tarefas de literatura, e em troca nós o ajudávamos com qualquer outra matéria que ele tivesse dificuldade.

Uma onda de tristeza me invade. Nós três vínhamos aqui juntos para ler e fazer os deveres. Por que ele teve que me trair desse jeito? Por quê? Como pôde jogar no lixo nossa amizade de uma vida inteira? O sorriso carinhoso dele e a forma como ajeitava os óculos enquanto franzia o nariz invadem minha mente.

Eu gosto muito de você, Raquel. Sou louco por você.

Consigo me lembrar perfeitamente da vulnerabilidade no rosto dele quando disse isso. Seria esse o problema? Ele deixou se levar pelos sentimentos? Não justifica, mas pelo menos explica; eu também fiz tantas burrices por causa do que sinto por Ares. Não posso negar o quanto sinto saudade de Joshua. Ele sempre fez parte da minha vida e é muito importante para mim, apesar de tudo.

Ah, os homens da minha vida não são nada normais.

Estou tão imersa em pensamentos que não noto a pessoa que está de pé diante da nossa mesa até sua mão colocar duas pilhas de folhas e dois cafés na nossa frente. Levanto o olhar para encontrar quem estava em meus pensamentos há alguns segundos.

Joshua sorri para nós.

— É o resumo do livro. Coloquei os pontos-chave que só quem leu saberia. Acho que vai dar tudo certo se vocês estudarem por ele.

Antes que eu consiga dizer qualquer coisa, ele se vira e vai embora. Dani e eu trocamos um olhar de surpresa.

Ela pega a pilha de folhas e a examina.

— Ele é louco... — Ela continua folheando. — Mas... está bem escrito, totalmente compreensível! Graças a Deus! E café... — Ela dá um beijo no copo de café. — Preciso dizer que já não o odeio tanto assim, até porq... — Dani para de falar quando olha para mim. — Ah, desculpa... Me empolguei. Não temos que aceitar a ajuda dele se isso te deixar desconfortável.

Não é isso... O sorriso dele, a vontade de ajudar... tudo pareceu muito verdadeiro.

Joshua sempre foi tão fácil de ler; diferente de Ares, que não me deixa saber de nada com suas expressões frias. Mesmo agora que eu supostamente estou no controle da situação, não sei o que Ares está pensando, o que quer ou como interpretar seu silêncio. Gostaria de conseguir ler Ares da mesma forma que consigo ler Joshua. Mas dá para entender o cenário, porque conheço Joshua a vida inteira, e Ares, há apenas alguns meses.

Tempo...

É disso que preciso para entender esse doido?

— Raquel? — Dani acena com a mão diante dos meus olhos. — Aceitamos ou não?

Hesito por um momento, mas, de qualquer forma, não faz sentido rejeitar a ajuda. Joshua não vai ficar sabendo se usarmos mesmo.

— Vamos aceitar.

Passamos o restante da tarde lendo o resumo e estudando para a prova.

Sexta-feira

— Passamos! — grita Dani ao conferir as notas no quadro de avisos.

— Ahhh! — Dou um pulo e a abraço com força enquanto giramos e continuamos pulando feito loucas.

Nos separamos, depois voltamos a gritar e a nos abraçar. Apesar de a última aula já ter acabado, ainda não fomos embora, ficamos esperando para ver se a professora lançaria as notas da prova desta manhã.

— Qual o motivo dessa agitação toda? — Carlos aparece ao nosso lado.

Nos afastamos de novo, e Dani belisca as bochechas dele.

— Sanguessuga! Passamos na prova de literatura.

— Ai! — Carlos se solta, acariciando as bochechas. — Jura? Precisamos comemorar. Faço questão.

— Pela primeira vez você disse algo inteligente — diz Dani, erguendo a mão para bater na dele, surpreendendo nós dois.

Ela deve estar de muito bom humor para aceitar o convite do Carlos.

Joshua sai de uma das salas e caminha em nossa direção. Carrega sua mochila de lado e usa um suéter com capuz, o cabelo castanho e rebelde escapando pelos cantos enquanto seus olhos cor de mel encontram os meus. Por um momento, seus passos vacilam como se não soubesse o que fazer, mas finalmente decidem seguir em frente.

Carlos abre a boca para dizer algo a ele, mas Dani pega seu braço e balança a cabeça. Joshua passa por mim olhando para baixo. Sei que deveria pelo menos agradecer, mas as palavras parecem não querer sair da minha boca. Será que conseguirei perdoá-lo algum dia?

Estou sendo hipócrita por dar tantas oportunidades a Ares e não ser capaz de dar uma segunda chance ao meu melhor amigo?

São perguntas para as quais ainda não tenho resposta.

Dani parece ler minha mente e se vira para ele.

— Ei, nerd. — Joshua para de andar e se vira ligeiramente para nós. — Valeu.

Ele apenas sorri e segue seu caminho. Porém, não consigo deixar de notar a tristeza em seus olhos, aquela aflição que está presente desde que ele tentou me explicar por que havia me traído, quando levou o resumo para a biblioteca e agora. Acabou de dar um sorriso tão falso que não é capaz de remover nem um pouquinho o desamparo em seu olhar.

Pela primeira vez, me coloco no lugar dele. Joshua não tem outros amigos. Seu grupo sempre foi ele, Dani e eu. Socializar nunca foi seu forte. Ele tem aquele estereótipo de nerd, e as pessoas acabam só se aproximando dele quando precisam tirar uma nota mais alta ou algum outro tipo de ajuda. Ele sempre viveu imerso em seu mundo de quadrinhos, livros e videogames.

Deve estar se sentindo tão sozinho agora...

Dani surge ao meu lado e aperta minha mão.

— Ele tomou as próprias decisões. — Eu a encaro. Como consegue ler minha mente tão bem? — A culpa é dele se está mal por isso. Tudo bem você se sentir mal, mas você não é obrigada a perdoá-lo, não precisa ter pressa.

Consigo sorrir e, dando uma última olhada no corredor onde ele desapareceu, tento me concentrar no fato de que passei na prova.

— Bem, acho que deveríamos ir.

Carlos sorri de orelha a orelha e me abraça de lado.

— Hora de celebrar com a dona do meu coração!

Dani o agarra pela orelha.

— Você não vai com a gente se ficar todo grudento.

— Ai! Ai! Entendido.

Saímos da escola zoando Carlos porque ele não passou na prova e ainda assim vai comemorar com a gente. Estou rindo quando cruzo a esquina para entrar no estacionamento e de repente meus olhos se deparam com aquele carro preto que conheço tão bem. Paro no meio do caminho.

Dani e Carlos dão alguns passos adiante sem mim até perceberem que parei de andar, e então param também, virando-se.

Dani me olha desconfiada.

— O que aconteceu?

Antes que meus olhos o vejam, meu pobre coração sente sua presença e começa a palpitar desesperadamente. Paro de respirar e mantenho as mãos suadas ao lado do corpo. Minha barriga está estranha. Meu Deus, eu tinha esquecido o efeito que aquele ser tem sobre mim.

E então isso acontece...

Ares sai da caminhonete, fecha a porta e apoia as costas no carro. Enfia as mãos nos bolsos da jaqueta de couro preta. Está lindo como sempre, se não mais. Ele olha para mim e o mundo ao meu redor desaparece quando aqueles olhos azuis encontram os meus.

Senti tanta saudade de você...

Quero correr até ele, pular e abraçá-lo tão forte que ele vai reclamar por não conseguir respirar. Quero segurar seu rosto e beijá-lo até ficar sem ar. Quero sentir o corpo dele pressionando o meu, com seu cheiro gostoso me envolvendo.

Mas não posso...

E isso dói.

Onde você esteve, seu idiota, para me fazer sentir tanto sua falta? Concentro-me na raiva e frustração por não ter tido notícias dele durante a semana. Procuro afastar o impulso de correr em direção a Ares e ganhar um abraço que vai me fazer girar como nos filmes, porque a realidade não é essa, e se ele não aprender agora, nunca saberá me valorizar.

Tenho que ser forte.

Recuperando o fôlego, acalmo meu coração e caminho até ele, passando ao lado de Dani e Carlos.

— Já volto.

Enquanto ando até ele, não consigo parar de pensar no que estou vestindo. Calça jeans desgastada, botas velhas e um suéter de lã cor-de-rosa não são as melhores peças do meu armário, mas como eu poderia saber que Ares apareceria aqui do nada? Pelo menos meu cabelo está em um rabo de cavalo decente. Paro na frente dele, e de perto Ares parece ainda mais bonito. Como pode ter cílios tão longos e lindos? Que inveja.

Foco, Raquel!

Cruzando os braços, levanto o rosto.

— Vossa Majestade decidiu nos honrar com sua presença — brinco.

Ares sorri e meu controle vacila. Sem aviso, ele segura minha mão e me puxa até ele. Bato contra seu peito, e seu cheiro delicado invade meu nariz fazendo com que eu me sinta segura. Ele me envolve em um abraço firme, sinto sua respiração sobre minha cabeça, e então ele se inclina para sussurrar algo em meu ouvido.

A voz suave, calma e viril como sempre:

— Também senti saudade, bruxa.

Como uma idiota, sorrio encostada na jaqueta dele e fecho os olhos.

39

O HOMEM

Eu me permito aproveitar o abraço de Ares por cinco segundos. Sei que não posso esperar que ele mude de um dia para outro, mas pelo menos deveria tentar um pouco mais. Foi lindo ouvir ele dizer que lutaria por mim e começaria do zero. Mas me ignorar por uma semana? Péssima jogada. Ele parece ter algum problema para usar o bom senso ou talvez nunca tenha tido que usá-lo com outras garotas.

Vivendo e aprendendo...

Talvez Ares nunca tenha precisado se esforçar com as mulheres. Um único olhar de seus olhos lindos, além daquele sorriso malandro tão sexy, é mais do que o suficiente para tirar a calcinha de qualquer garota. Eu sei, me incluo nessa também, mas estou tentando sair dessa lista.

Ignorando os protestos do meu coração e indo contra os hormônios burros que sei que estão cada vez mais alegres com a proximidade de Ares, dou um passo para trás, empurrando-o para longe. Quando meu olhar encontra o mar azul dos olhos dele, posso ver a confusão nadando na superfície. Isso é tão difícil.

Pigarreio.

— O que você está fazendo aqui?

Ele franze as sobrancelhas ao escutar o tom frio da minha voz.

— Vim te ver.

Sorrio.

— Bom, já me viu, tenho que ir. — Dou meia-volta e começo a caminhar em direção aos meus amigos.

Ares segura meu braço, fazendo-me girar de volta para ele.

— Ei, espera.

— O quê?

Seus olhos examinam cada detalhe do meu rosto.

— Você está brava comigo.

— Não.

— Está, sim. — Ele dá aquele sorriso torto de que tanto gosto. — Você fica linda quando está com raiva.

Paro de respirar por um segundo. O que eu deveria responder depois disso?

Seja forte, Raquel. Lembra quando você decidiu desistir de comer chocolate porque dava muita acne? Foi difícil, mas você conseguiu.

Ares é o chocolate.

Você não quer espinhas.

Mas é tão gostoso.

Espinhas doem!

Sem saber o que dizer, dou outro sorriso.

— Desculpa, bruxa, essa foi uma semana… — o sorriso desaparece — bastante complicada.

O semblante brincalhão de Ares é substituído pela tristeza que ele luta para esconder. Quero perguntar se aconteceu alguma coisa, mas tenho a sensação de que ele não vai me contar.

— Tudo bem, você não me deve explicações, afinal de contas, somos só amigos.

No momento em que as palavras saem de minha boca e vejo o impacto que têm sobre ele, me arrependo. Eu o machuquei, mas não era minha intenção, só queria fazer uma piada para aliviar a tensão. Ares umedece os lábios como se tentasse ignorar o que eu acabei de dizer.

— Bom, na verdade eu vim te buscar. Queria sair com você hoje.

— Já tenho planos, desculpa.

Ares dá uma olhada nas pessoas atrás de mim.

— Com eles?

— É, vamos comemorar porque passamos em uma prova.

Ares franze a testa.

— Mas geralmente não passam...?

Não com uma nota tão alta como a de hoje.

— Ah, não é isso, é só que... é sexta-feira. Você sabe, inventamos qualquer motivo pra comemorar.

— Você não pode dar uma desculpa para eles e vir comigo?

— Não, você tinha que ter me avisado antes.

— Raquel! — Apressado, Carlos grita meu nome.

Ares olha para ele, analisando-o da cabeça aos pés.

— Quem é ele?

— Um colega de turma. Eu realmente preciso ir. — Me agarrando ao autocontrole, dou um último sorriso e me afasto dele.

Estou prestes a alcançar meus amigos quando Ares aparece andando ao meu lado. Encaro-o com um olhar de quem não sabe o que está acontecendo.

— O que você está fazendo?

— Vou com vocês — informa ele. — Sou seu "amigo". — Mais uma vez, faz aspas com os dedos. — Então também posso fazer parte de uma comemoração entre amigos.

Estreito os olhos e abro a boca para protestar, mas Ares dá um passo à frente para cumprimentar Dani. Depois ele se apresenta a Carlos, dando-lhe um forte aperto de mão.

Dani me lança um olhar de "mas que droga...?", ao que respondo com uma expressão confusa no rosto.

— Bem, aonde vamos? — pergunta Ares sorrindo, transbordando carisma.

Dani sorri de volta.

— Pensamos em ir ao café da rua principal.

Ares faz uma expressão confusa.

— Vocês comemoram com café?

Dani arqueia a sobrancelha.

— Sim. Algum problema?

Ele levanta as mãos pacificamente.

— Não, nenhum, mas tenho bebida em casa — oferece Ares.

Rá! Tentando me levar para o seu território, deus grego? Boa tentativa.

O rosto de Carlos se ilumina.

— Sério?

Ares assente, encontrando um aliado.

— Aham, e muito boas.

Carlos olha para nós.

— Vamos?

Dani e eu nos entreolhamos, e é ela quem nos salva.

— Não, obrigada, preferimos café.

Carlos faz uma expressão contrariada.

— Mas... — Dani agarra seu braço e crava as unhas nele. — Ai! Café! É, café é melhor.

Ares age como se estivesse desapontado.

— Bom, então acho que vou ter que beber sozinho com o Apolo.

Dani o encara de repente.

— Apolo?

Ele põe a mão nos bolsos da jaqueta.

— Sim, ele deve estar tão sozinho em casa.

Dani hesita, e posso ver que agora *ela* quer ir para a casa de Ares.

Que manipulador!

Ele comprou Carlos com a bebida e Dani com Apolo. Suas jogadas são inteligentes, devo admitir. Dani não diz nada, mantém o olhar fixo no chão. Sei que ela não dirá que quer ir em voz alta, porque colocará nossa amizade em primeiro lugar, como sempre. Ela está deixando a decisão em minhas mãos, e por isso a amo tanto.

Carlos e Dani querem ir, e, se eu disser não, vou me sentir a vilã da história, e Ares sabe disso. Para manipular, ele é bem inteligente, mas para fazer as coisas darem certo comigo, não. Nesse quesito, seu cérebro deixa a desejar.

— Está bem, vamos com ele — informo, sem opção.

Minha casa fica aos fundos da casa dele, então posso só ir com eles, deixá-los à vontade e depois ir embora. Parece um plano simples, mas sempre que vou à casa de Ares, termino na cama com ele, ou no sofá. Algo dentro de mim diz que desta vez será diferente.

Veja como um desafio, Raquel.

No caminho para a casa de Ares, ligo para minha mãe e digo que vou estudar com a Dani em um café. A tensão entre nós diminuiu um pouco, mas ainda tenho que avisar a ela onde estou de vez em quando.

O carro tem o cheiro dele, e, embora eu tente ignorar o que sua proximidade provoca em mim, meu corpo não mente nem consegue controlar as próprias reações. A casa de Ares continua tão elegante quanto me lembrava. Carlos não para de falar sobre tudo o que vê, e Dani arruma o cabelo minuciosamente quando acha que alguém está olhando para ela.

Um Apolo sorridente surge do corredor e acena para nós. Ele está muito fofo com o cabelo despenteado, calça jeans, uma camisa xadrez folgada, desbotada e aberta e, por baixo dela, uma camiseta branca.

— Vocês vieram mesmo.

— Ah, baixinho — cumprimenta Carlos. — Você mora aqui?

— Ele é meu irmão — explica Ares.

A empregada deles, de cabelo ruivo, desce as escadas carregando uma cesta vazia.

— Boa noite.

Todos respondemos, de forma educada.

Ares ordena em uma voz simpática:

— Claudia, faz uns drinques e leva para a sala de jogos, por favor.

Ah, não, a sala de jogos não.

Ele está fazendo de propósito?

Eu o encaro por um segundo, e seu sorriso malicioso me diz que sim.

Dani e Apolo se cumprimentam constrangidos, e me pergunto o que aconteceu entre os dois nos últimos tempos. Preciso me atualizar. Todos nós entramos na sala de jogos, e ela continua exatamente como me lembrava — a televisão grande, os vários consoles de videogame, o sofá... O sofá onde perdi minha virgindade.

A paixão, o descontrole, as sensações. Os lábios dele nos meus, as mãos por todo meu corpo, a fricção de nossos corpos nus. Sem perceber, toco meus lábios com as pontas dos dedos. Sinto falta dele, e é uma tortura tê-lo tão perto e precisar manter distância.

— Está se lembrando de alguma coisa? — A voz dele me traz de volta à realidade, e eu abaixo minha mão o mais rápido possível para me virar de frente para Ares.

— Não.

Meus olhos procuram as outras pessoas, que estão ligando um console e arrumando tudo enquanto riem de algo que Carlos disse.

— Não precisa mentir. — Ele chega um pouco mais perto. — Eu também me lembro desse dia quando venho aqui.

— Não sei do que você está falando. — Me faço de idiota e me afasto para passar por ele e ir até meus amigos.

— Toda vez que me sento nesse sofá, lembro de você, nua, virgem, molhada pra mim.

Engulo em seco, desviando dele.

— Para de dizer essas coisas.

— Por quê? Você tem medo de ficar molhada e me deixar te comer de novo?

Não respondo nada e me afasto de Ares. De repente, ficou muito quente aqui.

Nossa Senhora dos Músculos, por que você torna as coisas tão difíceis para mim?

— Ei, está tudo bem, princesa? — pergunta Carlos quando me aproximo do grupo. — Você está toda vermelha.

— Princesa? — questiona Ares, vindo até nós.

Carlos sorri como um bobo.

— Sim, ela é minha princesa, a dona deste humilde coração.

E assim surge o minuto de silêncio mais constrangedor do dia. Ares cruza os braços, fuzilando Carlos com o olhar. Dani e eu nos entreolhamos sem saber o que fazer. Carlos continua a sorrir de forma inocente.

Apolo nota a tensão.

— Ah, Carlos, você é sempre tão engraçado.

— Vamos jogar. — Dani muda de assunto.

Surpreendentemente, Ares segue o fluxo.

— Certo. O que vocês acham de a primeira partida ser entre mim e Carlos?

Carlos aponta para Ares e depois para si mesmo.

— Você e eu?

— Sim, mas uma competição sem prêmio não tem graça.

Carlos se anima.

— Está bem. Qual é o prêmio?

Ares olha para mim, e eu espero o pior.

— Se você ganhar, pode levar três jogos originais da minha coleção.

O rosto de Carlos se ilumina.

— E se eu perder?

— Se perder, vai começar a chamar a Raquel pelo nome. Nada de princesa ou qualquer outro apelido.

Seu tom de voz me lembra de como esse garoto pode ser frio. Carlos ri alto, impressionando todos nós. Ninguém fala nada, e acho que ninguém se mexe. Abro a boca para dizer que ele não tem direito de interferir na minha vida e em como os outros me chamam, mas Carlos é mais rápido.

— Não.

— Como é?

— Se vai ser assim, então não quero jogar.

Ares abaixa as mãos.

— Está com medo de perder?

— Sim, e posso até não ser correspondido, mas pelo menos tenho coragem de gritar para todo mundo e não fico manipulando e criando joguinhos bestas para conseguir o que eu quero.

Ah!

Os nós dos dedos de Ares ficam brancos, tamanha a força com que ele cerra os punhos.

Carlos sorri para ele.

— Homens lutam abertamente por tudo o que querem, crianças fazem desse jeito — diz ele, apontando para Ares.

Dá para ver que Ares está se segurando muito. Sem dizer nada, dá a volta e sai da sala de jogos batendo a porta. Solto um suspiro de alívio. Carlos sorri para mim, como sempre.

Dani se senta no sofá ao nosso lado.

— Você é doido! Achei que fosse ter um ataque cardíaco.

Apolo está com uma expressão que não consigo entender. Seria nervoso?

Pela primeira vez, não consigo ler seu rosto meigo.

— Você teve sorte, não deveria ter provocado ele assim.

Carlos se levanta.

— Não tenho medo do seu irmão.

Apolo sorri, mas não de uma forma doce, é o tipo de sorriso atrevido que os Hidalgo dão quando não gostam de algo.

— Você fala muito de maturidade, mas acabou de provocar alguém sabendo dos sentimentos fortes dele só para sair por cima. Quem está fazendo joguinhos bestas agora? Já volto.

Ele passa pela mesma porta pela qual seu irmão foi embora. Independentemente de quem esteja com a razão, Apolo sempre vai ficar ao lado de Ares. Apesar de qualquer coisa, continuam sendo irmãos.

Os enigmáticos irmãos Hidalgo.

40

O SENTIMENTO

RAQUEL

Chuva...

Chuva sempre me deixa melancólica. Meu quarto está meio escuro, apenas uma pequena luminária acesa, deixando o ambiente num tom amarelado. Estou deitada na cama, fitando a janela e vendo as gotas caírem, e Rocky está ao meu lado, no chão, com o focinho apoiado nas patas.

Desde que cheguei da casa de Ares, não saí da cama. Algumas horas já se passaram e a noite caiu. Uma parte de mim se sente culpada, não sei por quê. Fizemos a coisa certa ao ir embora, já que nos deixaram sozinhos. Além do mais, não queríamos que acontecesse outra discussão entre Carlos e Ares.

Estou pensando demais.

A chuva fica cada vez mais forte, então me levanto para fechar a janela. A última coisa que quero é que meu quarto fique todo molhado. Sempre que me aproximo dessas cortinas, me lembro das vezes em que interagi com Ares daqui.

Quando, por fim, chego até a janela, meu coração para.

Ares está naquela cadeira onde o vi pela primeira vez, as mãos segurando a parte de trás da cabeça, os olhos fixos no chão.

Pisco para me certificar de que não é coisa da minha imaginação. Ares está ali, sentado, a chuva caindo sobre ele. Está encharcado, a camiseta branca colada ao corpo. O que ele está fazendo? Estamos no outono, pelo amor de Deus, ele pode pegar um resfriado.

Pigarreio.

— O que você está fazendo aí?

Tenho que levantar a voz, porque o barulho da chuva a abafa. Ares levanta a cabeça para olhar para mim. A tristeza em seus olhos me deixa sem fôlego por um segundo, mas um sorriso gentil surge em seus lábios.

— Bruxa.

Engulo em seco. Toda vez que me chama assim, me destrói.

— O que está fazendo? Vai ficar doente.

— Está preocupada comigo?

Por que parece estar tão surpreso com isso?

— É óbvio. — Nem penso direito antes de responder.

De alguma forma, acho uma ofensa Ares não ter certeza de que eu me importo.

Ele não diz nada, apenas desvia o olhar. Vai ficar parado ali?

— Quer subir?

Independentemente da nossa situação atual, não posso deixá-lo debaixo de chuva parecendo tão triste. Sei que há algo errado com ele.

— Não quero incomodar — responde Ares.

— Você não vai me incomodar. Só seja legal enquanto estiver aqui e vai dar tudo certo.

— Ser legal? Do que você está falando?

— Nada de tentar me seduzir.

— Está bem. — Ele levanta a mão. — Palavra de deus grego.

Ares sobe, e, assim que põe os pés no meu quarto, me dou conta de que talvez não tenha sido uma boa ideia chamá-lo para vir, primeiro porque ele está sexy demais com essas roupas encharcadas, e segundo porque está molhando todo o meu carpete.

— Você tem que tirar essas roupas.

Ele me olha surpreso.

— Achei que não era para eu te seduzir.

Desvio o olhar.

— Você está ensopado. Nem pense em tentar nada e tire a roupa no banheiro. Vou ver se consigo encontrar algo que caiba em você.

Obviamente, não encontro nada que sirva em Ares, só um roupão de banho que minha mãe ganhou há muito tempo e nunca usou. Fico na frente da porta do banheiro.

— Só encontrei um roupão.

Ares abre a porta, e eu espero que ele esteja se escondendo atrás dela ou algo do tipo, mas não, ele sai de boxer como se fosse a coisa mais normal do mundo. Deus do céu, como ele é gostoso.

Minhas bochechas ficam vermelhas e eu olho para o outro lado, estendendo a mão com o roupão para que ele o pegue.

— Você está corada?

— Não — respondo, numa tentativa de parecer casual.

— Está, sim, mas não sei por que se já me viu pelado.

Não me lembre disso!

— Já volto.

Ele segura minha mão, o desespero evidente em sua voz.

— Aonde você vai?

— Estou fervendo leite para fazer um chocolate quente.

Relutante, ele me solta.

Quando volto, ele está sentado no chão encostado na cama, brincando com Rocky. Nem mesmo meu cachorro conseguiu resistir a ele. Ele fica fofo com esse roupão de banho branco. Entrego a caneca de chocolate quente e me sento ao seu lado; Rocky vem lamber meu braço.

Ficamos em silêncio tomando o chocolate, observando a chuva bater no vidro da janela. Embora a distância de nossos corpos seja o suficiente para que Rocky passe entre nós, ainda sinto aquele nervosismo de quando ele está por perto.

Ouso olhar para Ares, e seus olhos estão ausentes, perdidos, encarando a janela.

— Está tudo bem?

Ele baixa o olhar para a caneca de chocolate quente em suas mãos.

— Não sei.

— O que aconteceu?

— Algumas coisas. — Ele passa o dedo pela borda da caneca. — Relaxa, vou ficar bem.

Suspiro.

— Você sabe que pode confiar em mim, né?

Ele olha para mim e sorri.

— Sei.

Não quero pressioná-lo; sei que quando ele se sentir pronto vai me contar o que está acontecendo. Aqui, admirando a chuva e com uma xícara de chocolate, ficamos em silêncio, simplesmente apreciando a companhia um do outro.

ARES HIDALGO

É bom estar aqui.

Nunca pensei que ficar em silêncio com alguém pudesse ser tão reconfortante, especialmente com uma garota. As únicas coisas que havia compartilhado com garotas até agora tinham sido silêncios desconfortáveis, olhares estranhos e muitas desculpas para afastá-las. Mas, com Raquel, até o silêncio é diferente. Tudo com ela tem sido diferente pra cacete.

Desde a primeira vez que nos falamos, Raquel foi imprevisível; foi a primeira coisa que me chamou atenção. Quando esperava uma reação dela, ela fazia o exato oposto, e isso me intrigava. Gostava de provocá-la, fazê-la corar e ver aquele vinco na testa dela quando ficava brava. No entanto, nunca planejei sentir algo a mais.

É só diversão.

Repeti isso para mim mesmo milhares de vezes quando me pegava sorrindo como um idiota pensando nela.

Só estou sorrindo assim porque é divertido, nada de mais.

Foi tão fácil eu me enganar, embora não tenha durado muito. Soube que alguma coisa tinha mudado quando comecei a rejeitar outras garotas por não sentir nada por elas.

Era como se a Raquel tivesse dominado todos os meus pensamentos, e isso me apavorava. Sempre tive o poder, o controle sobre a minha vida, sobre o que quero, sobre outras pessoas. Não podia abrir mão desse poder e deixá-lo nas mãos dela.

Nessa batalha interna, machuquei-a diversas vezes. Sei que cada golpe e cada palavra foram muito dolorosos para ela. Queria acreditar que ela desistiria e que minha vida voltaria ao normal, mas, no fundo, rezava para que não se rendesse e esperasse um pouco mais até que eu arrumasse minha bagunça.

Ela esperou, mas também se cansou.

Ela quer que comecemos do zero? Quer que eu lute por ela? Por que não?

Se alguém merece meu esforço, essa pessoa é ela.

É o mínimo que posso fazer depois de todo o sofrimento que lhe causei, e estou grato por ela pelo menos estar me dando esta chance de fazer por merecer. Agradeço também por ter me convidado para subir, estava precisando da tranquilidade e da paz que ela me traz.

Termino meu chocolate e coloco a xícara de lado, então estico as pernas e deixo as mãos ao lado do corpo. Atrevo-me a olhar para ela, que ainda está assoprando o que restou de seu chocolate. Acho que para ela parece mais quente do que para mim, eu estava com muito frio quando o tomei.

Aproveitando sua distração, observo-a com calma. O pijama é do tipo que vai da cabeça aos pés, com um zíper no meio e um capuz com orelhinhas para cobrir a cabeça. O cabelo dela está em um coque bagunçado, como se ela tivesse se virado na cama várias vezes. Não conseguiu dormir?

Sem conseguir me controlar, meus olhos fitam seu rosto e param em seus lábios, que se separam quando ela assopra o chocolate outra vez.

Quero beijá-la.

Quero senti-la contra mim.

Sinto que já passou uma eternidade desde a última vez que provei seus lábios, mas só faz uma semana.

Percebendo que está sendo observada, Raquel se volta para mim.

— Que foi?

Estou com tanta vontade de pegar seu rosto em minhas mãos e te beijar, sentir seu corpo colado ao meu.

Balanço a cabeça de leve.

— Nada.

Ela desvia o olhar, o vermelho invadindo suas bochechas. Amo o efeito que causo nela, porque ela causa o mesmo em mim, mas ainda mais. Cerro os punhos; não posso tocá-la, ela me deixou entrar aqui, não posso afastá-la de mim agora.

Suspiro, ouvindo as gotas de chuva batendo na janela. Sinto que estou muito melhor agora. Só de tê-la ao meu lado faz com que me senta melhor.

Estou tão ferrado.

Sinto sua mão sobre a minha no carpete, o calor de sua pele me preenche e me conforta. Não me atrevo a olhar para ela porque sei que, se o fizer, poderei perder o controle e implorar por seus beijos.

Com os olhos fixos na vidraça molhada, digo:

— Meu avô está internado.

Por um instante, ela permanece em silêncio.

— Ah, o que aconteceu?

— Ele teve um AVC e desmaiou no banho. — Meus olhos seguem uma gota que desce devagar pela janela. — Os enfermeiros da casa de repouso demoraram duas horas para encontrá-lo inconsciente, então a gente não sabe se ele vai acordar ou se vai ter sequelas graves.

Ela aperta minha mão.

— Sinto muito, Ares.

— Duas horas... — murmuro. Um nó se forma em minha garganta, mas o engulo. — A gente nunca devia ter deixado meu avô ser levado para aquele asilo, tem dinheiro de sobra para pagar uma enfermeira para cuidar dele em casa. Ele estava bem em casa, e a enfermeira sempre checava tudo, estava de olho nele. Tenho certeza de que, se ele estivesse em casa, essa merda não teria acontecido.

— Ares...

— Devíamos ter lutado contra essa decisão, fomos uns covardes. Meus tios queriam que ele fosse para o asilo, tenho certeza de que torceram muito para que ele morresse, para poderem reivindicar a herança. Meus tios, meus primos... — Faço um gesto de desgosto. — Eles me dão nojo. Você não faz ideia do que o dinheiro pode fazer com as pessoas. Meu pai foi o único que decidiu não viver do dinheiro do meu avô, ele só pegou um pouco emprestado para começar seu negócio e, depois que deu tudo certo, pagou de volta. Acho que é por isso que meu avô sempre foi mais próximo de nós; de alguma forma, ele admira meu pai.

Raquel acaricia minha mão de uma forma tranquilizadora enquanto eu continuo contando.

— Meu avô sempre amou tanto a gente, e ainda assim a gente deixou que o levassem para um lugar desses. E agora ele está... — Respiro profundamente. — Me sinto tão culpado.

Olho para baixo. Raquel se ajeita e senta no meu colo. O calor do corpo dela acaricia o meu, e as mãos seguram meu rosto, forçando-me a olhar para ela.

— A culpa não é sua, Ares. Não foi sua decisão, você não pode se responsabilizar pelas ações de outras pessoas.

— Devia ter lutado um pouco mais, sei lá, ter feito alguma coisa.

— Garanto que, se você tivesse encontrado outra solução, teria feito alguma coisa. Você não vai chegar a lugar nenhum se torturando desse jeito, agora só nos resta esperar e ter fé de que tudo vai dar certo, de que ele vai ficar bem.

Fito os olhos dela.

— Como você tem tanta certeza?

Ela me dá um sorriso sincero.

— Eu só sei. Você já passou por muita coisa, acho que preciso de um descanso. Seu avô vai ficar bem.

Incapaz de me conter, puxo seu corpo e a abraço, enterrando meu rosto no pescoço dela. Seu cheiro invade meu nariz, acalmando-me. Quero ficar desse jeito, com ela junto comigo. Raquel me deixa abraçá-la e acaricia minha nuca.

É libertador dizer a alguém o que sente, tirar um pouco o peso dos ombros, como se estivesse compartilhando a dor. Inalo seu cheiro numa respiração profunda e enterro o rosto ainda mais no pescoço dela.

Não sei quanto tempo ficamos assim, e agradeço por ela não ter se afastado, por ter me deixado ficar com ela grudada em meu corpo.

Quando ela finalmente se afasta de mim, quero protestar, mas não o faço. Meus dedos percorrem seu rosto com delicadeza.

— Você é tão linda — digo a ela e a observo corar.

As costas de sua mão acariciam minha bochecha.

— Você também é lindo.

Uma sensação gostosa preenche meu peito.

Então isso é ser feliz. Este momento é perfeito: a chuva batendo na janela, ela sentada no meu colo, suas mãos em meu rosto, nossos olhos numa conexão tão profunda que palavras não conseguiriam descrever.

Nunca pensei que viveria algo assim. Acreditava que o amor era uma desculpa para deixar outra pessoa te machucar, que deixar uma garota entrar no meu coração me tornaria fraco. Agora estou aqui, deixando-a entrar, e o medo diminuiu, ofuscado por esse sentimento acolhedor e maravilhoso.

Lambo meus lábios e observo cada detalhe do rosto dela, quero memorizá-lo. O som da chuva se mistura com sua respiração suave, e meus batimentos ecoam em meus ouvidos.

Abro a boca e digo antes mesmo de terminar de pensar:

— Eu te amo.

Os olhos dela se arregalam, a mão para em meu rosto. Sei que ela não estava esperando, porque nem eu estava, as palavras saíram da minha boca antes que pudesse contê-las. Fica um silêncio, e ela abaixa a mão para apoiá-la sobre o peito, hesitando, a indecisão evidente em seu rosto.

— Tudo bem, não precisa responder nada — asseguro-lhe, fingindo um sorriso. — A última coisa que quero é te pressionar.

— Ares... Eu...

Seguro seu rosto e me inclino em sua direção; dou um beijo em sua bochecha e, depois, sigo em direção ao seu ouvido.

— Eu disse que está tudo bem, bruxa. — Minha respiração em sua pele a faz estremecer, e eu gosto disso.

Quando me afasto, ela ainda parece indecisa, movendo-se em cima de mim. Dou meu melhor sorriso, apertando seus quadris.

— Não se mexe muito, tem um limite que eu consigo suportar.

O sangue corre para o rosto dela, e ela abaixa o olhar.

— Pervertido.

— Maravilhosa.

Ela olha para mim de novo, vermelha feito um tomate, e se levanta. Minhas coxas ficam frias sem sua proximidade. Caramba, o que há de errado comigo? É como se eu estivesse implorando desesperadamente por sua atenção, por seu amor. Quem diria? Eu, implorando por uma garota, dizendo a ela que a amo e sem receber uma resposta.

Bufo, sorrindo, tirando sarro de mim mesmo.

Lembro-me das palavras de Raquel aquela noite no bar de Ártemis depois de me excitar e ir embora: *O carma é uma merda, deus grego.* Ah, e como. Raquel recolhe as canecas do chão e as põe sobre a mesa do computador para então se virar e me lançar um olhar desconfiado.

— Está rindo de quê?

— De mim mesmo — respondo, sincero, e me levanto.

— Já está tarde — sussurra, cruzando os braços. Sinto que ela está na defensiva, cuidadosa, e não posso culpá-la. Ela tem medo de que eu a machuque de novo.

— Quer que eu vá embora? — O medo na minha voz me surpreende. Ela só me olha sem dizer nada, e eu pigarreio. — Está bem. — Ando em direção à janela e vejo que a chuva parou, mas ainda está garoando.

— Ares... Espera.

Viro para ela de novo. Raquel está apoiada na mesa do computador, os braços ainda cruzados.

— Hum?

— Pode... ficar. — A voz dela é suave. — Mas nada de...

— Sexo. — Termino a frase por ela.

Raquel abre a boca para dizer algo, mas a fecha e apenas assente.

Não consigo evitar o alívio que percorre meu corpo. Não quero ir embora, a companhia dela é tudo de que eu preciso. Eu sei que estar com ela na mesma cama vai ser uma tentação difícil de suportar, mas farei o esforço.

O cachorro dela se estende na frente da janela enquanto Raquel arruma a cama, joga as almofadas de lado e abre espaço para nós dois. Ela se deita, rastejando sob as cobertas, e eu a imito, deitando de lado para olhar para ela. A cama tem seu cheiro e é muito reconfortante. Ela está deitada de costas, o olhar grudado no teto.

Estamos perto o suficiente para que eu possa sentir seu calor, e minha mente viaja para a noite em que a toquei nesta mesma cama e ela quase foi minha.

Não pensa nisso agora, Ares.

Mas como não vou pensar? Eu a desejo tanto que aperto as mãos para me impedir de tentar alcançá-la. Rolo até ficar de costas, preciso parar de olhar para ela.

Fecho os olhos e me surpreendo quando sinto Raquel se arrastar para perto de mim. Ela passa os braços pela minha cintura e descansa a cabeça no meu ombro, abraçando-me de lado. Meu coração acelera, e estou com vergonha que ela pode escutá-lo.

É disso que eu preciso.

— Vai ficar tudo bem — sussurra ela, e dá um beijo na minha bochecha. — Boa noite, deus grego.

Sorrio como um idiota.

— Boa noite, bruxa.

41

UM NOVO DESPERTAR

Uma sensação de conforto e plenitude me preenche quando abro os olhos e vejo Ares dormindo ao meu lado. Algo tão simples como ele ser a primeira pessoa que vejo ao acordar consegue causar tantas emoções em mim que me faz suspirar e sorrir como uma idiota. Ele está deitado de costas, o rosto levemente voltado para mim. Seu cabelo preto está bagunçado, os longos cílios acariciam as maçãs do rosto. Ele é tão lindo, mas sinto que não enxergo mais só sua aparência, vi o garoto por trás desse físico tão perfeito. O garoto que não sabe controlar suas emoções, que tenta não demostrar fraqueza para ninguém, que se mostra brincalhão quando não tem certeza do que fazer e frio quando se sente propenso a se machucar.

Qualquer um que conhecesse Ares diria que ele é um cara perfeito. Quando na verdade, para mim, ele tem sido como uma cebola.

Eu sei, é uma escolha de palavras estranha, mas muito apropriada. Ares tem várias camadas, assim como uma cebola, e eu, com tempo e paciência, fui tirando-as até chegar ao garoto doce que ontem à noite disse que me amava.

Não consegui dizer que o amava também. Por quê? Esta luta interminável para chegar ao coração de Ares me causou muito sofrimento. A cada camada que descascava, perdia um pedaço de mim, das minhas crenças, do meu amor-próprio. Ainda tenho feridas que não cicatrizaram. Uma parte de mim permanece muito chateada, não com Ares, mas comigo mesma por tudo que me permiti perder para ele.

Ele não deveria estar aqui; eu deveria tê-lo mandado à merda há muito tempo. Porém, não consigo controlar meu coração, não consigo mentir e dizer que não sinto nada por ele, que não sinto um frio na barriga e paro de respirar quando ele me olha com aqueles olhos incríveis. Não posso dizer que não me sinto completa e feliz acordando ao seu lado.

O amor é estúpido.

A tatuagem de dragão fica linda em sua pele lisa. Inquieta, levanto a mão e traço o desenho com o dedo. Meus olhos descem para seu braço, e não consigo evitar observar seu abdômen. Em algum momento da noite, Ares tirou o roupão e ficou apenas de boxer, e, para ser sincera, não estou reclamando. O cobertor o cobre apenas da cintura para baixo, e me sinto como uma pervertida lambendo os lábios.

Meus hormônios estão à flor da pele. Não fosse pelo fato de Ares ter parecido muito triste na noite anterior, eu não o teria deixado passar a noite, porque é tentação demais para meu pobre ser. Fico olhando para os lábios dele e me lembrando daquela noite em que me fez sexo oral em sua cama, como apertei o lençol, como gemi, qual foi a sensação.

Chega, Raquel! Você vai acabar atacando o garoto.

1... 2... 3.

Vamos, autocontrole, preciso que você recarregue.

Fazendo muito esforço para conter meus hormônios, tiro minha mão de seu corpo e suspiro. Isso vai ser mais difícil do que eu pensava. Ares é provocante demais para o meu gosto, mesmo dormindo, sem precisar fazer nada. Acomodo-me e descanso a cabeça sobre a mão para observá-lo como a obcecada que sou.

E então ele abre os olhos, surpreendendo-me. Meu Deus, que olhos grandes. A luz do dia se reflete neles, e, com ele tão próximo, consigo ver o quão profundo e bonito é o azul de seus olhos.

Fico parada, esperando sua reação. No quesito acordar juntos, Ares não tem sido o melhor, fugiu nas duas vezes em que isso aconteceu. É a primeira vez que acordamos assim, literalmente um de frente para o outro. Por esse motivo, eu me preparo para o pior.

Minha mãe costuma dizer que os pessimistas vivem melhor porque estão sempre preparados para o pior, e, quando o pior passa, a felicidade vem em dobro. Nunca concordei com ela, mas hoje posso dizer que vejo algum sentido nisso. Estou tão preparada para ver Ares se levantando e dando desculpas para ir embora que, quando ele não o faz, meu coração acelera.

E então o idiota do deus grego faz o que eu menos espero.

Ele sorri.

Como se não fosse lindo o suficiente apenas se levantando com o cabelo desgrenhado, parecendo vulnerável, o tonto me oferece um sorriso tão genuíno que sinto que vai me dar algo.

Felicidade em dobro.

— Bom dia, bruxa — sussurra ele, espreguiçando-se.

Fico olhando como uma tonta enquanto os músculos de seus braços se contraem.

Nossa Senhora dos Músculos, criadora deste ser, tenha piedade de mim.

Ares tira a coberta e se levanta. Ele está apenas de boxer, então consigo ver muito mais do que deveria.

Ele se volta para mim, despenteando o cabelo.

— Posso usar seu banheiro?

Pode me usar, gato.

Raquel, se controla!

Apenas assinto enquanto meus olhos inquietos descem até sua cueca e percebo que ele está duro.

— Meu Deus. — Eu coro, desviando olhar.

Ares dá uma risada.

— É só a ereção matinal, relaxa.

Engulo em seco.

— Tudo bem.

— Por que você está vermelha?

— É sério que você está me perguntando isso? — Olho para ele, mas fixo meu olhar em seu rosto.

Ele dá de ombros.

— É, você já viu ele antes, já sentiu dentro de você.

Fico sem saliva de tanto engolir.

— Ares, nem vem com essa.

Ele dá um sorriso torto.

— Por quê? Você fica excitada quando falo assim?

Fico.

— Óbvio que não, é só… inapropriado.

Os dedos dele brincam com o elástico da sua boxer na cintura.

— Inapropriado? — Ele lambe o lábio inferior. — Inapropriado é o que eu quero fazer com você. Que saudade de te ouvir gemendo meu nome.

— Ares!

Ele levanta as mãos em sinal de paz.

— Está bem, vou ao banheiro.

Quando ele entra no banheiro e fecha a porta, finalmente respiro. Depois de usar o do corredor e tentar arrumar o desastre em que meu cabelo se transformou durante a noite, volto para o quarto com a roupa seca de Ares nas mãos e o encontro sentado na cama. Entrego-a para ele e tento não olhar enquanto ele se veste, mas quando ele puxa a calça, vejo aquela bunda e mordo o lábio.

— Gosto de te deixar sem graça, você fica tão fofa com o rosto vermelho.

Eu coro ainda mais.

— Ainda me surpreende o quão instável você pode ser.

— Instável? De novo com isso?

— Sim.

— E eu posso saber o que fiz hoje pra você me chamar assim?

Listo com os dedos.

— Ontem à noite: romântico. De manhã: safado e zoeiro. Agora: fofo.

Ele ri e se senta na cama para calçar os sapatos.

— Entendi seu ponto, mas a culpa é sua, você me faz sentir muitas coisas. Então, eu reajo de forma diferente a cada vez. Você me deixa instável.

Levanto uma sobrancelha, apontando para mim mesma.

— Como sempre, você vira o jogo.

Ele termina de ajeitar os sapatos e se levanta.

— Vai fazer alguma coisa hoje?

— Deixa eu ver na minha agenda.

— Ah, lógico.

— Eu realmente sou uma pessoa muito ocupada.

Ele caminha em minha direção, e eu dou um passo para trás.

— Ah, é?

— Aham. — Ele passa o braço por minhas costas e me puxa. Seu cheiro me envolve. — Não vou aceitar um não como resposta. Se disser que não, vou te seduzir bem aqui e vamos acabar ali. — Ele aponta para a cama.

— Que convencido. Você está muito confiante nas suas habilidades de sedução.

— Não estou, só sei bem que você me quer tanto quanto eu te quero.

Umedeço os lábios.

— Tanto faz, agora me solta, não tenho planos.

Ele dá um sorriso vitorioso e me solta.

— Venho te buscar à noite. — Ele me dá um beijo na testa e se vira.

Solto um longo suspiro enquanto o observo sair pela minha janela.

Um encontro...

Jantar romântico, cinema e um beijo de despedida?

É o que geralmente acontece, e acho que é normal esperar isso de um primeiro encontro. É assim que a televisão sempre mostra e o que Dani, minha primeira fonte de informações sobre o assunto, me contou.

Então, fico surpresa quando Ares para o carro no estacionamento do hospital. Vejo ele tirar o cinto e faço o mesmo.

Hospital?

Meu primeiro encontro será num hospital. Que romântico, deus grego.

Fico parada observando Ares hesitar. Ele está vestindo uma camisa preta que combina bastante com seu cabelo escuro bagunçado. Amo como ele fica bem de preto, branco, todas as cores, na verdade. Sempre parece tão bonito sem fazer o menor esforço. Ares lambe os lábios antes de fixar os olhos azuis em mim.

— Eu... tinha uma reserva em um bom restaurante, ingressos para o cinema e uma sorveteria maravilhosa em mente.

Encontro clássico, é?

Não respondo, e ele continua.

— Quando saí de casa, recebi uma ligação: meu avô acordou. Não queria deixar você esperando ou cancelar o encontro, não queria estragar tudo de novo, então te trouxe comigo. Eu sei que não é perfeito e é zero romântico, mas...

Coloco meu dedo sobre seus lábios.

— Cala a boca. — Dou um sorriso sincero. — Nada nunca foi convencional entre a gente, então isso aqui é perfeito.

O olhar dele suaviza, carregado de emoções.

— Tem certeza?

— Absoluta.

Eu não estava mentindo, foi realmente perfeito para nós. Sendo sincera, o encontro clássico não era o que eu esperava com ele, esperava mais... queria mais dele. E isso é mais. Ares está me deixando entrar em sua vida, está me mostrando suas fraquezas, e o fato de ele me querer com ele neste momento tão delicado é muito importante e significa demais para mim.

Porque eu sei que não é fácil para ele demonstrar o que sente, principalmente se for seu lado vulnerável.

Abaixo minha mão e abro a porta do carro. A caminhada até o hospital é silenciosa, mas não é incômoda, e consigo sentir o medo e a expectativa de Ares. Ele coloca as mãos nos bolsos da calça, tira, mexe no cabelo e depois coloca as mãos de novo nos bolsos.

Está ansioso.

Não consigo imaginar o que ele deve estar sentindo. Quando tira as mãos outra vez, seguro uma, e ele olha para mim.

— Vai ficar tudo bem.

De mãos dadas, entramos no mundo branco do hospital. A iluminação é tão forte que dá para ver cada detalhe das paredes e do chão. Enfermeiras e médicos de jaleco passam de um lado para outro. Uns carregam cafés, e outros, pranchetas. Embora minha mãe seja enfermeira, nunca visitei muito o hospital, porque ela não gostava de me expor a um lugar como este, pelo menos foi o que sempre me disse. Olho para minha mão entrelaçada à de Ares e um calor preenche meu corpo.

Tudo com ele, até as coisas mais simples, é muito bom. Depois de falar seu nome para um moço que controla o elevador, subimos.

O quarto andar é silencioso, isolado, e só vejo enfermeiras antes de seguir em um longo corredor, onde a iluminação não é tão forte nem tão fraca. Acho engraçado como a parte da terapia intensiva não tem a luz vibrante do andar de baixo, como se a iluminação fosse adaptada ao lugar. Tenho certeza de que este andar do hospital já testemunhou muitas coisas tristes, despedidas, dores.

Há três pessoas ao final do corredor e, à medida que nos aproximamos, as reconheço: Ártemis, Apolo e o sr. Juan Hidalgo, pai de Ares. Sou tomada pelo nervosismo, isso é algo muito pessoal... E se eu incomodar?

O sr. Juan está encostado na parede, com os braços cruzados sobre o peito e a cabeça baixa.

Ártemis está sentado em uma cadeira de metal, recostado nela meio inclinado, a gravata do terno desfeita, os primeiros botões da camisa desabotoados. Reparo que ele está com um curativo em volta dos nós dos dedos da mão direita.

Apolo está sentado no chão, os cotovelos apoiados nos joelhos enquanto sustenta a cabeça com as mãos. Ele está com um roxo recente na bochecha esquerda. Se envolveu numa briga?

Quando escutam nossos passos, seus olhares se voltam para nós. Engulo em seco ao observar seus olhos questionando minha presença, mas quando notam nossas mãos entrelaçadas, algo muda, e eles parecem se tranquilizar.

Solto a mão de Ares e ele corre até seu pai.

— Como ele está?

O sr. Juan suspira.

— Acordado. O neurologista está avaliando, conversando com ele, sabe como é, um check-up antes de fazer outros exames.

— A gente vai poder ver ele hoje? — Ares não tenta esconder a preocupação e a incerteza em sua voz; só quer saber o quanto o AVC afetou seu avô.

— Acho que sim — responde seu pai, relaxando os ombros.

Fico parada mais distante sem saber o que dizer ou fazer. Ares se vira em minha direção, os olhos de seu pai seguem seu movimento e vão para mim.

— Pai, essa é a Raquel, minha namorada.

Namorada...

A palavra sai de seus lábios naturalmente, e percebo que ele se lembra de que estamos começando como amigos, mas, antes que ele possa se corrigir, sorrio para o sr. Juan.

— Prazer em conhecê-lo, senhor. Espero que o avô Hidalgo se recupere logo.

Ele apenas me devolve o sorriso.

— Prazer. Você é a filha da Rosa, não é?

— Sim, senhor.

— Senhor? Assim eu pareço um velho. — Apesar de sorrir, a alegria não chega a seus olhos. — Pode me chamar de Juan.

— Está bem. — Dá para ver que ele é um senhor muito agradável, o que me deixa confusa. Esperava um velho amargurado e arrogante, mas acho que supus isso pelo que Ares me contou sobre ele ontem à noite.

Meu pai foi o único que decidiu não viver do dinheiro do meu avô, ele só pegou um pouco emprestado para começar seu negócio, e, depois que deu tudo certo, pagou de volta. Acho que é por isso que meu avô sempre foi mais próximo de nós; de alguma forma, ele admira meu pai.

Juan lutou e trabalhou muito para chegar onde está, e acho que essa história diz muito sobre ele. Eu me pergunto o que aconteceu entre quatro paredes para que a mãe de Ares fosse infiel e descuidada o suficiente para deixar Ares, uma criança, testemunhar tudo.

Sempre achei que os homens fossem os babacas com as famílias. Eu sei, é uma generalização horrível, mas agora percebo que não é bem assim, que cometer erros desse tipo independem de gênero.

Aceno para Ártemis e Apolo, que estão sorrindo para mim. Ártemis não parece ser do tipo que sai brigando por aí, sempre tão magnificente, maduro e frio. Ou talvez eu esteja tirando conclusões precipitadas e ele na verdade não seja nada disso.

Um médico alto e grisalho sai da sala ajustando os óculos. Dou um passo para trás e deixo Apolo e Ártemis ficarem ao lado de Ares para ouvir o que ele tem a dizer.

— Tenho boas notícias. — Os suspiros ecoam no corredor.

O médico explica um montão de coisas que não entendo bem, mas o pouco que consigo decifrar é que, aparentemente, mesmo que ainda tenha alguns exames por fazer, as sequelas do AVC são mínimas e o avô vai ficar bem. O médico avisa que eles já podem ir visitá-lo e se retira.

Fico observando como os três homens na minha frente hesitam. Querem se abraçar, mas a forma como foram criados fez com que acreditassem que não podem, e isso me parece tão triste. Por que é tão difícil entenderem que não tem problema se abraçarem quando querem chorar de alegria porque seu avô está bem?

As emoções passam por seus rostos de forma evidente: alegria, alívio, culpa.

Decidida, pego o braço de Ares e o viro para mim, e antes que ele possa dizer qualquer coisa, dou-lhe um abraço forte. Consigo ver por cima do ombro dele como Apolo abraça seu pai e um Ártemis hesitante se junta a eles.

Quando nos afastamos, os três se preparam para entrar, e dou a Ares uma palavra final de apoio antes de vê-lo desaparecer atrás da porta. É compreensível eu não entrar lá, não acho que o avô deles queira ver uma desconhecida depois de acordar de um susto desse nível.

Eu me sento na cadeira de metal onde Ártemis estava pouco antes.

Enquanto estou absorta em pensamentos, passos começam a ecoar no chão. Quando olho para cima, vejo uma garota caminhar até mim, e levo alguns segundos para reconhecê-la sem o uniforme: Claudia.

Ela me cumprimenta e conversamos um pouco. Pergunto algumas coisas, e ela está prestes a responder quando ouvimos o som de saltos se aproximando de nós. Claudia se vira e eu sigo seu olhar.

Sofía Hidalgo caminha com elegância em seus saltos vermelhos de bico fino de treze centímetros. Ela usa uma saia branca que cobre os joelhos e uma camisa da mesma cor com estampas vermelhas. Nas mãos, carrega uma carteira discreta, pequena, também de cor carmesim. Sua maquiagem está impecável, o cabelo em um rabo de cavalo apertado.

Ela deve estar na casa dos quarenta, quase cinquenta anos, e parece ter trinta. Sua elegância é tão genuína que qualquer um diria que já nasceu desse jeito. Os olhos azuis que meu deus grego herdou se voltam para mim e uma sobrancelha perfeita se levanta.

— Quem é você?

42

O NAMORADO

As pessoas não são o que parecem.

Nunca julgue um livro pela capa.

Todos aqueles ditados sobre nunca acreditar que você sabe como uma pessoa é só de olhar para ela passaram a fazer sentido nesse momento. Por causa de quem? Claudia.

Na primeira vez que vi Claudia, ela tinha um ar de recatada, uma empregada que costuma abaixar a cabeça para os patrões, que já presenciou os melhores e piores momentos da família para a qual trabalha, mas manteve a discrição.

Eu estava equivocada?

Sim, e muito.

A mãe de Ares espera minha resposta sem se preocupar em disfarçar seu desprezo. Não consigo dizer uma palavra. Não tenho vergonha de admitir que estou me sentindo muito intimidada por essa mulher.

A sra. Sofía cruza os braços sobre o peito.

— Eu te fiz uma pergunta.

Pigarreio.

— Meu nome é Ra-Raquel. — Estendo a mão para ela de um jeito simpático.

Ela dá uma olhada na minha mão e depois olha para mim.

— Bem, Ra... Raquel. — Ela zomba de mim. — O que você está fazendo aqui?

Claudia está ao meu lado e, com a cabeça erguida e a voz firme, responde:

— Ela veio com Ares.

— Você está brincando? Por que Ares traria uma garota como ela?

Claudia desvia o olhar.

— Por que você não pergunta para ele? Ah, é mesmo, a comunicação com seus filhos não é seu ponto forte.

A sra. Sofía aperta os lábios.

— Não usa esse tonzinho comigo, Claudia. Você não quer me provocar.

— Então para de olhar pra ela desse jeito, você nem a conhece.

Ela nos lança um olhar cansado.

— Não tenho que perder meu tempo com vocês. Cadê meu marido?

Claudia não responde, apenas aponta para a porta. Ela entra, deixando-nos a sós. Finalmente sinto que posso respirar.

Coloco a mão no peito.

— Que mulher desagradável.

Claudia sorri para mim.

— Você nem imagina.

— Mas você não parece se sentir intimidada.

— Cresci naquela casa. Acho que desenvolvi a habilidade de lidar muito bem com pessoas intimidadoras.

Faz sentido. Eu me lembro de como Ártemis é intimidante, e até mesmo Ares antes de conhecê-lo bem, e agora essa mulher... Claudia definitivamente deve ser imune a esse tipo de personalidade forte depois de crescer rodeada por elas.

— Imagino, só achei que, como ela é sua chefe, você...

— Eu permitiria que ela me intimidasse e me tratasse mal? — Ela termina a frase por mim. — Ela não é minha chefe, o sr. Juan é, e sempre me protegeu daquela bruxa, ainda mais depois de...

— Claudia se interrompe de repente. — Acho que falei demais de mim, me fala de você.

Solto um suspiro e nos sentamos.

— Não tem muito para contar, só que fui enfeitiçada pelos Hidalgo.

— Dá para ver, mas me parece que você já conseguiu fazer aquele idiota admitir o que sente por você.

— Como você sabe?

— Porque você está aqui — responde ela. — O avô Hidalgo é uma das pessoas mais importantes para eles, e o fato de você estar aqui diz muito.

— Ouvi tanto sobre ele que queria conhecer.

— Espero que você o conheça logo, é uma pessoa maravilhosa.

Ficamos conversando por um tempo, e percebo o bem que Claudia me faz. Ela é uma pessoa divertida e de caráter. Acho que poderíamos ser ótimas amigas. Ela me traz um sentimento bom, e me sinto à vontade ao seu lado. Há pessoas com quem simplesmente temos uma ótima conexão logo de cara.

Enfim, depois de passar um tempo conversando com Claudia, vejo Ares sair do quarto seguido por Ártemis e Apolo. Claudia e eu nos levantamos. Os olhos de Ártemis encontram os de Claudia, e ele estreita os lábios antes de se virar e caminhar pelo corredor.

Apolo sorri para nós, evitando os olhos de Claudia a qualquer custo.

— Vamos tomar um café. O vovô perguntou por você, Claudia, deveria entrar no quarto quando meus pais saírem. — E com isso o irmão mais novo dos Hidalgo segue Ártemis.

Ares se aproxima de mim, os olhos azuis cheios de emoção, alívio e calma. Não consigo imaginar o quanto ele esteve preocupado todos esses dias por causa do avô, que parece estar bem agora.

O deus grego pega minha mão, e não consigo deixar de perceber que ele não cumprimenta Claudia.

— Vamos, bruxa.

Olho para Claudia, que está com a cabeça baixa, e um sussurro sai de seus lábios:

— Desculpe.

— Não foi sua culpa. — Ele parece sincero. — A impulsividade dele nunca vai ser sua culpa, Claudia.

Ela apenas balança a cabeça, e eu não entendo nada.

Despeço-me de Claudia e sigo Ares. Meu olhar se volta para sua mão forte sobre a minha, depois para seu braço, ombro e o perfil de seu lindo rosto. Caminhar com ele de mãos dadas parece tão irreal.

Pai, essa é a Raquel, minha namorada.

A namorada dele...

O título faz meu coração palpitar de emoção. Nunca cogitei chegar a ser sua namorada. Ele é o garoto que eu perseguia por todos os cantos, fantasiando estar ao seu lado algum dia desse jeito, mas nunca achei que isso se realizaria.

Ares olha para mim, os belos lábios formando um sorriso, e juro que meu coração ameaça pular do peito.

Quero beijá-lo.

Fecho minha mão livre para me controlar e não agarrá-lo e grudar meus lábios nos dele. Chegamos à lanchonete do hospital. Depois de nos sentarmos, Ares me pergunta o que eu quero e sai para fazer o pedido. Com as mãos no colo, olho ao redor.

Vejo Ártemis e Apolo sentados em mesas diferentes. Franzo as sobrancelhas. O que há de errado com eles?

Lentamente, minha cabeça começa a ligar os pontos: a mão enfaixada de Ártemis, o olho roxo de Apolo, os olhares e o clima tenso entre Ártemis e Claudia. Por acaso... eles brigaram por causa dela? Não pode ser. Apolo está interessado na Dani, ou será que não? E pensar que Ártemis está interessado em Claudia não parece fazer sentido, ou será que faz?

O que está acontecendo?

Ares volta, colocando um caramelo macchiato, meu favorito, na minha frente.

— Obrigada — falo com um sorriso no rosto.

Ele se senta, esticando as pernas compridas, e eu sei como são definidos os músculos de suas coxas, encobertos pela calça, também sei o que há no meio de suas pernas.

Raquel, pelo amor de Deus, você está num hospital.

Questionando minha moral, tomo um gole do café fechando os olhos. Que delícia! Quando os abro, Ares está com uma sobrancelha levantada. Lambo os lábios não querendo perder uma gota dessa delícia.

— Que foi?

— Nada.

Estreito os olhos.

— Que é?

— A cara que você fez agora me lembrou da que você faz quando te dou um orgasmo.

Meus olhos se arregalam tanto que chegam a doer, o calor invade minhas bochechas.

— Ares, estamos num hospital.

— Você insistiu pra eu falar.

— Você não tem vergonha.

Sua boca forma aquele sorriso torto típico dele e que me faz perder o fôlego.

— Não, o que eu tenho é vontade de você.

Solto um pigarro e tomo outro gole do café. Ares estende a mão sobre a mesa, a palma para cima, oferecendo-a para mim. Não hesito em aceitá-la.

— Eu sei que não deveria ter dito lá em cima que você é minha namorada, não quero te pressionar. Sei que preciso conquistar algumas coisas.

— Está tudo bem, sério.

A mão dele se afasta da minha e eu quase faço um beicinho. Ele toma o café também, e fico curiosa para saber qual seu favorito.

— O que você pediu?

Ele me responde querendo bancar o engraçadinho.

— Um café.

— Disso eu sei, mas qual café você pediu?

Ares se inclina sobre a mesa, o rosto muito perto do meu.

— Por que você não descobre por si mesma? — Ele aponta para a boca.

Assim tão perto, posso ver como seus lábios estão molhados e como parecem macios, mas o empurro de leve, afastando-o.

— Boa tentativa.

— Até quando você vai me torturar, bruxa?

— Não estou te torturando.

— Está, sim, mas tudo bem, eu mereço.

Conversamos um pouco, e me dou conta de que o humor dele mudou drasticamente; está feliz, aliviado, e gosto de vê-lo assim. A curiosidade fala mais alto.

— O que está acontecendo com aqueles dois? — Aponto para Ártemis e Apolo.

— Eles brigaram.

— Por causa da Claudia?

Ares me lança um olhar surpreso.

— Como você sabe?

— Só liguei os pontos. O que aconteceu com ela?

— Não sou eu que devo responder isso.

— Aff, que chato.

Ares cruza os braços.

— Não sou uma velha fofoqueira, sou seu namorado.

Ele fala tão naturalmente que nem se dá conta do que disse até perceber minha expressão surpresa. Ares coça a nuca.

— Você me transformou num bobo.

— Um bobo que eu adoro.

Ares me dá um sorriso triunfante.

— Você me adora, amiga?

Fico corada, rindo como uma idiota.

— Só um pouco.

Depois de passar pelo quarto de seu avô mais uma vez, Ares me traz até em casa, estacionando o SUV em frente a ela. Ele só apaga os faróis, mas deixa a caminhonete ligada. A tensão sexual torna difícil respirar. Ele tira o cinto e se volta para mim.

— Sei que não foi o encontro mais romântico do mundo, mas eu me diverti muito. Obrigado por ter ficado comigo esta noite.

— Foi perfeito — confesso. — Fico feliz pelo seu avô estar bem.

Ares apoia o cotovelo no volante e passa o polegar no lábio inferior.

— Este é o momento da pergunta importante.

— Que pergunta?

Ele se inclina sobre mim, me obrigando a enterrar as costas no banco, seu rosto tão próximo do meu que sua respiração acaricia meus lábios.

— Você beija no primeiro encontro?

Não pensei sobre isso, não tenho nenhuma experiência em namoros, mas me lembro de Dani dizer que ela era do tipo que beijava no primeiro encontro, que precisava saber se tinha química ou não para não perder tempo com outros encontros.

No entanto, a situação não é a mesma. Sei que há química, diria que até demais, e que ele beija deliciosamente bem, e esse é o problema. Meu autocontrole um limite; não sei se vou conseguir me conter se o beijar.

Ares lambe os lábios.

— Não vai responder?

Minha respiração já está pesada, meu coração está à beira do colapso, não consigo falar. Ares solta um suspiro de derrota e volta para seu banco.

— Desculpa, estou te pressionando de novo.

Incapaz de evitar, tiro meu cinto e o agarro pela gola da camisa para trazê-lo até mim. Seus lábios encontram os meus, e eu gemo com a sensação deles.

Ares grunhe, agarrando meu cabelo, movendo os lábios de forma agressiva. O beijo não é romântico, e eu não quero que seja, nós dois estamos com muita saudade para que seja. É um beijo carnal, apaixonado, cheio de emoções fortes. Nossas respirações quentes se mesclam enquanto nossos lábios molhados roçam, apertam, chupam um ao outro, acendendo esse fogo incontrolável que flui entre nós com tanta facilidade.

A língua dele traça meus lábios para depois entrar na minha boca, intensificando o beijo. Não consigo evitar gemer contra seus lábios. Ares passa o braço livre pela minha cintura para me agarrar mais a ele. Meu corpo está eletrificado com as sensações, cada nervo respondendo ao toque, por menor que seja.

Ares se lança contra mim, me forçando a afundar no banco, sem separar a boca da minha. Ele puxa uma alavanca para empurrar meu assento para trás e vai do seu lugar para o meu, ficando completamente em cima de mim. Fico surpresa com a habilidade que ele tem para fazer isso tão rápido. Suas pernas ficam entre as minhas, separando-as, e fico feliz por estar de legging por baixo do vestido de outono, porque ele sobe a barra até meus quadris e me deixa exposta.

Ares pressiona meu corpo, e consigo sentir por cima da calça o quanto ele está duro. Seus lábios deixam os meus para atacar meu pescoço. Observo o teto da caminhonete enquanto ele devora a pele do meu pescoço com os lábios, desce até meus seios, e suas mãos desajeitadas puxam para baixo as alças do meu vestido.

Reprimindo tudo que estou sentindo agora, coloco minhas mãos em seus ombros.

— Ares, não.

Ele levanta a cabeça, os olhos azuis cheios de desejo encontram os meus, e eu quase perco um pouco do autocontrole. Seu peito sobe e desce com a respiração rápida. Por um momento, acho que ele vai ficar bravo por deixá-lo desse jeito para depois dizer que não, mas ele me surpreende com um sorriso caloroso.

— Está bem.

A boca dele encontra a minha outra vez, mas agora de uma forma suave e gentil. Sorrio junto a seus lábios e murmuro:

— Latte de baunilha.

Ele se afasta um pouco.

— O quê?

— O café que você tomou.

Ares me devolve o sorriso e está lindo demais na meia-luz da caminhonete, a cor de seus olhos realçada. Ele aponta para sua calça.

— Ainda acha que isso não é tortura?

— Só um pouco.

— Ok, mas pra mim está tudo bem. — Ele passa as costas das mãos na minha bochecha. — Só vai ser muito mais intenso quando você se entregar pra mim de novo.

— Você parece ter certeza de que isso vai acontecer.

— E tenho. — A confiança dele sempre me pareceu sexy. — Você acha que eu não sei o quão molhada você está agora?

— Ares...

— Lembra como é boa a sensação de quando estou dentro de você? Aquele toque, aquela fricção que te leva à loucura e te faz implorar por mais.

— Meu Deus... — Coloco as mãos no peito dele. — Para de falar assim.

— Você está toda vermelha. — Ares sorri e volta a se sentar. — Também tenho o direito de torturar você.

— Idiota — digo, recuperando minha compostura. — Tenho que ir. — Abro a porta, e não me surpreende o quanto minha mão está tremendo. Saio do carro. — Boa noite. — Fecho a porta ao sair.

Ares abaixa o vidro, o antebraço sobre o volante.

— Ei, bruxa. — Olho para ele. — Quando for se tocar mais tarde, geme meu nome com força. — Prendo a respiração, e ele pisca para mim. — Vou fazer o mesmo pensando em você.

Ele fecha o vidro e vai embora, me deixando com a boca aberta.

Idiota, pervertido, deus grego!

43

A FESTA DE HALLOWEEN

— Você está espetacular.

— Estou me sentindo espetacular — respondo com um grande sorriso no rosto enquanto me olho no espelho.

Sou o tipo de pessoa que às vezes se sente bonita, às vezes aceitável e às vezes simplesmente horrorosa; é tão estranho, como se eu não tivesse uma noção exata de como eu sou, e também não ajuda nada o fato de a beleza ser algo tão subjetivo.

— Tenho que dizer que essa fantasia é a melhor decisão que você tomou em muito tempo. — continua Dani, delineando as sobrancelhas com um pequeno espelho em sua mão.

Hoje à noite vamos a uma festa de Halloween, e estamos nos arrumando. Gregory me convidou naquela noite na boate, mas eu esperei que o próprio Ares me chamasse. Não foi difícil escolher minha fantasia... Esta noite eu serei uma bruxa. Estou com em um vestido preto sem alças, justo em cima e solto da cintura para baixo, que chega até a metade das minhas coxas, um colar com um pingente vermelho, luvas pretas, botas compridas da mesma cor e, claro, um chapelão.

Dani se encarregou da minha maquiagem: sombra escura, delineador preto forte e a boca bem vermelha. Estou me sentindo supersexy. Minha melhor amiga — que eu tive que convencer a ir comigo — escolheu uma fantasia de gatinha malvada, com orelhinhas e tudo.

— Não consigo acreditar que vou com você — murmura ela, se levantando.

— O Ares me falou pra te levar. — É verdade, Ares me disse para levar Dani, que era uma saída em grupo e seria legal se tivesse uma amiga comigo. — Além disso, o Apolo com certeza vai também.

— E quem se importa se ele vai ou não?

Suspiro. Sei que Dani não gosta de admitir suas fraquezas e nem que um garoto a abala.

— Não precisa mentir pra mim. Sei que você gosta dele.

— Pff — bufa ela. — Por favor, ele e eu não temos nada.

— Mas estavam começando alguma coisa quando de repente ele parou de escrever pra você — comento. — E isso está te deixando louca, porque você não está acostumada com um garoto se afastando de você.

— Não sei do que você está falando, muitos caras já se afastaram de mim.

— Ah, é? Quem? Vamos ver.

Ela se vira para retocar a maquiagem.

— Não consigo me lembrar de um nome em específico agora, mas...

— Mas nada — interrompo. — Nós vamos, você vai se divertir e, se ele falar com você, pergunta diretamente por que ele mudou, ponto final. Essa é a Dani que eu conheço.

— Bom — responde ela, relutante. — Tudo bem, mas não vou prometer nada.

Ando até ela e belisco suas bochechas.

— Agora sorria, gatinha linda.

Ares me manda uma mensagem avisando que já está aqui, e respondo pedindo para ele nos dar alguns minutinhos. Então ele me diz que vai descer para fumar um cigarro com Marco do lado de fora enquanto esperam.

Estou muito nervosa, não sei qual vai ser a reação dele quando me vir; quero surpreendê-lo. As últimas duas semanas foram muito boas para nós dois, Ares tem se portado muito bem, e saímos várias vezes, enfim tendo os encontros clássicos, como esperado. No entanto, a tensão sexual entre nós cresceu em níveis sobrenaturais. A verdade é que não sei como estou aguentando.

Saímos de casa, e o primeiro que vejo é Marco. Ele acabou se fantasiando de policial, não posso negar que está ótimo. Ares sai de trás do SUV e paro de respirar por dois motivos: primeiro, ele está ridiculamente sexy, e segundo, ele está fantasiado de deus grego. Está vestindo uma espécie de bata branca que deixa seus braços definidos à mostra, uma faixa dourada que cruza seu peito e uma coroa sobre seu cabelo preto bagunçado. Não consigo evitar lamber meus lábios, isso é demais para minha pobre alma.

Nossa Senhora dos Músculos, confio em você para me proteger esta noite.

Ares me encara, e seus olhos percorrem meu corpo devagar, cada centímetro queimando, ardendo diante da intensidade de seu olhar enquanto um sorriso torto aparece em seus lábios.

— Eu sabia.

— Eu também sabia. — Aponto para sua fantasia.

— Vem cá. — Ares gesticula para que eu me aproxime dele, e eu vou. De perto, seu rosto fica ainda mais bonito com aquela coroa na cabeça. Ele é tão perfeito que poderia facilmente ter sido um deus. A mão dele acaricia meu braço.

— Oi, bruxa.

— Oi, deus grego.

Minhas mãos estão inquietas, então as coloco em seu peito, abaixando-as ali um pouco para sentir aquele abdômen definido por cima do tecido fino da fantasia. Quem poderia me culpar por tocá-lo assim?

— Me tocando tão cedo?

Mordo o lábio.

— Ops, a fantasia fica muito bem em você.

Ares se inclina em minha direção.

— Ah, é? Mas acho que você ia gostar mais de me tocar sem a fantasia.

Finjo estar escandalizada.

— Você está propondo algo indecente?

Ares balança a cabeça.

— Muito, muito indecente, bruxinha.

Empurro-o e dou risada para aliviar a tensão, porque, se não, vou parar embaixo dele gemendo seu nome antes mesmo de sair de casa.

Fujo de Ares e encontro Marco conversando com Dani.

— Oi, Marco.

— Oi, Raquel. Tudo pronto?

— Aham — respondo, sentindo o olhar de Ares na minha direção. — E o Apolo?

Marco dá de ombros.

— Está dentro do carro, você sabe, ele não fuma.

Franzo a testa. Sei que ele não tem esse hábito, mas ainda parece estranho ele não estar aqui fora nos cumprimentando. O que há de errado com Apolo ultimamente? Na escola, não tenho falado muito com ele, ele mudou.

— Vamos — diz Ares, abrindo a porta do motorista e entrando no SUV.

Faço o mesmo e vejo Dani hesitar quando Marco abre a porta para ela entrar, ainda mais porque vai ficar no meio, justo ao lado de Apolo.

Quando estamos todos lá dentro, cumprimentamos Apolo, que está fantasiado de marinheiro, com um chapeuzinho branco que o deixa mais fofo do que de costume. Consigo ver bem a expressão de incômodo de Dani e lanço a ela um olhar reconfortante.

— O lugar está lotado — comenta Marco, olhando seu celular. — Ainda bem que temos acesso VIP.

— O que você esperava? — retruca Ares. — É Halloween.

— No ano que vem, a gente podia usar fantasia em grupo — diz Apolo. — Tipo todos os Power Rangers ou as Tartarugas Ninja, ou personagens de uma série tipo *Game of Thrones*. Seria legal.

Marco ri.

— Quantos anos você tem? Doze?

Tenho um impulso de defendê-lo.

— Ei, não tem nada de errado em usar fantasia em grupo. Gostei da ideia, Apolo. — Sorrio para ele, que retribui.

Marco não desiste.

— Você fala isso quando nem vocês dois estão usando fantasia de casal.

— Lógico que estamos, de bruxa e deus grego — explico, mas Marco bufa. — É algo entre nós que você nunca entenderia.

Ares também ri.

— Ela está certa, Marco. Você nunca entenderia. O relacionamento mais longo que teve foi com o cigarro que acabou de fumar.

Todos rimos, e Marco grunhe.

— Todos contra mim, não é?

Quando chegamos à boate, me dou conta de que Marco não estava exagerando quando disse que estava lotada. Há uma fila enorme e um aviso na porta que indica que está cheia e não garante a entrada. O segurança nem mesmo pisca para nos deixar entrar.

A decoração está incrível, tudo é preto e laranja, há muitas caveiras e esqueletos pendurados no teto, teias de aranha e sangue nos pilares. Os barmen estão fantasiados de pirata, servindo bebidas verdes asquerosas. Há várias máquinas liberando fumaça de vez em quando, fazendo parecer uma névoa. Todo mundo está fantasiado, e meus olhos percorrem todos os lados para observar as fantasias. O ambiente está perfeito, não é à toa que há tanta gente querendo entrar. Ártemis sabe administrar seu negócio e aproveitar as datas comemorativas.

Subimos as escadas até a área VIP, onde Samantha, Gregory, Luis e Andrea nos esperam numa mesa. Sem Nathaly esta noite? Que felicidade.

O rosto de Gregory se ilumina ao me ver, e eu também fico animada. Ele se levanta e me dá um abraço.

— Raquel, sabia que você viria.

Separo-me dele.

— Jamais perderia a oportunidade de ver sua fantasia de vampiro. Ficou muito bem em você.

Luis também se levanta.

— Desde quando são tão próximos? Estou meio excluído.

Ares se junta a nós.

— Eu estava pensando a mesma coisa. — Ele passa a mão em volta da minha cintura, puxando-me para o lado dele.

Gregory balança a cabeça.

— Relaxa, amor. Só tenho olhos pra você.

Ares lhe dá um olhar cansado, e eu me liberto de suas mãos.

— Relaxa, vampiros não são minha praia.

Luis intervém.

— Ela gosta... de... o que você é, Ares? Um deus?

— Um deus grego.

Samantha se junta a nós, cumprimentando com um sorriso.

— Está fazendo jus ao seu nome?

A ficha de Luis cai.

— Ah, entendi, vocês têm nomes inspirados em deuses gregos. O seu é o da guerra ou algo assim, não é?

Gregory suspira.

— Não me admira que seja tão problemático.

Ares dá um soco no braço dele.

— Quem você está chamando de problemático?

Gregory faz os olhinhos fofos novamente.

— Bate mais forte, amor.

Todos rimos e nos sentamos.

Ficar com o grupo de amigos de Ares se tornou mais tolerável. Acho que foi uma questão de tempo para conhecê-los, trocar uma ideia com eles para deixar de me sentir uma intrusa. Até Andrea conseguiu me manter em uma conversa decente sem sua amiga Nathaly. Contudo, não esqueço o que Gregory me contou sobre ela ser interesseira e ter partido o coração dele.

Apolo se senta o mais longe de Dani que consegue, o que obriga Dani a conversar com Luis. Ele está obviamente flertando com ela, sem saber que Dani está apaixonada pelo caçula dos Hidalgo e não consegue parar de olhar para ele.

Sentindo-me mais à vontade, permito-me tomar alguns drinques. Parecem nojentos, mas têm um gosto divino, principalmente um que se chama "Me leve para o inferno", que é uma delícia. Se eu continuar bebendo neste ritmo, vou acabar no inferno com um deus grego. Consigo sentir minhas bochechas e orelhas quentes, meus lábios secos; pelo visto o álcool me deixa com tesão, o que me torna um alvo fácil para Ares.

Infelizmente, o álcool não afeta apenas meus hormônios, mas também desperta meu jeito atrevido e curioso, e caminho até o salão das velas da boate de Ártemis. Não me dou conta de que Ares está me seguindo até estar lá e escutar sua voz.

— O que está fazendo aqui, bruxa? — Volto-me para ele e vejo seus olhos azuis brilhando com algo escuro e perigoso: desejo.

Engulo em seco pela segunda vez na noite, meus olhos notando o pequeno sofá ao lado, meu coração batendo desesperadamente. Estamos sozinhos à meia-luz.

— A gente devia voltar.

Ares caminha lentamente na minha direção.

— Devia mesmo.

Observo seu corpo, lembrando-me da sensação dele nu contra mim.

— É, verdade, a gente devia ir.

Ele faz que sim com a cabeça, tão perto de mim que preciso erguer o olhar para encontrar seus olhos.

— Eu sei.

— Então por que a gente ainda está aqui? — pergunto, o nariz dele roçando no meu. Minha respiração está ofegante.

Ele agarra meu pescoço.

— Porque esta noite — sussurra ele — você vai ser minha outra vez, bruxa. — E, com isso, ele encosta os lábios nos meus.

44

O DESCONTROLE

ARES HIDALGO

Não consigo me controlar, não quero me controlar.

Esperei muito tempo, aguentei muito tempo. Meu controle se esvai a cada beijo, cada roçar da minha língua na dela, com a suavidade de sua pele contra minhas mãos. Jogo Raquel contra a parede, beijando-a desesperadamente; seu chapéu de bruxa cai e se perde no escuro.

Tento me acalmar e ser gentil, sentir cada parte dela, mas a espera intensifica tudo, e embora eu queira devorá-la, penetrá-la, fazê-la gemer meu nome no meu ouvido, passo um tempo a acariciando, beijando, e, quando sua respiração se transforma em arfadas, sei que já está excitada como eu. Minhas mãos se inquietam e viajam para dentro do vestido curto de bruxa que ela está usando, meus lábios nunca deixando os dela. Puxo sua calcinha para o lado e deslizo os dedos entre suas pernas. Ela geme e eu mordo seu lábio inferior.

— Molhada assim tão rápido?

Ela não diz nada, só estremece quando um dos meus dedos a penetra. É tão quente e úmido dentro dela que parece que meu pênis vai explodir de tão duro que está.

— Ares... — murmura ela, a voz cheia de desejo. — Estamos... Não devíamos fazer isso aqui.

Ela acha mesmo que vamos conseguir parar agora?

Afundo meu dedo ainda mais dentro dela e a ouço ofegar, agarrando-se a meus ombros. Meus lábios deixam os dela para lamber e mordiscar a pele de seu pescoço, sei que é seu ponto fraco. Ela deixa a cabeça cair para trás, seus quadris se movem no mesmo ritmo dos meus dedos, me deixando louco. Uso a mão livre para acariciar seus seios por cima do vestido.

Não dá, não consigo mais esperar.

Afasto-me dela, tirando minha mão de sua virilha para liberar meu pênis e colocar a camisinha, mas ela protesta impacientemente.

— Ares, por favor.

Lascivo, fito os olhos dela.

— Hum?

Ela não hesita em dizer o que quer:

— Quero você agora, dentro de mim.

— Ah, é? — provoco, levantando uma de suas pernas e colocando-a ao redor da minha cintura. — Bruxinha safada.

Minha ereção roça sua intimidade molhada, e eu descanso minha testa na dela.

— Não vou ser gentil.

Ela morde meu lábio.

— Não quero que seja.

Agarro-a pelo cabelo, obrigando-a a me olhar nos olhos e mexo os quadris para a frente, penetrando-a completamente com uma única estocada. Nós dois gememos com a sensação. Meu Deus, tinha me esquecido de como é delicioso estar dentro dela, como é molhado, apertado, quente, macio...

Não consigo parar de olhar para ela, porque Raquel está sexy e vulnerável pra cacete, as bochechas vermelhas, os lábios inchados, os olhos brilhando de desejo. Ela passa as mãos por meu pescoço e seguro sua outra perna para conseguir levantá-la e começar a me mexer, pressionando-a contra a parede a cada movimento brusco. Beijo sua boca outra vez, sufocando seus gemidos.

— Ah, meu Deus, Ares! — Ela fica ofegante, perdendo o controle.

O toque da pele é macio, suave e quente... Mais, preciso de mais. Acelero os movimentos, pressiono-a contra a parede ainda mais, entro e saio de sua umidade. Por um segundo, penso em parar, não quero machucá-la, mas pelo jeito ela me pede por mais. Sei que ela gosta tanto quanto eu.

Se continuar assim, vou terminar muito rápido. Não quero que ela pense que sou um principiante apressado. Carregando-a, volto para me sentar em um dos bancos, e ela permanece em cima de mim, com o poder de me deixar mais louco do que já estou.

Raquel não hesita em rebolar sentada em mim, em círculos, inclinando o corpo para a frente e para trás, e percebo que não foi uma boa ideia; vou acabar gozando logo. Ela está tão safada, as luzes das velas dando um tom brilhante à sua pele ligeiramente suada. Ela parece uma deusa, nunca pensei que sexo pudesse ser tão bom. Não é apenas a parte física, é a conexão, essas emoções transmitidas em cada toque, cada olhar, cada beijo.

Merda, ela me tem na palma da mão.

Raquel tem o poder de me destruir, e a verdade é que eu não me importaria. Ser destruído por ela seria um privilégio. Ela morde os lábios, abaixando o vestido, expondo os peitos.

Ah, sim, e que privilégio.

Aperto sua cintura, guiando seus movimentos.

— Gosta de montar em mim desse jeito?

Ela geme.

— Sim, eu adoro.

Eu dou um tapa leve nela, e ela treme de prazer.

— Você está toda molhada. — Endireito-me um pouco para lamber o espaço entre seus seios e depois chupá-los. — Quero que você goze em mim, desse jeito.

Sinto sua pressão contra meu membro e sei que ela está perto.

— Ah, Ares, isso é tão... ah! — Me movimento com ela, penetrando-a profundamente. Seus gemidos se descompassam, e sei que também falta pouco para mim.

Fico abraçado a ela, sussurrando coisas em seu ouvido, mas com o canto do olho percebo um movimento na minha direita. Vejo um rosto surpreso entre uma pequena abertura nas cortinas que nos escondem.

Marco.

Instintivamente, minhas mãos abaixam o vestido de Raquel e fico aliviado por senti-la coberta, mas ela não para. Marco leva dois segundos para reagir, e eu lanço um olhar frio que faz ele se afastar.

Poderia dizer que isso acaba com meu tesão, mas não é bem assim. Minha bruxa continua rebolando em cima de mim, à beira do orgasmo, me levando com ela. Raquel me beija, e o toque de nossos corpos se intensifica.

Ela geme contra minha boca, seu corpo estremecendo, sua umidade apertando minha ereção, seu orgasmo impulsionando o meu, e eu aperto seus quadris enquanto gozo.

De repente, consigo ouvir a música de novo, e o barulho de nossas respirações pesadas. Raquel me abraça e eu enterro o rosto em seu pescoço. Posso sentir as batidas aceleradas de nossos corações e não quero me mexer. Neste momento, tudo parece perfeito.

E essa sempre foi uma das primeiras grandes diferenças com Raquel. Antes dela, sempre quis ficar longe da garota com quem acabara de transar, e quando estava satisfeito só queria ir embora. Mas com Raquel sempre tive essa necessidade de ficar ao seu lado. Ainda me lembro do quanto me assustou sentir isso nas primeiras vezes que estive com ela, essa sensação de querer ficar junto dela não era algo que já tinha sentido antes e me apavorava, por isso fugia ou tentava afastá-la.

Inalo seu perfume e sorrio junto à sua pele.

Não estou mais com medo, bruxa.

Não quero mais fugir.

Dou um beijo nela e nos levantamos com cuidado, arrumando nossas fantasias. Eu a vejo abaixar o vestido e ajeitá-lo, e sorrio maliciosamente.

— Acho que já saí da *friendzone*.

Ela me encara com os olhos entreabertos.

— Nem vem com essa.

Dou uma de inocente.

— Não estou fazendo nada. — Faço uma pausa. — Só estou dizendo a verdade, namorada.

Ela tenta esconder um sorriso.

— Namorada?

Apenas concordo.

— Agora já sou todo seu e você é toda minha, bruxinha.

— Rá! — bufa ela. — Por que sempre tão possessivo?

Passo um braço ao redor da cintura dela, puxando-a para mim, e ela solta uma risadinha. Acaricio sua bochecha.

— Porque tem gente que fica de olho em você.

Ela me dá um sorriso largo.

— Ciumento? Você fica lindo com ciúmes.

A primeira vez que senti ciúme na vida foi por você.

Penso, mas não digo. Raquel se contorce um pouco, desconfortável.

— Vou ao banheiro para... você sabe, me limpar um pouco.

— Vou esperar você na mesa.

Ela me faz um sinal afirmativo com a mão e se afasta. Deixo o salão das velas e me dirijo à mesa. O primeiro a me cumprimentar é Gregory.

— Apareceu. — Ele se levanta e sussurra no meu ouvido: — Arruma um pouco esse cabelo, sr. Óbvio.

Corro a mão pelo cabelo rapidamente e caminho até Marco.

— Tem cigarro?

Ele faz que sim, puxando um maço do bolso.

— Quer um?

— Quero. Me acompanha?

Ele sorri.

— Aham.

Passamos pelo salão das velas para chegar à varanda que fica daquele lado. Eu mal coloco os pés aqui e me lembro da vez em que Raquel me deixou duro neste mesmo lugar. Tanto tempo se passou desde aquela noite.

Acendemos os cigarros, dou uma tragada e solto a fumaça no ar frio da noite. Marco está inclinado, os antebraços sobre o parapeito da varanda e os olhos fixos na paisagem. O silêncio é incomum entre nós, é incômodo, mas a conversa que vai vir é uma que nós dois precisamos ter e sabemos disso.

— Não precisa de rodeios — diz ele casualmente.

— Isso não é um jogo pra mim, Marco — começo, inalando outra vez. — Não dessa vez.

— Você gosta dela de verdade?

— É mais do que isso.

Ele começa a rir.

— Não fode. Você está apaixonado?

— Estou.

Ele faz uma careta.

— Pensei que ela era só uma garota estranha que te perseguia. Como as coisas mudam.

— Marco, estou falando sério, ela não é uma brincadeira pra mim — repito. — Nada de jogos, apostas, desafios.

Ele levanta as mãos para cima, seu tom provocador.

— Deu para entender muito bem.

— Fala logo o que você quer.

— Eu deveria ouvir você? — pergunta ele. — Por acaso você se importou comigo quando transou com a Samantha?

— Você nunca me disse que gostava dela de verdade, que não era uma brincadeira. Queria que eu adivinhasse?

— Você sabia o que eu sentia por ela! Não precisava te dizer. — Ele joga o cigarro no chão e pisa em cima. — Eu gosto dela desde que a gente era pequeno, e você sabia.

Sabia que essa conversa aconteceria algum dia, mas não esperava que fosse hoje.

— Ela nunca te viu de outra forma, só como amigo, não é culpa minha.

— E você acha que eu não sei? Mas qualquer esperança que eu tinha foi para o ralo quando você começou a trepar com ela por prazer, por diversão, iludindo a garota.

Apago o cigarro no cinzeiro da mesa da varanda.

— Nunca quis usá-la, e você sabe.

— Mas usou — responde ele, a raiva transbordando em sua voz. — Você fodeu nós dois com esse seu egoísmo maldito. Nunca pensa em ninguém, só em si mesmo.

— O que você quer? Um pedido de desculpas?

— Não, só espero que, agora que você encontrou alguém com quem se importa de verdade, aprenda a pensar nos outros.

— Ele passa a mão na cabeça. — Só espero que amadureça. Como você se sentiria se eu tirasse a Raquel de você? Se me visse usar ela por prazer, sabendo que você está ali sentindo mil coisas por ela, podendo fazê-la feliz e dar tudo a ela?

Só de pensar nisso, cerro os punhos.

— Nem pense nisso.

— Parece horrível, não é? Fico feliz por você conseguir se colocar no meu lugar agora. — Ele me dá as costas e suspira. — Relaxa, não vou chegar perto da sua bruxa, só queria que você entendesse o que eu senti.

Deixando meu orgulho de lado, falo:

— Desculpa. — Marco me olha de novo, bastante surpreso, e continuo a falar: — Sério mesmo, desculpa, cara, você tem razão.

— Você nunca se desculpou comigo.

— Eu sei. — Dou um sorriso triste. — Mas agora é mais fácil admitir meus erros, acho que ela me faz ser uma pessoa melhor.

Ele me dá um sorriso sincero.

— Fico feliz em ouvir isso.

— E a Samy vai superar, Marco, e você vai voltar a ter a oportunidade de conquistar ela.

Ele ri.

— Espero que sim. Por enquanto, vou me conformar com os olhares de ódio dela.

— Tudo bem entre a gente?

— Tudo certo; o que passou passou.

Com tudo resolvido entre nós, entramos de novo na boate. Ao chegar à mesa, Raquel está rindo alto com Gregory, e Samantha está em pé com Andrea, dançando no ritmo da música.

Vou até Sammy e sussurro em seu ouvido:

— Desafio você a dançar com Marco.

Ela faz uma expressão contrariada.

— Odeio seus desafios.

Mas ela o cumpre; sempre cumprimos os desafios que impusemos um para o outro. Eu os vejo dançar, e meu olhar vai para minha bruxa. Ela está tão linda rindo, as bochechas coradas. Percebi que ela fica com o rosto vermelho quando bebe demais. Raquel nota minha presença, e seus olhos se iluminam. Levanta a mão me chamando para ir até ela.

Sim, definitivamente, ser destruído por ela é um privilégio.

45

WALK OF SHAME

— Raquel. — Alguém tenta me despertar. — Raquel!

Ser violentamente sacudida me traz do mundo da inconsciência de volta à vida.

— Raquel! — Um sussurro exigente chega aos meus ouvidos, mas não quero abrir os olhos. — Pelo amor de Deus, acorda!

Abro um dos olhos, estreitando o outro enquanto me acostumo com a luz. Uma figura está inclinada sobre mim.

— O que… — Uma mão cobre minha boca e eu pisco lentamente, tentando enxergar quem está praticamente em cima de mim.

Cabelo preto caindo nas laterais do rosto…

Dani.

— Shhh! Eu preciso que você se levante com muito cuidado.

Eu lanço um olhar de "o que está acontecendo", ainda que ela pareça desesperada.

— Explico daqui a pouco, mas preciso que você se levante com cuidado e não faça barulho.

— Espera um segundo. Antes de tudo, que droga de lugar é esse?

Ontem à noite…

Uma série de imagens muito constrangedoras desfila na minha mente: margaritas, vodca, dança na mesa da boate, Gregory fazendo striptease, Ares e eu nos beijando na frente de todos, Dani e Apolo trocando olhares de "sim, deixa comigo, esta noite promete".

Ai, Nossa Senhora dos Músculos, acho que estou indo para o inferno.

Basicamente, cometi pecados demais em uma noite só. E, além disso, tivemos que pegar um táxi para a casa do Marco, a única sem adulto nenhum. Mais bebida, mais shows de strip, olhares ainda mais sexuais entre Apolo e Dani, e muitos outros beijos entre mim e Ares.

Dani tira a mão que cobria minha boca e eu me sento, porque meu estômago está se revirando e minha cabeça lateja.

— Qual é o problema? — Minha garganta queima, está seca, dolorida de tanto beber.

Dani leva o dedo indicador aos lábios e gesticula, indicando algo ao meu lado. Ares está dormindo ali, deitado de bruços, com a cabeça virada para o outro lado. Com o lençol até um pouco acima da cintura, sem camisa, a tatuagem à mostra, e aquele cabelo preto desgrenhado.

Deus, acordar ao lado de um homem desses deve ser um privilégio, talvez eu esteja gastando toda a felicidade da minha vida com esse cara, mas está valendo a pena.

Dani me traz de volta à realidade, balançando a mão diante de mim.

Com cuidado, me levanto, o colchão range e nós duas olhamos para o deus grego, mas ele está profundamente adormecido. Sinto uma leve dor entre as pernas e uma tontura. Dani me segura, até que eu me equilibre.

Eu não vou beber nunca mais.

Eu sei, foi o que eu disse da última vez.

O álcool é como um ex que a gente ainda não superou. A gente promete que não vai cair nessa de novo, nunca mais vai ficar com ele, mas ele seduz e a gente cai de novo.

Procuro o sapato que estava usando ontem à noite. Quando encontro o par jogado em um canto da sala, uma lembrança me vem à mente:

— Me dá parabéns, bruxa! — grita Ares enquanto entramos tropeçando no cômodo.

Ele me pega pela cintura para me beijar de leve.

Eu dou uma risadinha.

— Você está tão bêbado.

Ele está tão fofo com as bochechas coradas e olhos semicerrados. Ares aponta o dedo para mim.

— Você também não é a personificação da sobriedade.

— Uau... Personificação. Como seu cérebro embriagado consegue dizer palavras como essa?

Ares me dá um grande sorriso, enquanto coloca a mão na testa.

— QI...

— Mais alto daqui — completo. — Bonito e inteligente. Por que você é tão perfeito?

Ele dá de ombros e acaricia minha bochecha.

— Por que você é tão perfeita?

E eu me lembro em detalhes de tudo que fizemos depois disso. Deus!

— Planeta Terra chamando Raquel!

Corada de vergonha, volto à realidade. Dani acena para que eu a siga até a porta, eu balanço minha cabeça.

— Eu não posso simplesmente ir embora sem falar nada.

Dani sussurra:

— Você explica o motivo depois por mensagem. Eu preciso sair daqui.

— Mas, Dani, você não acha que ele vai se sentir um pouco usado?

Ela me lança um olhar de "sério?".

— Você vai explicar mais tarde, vamos lá — pede ela, mas eu hesito. — Por favor.

— Tudo bem.

Nós duas saímos do cômodo com as sandálias nas mãos, fechando a porta com cuidado.

— Agora você pode explicar o que aconteceu?

Dani balança a cabeça.

— Eu te conto no caminho, fica quieta, tem uma galera dormindo nesses quartos.

O corredor é longo, com portas dos dois lados. Eu quero protestar, mas Dani começa a andar na minha frente, até que reparo na parte de trás de sua blusa e vejo a etiqueta. Está do avesso?

Ah, erro de principiante.

— Dani, você transou ontem à noite?

— Shhh! — Ela cobre minha boca, me encostando na parede. Eu me liberto.

— Ai, meu Deus, você transou com o Apolo.

— Raquel!

— Diz que não!

Dani abre a boca para dizer algo e fecha novamente. Não consigo me conter de tanta surpresa.

— Minha Nossa Senhora dos Músculos!

Dani franze as sobrancelhas.

— Primeiro, essa santa não existe e, segundo, cala a boca, Raquel, nem mais uma palavra.

— É, por essa eu não esperava — confesso, me divertindo. Dani segura meu braço.

— Anda logo, não vamos deixar esta *Walk of Shame* pior do que já é.

— *Guok* o quê?

Dani revira os olhos.

— *Walk of Shame*, a caminhada da vergonha, sabe? Geralmente um dia depois de ter transado com alguém que não devia. Já fizeram até um filme com esse nome.

Eu rio.

— Eu tinha certeza! Eu dei um mês para vocês dois transarem!

Dani me lança um olhar assassino.

— Vamos, são nove horas e sua mãe está de folga hoje a partir das onze.

— Ai, droga, você deveria ter começado por aí.

Estamos no meio do corredor quando ouvimos a maçaneta de uma porta girando.

— Ai, merda, merda. — Dani murmura e nós duas andamos de um lado para outro sem saber o que fazer, esbarrando uma na outra várias vezes.

Por fim, congelamos e vemos Samy saindo de um dos quartos cuidadosamente, também com as sandálias nas mãos e uma atitude que lembra bastante a nossa.

Não me diga que...

Samy nos vê e fica paralisada por um segundo, depois acena com a mão livre. Nós nos aproximamos e Dani pega a mão dela para escaparmos juntas.

— Ninguém julga ninguém.

Quando descemos, encontramos Andrea. Sim, a não sei o quê de Gregory, na porta, abrindo sem fazer barulho.

— Você está me zoando?

Dani, Samy e eu trocamos olhares e sorrimos. Eu suspiro.

— Este deve ser o *Wouk de Chin* mais popular de todos os tempos.

Samy ri.

— Você quer dizer *Walk of Shame*?

Eu abaixo a cabeça e murmuro.

— Às vezes vacilo no inglês.

Saímos da casa e paramos um pouco no jardim. Samy confere o celular. Sem bateria.

— Alguém tem bateria para chamar um táxi?

Andrea sorri para nós.

— Estou de carro, posso dar uma carona.

É um carro muito bonito, delicado e pequeno. Samy vai no banco do carona, Dani e eu sentamos atrás. Andrea puxa o assunto.

— Essa situação é muito peculiar, não é?

Samy concorda com a cabeça.

— Eu diria que peculiar demais.

Incapaz de ficar quieta, deixo escapar:

— Sinto muito, mas acho que estamos todas curiosas para saber com quem...

Dani concorda.

— Ninguém julga ninguém, vamos nos falando.

Andrea ri.

— Gregory.

Samy enrubesce.

— Marco.

— Quê? — digo, surpresa. — Por essa eu não esperava.

Samy suspira.

— Nem eu.

Andrea estreita os olhos.

— Ninguém está surpresa com a minha revelação? Era assim tão óbvio?

Todas nós respondemos ao mesmo tempo.

— Sim.

— Ai. — Andrea faz um biquinho. — O seu também é óbvio, Raquel. Ares, quem mais seria?

Mostro a língua para ela, que me vê pelo espelho retrovisor e me mostra o dedo do meio. O fato de estarmos todas compartilhando uma situação tão vergonhosa e vulnerável gerou um clima de confiança muito agradável entre nós.

Samy se vira ligeiramente em seu assento.

— E você, Daniela?

Dani abaixa a cabeça e, com sua dignidade no subsolo, sussurra.

— Apolo.

— O quê?! — Samy e Andrea gritam tão alto que faço uma careta, levando a mão à testa.

— Sem gritos. Ressaca, lembram?

Andrea para no sinal.

— Isso sim é uma coisa que eu não esperava.

Dani passa a mão no rosto.

— Eu sei, ele é muito criança.

Andrea olha para Dani como se ela fosse louca.

— Não, não é isso, mas porque eu não fazia ideia de que vocês se conheciam tão bem.

Samy assente.

— Não acredito que está se sentindo mal por causa da idade dele, Daniela. — A culpa está estampada na cara dela. — O Apolo não é uma criança e, se me permite dizer, ele é bem mais maduro do que vários caras mais velhos que conheço.

Estou muito feliz que Samy e eu concordamos.

— Foi o que eu falei. Ela está paranoica com a diferença de idade e com o que os outros vão dizer.

Samy dá a ela um sorriso reconfortante e estende a mão para apertar a de Dani.

— Não fique pensando nisso, tá bom, Daniela?

Andrea está nos conduzindo pela avenida principal.

— Desculpe interromper, mas você se importa se eu passar na farmácia? Minha cabeça está me matando, preciso de um remédio para a dor.

— Preciso de um Gatorade para me hidratar — sussurra Samy.

— Você perdeu muito líquido na noite passada? — brinca Dani, e todas nós fazemos careta.

— Dani!

Andrea para na farmácia e soltamos um longo suspiro. Algo me diz que esse é o começo de algumas novas amizades; afinal, não tem jeito melhor de estreitar laços do que nos hidratando e tendo que lidar com uma das piores ressacas das nossas vidas.

46
OS USADOS

ARES HIDALGO

Acordar e não sentir o corpo de Raquel ao esticar meu braço não é o que eu estava esperando. Com a cabeça girando, me levanto e vou cambaleando até o banheiro, dou uma olhada e nada. Percebo que suas roupas não estão em lugar nenhum, então me dou conta de que ela foi embora.

A bruxa me usou e saiu fora?

Não acredito, essa vai para a lista cada vez maior das primeiras vezes com a Raquel. Nenhuma garota desapareceu na manhã seguinte depois de uma noite de sexo; esse papel sempre foi meu.

Ela continua roubando todos os holofotes.

Mas por que ela foi embora? Não fiz nada de errado na noite passada. Ou fiz? Passo a mão no rosto, tentando me lembrar de tudo. Nossa, posso dizer que foi a melhor transa que já tive na vida. Essa mulher me deixa louco. Sorrio que nem um idiota, enquanto encaro a única roupa que tenho para vestir: a fantasia de deus grego. Ah, não, não vou sair daqui assim de jeito nenhum. Procuro outras roupas no armário, já que estou em um dos quartos de hóspedes da casa do Marco e, como ele está acostumado a nos receber aqui às vezes, sempre tem algumas peças separadas para as visitas.

Depois de colocar uma bermuda e um moletom branco, desço as escadas até a sala, onde me deparo com uma cena que poderia ter saído do filme *Se beber, não case.*

Gregory está deitado no sofá, com uma bolsa de gelo na testa. Apolo está pálido, sentado no chão com as costas apoiadas no sofá e um balde ao lado dele. Marco está no sofá com uma bolsa de gelo em seu...

Marco é o primeiro a me notar.

— Não pergunte.

Eu não posso deixar de rir.

— Mas que bosta é essa?

— Estou morrendo — grunhe Gregory.

Não consigo desviar o olhar de Marco.

— O que aconteceu?

Marco não me encara.

— Qual parte do "não pergunte" você não entendeu? Deixa pra lá.

— É difícil deixar pra lá quando tem uma pessoa na nossa frente com uma bolsa de gelo no pau.

Apolo bufa.

— Por que você é tão grosseiro, Ares?

Sento do outro lado do sofá, aos pés de Gregory.

— Você quebrou?

Marco me lança um olhar assassino.

— Não, só... acho que é assadura de fricção.

Eu rio alto.

— Cara, e eu achando que tinha tido uma noite selvagem.

Gregory ri.

— Eu também, mas não, o Marco parecia uma TV velha.

Gregory e eu dizemos ao mesmo tempo:

— Sem controle.

Marco retorce os lábios.

— Rá rá, que engraçado.

Apolo sorri.

— Essa foi boa.

Apolo e eu seguimos para casa e, chegando lá, vamos direto para a cozinha, ainda fracos e tontos. Precisamos beber e comer alguma coisa e tomar um bom banho. Apolo desmaia na mesa da cozinha, então pego duas latinhas de energético na geladeira e coloco do outro lado da mesa. Eu sei que Apolo aproveitou a noite de ontem e estou bem curioso.

— Não quero falar disso.

— Mas eu não falei nada.

— Mas pensou.

Eu tomo um gole do energético.

— Você está imaginando coisas.

Claudia entra na cozinha e se oferece para fazer uma sopa, mas Apolo diz que está cansado e vai para o quarto.

É a minha vez de descansar o rosto na mesa enquanto espero Claudia preparar a sopa. Sem perceber, caio no sono. Sou acordado por um chute no meu joelho; pisco e limpo minha baba quando uma pontada atravessa meu pescoço. Ao levantar o rosto da mesa, sinto as marcas do tampo de madeira na bochecha. Me endireito na cadeira, dando de cara com um olhar frio.

Ártemis está do outro lado da mesa, com um café fumegante à sua frente, usando o moletom de treino preto e o cabelo ligeiramente úmido de suor. Ainda não entendo como é possível acordar cedo no domingo para fazer exercício, mas, bem, tem várias coisas que eu não entendo sobre meu irmão mais velho.

Ele está com os braços cruzados.

— Noite difícil?

— Você nem imagina.

Claudia se move ao redor do fogão.

— Ah, você acordou, a sopa está pronta.

— Obrigado — digo com um tom aliviado. — Você está salvando uma vida.

Claudia sorri.

— Não é para ficar mal-acostumado. — Ela me serve a sopa e só o cheiro já faz com que eu me sinta melhor.

Ártemis dá um gole no café e estou prestes a tomar uma colherada da sopa quando ele fala:

— Não deixa o Apolo beber, ele ainda não é maior de idade.

— Eu sei, foi coisa de uma noite só.

Novamente ergo a colher, mas Ártemis fala de novo:

— O diretor da sua escola me contou que você ainda não se inscreveu nos cursos de Direito ou de Administração.

Coloco a colher ao lado do prato.

— Mas não estamos nem na metade do ano letivo.

— Quanto mais cedo melhor. Você já escolheu alguma delas? — Contraio a mandíbula. — Você seria tranquilamente aceito em Princeton, papai e eu estudamos lá. Você tem um legado.

Ah, a tal da Ivy League, as universidades mais prestigiadas, exclusivas e conhecidas dos Estados Unidos. O processo seletivo é ainda mais rigoroso do que nas universidades que não fazem parte do grupo. Não só é preciso ter um histórico escolar excelente, mas também muito dinheiro e o conhecido "legado": se seus pais ou algum familiar próximo se formou em uma dessas faculdades, você já está praticamente dentro.

Não me interpretem mal, tenho interesse em uma dessas universidades, mas não nas carreiras que o meu irmão imagina. Claudia me lança um olhar compreensivo e volta a cozinhar. Meu desconforto com esse assunto é assim tão óbvio?

Ártemis parece não querer calar a boca.

— Já pensou qual curso você vai escolher? Administração ou Direito? Você me ajudaria muito se fosse para a faculdade de Administração, estamos pensando em abrir mais uma unidade no sul. A construção está bem no começo e seria perfeito se você pudesse cuidar da filial de lá quando se formar.

Não quero estudar Direito nem Administração.

Quero fazer Medicina.

Eu quero salvar vidas.

Quero ter conhecimento para dar o melhor atendimento ao meu avô e às pessoas de quem gosto.

Penso todas essas coisas, mas não digo, porque sei que no momento em que essas palavras saírem da minha boca vou perder todo o respeito e a validação do meu irmão, porque abandonar o legado é uma traição nesse tipo de família.

De que serve um médico em uma grande multinacional?

Tive uma vida cheia de privilégios; não me faltou nada, nunca precisei me esforçar para nada. O legado tem um lado muito sedutor, mas as pessoas se enganam quando acreditam que não há um preço alto a ser pago.

As pessoas não enxergam a pressão, as exigências, as refeições solitárias, a dificuldade de se fazer um amigo verdadeiro ou de encontrar afeto sincero. Achei que minha vida se resumiria a esse círculo até que algo aconteceu: a Raquel me viu.

E não estou falando de me olhar; ela viu através de mim, e se aproximou com sentimentos tão puros, com aquele rosto lindo e tão fácil de ler, que me deixou sem palavras. Raquel sempre foi tão verdadeira, transparente, suas reações tão honestas. Eu não acreditava que existissem pessoas assim.

Ela, que não tem ideia de quão bonita é, afirmou com tanta certeza que eu me apaixonaria por ela. Ela, que trabalhava para comprar as coisas que queria, que sempre se sentiu solitária pela falta do pai e pelo trabalho da mãe; ela, que passou por tanta merda comigo…

Ela ainda sorri de todo o coração.

E é um sorriso que me desarma e faz com que eu acredite que tudo é possível. Ela me faz crer que um dia serei um ótimo médico, porque talvez ninguém da minha família me apoie ou acredite em mim, mas ela sim.

E isso é mais do que suficiente.

47

O PERDÃO

Véspera de Ano-Novo

Sinto muito...
  Me perdoe...
  Nunca quis te machucar.
  Não sei o que estava pensando.
  Pedir perdão pode ser difícil, requer coragem e maturidade. Admitir que errou significa se analisar e encarar o fato de que você não é perfeito e nunca será, de que é falível, como todo mundo.
  Cometer um erro é humano, admitir é corajoso.
  Os piores erros são aqueles que você não consegue apagar, por mais que se desculpe, por mais que tente, aqueles que deixam uma cicatriz em seu coração. Aqueles que ainda doem quando você se lembra deles.
  A noite de Ano-Novo tem esse clima de reflexão, de nos fazer analisar tudo o que fizemos, o que não fizemos, as pessoas que afetamos de maneira positiva ou negativa. Passei por tanta coisa esse ano, especialmente depois do verão... Os últimos seis meses foram uma montanha-russa de emoções para mim.
  O relógio marca 23h55 e meus olhos se enchem de lágrimas; gostaria de dizer que isso me surpreende, mas não. Sempre choro

perto da meia-noite do Ano-Novo, seja por tristeza, alegria, saudade ou um misto de emoções que eu mesma não sou capaz de decifrar.

Minha mãe coloca o braço por cima do meu ombro para me abraçar de lado, nós duas estamos no sofá. Viemos para a casa de sua melhor amiga, Helena, que tem uma família grande. Sempre passamos a virada aqui. Acho que minha mãe nunca gostou da ideia de passarmos só nós duas, e nem eu.

Minha mãe faz carinho no meu braço, apoiando o queixo na minha cabeça.

— Mais um ano, minha bebê.

— Mais um ano, mamãe.

Helena aparece, com o neto de três anos nos braços.

— Venham, é hora da contagem regressiva.

Há cerca de quinze pessoas nesta pequena sala, o apresentador na TV começa a contagem regressiva.

10.

A risada de Dani...

9.

As loucuras de Carlos...

8.

Os argumentos nerds de Yoshi...

7.

A inocência de Apolo...

6.

A bofetada da minha mãe...

5.

As palavras dolorosas de Ares...

4.

As palavras doces de Ares...

3.

Seu lindo sorriso ao despertar...

2.

Seus profundos olhos azuis...

1.

Eu te amo, bruxa.

— Feliz Ano-Novo!

Todos gritam, se abraçam, comemoram, e é impossível não sorrir, embora lágrimas grossas escorram pelo meu rosto. Fui contaminada pela instabilidade dele.

Sinto muita saudade de Ares. Depois do Halloween, nos vimos quase todos os dias, mas duas semanas atrás ele me contou que sua família passa as festas de fim de ano em uma praia exótica na Grécia, porque aparentemente eles têm família lá, e eu não pude perder a piada dos deuses gregos indo para a Grécia. Ares me perguntou várias vezes se eu queria que ele ficasse. Como eu poderia tirar dele esse tempo com a família? Não sou tão egoísta assim.

Minha mãe me abraça, e sou trazida de volta à realidade.

— Feliz Ano-Novo, coisa linda! Te amo muito.

Eu a abraço também. Nossa relação ainda está um pouco abalada, mas estamos trabalhando nisso. Na verdade, ainda não contei que Ares e eu estamos namorando, um passo de cada vez. Ares me ligou horas atrás para me desejar feliz Ano-Novo por causa do fuso horário.

Depois de distribuir alguns abraços, volto a me sentar. Não tenho nada para fazer... E isso me pega de surpresa. Depois de dar boas-vindas ao ano que chegava, Joshua vinha me buscar e saíamos para desejar feliz Ano-Novo por todas as ruas, com todos acordados e comemorando.

Dói...

Não posso negar, Joshua sempre esteve ao meu lado, e esse último mês foi difícil sem ele, porque compartilhávamos muitas coisas. Tínhamos o costume de sair para brincar na neve na primeira vez que nevasse no ano, recebíamos as crianças com fantasias de Halloween assustadoras, maratonávamos nossas séries favoritas, comprávamos livros diferentes para trocá-los quando terminássemos as leituras, tínhamos noites de jogos de tabuleiro, histórias de terror e fogueiras ao lado de casa, e teve até uma vez que colocamos fogo no quintal e mamãe quase nos matou. Sorrio com a lembrança.

O que estou fazendo?

Posso não ser capaz de voltar a confiar nele tão facilmente, mas posso perdoá-lo; no meu coração não tem espaço para rancor.

Sem pensar muito, pego o casaco e sigo meu coração. Saio correndo da casa de Helena, o frio do inverno me atinge, mas vou pela calçada, cumprimentando e desejando um feliz Ano--Novo a todos que encontro pelo caminho. Luzes de Natal enfeitam as ruas, as árvores nos jardins em frente às casas, há crianças brincando com estrelas de Natal, outras fazendo bolas de neve. A vista é linda, e eu me dou conta de que às vezes ficamos tão focados em nossos problemas que não enxergamos a beleza das coisas simples.

Abraçando a mim mesma, começo a andar mais rápido, não posso correr na neve, não quero escorregar e quebrar alguma parte do corpo, seria patético. Meu pé se enterra em um montinho de neve e eu o sacudo para continuar, mas quando olho para cima, congelo.

Joshua.

Em seu longo casaco preto, boné preto e óculos ligeiramente embaçados pelo frio. Não falo nada e simplesmente corro até ele, esquecendo a neve, os problemas, as mágoas… Só quero abraçá-lo.

E assim o faço. Envolvendo minhas mãos em volta do pescoço de Joshua, apertando-o contra mim. Sinto o perfume suave que ele sempre usa, e isso me preenche e me acalma.

— Feliz Ano-Novo, idiota — digo com a cara enfiada em seu pescoço.

Ele ri.

— Feliz Ano-Novo, Rochi.

— Eu sinto tanta saudade — murmuro.

Ele me segura contra o peito.

— Eu também sinto, você não faz ideia.

Não.

Não foi isso que aconteceu.

Não importa o quanto eu desejasse que isso tivesse acontecido, não mudaria o que aconteceu.

A realidade sou eu correndo pela neve com lágrimas nas bochechas, sem casaco, e segurando meu celular com tanta força que ele poderia quebrar. Meus pulmões queimam com o ar frio, mas não ligo. Minha mãe corre atrás de mim, gritando para eu me acalmar, parar, colocar meu casaco, mas eu não me importo. Não consigo respirar.

Ainda me lembro da rapidez com que meu sorriso desapareceu quando recebi a ligação, a mãe de Joshua parecia inconsolável.

— Joshua... tentou... se matar.

Não sabiam se ele iria sobreviver, seu pulso estava muito fraco. Não, não, não.

Joshua, não.

Começa a passar um filme na minha cabeça. O que eu fiz de errado? Onde eu falhei? Por quê, Joshua? O primeiro sentimento a encher meu coração foi a culpa. Nunca, nunca passou pela minha cabeça que ele pudesse fazer algo desse tipo. Ele não parecia deprimido, ele não... Eu...

Chegando na casa dele, a ambulância passa por mim a toda velocidade e eu caio de joelhos na neve. Os vizinhos de Joshua vêm e colocam um casaco em mim. Eu aperto meu peito, respirando com dificuldade.

Minha mãe me abraça por trás.

— Calma, filha, ele vai ficar bem.

— Mamãe, eu... É minha culpa... Parei de falar com ele... Ele... — Não consigo respirar, não consigo parar de chorar.

A viagem de táxi até o hospital foi silenciosa, apenas meus soluços ecoando. Com a cabeça no colo de minha mãe, eu oro, oro para que ele sobreviva; isso não deveria ter acontecido, é um pesadelo. Meu melhor amigo não pode ter feito isso, meu Yoshi...

Ao chegar no pronto-socorro, vou até os pais de Yoshi, que parecem arrasados, os olhos inchados, a dor evidente em seus rostos. Assim que me veem, caem no choro, e eu me junto a eles, envolvendo-os em um abraço.

Enxugando as lágrimas do meu rosto, me afasto.

— O que aconteceu?

Sua mãe balança a cabeça.

— Depois da virada, ele foi para o quarto dele. Algum tempo depois, o chamamos várias vezes, então pensei que ele tinha adormecido e fui ver. — Sua voz falha, a dor evidente em seu rosto. — Ele tomou tantos comprimidos, estava tão pálido. Meu bebê... — Seu marido a abraça. — Meu bebê parecia morto.

A agonia, a dor refletida em seus rostos... É uma cena tão difícil de ver; posso sentir o desespero, a culpa ali, pairando. Onde erramos? O que deixamos de perceber? Talvez tudo, talvez nada. Joshua talvez tenha dado sinais ou não tenha dado nenhum, e mesmo assim esse sentimento de culpa, de ter falhado com ele nos consome.

Suicídio...

Aquele assunto sobre o qual ninguém fala, ninguém gosta de falar, não é agradável, muito menos confortável, mas é algo que acontece. Tem gente que decide acabar com a própria vida. Particularmente, é algo que nunca passou pela minha cabeça, e que nunca pensei que pudesse acontecer com alguém próximo a mim.

Nunca poderia imaginar que Joshua seria capaz de fazer algo desse tipo.

Por favor, Joshua, não morra. Eu imploro, fechando meus olhos, sentada na sala de espera. *Estou aqui, não vou embora nunca, prometo, por favor, não vá, Yoshi.*

Passam minutos, horas, perco a noção do tempo. O médico aparece com uma expressão que faz meu coração apertar no peito.

Por favor...

Ele suspira.

— O garoto teve muita sorte, fizemos uma lavagem estomacal; ele está muito fraco, mas estável.

Estável...

Estou muito aliviada, mas me sinto emocionalmente arrasada; não fosse por minha mãe me segurando, eu teria caído no chão mais uma vez. O médico fala em encaminhá-lo para psiquiatria e mais um monte de coisas, mas eu só quero vê-lo, ter certeza de que ele está bem, que não vai a lugar nenhum, conversar com ele, convencê-lo a nunca mais fazer uma coisa dessas, me desculpar por tê-lo afastado de mim, por não ter tentado consertar as coisas entre nós.

Talvez se eu tivesse ficado... ele não teria...

Talvez.

O médico nos avisa que Joshua ficará inconsciente pelo restante da noite, que podemos ir descansar e voltar pela manhã, mas nenhum de nós sai de lá. Minha mãe consegue um quarto desocupado para descansarmos, já que estamos no hospital em que ela trabalha e todos aqui a conhecem e respeitam. Mamãe é uma das enfermeiras mais antigas do lugar.

Minha mãe faz um cafuné em mim enquanto eu descanso minha cabeça em seu colo.

— Eu disse que ele ficaria bem, minha bebê. Tudo vai ficar bem.

— Eu me sinto tão culpada.

— Não foi sua culpa, Raquel. Culpar a si mesma não vai ajudar, agora você só precisa estar com ele para ajudá-lo, ajudá-lo a seguir em frente.

— Se eu não o tivesse afastado, talvez...

Minha mãe me interrompe.

— Raquel, os pacientes com depressão clínica nem sempre demostram o que sentem, podem ser vistos felizes mesmo que não estejam bem. É muito difícil ajudá-los se não pedirem ajuda, e para eles às vezes pedir ajuda não faz sentido, porque a vida perdeu o sentido.

Eu não falo nada, apenas fico olhando para uma janela ao longe, os flocos de neve caindo novamente. Minha mãe faz carinho na minha bochecha.

— Durma um pouco, descanse, foi uma noite difícil.

Meus olhos ardem de tanto chorar; eu os fecho para tentar dormir um pouco, para esquecer, para me perdoar.

— *Você vai cair!* — *grita o pequeno Joshua lá de baixo. Estou subindo em uma árvore.*

Eu mostro a língua para ele.

— *Você só está chateado porque não consegue me pegar.*

Joshua cruza os braços.

— *Óbvio que não; além disso, combinamos que as árvores não valiam, trapaceira.*

— *Trapaceira?* — *Eu jogo um galho nele.*

Ele se esquiva.

— *Ei!* — *Ele me lança um olhar assassino.* — *Ok, trégua, desça e a gente joga juntos depois.*

Com cuidado, desço da árvore, mas quando estou na frente dele, Joshua me toca e sai correndo.

— *Uuuuu! É sua vez de me pegar.*

— *Ei! Isso é trapaça.*

Ele me ignora e continua correndo, e não tenho escolha a não ser persegui-lo.

Um aperto no meu ombro me acorda, quebrando aquele sonho tão agradável, de brincadeiras e inocência. Minha mãe segura um café, sorrindo.

— Macchiato com caramelo.

Meu favorito.

Isso me lembra de Ares e daquela noite, nosso primeiro encontro no hospital. Não me atrevi a ligar para ele para contar, porque sei que ele virá correndo e não quero estragar o Ano-Novo dele. Isso é o de menos nesses momentos, mas não quero envolver mais ninguém nesta situação dolorosa.

— Ele já acordou, os pais dele acabaram de vê-lo. Quer entrar?

Meu coração se aperta, meu peito arde.

— Sim.

Você consegue, Raquel.

Minha mão treme ao encostar na maçaneta, mas eu a giro, abro a porta e entro. Fito o chão enquanto a fecho. Quando olho para cima, cubro minha boca para abafar os soluços que deixo escapar.

Joshua está deitado sobre lençóis brancos, uma intravenosa em seu braço direito, tão pálido e frágil que parece que pode quebrar a qualquer momento. Seus olhos cor de mel encontram os meus e imediatamente se enchem de lágrimas.

A passos largos, vou até ele e o abraço.

— Idiota! Te amo muito, muito. — Enterro meu rosto em seu pescoço. — Eu sinto muito, de verdade, por favor, me perdoe.

Quando nos afastamos, Joshua desvia o olhar, enxugando as lágrimas.

— Eu não tenho nada para perdoar.

— Joshua, eu...

— Não quero sua pena. — Suas palavras me surpreendem.

— Não quero que você se sinta obrigada a estar ao meu lado só porque isso aconteceu.

— Do que você...?

— Foi minha decisão, não tem nada a ver com você ou com qualquer outra pessoa.

Dou um passo para trás, mas ele não olha para mim.

— Não, você não vai fazer isso.

— Fazer o quê?

— Me afastar de você — declaro. — Não vim por obrigação, vim porque te amo muito e, sim, sinto muito não ter falado com você antes para tentar consertar as coisas, mas antes de isso acontecer eu já tinha decidido te procurar, eu juro.

— Não estou exigindo nada de você.

— Mas quero te explicar, quero que saiba o quanto senti sua falta, o quanto me importo com você.

— Para que eu não tente me suicidar de novo?

De onde está vindo essa amargura em sua voz? Esse atrevimento e tanto desinteresse pela vida? Sempre esteve lá?

Lembrei-me das palavras de minha mãe: a vida perde sentido para quem sofre de depressão clínica, nada importa. Nada mais importa para ele.

Eu me aproximo.

— Yoshi. — Percebo como fica tenso com a menção de seu apelido. — Olha para mim.

Ele balança a cabeça e eu seguro seu rosto.

— Olha para mim! — Seus olhos encontram os meus e as emoções que vejo neles partem meu coração: desespero, dor, solidão, tristeza e medo, muito medo...

Meus olhos se enchem de lágrimas novamente.

— Eu sei que agora tudo parece sem sentido, mas você não está sozinho. Tem várias pessoas que te amam e que estão aqui até para respirar por você se precisar. — As lágrimas rolam pelas minhas bochechas, caindo do meu queixo. — Por favor, aceite nossa ajuda, prometo que isso tudo vai passar e você vai voltar a aproveitar a vida, como fazia aquele menino trapaceiro com quem eu brincava quando era pequena.

O lábio inferior de Joshua treme, lágrimas caem de seus olhos.

— Fiquei com tanto medo, Raquel.

Ele me abraça, o rosto enfiado no meu peito enquanto chora como uma criança, e tudo o que eu faço é chorar junto com ele.

Joshua vai ficar bem. Não tenho ideia de como fazer com que ele se apaixone pela vida de novo, mas vou respirar por ele quantas vezes forem necessárias.

48

OS HIDALGO

ARES HIDALGO

O sol imponente da Grécia queima minha pele, fazendo com que me esconda atrás de óculos escuros. O clima, ao contrário de casa, não é frio, mas também não é quente, ficando num meio-termo que tenho gostado muito desde que chegamos.

Estou deitado em uma cadeira em frente à piscina de água cristalina do resort; a vista é relaxante, dá para ver todo o litoral e a praia além da piscina. Para mim, a Grécia sempre teve um ar de antiguidade, de história, o que me dá uma sensação estranha, mas no bom sentido.

Ao meu lado está sentado meu avô; Claudia está ao lado dele, pegando seus remédios da mesa sob o guarda-sol. Ela está vestindo um maiô vermelho que combina com seu cabelo e uma saída de praia transparente que mal a cobre.

— Eu acho que já tive o suficiente — resmunga vovô e começa a se levantar.

Claudia e eu o ajudamos a ficar de pé.

— Sim, está na hora de descansar.

Vovô me solta delicadamente.

— Ares, filho, ainda consigo andar sozinho.

Eu levanto minhas mãos.

— Percebi.

Eu os vejo passar pelas portas de vidro e ouço o som de uma notificação; que nem um louco, pego meu celular, mas não tem nada.

Nada.

Estou sem notícias de Raquel faz mais de duas horas.

E merda, isso me desconcentrou demais.

Falei com ela para desejar um feliz Ano-Novo quando deu meia-noite aqui, mas depois disso não tive mais notícia dela, nem quando deu meia-noite lá. Mandei mensagens para ela, liguei e nada. Ela está dormindo até agora? Embora já sejam três da tarde aqui, ainda é de madrugada lá.

Outro som de notificação, mas estou segurando meu celular e sei que não vem dele, e sim do de Apolo, que está em uma cadeira.

Apolo está na piscina para variar; nadar é o que ele mais gosta de fazer desde pequeno. Dou uma olhada na tela de seu celular e fico maravilhado com a quantidade de notificações que ele recebeu do... Facebook?

Apolo nunca foi muito ativo no Facebook, ou será que sim?

Mas as notificações não param. Então, vou até a beira da piscina com uma toalha e o celular nas mãos, e me abaixo quando Apolo sai da água, sacudindo o cabelo.

— Seu celular vai explodir.

Apolo me lança um olhar confuso.

— Meu celular?

— Desde quando você é tão ativo no Facebook?

— Eu não sou.

Apolo se senta na beira, coloca a toalha ao redor dos ombros e tira a água da mão para segurar o celular. Me sento ao lado dele porque não tenho nada melhor para fazer, já que a bruxa está me ignorando.

Apolo desliza o dedo pela tela do aparelho e vejo sua expressão ficar cada vez mais confusa.

— Ai, merda.

— Qual é o problema?

Como se meu celular quisesse responder, a enxurrada de notificações também começa a chegar. Estou prestes a verificar quando Ártemis chega com uma cara nada feliz, também com o celular na mão.

— Apolo — rosna Ártemis, e vejo meu irmão mais novo abaixar a cabeça. — Por que você postou essa foto sem permissão?

Eu olho para os dois.

— Que foto?

— Não pensei que isso fosse acontecer, só tenho conhecidos no Facebook — explica Apolo, e eu continuo sem entender.

— Alguém pode me explicar o que está acontecendo?

Ártemis coloca a tela do celular na minha cara com uma foto que nós três tiramos esta manhã ao lado da piscina; estávamos de short, sem camisa e com óculos de sol. O parentesco é óbvio, e não tenho vergonha de dizer que estamos muito bonitos.

Ártemis suspira.

— Alguém roubou a foto de Apolo no Facebook e a colocou em uma página chamada "Garotos gatos".

Apolo ainda está surpreso.

— A foto viralizou e já tem muitos likes, os comentários não param.

Ártemis lança um olhar assassino para Apolo.

— Nos comentários, todas aquelas mulheres queriam nos encontrar, e de alguma forma conseguiram, porque tenho mais de dois mil pedidos de amizade e não param de aumentar.

Verificando meu celular, percebo que também tenho muitos pedidos de amizade e mensagens privadas de desconhecidas.

— Relaxa, Ártemis. — Tento acalmá-lo. — É uma chateação, mas veja o lado bom, é propaganda gratuita para a empresa Hidalgo.

Ártemis nos dá uma última olhada antes de ir embora. Ele ainda não parece feliz, mas, bem, expressões de alegria também não são seu forte.

— Você leu os comentários? — pergunta Apolo, vidrado no celular.

Cheio de curiosidade, chego na foto e começo a ler alguns dos comentários.

Eu paro porque ficam cada vez mais ousados. Uau, é incrível o que as pessoas podem dizer mesmo sem nos conhecer.

Eu me sinto observado e olho para cima, dando de cara com um par de olhos cinzentos muito bonitos. Uma garota de cabelo preto e sua amiga loira acabam de pular na piscina. Não é a primeira vez que as vejo. Desde que chegamos aqui há duas semanas, sempre nos esbarramos nas áreas comuns.

Apolo segue meu olhar.

— A garota que te persegue, hein?

— Ela não está me perseguindo.

— Você sabe que sim, até eu percebi. — Apolo dá uma olhada nela. — É muito exótica, seu tipo.

Eu passo a mão pelo cabelo.

— Meu tipo? — Sim, ele tem razão, esse costumava ser o meu tipo, garotas com cabelos escuros e olhos claros, mas acabei me apaixonando por uma garota que não tem nenhuma dessas características. Como a vida é irônica. — Eu não tenho mais um tipo, só existe ela.

Apolo me dá um grande sorriso.

— Estou orgulhoso de você.

— E eu de você, irmão que não é mais virgem.

— Não começa.

— Ah, vai, é normal ficar curioso, minha primeira vez foi um desastre.

— Mentira.

— Eu juro, demorei uns cinco minutos para colocar a camisinha.

Apolo faz uma careta desconfortável.

— Muita informação, Ares.

— Eu tenho que perguntar. Você usou camisinha, Apolo?

— Lógico. Você acha que eu sou o quê?

— Que bom, que bom.

Quando nos sentamos para comer em família, minha mãe abre a boca, checando algo em seu celular.

— Estamos em alta no Twitter.

Ártemis joga a cabeça para trás, grunhindo.

— Não me diga que é por causa da foto.

Minha mãe nos mostra.

— Olha, a *hashtag* Hidalgo está entre as dez primeiras.

As redes sociais nunca deixam de me surpreender.

Claudia franze a testa.

— Que foto?

Apolo se senta, pegando um pedaço de abacaxi.

— Você se lembra da foto que tirou de nós hoje cedo?

Claudia acena com a cabeça. Apolo mastiga e fala:

— Viralizou.

Minha mãe faz uma cara de nojo.

— Não mastigue de boca aberta, Apolo, é falta de educação.

Também me sento e verifico o celular novamente; fora a loucura da foto, não tenho mensagem da bruxa.

Onde você está, Raquel?

Não sente minha falta?

Porque estou morrendo de vontade de falar com você.

Abro minha conversa com ela e vejo que ainda não visualizou minhas mensagens. Meu celular toca em minhas mãos, mas a empolgação desaparece quando vejo que é Samantha.

Me afasto da mesa para atender.

— Alô?

— Feliz Ano-Novo, Ares. — Sua voz parece constrangida, há algo errado.

— Qual é o problema?

Ela hesita.

— Aconteceu uma coisa, Ares.

49

OS PRESENTES

Remédios...
Sessões de terapia...
Consultas psiquiátricas...
E muitas outras coisas relacionadas ao estado de Joshua é tudo que ouço no hospital ao longo do dia. Não sei se é cansaço ou privação de sono, mas acho difícil prestar atenção e acompanhar o que estão falando.

Minha mãe me tirou praticamente à força do hospital quando anoiteceu, argumentando que eu tinha que descansar, que já havia passado tempo demais ali. Dani chegou para fazer companhia a Joshua em meu lugar, já que os pais dele precisavam descansar durante a noite; eles estão arrasados.

Depois de chorar no ombro da minha melhor amiga por um tempo, me despeço de Joshua e saio. Chego em uma casa vazia e silenciosa. Fecho a porta, encosto ali e fico remexendo as chaves nas mãos, sem sair do lugar.

Não foi assim que imaginei que a primeira noite do ano seria; aparentemente, a vida gosta de nos atingir quando menos esperamos para ver o quanto aguentamos. Sinto como se tivesse levado um soco no estômago e tivessem me deixado sem ar, embora ainda possa respirar.

Minha mente continua tentando entender, procurar razões, apontar o culpado, me culpar. Ainda me lembro da conversa que tive com Joshua antes de sair.

— Sei que você quer me fazer uma pergunta; é só fazer. — Joshua sorri para mim. — Está tudo bem.

Esfrego meus braços, tentando me aquecer e ganhar tempo para escolher minhas palavras com cuidado, enquanto Joshua espera.

— Por quê? Por que você fez isso?

Joshua desvia o olhar, suspirando.

— Você não entenderia.

Sento ao lado dele na cama do hospital.

— Vou tentar.

Seu olhar volta até mim.

— Me dá um tempo, eu prometo te contar depois, mas agora eu... eu não posso.

Coloco a mão em seu ombro e dou a ele um grande sorriso.

— Tudo bem, serei paciente.

Ele coloca sua mão na minha, seus olhos fixos nos meus.

— Eu senti muito sua falta.

— Eu também, Yoshi. — Abaixo a cabeça. — Eu... eu sinto muito.

— Shhh. — Ele toca minha bochecha suavemente, me forçando a olhar para ele. — Você não tem que se desculpar, Rochi. — Seu polegar acaricia minha pele.

— Mas...

Seu polegar desliza pelo meu rosto até chegar aos lábios.

— Não, para.

O toque de seu dedo nos meus lábios me faz cócegas.

— Está bem.

— Agora vai para casa descansar. — Ele abaixa a mão e se inclina para mais perto de mim, beijando minha testa e em seguida se afastando. — Vai, vou ficar bem com a Medusa.

Eu rio um pouco.

— Não chama ela assim ou você vai ter uma noite muito longa.

Joshua dá de ombros.

— Vale a pena, é o apelido mais adequado que eu já criei.

Dani entra, murmurando algo sobre a qualidade do café do hospital, e nos encontra sorrindo como dois idiotas. Ela levanta uma sobrancelha.

— Que foi? Estavam falando de mim?

— Não — respondemos juntos.

Deixo os dois ali, discutindo sobre apelidos e besteiras, como de costume.

Eu deslizo pela porta até me sentar no chão, abraçando os joelhos. Sei que preciso tomar um banho e dormir, mas não consigo juntar energia para isso, só quero continuar aqui.

Tiro meu celular do bolso e vejo a tela apagada. Ficou sem bateria algumas horas depois de eu chegar ao hospital, e me pergunto se Ares me enviou alguma mensagem. Talvez ele esteja muito ocupado comemorando o Ano-Novo com sua família para notar minha ausência, e eu não o culpo, não contei a ele o que aconteceu com o Joshua. Minha cabeça tem estado tão focada em tentar entender e aceitar que isso realmente aconteceu com meu melhor amigo que não tive condição de escrever para Ares. Então meu celular desligou e eu não queria sair de perto de Joshua para carregá-lo.

Com passos lentos, subo as escadas e tomo um banho quente. A água me faz bem e relaxa meus músculos tensos. Agora que estou um pouco mais calma, deixo o deus grego invadir meus pensamentos.

Sinto muita falta dele.

Essas semanas pareceram uma eternidade. É muito angustiante quando você se acostuma a ver uma pessoa quase diariamente e, de repente, não a encontra mais. Ainda faltam alguns dias para ele voltar e sei que vai ser difícil, sobretudo agora que eu mataria por um de seus abraços, para tê-lo ao meu lado, me dando segurança.

De pijama, me sento na cama e coloco meu celular para carregar, ansiosa. Eu observo o aparelho enquanto liga, os sons das mensagens começando a ecoar por todo o quarto. Rocky está dormindo pacificamente em um canto, as notificações não parecem incomodá-lo.

Rapidamente, abro a conversa de Ares. Recebi muitas mensagens dele. Não era isso que eu esperava.

> **00h15**
> Te liguei para desejar feliz Ano-Novo e você não atendeu.

> **00h37**
> Bruxa?

> **01h45**
> Por que você não atende o telefone?

> **02h20**
> Está dormindo?

> **09h05**
> Raquel, estou começando a ficar preocupado. Está tudo bem?

> **10h46**
> Merda, Raquel, estou muito preocupado agora.

Essa foi sua última mensagem.

Mordo o lábio quando começo a digitar uma resposta. No entanto, mal consigo terminar de escrever a primeira palavra quando meu celular começa a tocar na minha mão.

> **Chamada recebida**
> Deus grego <3

Meu coração faz o de sempre, ameaçando pular do peito, e eu respiro fundo.

— Alô?

Há um segundo de silêncio, como se ele não esperasse que eu atendesse, como se estivesse acostumado a que eu não respondesse, mas a seriedade de sua voz me surpreende.

— Onde você está?

— Na minha casa.

— Olhe pela janela.

E ele desliga. Confusa, fico olhando para o telefone. Meu olhar corre para a janela, que está fechada por causa do frio; lá fora está nevando de novo. Eu levanto e ando até a janela, abrindo as cortinas.

Ares...

Ali, parado em seu quintal. Ele parece um pouco bronzeado, de calça jeans e uma jaqueta preta sobre uma camisa branca. Seu cabelo preto naquela bagunça que só fica perfeita nele. Queria poder dizer que me acostumei a vê-lo, a profundidade daqueles olhos azuis, a postura confiante, a beleza, mas é mentira, acho que nunca vou me acostumar com ele e muito menos agora, que depois de duas semanas sem olhar para ele.

Meu corpo reage como de costume, o coração batendo desesperadamente, o estômago se revirando e as mãos suando um pouco. Porém, não são as reações físicas que me pegam de surpresa todas as vezes, mas as sensações, a emoção que enche meu peito, o poder que ele tem de me fazer esquecer que existe um mundo ao meu redor.

Flocos de neve caem sobre ele, aterrissando em sua jaqueta e no lindo cabelo escuro. Eu não posso acreditar que ele realmente está aqui.

Ares me dá aquele sorriso que deixa qualquer um sem fôlego.

— Olá, bruxa.

Estou paralisada, sem palavras, e ele parece perceber, porque pula devagarinho a cerca que separa nossos quintais e sobe as escadas para chegar ao meu quarto pela janela.

Dou um passo para trás, de frente para ele, seus olhos vendo através de mim. Quero conversar e contar o que aconteceu, mas pelo jeito que ele me olha, vejo que já sabe. Sem aviso, Ares agarra meu braço e me puxa até eu encostar em seu peito e me abraça com força, seu cheiro me envolvendo, fazendo com que eu me sinta em segurança. E naquele momento, não sei por que, lágrimas brotam sem controle dos meus olhos e me vejo chorando compulsivamente.

Ares me conforta, acariciando minha nuca, e as palavras jorram de mim.

— Ele... quase morreu... não sei o que eu teria feito se... me sinto tão culpada.

Ele me deixa chorar e murmurar, me segurando com força contra seu peito. Meu Deus, senti tanto a falta dele. Nós nos afastamos e ele segura meu rosto com as mãos, seus polegares enxugando minhas lágrimas, e pressiona seus lábios levemente contra os meus, me dando um beijo suave e delicado como se tivesse medo que eu quebrasse.

Ele então descansa sua testa na minha, seus olhos perfurando minha alma.

— Por que não me contou?

Dou um passo para trás, dando uma distância entre nós; não consigo me concentrar com ele assim tão perto.

— Eu... eu não sei, foi tudo tão rápido. Minha cabeça estava uma bagunça. Além disso, você estava muito longe, não queria te atrapalhar.

— Me atrapalhar? — A palavra parece incomodá-lo. — Raquel, você é uma das pessoas mais importantes da minha vida, se não for a mais importante; você nunca vai me atrapalhar, seus problemas são meus problemas, pensei que o lance de ser um casal era poder contar um com o outro. Me incomoda que você sinta que não pode contar comigo.

— Sinto muito.

— Não pede desculpas, não é isso que eu quero, só quero que você me diga se estiver em uma situação difícil, não é para ficar quieta só porque não quer incomodar. Promete?

Dou a ele um sorriso sincero.

— Prometo.

— Quer falar sobre o que aconteceu?

Eu respiro fundo.

— Não.

— Tudo bem.

Ares tira uma mochila escura que eu não tinha notado que estava em suas costas e a coloca na mesa do computador. Tira um embrulho de presente de dentro dela.

Ele se aproxima de mim, estendendo a mão com o presente.

— Feliz Natal, bruxa.

Fico olhando para ele, surpresa.

— Você não precisava me dar nada.

Ele segura o queixo como se estivesse pensando.

— Acho que você me disse que só aceita presentes em ocasiões especiais, então tenho que aproveitar esse momento.

— Você se lembra de tudo que eu te digo?

— Sim, tudo o que importa para mim fica aqui. — Ele coloca a mão na testa. — Vai, pega, você não tem desculpa para rejeitar.

Suspirando, pego o embrulho. Ares me olha impaciente. Ele parece mais empolgado do que eu, e sua emoção me contagia de leve. Coloco o presente sobre a cama e abro. A primeira coisa que pego é uma caixa dourada de chocolates que não só parecem caros, mas também importados.

— Chocolates?

— Eu sei, eu sei, eu sou clichê. — Levanta as mãos. — Tem mais.

Eu o acuso.

— Achei que fosse um presente só.

— Como eu disse, tenho que aproveitar a oportunidade.

A próxima coisa que pego é uma pequena caixa de que me lembro muito bem: o iPhone. Eu dou a ele um olhar assassino.

— Você está me zoando?

— É um novo, não é o daquela vez, eu juro — explica ele apressadamente. — Eu sei que você gosta de iPhones e não conseguiu comprar outro, e aquele aparelho que a Dani te emprestou está a um passo da autodestruição.

— Você é...

— Por favor? — Ele faz aqueles olhos pidões que me lembram o gato do Shrek.

— Você só quer um celular que dê para tirar nudes para te mandar.

Ares finge estar surpreso.

— Como você sabe?

Eu reviro os olhos, sorrindo, e retiro uma caixa pequena e alongada. Quando eu abro, meu coração derrete: é um colar de ouro com um pingente com meu nome, mas o R de Raquel é cruzado com o nome de Ares. Parece uma pequena cruz com nossos nomes. Só sei que estou com vontade de chorar de novo, nunca ganhei um presente tão detalhado e fofo.

— É... — Estou sem palavras. — É lindo, Ares.

Ele me ajuda a colocar o colar e me beija rapidamente na nuca então se afasta e se recosta na mesa do computador, cruzando os braços.

— Muito obrigada, deus grego, isso foi muito gentil da sua parte — digo com sinceridade. — Nunca pensei que você pudesse ser assim tão fofo.

— Eu tenho meus momentos.

— Eu comprei uma coisa para você também. — Seus olhos se arregalam; ele não esperava por isso. — Não é muito e não está embrulhado porque não achei que você voltaria tão rápido.

Nervosa, olho embaixo da cama e pego a sacola plástica com os dois presentes que comprei e entrego a ele.

— Estou com vergonha de te entregar depois de ter ganhado presentes tão bonitos.

Ares me lança um olhar cansado.

— Você pode parar de dizer essas coisas? Vamos ver o que temos aqui... — O primeiro item que ele puxa é um livro, e lê o título em voz alta. — *Medicina para iniciantes.* — Seu sorriso desaparece, mas seu rosto se preenche de tantos sentimentos que meu coração fica pequenininho. Ele me encara em silêncio por alguns segundos. — Obrigado.

— Continua, tem mais.

— Ok, ok. — Delicadamente, ele puxa um estetoscópio da sacola.

— Queria te dar seu primeiro instrumento profissional, para que me leve sempre com você quando for médico.

Eu gostaria de poder descrever como ele está agora, as emoções tão claras como o dia cruzando seu rosto, mas me faltariam palavras. Seus olhos azuis ficam úmidos enquanto ele lambe os lábios devagar.

— Você realmente acredita que vou conseguir.

Dou a ele um sorriso confiante.

— Não acho, tenho certeza. — Faço um joinha. — Dr. Hidalgo.

Ares coloca o estetoscópio sobre a mesa e corre para mim.

— Como eu te amo. — Seus lábios estão nos meus antes que eu possa dizer a ele que também o amo e que sei que, mesmo que ninguém mais o apoie em seus sonhos, eu sempre farei isso, não importa o que aconteça.

50

O APOIO

Três meses depois

RAQUEL

Os olhos são o espelho da alma...

Onde já ouvi isso antes? Não importa, só sei o quanto essa frase é verdadeira. Nunca imaginei poder enxergar tanto só de olhar alguém nos olhos, é como se lesse sua biografia.

Ares não fala nada, só me encara, o azul profundo de seus olhos parecendo tão brilhantes com o reflexo do sol da manhã. Não sei quanto tempo faz desde que acordamos; estamos deitados de lado, nos olhando. Sua mão repousa ao lado do meu rosto, seu polegar acariciando minha bochecha.

Eu gostaria de parar o tempo.

Ficar assim para sempre, sem ter que enfrentar o mundo ou me preocupar com mais nada.

Percebo que a felicidade não é um estado perpétuo, são pequenos momentos perfeitos.

Ares fecha os olhos e me beija na testa. Quando se afasta, as emoções em seus olhos são cristalinas: amor, paixão. Isso me lembra do nosso começo, quando eu não conseguia decifrá-lo de jeito nenhum.

Uma nova emoção se instala na boca do meu estômago: medo. Quando algo é tão perfeito, o medo de que isso acabe às vezes é aterrador.

O alarme em seu celular interrompe nosso momento. Ares se move até a mesa de cabeceira para desativar o alarme e se vira para mim novamente.

— Temos que ir.

— Argh! — resmungo. — Me lembre por que tenho que estudar.

Ares se levanta e se espreguiça.

— Porque você quer ser psicóloga e ajudar as pessoas e para isso você precisa terminar a escola.

Isso me faz sorrir como uma idiota.

— Boa motivação. — Eu também saio da cama, estou com a blusa emprestada dele. — Vou deixar você ser meu primeiro paciente se prometer que serei a sua.

O bom humor se desvanece no ar. Ares desvia o olhar sem responder e começa a caminhar em direção ao banheiro. Eu franzo as sobrancelhas, mas não digo nada; esse assunto da universidade se tornou sensível faz um mês. Ele tem que conversar com os pais, decidir em qual faculdade se inscrever, já que o prazo de inscrição para muitas instituições está acabando.

Depois de vê-lo desaparecer atrás da porta do banheiro e ouvir o barulho do chuveiro, procuro minha mochila, que está ao lado de uma pequena biblioteca que Ares tem com livros da escola. Aproveito os dias de plantão da mamãe para ficar com ele, então trago minha mochila com roupas para não me atrasar para as aulas.

No começo isso me incomodava, eu tinha vergonha de estar com os pais do Ares e seus irmãos, mas com o passar do tempo percebi que essa casa fica a maior parte do tempo vazia, e quando eles estão em casa, costumam ficar trancados em seus próprios mundos ou, no caso, quartos.

Tenho interagido bastante com Claudia. Nós duas combinamos em várias coisas, nos damos bem e, embora à primeira vista possa parecer uma garota dura e fechada, na verdade é muito gentil.

Esses três meses foram maravilhosos. Ares se comportou como um príncipe, saímos, passamos um tempo com meus amigos e com os amigos dele, fizemos um sexo maravilhoso quase todos os dias. Não brigamos até agora e agradeço à Nossa Senhora dos Músculos por isso. Acho que mereço esse período de paz depois de tudo que passei.

Estou tirando as roupas da mochila e as colocando na mesa onde fica o notebook de Ares. Vejo vários envelopes, faço uma pilha deles para colocar atrás do computador quando um selo chama minha atenção: Universidade da Carolina do Norte. Eu reconheço porque essa foi a universidade na qual me inscrevi.

Eu franzo os lábios, confusa. Ares nunca se interessou por essa universidade, sempre me falou que queria estudar em uma da Ivy League. Curiosa, tiro o papel que está dentro porque o envelope já foi aberto, e meu coração para.

Obrigado pelo seu interesse em nosso programa de Administração para o semestre. Vamos revisar suas informações e qualificações e notificá-lo com a decisão.

Mas que droga...?

Administração? Universidade da Carolina do Norte?

Nesse momento, Ares sai do banheiro com uma toalha na cintura enquanto seca os cabelos com a mão.

— Você pode entrar agora, eu... — Ele para quando me vê com o papel na mão.

— UCN? Administração? — Mostro a carta para ele.

— Eu ia te contar...

— Você se inscreveu na UCN? E em Administração? O que eu perdi?

— Raquel...

— O que aconteceu com Medicina? Com Princeton? Yale? Harvard? — Não sei por que estou tão chateada. Ares franze os lábios, desviando o olhar, não sei se porque estou chateada, ou se ele está se rendendo.

— Tenho que ser realista, Raquel.

— Realista?

Ele joga a toalha de lado e passa a mão no rosto.

— Administração ou Direito, é disso que minha família precisa.

Eu não posso acreditar que estou ouvindo isso.

— E do que *você* precisa?

Ele ignora minha pergunta.

— É a mesma universidade em que você se inscreveu. Você não está feliz de saber que estaremos juntos?

— Não tente virar isso contra mim. Isso tem a ver com você, é o que você quer para sua vida.

— Isso é o que eu quero para minha vida: ser alguém útil para minha família e estar ao seu lado. É tudo que eu quero.

— Não.

Ares levanta uma sobrancelha.

— Não?

— Você está escolhendo o caminho mais fácil, e está desistindo sem nem tentar. E está se consolando com esse pensamento de que pelo menos estaremos juntos.

— Pelo menos? Eu não sabia que estarmos juntos não era importante para você.

— Mais uma vez, não tente fazer isso ser sobre mim ou sobre nós dois.

— Como não é sobre nós dois? Se eu me inscrever nessas outras universidades, você sabe a que distância estaremos? Vou ter que mudar para outro estado, Raquel.

Eu sei... Já pensei nisso tantas vezes...

Mas não posso ser egoísta.

— Eu sei disso, mas você vai estar estudando o que quer, seguindo seu sonho. Isso para mim é o bastante.

— Não me venha com essa merda. — Ele se aproxima de mim. — Você quer que a gente fique separado?

— Eu só quero que você faça o que quer.

— Isso é o que eu quero fazer, isso é o que farei. A decisão é minha.

Eu passo as mãos pelo cabelo.

— Não é. Por que você é tão teimoso?

Eu o vejo vacilar, seus olhos nos meus.

— Porque eu te amo. — Eu paro de respirar. — E só de imaginar ficar longe de você já acaba comigo.

Acaba comigo também...

Eu me aproximo dele e pego seu rosto em minhas mãos.

— Eu também te amo e porque te amo quero que seja feliz e alcance tudo o que desejar na sua vida.

Ele encosta a testa na minha.

— Não posso ser feliz sem você.

— Eu não vou a lugar nenhum, vamos dar um jeito, relacionamento à distância ou o que for. — Faço uma pausa. — Prefiro isso a ver você todos os dias em uma universidade que nunca fez sentido, estudando algo que odeia. Não quero ver você sofrer assim, não posso.

— Minha família não vai me apoiar.

— Você falou com eles? Pelo menos tenta. — Eu dou um selinho nele. — Por favor?

— Tá bom.

Seus lábios encontram os meus em um beijo suave mas cheio de tantas emoções que meu coração dispara. Sigo seus movimentos, envolvendo minhas mãos em volta de seu pescoço, beijando-o profundamente. Meus hormônios vibram, sentindo seu torso molhado contra mim, e não ajuda que ele esteja só com uma toalha. Nossas bocas se mexem com mais intensidade uma contra a outra, roçando e lambendo, então pressiono meus seios no corpo dele com desejo.

Ares me levanta, me sentando na mesa do computador e se enfiando entre minhas pernas, e eu interrompo o beijo sem fôlego.

— Nós vamos chegar tarde.

— Uma rapidinha.

Ele me beija de novo, levantando a camisa que estou vestindo, sem calcinha. A toalha cai no chão e Ares me pressiona com mais força contra ele, me forçando a abrir as pernas, sua ereção roçando minha intimidade.

Quando ele me penetra, um gemido de surpresa quase sai de mim, mas fica preso em seus lábios. Seus movimentos são precisos e profundos, e gostosos pra caramba. Eu seguro firme em seu pescoço enquanto ele se lança sobre mim, a mesa batendo contra a parede a cada estocada.

Nossos beijos ficam selvagens e molhados e não demora muito para gozarmos. Ofegantes, nos abraçamos. Transar muito tem suas vantagens, nos conhecemos intimamente, sabemos onde tocar, lamber ou como nos mexer para chegar ao orgasmo.

— Ares, nós vamos… Ai, merda… — Apolo se vira quando entra sem avisar.

Rapidamente, Ares pega a toalha e se cobre, parando na minha frente para me proteger. Apolo continua a olhar fixamente para longe.

— Vamos nos atrasar, espero vocês lá embaixo.

Assim que ele sai, eu rio, dando um tapa no ombro de Ares.

— Eu disse para você trancar essa porta.

Eu sei, nós ficamos descaradamente atrevidos.

Ares me dá um beijo rápido e me carrega até o banheiro.

— Vamos, vamos economizar tempo tomando banho juntos.

Eu dou uma risada, mas enterro meu rosto em seu pescoço.

ARES HIDALGO

— E então? — pergunta meu pai, segurando um copo de uísque na mão.

Ártemis está sentado ao lado dele, revisando um gráfico em seu tablet. Minha mãe está do outro lado, olhando para mim com curiosidade. Apolo está ao meu lado e me lança um ou outro olhar de preocupação.

Estamos no escritório da nossa casa, nos sofás pequenos ao lado da escrivaninha imponente do meu pai. Convoquei esta reunião de família assim que cheguei da escola. Não vou mentir, minhas mãos estão suadas e não sei para onde foi toda a minha saliva. Minha garganta está tão seca que dói.

— Ares? — pergunta minha mãe, todo mundo esperando por mim.

Não posso desistir sem lutar. A decepção no rosto de Raquel me vem à mente e me dá forças.

— Como sabem, chegou o momento de me inscrever nas universidades.

Ártemis abaixa o tablet.

— Precisa de ajuda? Eu posso fazer umas ligações.

— Não, eu... — Merda, não achei que fosse ser tão difícil; no momento em que eu deixar essas palavras saírem da minha boca, eu vou me expor, minha vulnerabilidade virá à tona e não quero me machucar.

— Ares, filho — meu pai me encoraja. — Diga o que você tem a dizer.

Me enchendo de coragem, cerro meus punhos ao lado do corpo.

— Eu quero estudar Medicina.

Silêncio mortal.

Sinto como se meu coração tivesse sido tirado do peito, jogado entre nós, implorando para não ser ferido.

Ártemis ri.

— Você está de brincadeira?

Quero me encolher e dizer sim, mas não posso fazer isso, não quando cheguei até aqui.

— Não.

Meu pai deixa seu copo de uísque de lado.

— Medicina?

Minha mãe entra.

— Achei que tivéssemos sido claros sobre os deveres da família, Ares. Seu pai precisa de outro gestor ou diretor jurídico em suas empresas.

Meu pai a apoia.

— Eu disse que abriremos outra filial daqui a alguns anos, estamos expandindo e preciso que meus filhos façam parte disso. É nosso legado.

— Eu sei, e acredite em mim, não foi fácil dizer isso hoje. Não quero parecer ingrato, vocês me deram tudo, mas... — Falo com o coração na mão. — Eu realmente quero ser médico.

Minha mãe solta um som de reprovação.

— Isso tem a ver com o sonho de que você queria salvar seu avô quando era criança? Filho, ele sempre teve os melhores médicos, você não precisa se tornar um por isso.

Ártemis põe as mãos nos joelhos.

— Só se inscreve na faculdade de Direito ou Administração que mencionei outro dia e pronto.

— Não. — Eu balanço a cabeça. — Não é um capricho meu e não é por causa do meu avô; eu realmente quero ser médico, não quero fazer Administração, muito menos Direito.

Minha mãe cruza os braços.

— E você vai deixar de lado o que sua família precisa? Não seja ingrato.

— Eu só quero ser feliz — murmuro. — Eu quero estudar o que tenho vontade.

Ártemis me lança um olhar incrédulo.

— Mesmo que isso signifique dar as costas para sua família?

— Eu não estou...

— Não — responde meu pai. — Nós todos fizemos sacrifícios nessa família, Ares. Você acha que Ártemis queria estudar Administração? Não, mas ele fez isso pela família. Nós temos o que temos porque deixamos de lado aquilo que queremos para priorizar o que precisamos enquanto família.

Isso dói.

— De verdade? Ártemis é feliz? — Meu irmão mais velho me lança um olhar frio e eu olho para meu pai. — Ou você, pai? De que adianta tanto dinheiro se não podemos fazer o que temos vontade?

Minha mãe reclama.

— Não seja imprudente, seu pai já deu uma resposta.

— Não vou estudar Administração.

Meu pai contrai a mandíbula.

— Então você não vai estudar nada. — Sua frieza me surpreende. — Nenhum dinheiro vai sair do meu bolso para sua faculdade se você não estudar o que precisamos que você estude. Não vou sustentar um filho que não pensa no bem de sua família.

Apolo fala pela primeira vez.

— Pai...

Sinto um nó na garganta, mas não deixo as lágrimas se formarem. Não quero parecer mais fraco do que já demonstrei ser.

— Pai, eu quero ser feliz. — Não me importo com meu orgulho ou que todos estejam me olhando. — Sem seu apoio não poderei ser. Sem dinheiro eu não posso fazer nada, as universidades são caras demais. Por favor, me apoie.

A expressão de meu pai não vacila.

— A resposta é não, Ares.

"Pai, você sabe que é meu herói..." Uma criança pequena corre em volta dele e o abraça. Meu pai sorri para o menino. "Sempre serei, vou sempre te proteger."

Ele mudou demais depois que minha mãe o traiu. Controlando a dor que sinto no fundo do meu coração, levanto e sigo em direção à porta. Posso ouvir Apolo falando com meu pai enquanto me afasto, implorando a ele, mas não paro de andar.

Quando chego no quarto, Raquel levanta da cama, me olhando com cautela e agradeço por ter ela do meu lado, que me apoia incondicionalmente, que não me dá as costas, com quem posso desabar sem sentir vergonha.

Meus lábios oscilam, minha visão está turva pelas lágrimas, já não preciso mais me segurar ou fingir. Merda, como dói, ela estava certa. Quero estudar Medicina de todo o coração e agora esse sonho se desvaneceu diante de mim.

Raquel caminha lentamente até mim, como se estivesse preocupada que qualquer movimento brusco pudesse me afastar. Sua boca se abre, mas ela desiste de falar.

Quando chega perto de mim, ela me abraça e eu enterro meu rosto em seu pescoço, chorando, e não tenho vergonha, não dela, que conhece cada lado de mim, que acreditou em mim, até mais que meu próprio pai.

— Shhh — sussurra ela, acariciando meu cabelo. — Você vai ficar bem, tudo vai ficar bem.

Eu ouço a porta se abrir e eu me afasto de Raquel, enxugando as lágrimas depressa. Apolo entra, seus olhos estão vermelhos.

— Você pode contar comigo — diz ele com firmeza. — Quero que saiba que nem todos nesta família estão virando as costas para você, estou do seu lado. — Ele sorri para mim, mas a tristeza em seus olhos é nítida. — Vou atrás de bolsas, vamos trabalhar meio período por uns meses, vamos resolver isso... — Sua voz falha. — Porque você merece ser feliz e não está sozinho. Você está ouvindo?

Esse idiota... Eu sorrio e faço que sim com a cabeça.

— Sim, ouvi.

Ele me dá um joinha.

— Ok.

Raquel agarra nós dois pela mão, sorrindo.

— Vamos dar um jeito.

Eu sei que não vai ser fácil e tudo está contra mim, mas por algum motivo eu acredito nessas duas pessoas malucas, então eu sorrio também.

— Vamos dar um jeito.

51

O TRABALHO

Apolo, Ares e eu estamos dando nosso melhor no turno da noite no McDonald's depois do colégio.

No entanto, odeio meu namorado nessas horas. Eu sei. Como poderia, quando eu mal consigo acreditar que ele é mesmo meu namorado e tudo mais? Mas por que ele precisa ser tão gostoso? Por que tudo tem que ficar bem nele? O uniforme do McDonald's é a roupa menos sexy do mundo, mas fica ótima em Ares.

Grunho, observando um grupo de três garotas sorrindo para ele e trocando olhares enquanto ele estava recebendo os pedidos atrás da caixa registradora. Eu as entendo, de verdade, mas essa unidade do McDonald's virou um circo desde que Ares começou a trabalhar aqui, há uma semana. Juro que fizemos a clientela feminina aumentar só por causa dele. O gerente está fascinado por Ares e tudo o que eu posso fazer é ficar olhando enquanto metade da cidade vem aqui todos os dias só para ver meu namorado.

Suspiro dramaticamente, preparando o McCafé de um dos pedidos. Gabo ri ao meu lado.

— Ai, McNuggets. — Gabo ainda não parou de me chamar assim. — Estou vendo que você está meio chateada.

Resmungo.

— Óbvio que não, estou ótima.

Gabo põe a mão no coração.

— Eu perdi o trono. — Seu tom é dramático. — Antes, eu era o rei desse McDonald's.

Eu rio e dou um tapinha em seu ombro.

— Idiota.

— Olha. — Gabo aponta atrás de mim para o grupo de meninas que ainda está fazendo o pedido. — Elas estão passando os números dos telefones para ele.

As garotas entregam a ele alguns papéis entre risos e Ares os recebe gentilmente, mas não sorri para elas. Sua expressão permanece fria e fechada como era quando eu o conheci.

Desculpem, mas vocês ainda têm muita estrada pela frente para chegar onde estou agora.

Gabo coloca umas batatas fritas em uma sacola para viagem, concluindo um pedido.

— Não sei por que elas continuam vindo — comenta ele. — Ares nem sorri para elas. Imagina se ele sorrisse? Teríamos uma explosão de ovários aqui.

Apolo sai da cozinha; ele fica fofo com a touca transparente no cabelo.

— Ou uma inundação.

— Você não está ajudando — digo a ele, preparando os pedidos para o drive-thru.

Apolo me dá aquele seu sorriso inocente.

— Calma, só mais alguns minutos para nosso turno terminar.

Não está sendo fácil ignorar toda a atenção que Ares anda recebendo, mas tenho tentado lidar com isso da melhor maneira que posso. Mesmo que o salário de meio período do McDonald's não seja muito, já é alguma coisa. Apolo decidiu trabalhar também para ajudar o irmão. Já recorremos a várias bolsas e estamos aguardando as respostas.

Espero Ares terminar de atender o grupo de garotas e passo por trás dele e sussurro:

— Estou de olho em você.

Ares se vira, aquele sorriso torto que eu tanto amo se forma em seus lábios, e me sinto a rainha do mundo, porque ele sorri para mim com muita facilidade, enquanto cruza os braços.

— Me observar sempre foi seu hobby, não é?

Eu sei que ele está falando de quando eu o persegui.

— Não sei do que você está falando.

— Não? Sua senha do wi-fi não era "AresEEuParaSempre"?

— Você não é o único Ares do mundo.

— Eu sou o único Ares do seu mundo.

Eu levanto a sobrancelha.

— Por que tem tanta certeza?

Apolo surge entre nós.

— Parem de flertar, temos clientes.

Ele aponta para duas garotas esperando por Ares para fazerem o pedido.

Meu Deus. De onde saem tantas meninas?

Suspiro irritada e vou para o caixa.

— Bem-vindas. O que vão querer?

As meninas não escondem seu descontentamento.

— É... — Elas trocam um olhar. — Ainda não decidimos o que vamos pedir, vamos pensar um pouco. — E elas dão alguns passos para trás, se afastando. Sério?

Ares coloca a mão na minha cintura, me empurrando ligeiramente para fora do caixa.

— Confia em mim, bruxa.

Assim que Ares assume o caixa, as duas meninas voltam, sorrindo como se não houvesse amanhã.

Respira, Raquel.

— É hora do seu intervalo de quinze minutos, pode ir — avisa o gerente e não hesito em sair dali.

O ar fresco da primavera me recebe do lado de fora; me sento na calçada na lateral do restaurante, relaxando minhas pernas. Preciso fugir um pouco do ambiente repleto de garotas perseguindo meu namorado.

Eu ouço a porta se abrir, e a garota de vinte e poucos anos que sempre vem pedir um café e escrever neste McDonald's sai, com uma mochila nas costas onde sei que está o notebook; ela é uma cliente assídua e eu ainda não entendo por que sempre vem a este local, que não tem nada de especial.

Fazemos contato visual e ela sorri gentilmente para mim.

— Tudo bem?

Eu sorrio também.

— Acho que sim.

Ela parece hesitar por um segundo, mas finalmente se senta ao meu lado.

— Não quero parecer estranha, mas vi tudo.

Franzo minhas sobrancelhas.

— Do que você está falando?

— O cara novo é seu namorado?

— Como você sabe?

Ela ri, seus olhos azuis brilhando.

— Sou muito observadora, uma das vantagens de ser escritora e, além do mais, já estive no seu lugar.

Eu dou a ela um olhar incrédulo.

— Sério?

Ela observa o céu.

— Ah, acredite em mim, ser a namorada do cara gato não é tão fácil quanto parece, várias vezes me perguntava se eu era o suficiente para ele, ou o que diabos ele viu em mim quando tinha outras opções muito mais atraentes.

— Exatamente.

Ela se vira para mim, me encarando.

— É muito tentador se julgar em uma situação como essa. — A garota faz uma pausa como se estivesse se lembrando de algo. — Mas a realidade é que o amor não nasce e cresce só com base nas aparências, ele precisa de muito mais para ser verdadeiro. Sim, a atração física pode ser o começo de alguns sentimentos, mas nunca será o suficiente, sempre será necessário esse algo a mais, aquela conexão que não se tem com qualquer um.

Não sei o que dizer, então ela continua:

— Para ele, você é esse algo a mais, essa conexão. Sim, até existem pessoas mais bonitas, mais inteligentes, mais talentosas, mas ninguém é melhor ou pior do que você e ninguém é igual a você.

Ficamos em silêncio, mas não é desconfortável. Eu concordo com a cabeça e sorrio para ela.

— Obrigada, estou bem melhor.

— Imagina.

— Estou curiosa — começo. — Você ainda é namorada daquele menino bonito?

Ela balança a cabeça.

— Não.

— Ah.

Ela levanta a mão, me mostrando seu anel.

— Eu sou esposa dele agora.

— Nossa, uau. — A alegria que emana dela quando diz isso é contagiante. — Você parece muito feliz.

— Estou, embora não tenha sido fácil no começo.

— Eu gostaria de ser mais madura e não sentir ciúmes, mas às vezes não dá para evitar.

Ela ri.

— O ciúme é completamente normal quando você está apaixonada, mas a forma como você age é o que vai dar o tom se é um ciúme prejudicial ou natural.

Resmungo.

— Você parece muito jovem para ser tão sábia.

— Já disse, é a experiência, já passei por muitas coisas e acho que isso me ajudou.

Um carro estaciona na nossa frente a uma distância segura. A garota limpa a frente da calça.

— Minha carona chegou.

Eu levanto uma sobrancelha.

— Seu marido?

Ela concorda com a cabeça e se levanta.

— Espero ter sido útil.

Me levanto.

— Foi sim, de verdade.

Percebo um movimento com o canto do olho e vejo um homem sair do carro. Nossa Senhora dos Músculos!

Ele é alto, tem o cabelo preto meio bagunçado ao redor do rosto e olhos escuros, está com um terno azul-escuro, mas a gravata está meio frouxa, como se ele tivesse acabado de soltar, e tem uma tatuagem misteriosa semioculta em seu pescoço. A garota solta um risinho ao meu lado.

— Ele é um gato, não é?

Envergonhada, coro e não respondo nada. Não tinha intenção de olhar dessa forma para o marido dela.

Ele vem até nós e olha para ela com uma expressão de pura adoração em seu rosto.

— Olá, meu moranguinho. — Ele lhe dá um beijo rápido.

Ela revira os olhos.

— Evan, esta é a Raquel, ela trabalha aqui.

Evan sorri gentilmente para mim; vejo covinhas se formando em suas bochechas.

— Prazer em conhecê-la, Raquel, espero que minha esposa não tenha incomodado muito você.

Eu balanço a cabeça.

— Não, de jeito nenhum, ela só me deu conselhos muito bons.

Ele passa a mão pelos ombros dela.

— Sim, ela é boa nisso.

Ela ri, todo o rosto se iluminando.

— Precisamos ir, foi um prazer, Raquel. — Eles começam a andar, se despedindo, e de repente ela se vira.

— Ah, aliás, meu nome é Jules. A gente se vê.

Eu os observo brincando e se empurrando, para em seguida se abraçarem novamente enquanto caminham até o carro. *Que casal lindo*, penso, e decido voltar a trabalhar.

52

O ANIVERSÁRIO

Eu te amo...
É tão fácil dizer, mas é tão difícil expressar o sentimento com atitudes.

Por que?

Porque somos egoístas por natureza, uns mais, outros menos, queremos aquilo que é melhor para nós, aquilo que nos beneficia, porque nos ensinaram que precisamos nos colocar em primeiro lugar, que se não nos amarmos não poderemos amar outra pessoa. Esse último aspecto pode até ser verdade, o quanto você ama a si mesmo pode refletir na sua capacidade de amar os outros. Porém, há momentos em que podemos deixar de lado algumas coisas pelo bem-estar da outra pessoa, e isso é o verdadeiro amor para mim.

Eu sei do que Ares precisa, o que ele realmente quer para seu futuro, e eu o apoio completamente, embora não possa negar que a ideia de nós dois separados e a possibilidade de perdê-lo me apavoram. Só de imaginar esse cenário meu peito aperta e meu estômago fica estranho, mas eu o amo e porque o amo tenho que deixar o medo de lado. Por ele. Eu faria tudo em nome de sua felicidade.

Que roubada é o amor.

Fico olhando a carta em minhas mãos. Fui aceita com louvor na Universidade da Carolina do Norte e recebi uma bolsa parcial para estudar Psicologia.

Estou muito feliz, não nego, isso é o que eu sempre quis e não deveria existir nada que pudesse ofuscar isso. O problema é que quero compartilhar minha felicidade com Ares, e sei que ele ficará feliz por mim, mas também sei que isso só torna cada vez mais real que seguiremos caminhos diferentes quando este ano letivo terminar.

É um sentimento agridoce, mas acho que a vida é assim.

— Essa não é a reação que eu esperava — comenta Dani, se espreguiçando na minha cama. — Eles te aceitaram, sua idiota!

Eu sorrio.

—Eu sei, só... ainda não consigo acreditar.

Ela se senta, arranca a carta da minha mão e a lê.

— E com bolsa? Isso é um milagre, se você não tiver nenhum talento.

Eu lhe lanço um olhar assassino.

— Eu te disse que ser campeã dos torneios interestaduais de xadrez serviria para alguma coisa.

Dani suspira.

— Eu ainda não sei como você é tão boa no xadrez, seu QI é... — Eu levanto uma sobrancelha. — Parece que é o suficiente para conseguir uma bolsa de estudos, yay!

Coloco a carta na mesinha de cabeceira enquanto o sol que entra pela janela ilumina Rocky, que está dormindo de barriga para cima e a língua de fora. Ele é definitivamente a minha reencarnação canina.

Dani olha para ele, preocupada.

— Ele está bem? Parece que morreu.

— Está sim. É que ele gosta de dormir em posições bem estranhas.

Dani ri.

— Igual a dona.

Dani passou a noite comigo porque hoje é...

— Feliz aniversário! — Minha mãe entra com uma bandeja de café da manhã, sorrindo alegremente. — Volte para a cama, Raquel, ou o café da manhã na cama perde o sentido.

Eu sorrio.

— Sim, senhora.

Volto para Dani, que ainda está sentada ali, com o cabelo preto desgrenhado e a maquiagem borrada. Ontem à noite bebemos um pouco em nossa festa do pijama pré-aniversário, que acabou com nós duas chorando pelos Hidalgo; eu, porque recebi a carta de aceitação e ficaria longe do Ares, e ela, porque não sei que droga está acontecendo entre Apolo e ela, uma hora ela o quer, na outra não, uma hora quer terminar, na outra não pode.

Acho que todos nós temos aquela amiga indecisa que não tem a menor ideia do que quer com algum garoto.

Mamãe coloca a bandeja no meu colo; há comida suficiente para mim e Dani e um pequeno muffin com uma vela acesa. Apago a vela e elas batem palmas igual a duas focas que acabaram de comer.

Eu não consigo conter o sorriso que se espalha pelo meu rosto, e mamãe se inclina e me dá um beijo na testa.

— Feliz aniversário, coisa linda.

— Obrigada, mãezinha.

Começo a comer e ofereço um pedaço de panqueca para Dani, que faz uma careta de nojo e lança um olhar de desculpas para mamãe.

— Sem ofensas, Rosa, mas não quero a comida.

Mamãe tira sarro.

— Bebeu muito ontem à noite?

Dani parece surpresa.

— Como você sabe?

Mamãe suspira.

— Filha, o quarto está com cheiro de uma mistura de cerveja com vodca com um toque de vinho.

Os olhos de Dani se arregalam.

— Como você sabe exatamente quais foram as bebidas?

Mamãe apenas dá de ombros e eu reviro os olhos, respondendo a Dani.

— Quem você acha que comprou a bebida, sua boba?

Mamãe vai até a porta.

— Tomem o café e levantem, suas tias e primas estão chegando e temos muito o que preparar para hoje à noite.

A festa de aniversário...

Apesar de não sermos muito próximas da família, as irmãs da minha mãe sempre vêm nos meus aniversários e trazem minhas primas. Eu me dou bem com algumas, mas tem umas que não suporto.

— Argh — resmungo quando mamãe sai. — Espero que as filhas da minha tia Carmen não venham, elas são insuportáveis.

Dani concorda com a cabeça.

— Sim, elas sempre falam comigo no Instagram para perguntar o que precisam para fazer teste na agência de modelos da minha mãe, são muito chatas.

— Vamos, temos que nos preparar.

Dani se deita novamente, cobrindo a cabeça com o lençol.

— Não quero.

— Vamos, Mortícia. — Eu puxo o lençol.

— Mortícia?

— Se olha no espelho e você vai entender.

— Estou morrendo de rir. — Ela levanta e relutantemente vai comigo até o banheiro.

Você não ultrapassou os limites da intimidade em uma amizade se não escovou os dentes enquanto sua melhor amiga faz xixi no mesmo banheiro.

— E... você o convidou? — Sabia que essa pergunta viria à tona mais cedo ou mais tarde.

— Lógico, ele é meu amigo — respondo depois de enxaguar a boca.

— Eu sei, eu só queria...

— Se preparar psicologicamente para vê-lo?

— Não, eu só... — Ela não termina a frase e eu me viro para Dani, que ainda está sentada no vaso.

— Você só o quê? Já tivemos essa conversa milhares de vezes e não entendo o que se passa na sua cabeça. Se você gosta tanto dele, por que não está com o Apolo?

Ela passa as mãos no rosto.

— É complicado.

— Não, não é, Dani. Na verdade, é bem simples: vocês se gostam muito e são felizes. Por que não podem ficar juntos?

Ela passa as mãos no rosto novamente.

— Tenho medo, Raquel.

Por essa eu não esperava.

— Medo?

— O que sinto por ele me dá muito medo, nunca me senti tão vulnerável.

Ai, meu Deus, Dani é a versão feminina de Ares.

O que eu fiz para me cercar de pessoas assim?

— É sério, Dani? — Eu cruzo os braços. — Você está se ouvindo? Com medo? Dane-se o medo, você nunca vai viver tudo que tem para viver se ficar com medo de se machucar.

— Eu não sou igual a você — admite ela, lambendo o lábio inferior. — Você é tão forte, se põe de pé novamente quando algo ruim acontece e sempre sorri como se a vida não tivesse batido em você tantas vezes. Eu não sou assim, Raquel, sou uma pessoa fraca por trás dessa imagem de força que tento aparentar, e você sabe disso. Não levanto facilmente, tenho dificuldade em rir da vida quando algo ruim acontece. Sou esse tipo de pessoa.

— Você não é forte? — Solto uma risada sarcástica. — Quem bateu no Rafa no segundo ano quando ele me chamou de idiota? Quem conseguiu seguir em frente quando o pai abandonou a família? Quem apoiou a mãe quando ela se entregou ao álcool, cuidava dela, se certificando de que ela não se afogasse em bebida, e depois frequentava com ela todas as reuniões do AA? Quem ficou ao lado da mãe e a ajudou a abrir uma prestigiosa agência de modelos? — Balanço a cabeça. — Não me venha com essa merda de que você não é forte, você é uma das pessoas mais fortes que eu conheço. Tudo bem ter medo, é normal, mas não deixe o medo te paralisar.

Ela sorri para mim.

— Eu te abraçaria, mas... — Ele aponta para a calça na altura dos tornozelos.

— Abraço imaginário — digo, batendo em sua testa e saindo do banheiro. — Vamos, Mortícia, temos que trabalhar.

Ela resmunga e então a ouço se levantar.

— Para de me chamar assim.

— Se olhe no espelho.

Quando ela o faz, eu rio ao ouvi-la chiar.

— Pelos pregos de Cristo e os chinelos de Moisés!

Algo me diz que a noite de hoje será interessante.

— Aí eu disse: "Óbvio que não, seu bobo, você é muito feio para sair comigo", e ele ficou em estado de choque, então mal olhei para ele e fui embora. A escola inteira falou sobre isso por meses.

Dani e eu nos olhamos, ouvindo de Cecilia, a prima que eu menos gosto, e acho que com seu discurso de rejeição a um menino dá para imaginar o porquê. Eu gostava dela antes de o pai dela, meu tio, fazer um bom negócio e começar a ganhar dinheiro, o que fez com que ela, sua irmã Camila e minha tia Carmen ficassem insuportavelmente arrogantes. Agora elas pensam que são melhores do que nós, já que são as pessoas ricas da família. Meu tio é o único que permanece o mesmo de sempre.

Os preparativos da festa estão prontos. Mamãe decorou o quintal de casa com luzes de natal e balões, que combinam com o vestido florido de primavera que estou usando. Tudo parece muito mais bonito do que eu esperava.

Cecilia está prestes a continuar falando quando vejo Joshua entrar.

— Yoshi! — Me afasto da minha prima tagarela e caminho até meu melhor amigo.

Ele me dá um de seus grandes sorrisos.

— Rochi, feliz aniversário! — Me abraça com força e, quando nos separamos, ele me entrega uma caixinha.

— Obrigada. — Me viro para cumprimentar Joana, a garota que ele conheceu no grupo de terapia e com quem ele namora há um mês.

— Olá, bem-vinda ao hospício.

Joana dá uma risadinha.

— Joshua disse que você ia dizer isso como boas-vindas.

Balanço minha cabeça.

— Me conhece tão bem.

Joshua olha para trás, para o grupo das minhas primas.

— Ah, vejo que todas vieram.

Suspiro.

— Sim, isso vai ser interessante.

O local se enche rapidamente e, na verdade, não é tão difícil que isso aconteça com o tamanho do quintal da minha casa; alguns amigos do colégio, alguns vizinhos e minhas tias e primas são suficientes para preenchê-lo.

Eu olho para o celular, não tem nenhuma mensagem de Ares, mas não estou preocupada. Eu o vi ontem à noite, alguns minutos antes de Dani chegar na festa do pijama. Ele me disse que me daria um dia de folga para eu poder ficar com a minha família e que depois da festa eu seria toda dele. Avisou também que viria à festa com Apolo. Também convidei Ártemis e Claudia por educação, mas não acho que virão. Mamãe ainda não o aceita completamente, mas acho que percebeu que, mesmo que não aceite, não vou terminar com ele.

Estou prestes a responder a uma pergunta que uma das minhas primas fez quando os olhares se concentram atrás de mim em direção à entrada, então me viro lentamente.

Sabe aqueles momentos em câmera lenta dos filmes?

É o que estou vivenciando agora e tenho certeza que não sou a única, a festa toda parece ter congelado. Os irmãos Hidalgo caminham em nossa direção. Ártemis está usando um terno preto sem gravata e os primeiros botões de sua camisa estão desabotoados, seu cabelo está perfeitamente penteado para trás, aquela barba clara adornando seu rosto viril.

Apolo dá um sorriso largo, seu lindo rosto se iluminando, seu cabelo úmido caindo gracioso por suas orelhas e testa. Ele veste uma camisa azul-escura com calça jeans.

E Ares...

Ares está entre os dois, caminhando como se o mundo pertencesse a ele, como o deus grego que é, dobrando as mangas de sua camisa preta até os cotovelos, deixando à mostra um lindo relógio preto, e depois passando os dedos por seu cabelo bagunçado. Nesse rosto deslumbrante desponta um sorriso torto e seus olhos azuis brilham, tirando meu fôlego.

Nossa Senhora dos Músculos...

— Santa Mãe de Deu! — Ouço Cecilia exclamar.

Minha tia está de boca aberta, literalmente.

— De onde saíram esses caras?

Todos observam os três irmãos em absoluto silêncio enquanto eles se aproximam de mim. Ártemis é o primeiro a me cumprimentar gentilmente, acenando para todos.

— Boa noite.

Ares me dá um sorriso malicioso e se inclina para mim, me dando um beijo rápido.

— Feliz aniversário, bruxa.

53

O ANIVERSÁRIO II

Como deixar uma festa completamente quieta?

Basta convidar três deuses gregos, funciona perfeitamente. Até a música parou, mas não pense que é um passe de mágica ou coisa do tipo, porque não é, é que minha tia Helena é a responsável pelas músicas e ela está deslumbrada demais com os três caras na minha frente.

Na verdade, eu entendo minha família, leva um tempo até se acostumar com eles. Sinto a necessidade de quebrar o silêncio.

— Obrigado por terem vindo, meninos — digo de coração.

Estou surpresa de ver Ártemis aqui, nunca imaginei que ele viria. Apolo me dá um sorriso doce e ouço Camila suspirar atrás de mim.

— Você não tem que agradecer nada, eu que agradeço por nos convidar.

Minha tia Carmen, como sempre, não consegue ficar calada.

— Raquel, querida, onde estão suas maneiras?

Aquele momento estranho em que você tem que apresentar seu lindo namorado e os irmãos dele para sua família.

— Apolo, Ares e Ártemis, estas são minhas tias Carmen e María, e minhas primas: Cecilia, Camila, Yenny, Vanessa, Lilia e Esther.

Depois de todo o protocolo, e do desmaio das minhas primas, os Hidalgo vão para um grupo onde Daniel — irmão da Dani — e outros meninos estão conversando. Minhas primas soltam gritinhos.

— Ai, meu Deus, Raquel! Seu namorado é... estou sem palavras.

Cecilia está muda. Minha tia Carmen também não falou nada. As tias vão conversar em outro canto, deixando o grande grupo de garotas sozinho. Camila suspira.

— Apolo... até o nome dele é bonito. — Ela agarra meus ombros. — Ele namora?

Meus olhos encontram os de Dani, que parece estar bem irritada com o interesse de Camila.

— Ah, acho que ele tem namorada, sim.

Camila faz um biquinho.

— Ai, óbvio que ele tem namorada. Como aquela coisa fofa e linda não teria uma namorada?

Yenny toma um gole do drinque de frutas levemente alcóolico que preparamos.

— Namorada? Que se dane o namoro, eu daria qualquer coisa para trepar com o mais velho.

Cecilia cospe sua bebida.

— Yenny!

Eu não seguro a risada. Vanessa dá um *high-five* em Yenny.

— Você leu meus pensamentos, uma noite é tudo o que eu peço a qualquer um desses caras.

Eu levanto uma sobrancelha.

— Oi?

Vanessa ri.

— Calma, não o seu, os outros dois.

Dani intervém.

— Apolo também tem namorada, esqueceu?

Vanessa olha para ela.

— E?

Dani não consegue esconder seu aborrecimento.

— E? Você se envolveria com um cara que tem namorada?

Vanessa resmunga.

— Eu não quero casar com ele, só quero uma noite, na verdade algumas horas já estariam de bom tamanho.

Elas assobiam e fazem barulho, confrontando o quão direta minha prima é. Admito que isso me lembra do quão direto Ares também é. Aparentemente, tem alguém assim em toda família. Dani lança um olhar incrédulo para ela.

— Ele tem dezesseis anos.

Yenny e Vanessa dão de ombros.

— E?

Dani não consegue acreditar.

— Você não se importa com o que as pessoas vão falar?

Vanessa balança a cabeça, sorrindo.

— Você precisa se atualizar, querida, ou você ainda acredita que tudo bem os homens namorarem garotas bem mais novas, mas o contrário não pode?

Yenny concorda com a cabeça.

— Exatamente. Ele sabe o que quer. Se as partes gostam uma da outra, qual é o problema?

Camila revira os olhos.

— Quietas as duas, o Apolo é meu.

Yenny dá de ombros.

— Como quiser, estou interessada no mais velho, essa barba curta é tão sexy.

Vanessa dá um soco de brincadeira no braço dela.

— Você vai ter que ganhar de mim, porque é ele que eu quero.

Cecilia abre a boca pela primeira vez em muito tempo.

— Elas falam como se tivessem qualquer chance com algum deles. Por favor, caiam na real.

Camila cruza os braços.

— Se até a Raquel, que não tem nada de especial, conseguiu, nós também podemos.

— Ei! — protesto, puxando seu cabelo.

Camila se afasta.

— Sem ofensa.

Meus olhos encontram os de Ares, que está com um copo vermelho nas mãos e toma um gole da bebida. Há um sorriso malicioso dançando em seus lábios enquanto ele abaixa o copo.

— Eu já volto — digo a elas, me aproximando de Ares.

Não consigo desviar o olhar, me sinto presa naquele azul de seus olhos, como sempre. Cada passo que dou faz meu coração acelerar, aperto minhas mãos, que estão úmidas.

Uma a uma, as pessoas ao meu redor desaparecem, somos apenas eu e ele.

O deus grego e a bruxa.

O instável e a obcecada.

Paro na frente dele, sorrindo como uma idiota.

— Ares.

Ele sorri também.

— Raquel.

— Como foi a sensação de ser assediado mentalmente por todas as minhas primas?

Ele segura o queixo, como se estivesse pensando.

— Eu me sinto um pouco usado.

Bufo.

— Como se não estivesse acostumado com essas reações.

Ares levanta uma sobrancelha.

— Está com ciúme?

— Pfff, por favor.

Ares abre um sorriso, passando o dedo pela minha bochecha.

— Você fica sexy quando tem ciúmes.

— Eu não estou com ciúmes.

Seu polegar desce e acaricia o canto da minha boca. Prendo a respiração.

— Ver você com esse vestido está me matando.

Engulo em seco.

— Por quê?

Ele tira a mão do meu rosto.

— Você sabe por quê.

Minha tia Carmen para ao nosso lado.

— Raquel, sua mãe está te chamando ali na cozinha — diz e segue seu caminho.

Suspiro.

— Tenho que ajudar. — Me viro, mas Ares pega meu braço e me gira em sua direção.

Ele fica perto o bastante para eu sentir o cheiro delicioso de seu perfume e se inclina para sussurrar em meu ouvido.

— Sua família acha que você é tão inocente, já pensou se soubessem o jeito que você geme e pede mais quando eu te como?

Meus olhos se arregalam.

— Ares!

— Ou o quanto você fica toda molhada quando eu te dou um beijinho de nada.

Nossa Senhora dos Músculos, rogai por nós, amém.

Ares me solta e eu coloco a mão sobre o peito, tentando manter a calma. Fujo dali o mais rápido que posso. Merda. Como ele pode me excitar só falando? Ares tem um dom, definitivamente. Me abanando, entro em casa. Mamãe está me esperando na cozinha com algumas bandejas.

— Eu não queria que você fizesse nada, mas preciso de ajuda para servir isso e prometo não incomodar mais.

— Calma, mãe, tudo bem eu ajudar, são meus convidados.

Pego a bandeja e estou saindo quando mamãe pigarreia.

— Filha.

— Sim?

— Eu ainda não me sinto totalmente à vontade com aquele menino, mas pelo que tenho observado nesses últimos meses ele não faz mal para você. Então não precisa mais inventar desculpas para sair com ele.

— Mãe, eu...

Ela me interrompe.

— Vai levar as bandejas, os convidados estão esperando.

Eu sorrio para ela.

— Obrigada.

Saio com a bandeja e encontro Claudia na entrada.

— Ei, você veio.

Ela está linda com um vestido roxo e o cabelo solto.

— Isso mesmo, feliz aniversário. — Ela quer me dar o presente, mas vê que estou com as mãos ocupadas.

— Pode colocar naquela mesa, os meninos estão lá atrás.

Claudia hesita.

— Os três?

Assinto.

— Sim, entra, vou servir isso e vejo você lá, ok?

Distribuo os sanduíches na bandeja e estou perto do grupo onde Daniel, Apolo e Ártemis estão quando Camila me intercepta.

— Eu levo. — Ela pega a bandeja e vai até eles; nem tive tempo de processar.

Eu a vejo sorrir descaradamente para Apolo depois de oferecer os sanduíches e então fica lá conversando com ele. Devo admitir que é corajosa.

— Que atrevida.

A voz de Dani me faz pular porque não percebi que ela estava vindo para o meu lado; sua expressão é sombria.

— Eu vou matar essa menina.

— Ela só está falando com ele, não acho que ele gostou dela. — Tento acalmar suas inseguranças.

Yenny e Vanessa se aproveitam da ousadia de Camila e se juntam a ela, usando-a sutilmente para entrar na conversa.

— Quem são essas? — A voz de Claudia vem do meu outro lado, me fazendo pular novamente. Por que as pessoas continuam aparecendo do nada perto de mim?

— São minhas primas — explico, com um longo suspiro.

Claudia franze os lábios.

— Eu preciso de uma bebida.

Dani a apoia.

— Eu também, vamos, sei onde tem vodca.

— Divirtam-se. — Eu dou um joinha para elas, mas as duas me agarram, cada uma num braço, e me arrastam junto com elas.

Isso vai ser divertido.

54

O OBSERVADOR

ARES HIDALGO

Nunca fui de ir a festas de aniversário.

Na casa dos Hidalgo já tem muito tempo que não damos festas, apenas jantares de aniversário que terminam em silêncio e sorrisos incômodos. De alguma forma, o clima mudou muito depois de tudo o que aconteceu. E, entre meus amigos, comemoramos essas datas especiais em bares ou boates, mas também não chegam a ser festas de aniversário.

Apesar de não ter esse costume, estou curtindo, o ambiente é familiar e confortável. Não é uma mesa comprida com um jantar nem uma boate barulhenta, então está ótimo. As pessoas batem papo à vontade ao redor. Na minha frente, Daniel e Apolo falam sobre alguma coisa da escola.

Para ser sincero, se agora eu curto festas de aniversário não é só por causa deste ambiente, mas sim por causa dela: Raquel. Observo a garota de cabelos despenteados e olhos expressivos que se infiltrou por completo em minha alma. Ela dá um sorriso enorme para algo que Daniela diz, e todo o seu rosto se ilumina. Está linda. Se uma festa de aniversário a faz sorrir assim, sou capaz de ir a todas e até organizar outras com prazer.

Nunca pensei que ela seria a pessoa que me faria sentir tudo isso. Nas lembranças da minha infância, eu a vi várias vezes do outro lado da cerca da minha casa, mas foi só há pouco mais de um ano que a enxerguei de verdade. Ainda me lembro do dia em que a peguei me olhando de sua janela. Eu me fiz de desentendido, lógico, e fingi que não tinha reparado. De alguma forma, seu olhar curioso começou a me interessar e passei a querer saber mais sobre ela, do que ela gostava, o que fazia, em que escola estudava.

Sua curiosidade sobre mim despertou a minha sobre ela.

E então um dia nossos caminhos se cruzaram e, embora ela não tenha percebido, ainda lembro claramente.

— *Vamos sair daqui.* — *Daniel boceja enquanto caminhamos entre todas as exibições e barracas da feira do colégio de sua irmã Daniela.*

Ainda não entendo por que ela saiu da nossa escola e veio para esta.

Eles organizaram uma feira para arrecadar fundos destinados aos projetos escolares e pessoais dos alunos. Daniel me arrastou para dar uma força para a irmã, mas Daniela vendeu tudo o que trouxe e já foi embora. Então não temos mais o que fazer aqui.

Mas, passando entre as pessoas, vejo ao longe várias mesas com itens dos alunos à venda. Uma mesa em especial chamou minha atenção: Raquel, a garota que passa o tempo todo me observando da janela.

Ela está em um lado da mesa, oferecendo pulseiras feitas à mão a todo mundo que passa, mas ninguém dá bola. Sua mesa está cheia de pulseiras arrumadas e intocadas; duvido que ela tenha vendido alguma. E tem uma plaquinha dizendo "Arrecadação para pagar minhas aulas de xadrez".

Xadrez?

Paro de andar porque, por alguma razão, não quero que ela me veja. Daniel para do meu lado, achando estranho.

— *O que foi?*

— *Vai indo para o carro. Já te alcanço.*

*Ele me olha desconfiado, mas segue seu caminho. Ao passar
pela mesa da Raquel, ele a cumprimenta e ela sorri.*

Ela tem um sorriso muito bonito.

*Uso as pessoas como escudo para observá-la sem ser visto. Seu
rosto é muito expressivo, é como se eu conseguisse saber exatamente o que ela está pensando só de olhá-la.*

O que está fazendo, Ares?

Minha consciência me repreende. Mas é só curiosidade.

*Ela suspira e se senta atrás da mesa, com expressão de derrota.
Seus lábios fazem um biquinho de frustração, e seu rosto é tomado
pela tristeza. Não gostei disso. Vê-la assim me incomoda, nunca
nem falei com ela, mas mesmo assim ela já me afeta desse jeito.*

Não vendeu nada, olhos curiosos?

*Procuro entre as pessoas alguém conhecido e encontro um ga-
roto que às vezes joga futebol com a galera, e dou dinheiro para
que ele compre todas as pulseiras que estão expostas na mesa. Fico
observando de longe como a expressão arrasada de Raquel passa
para incredulidade e logo para felicidade e animação. Ela agradece
várias vezes ao garoto e lhe entrega uma sacola cheia de pulseiras.*

*O garoto me traz as pulseiras e vai embora, e eu continuo ali,
segurando a sacola e contemplando a garota curiosa cujo sorriso eu
gosto de observar.*

— Ares?

Volto à realidade. Apolo franze as sobrancelhas, esperando
uma resposta a algo que não escutei. Seus olhos vão de mim a
Raquel, e ele então parece se dar conta.

— Você está vidrado nela.

Não me dou ao trabalho de negar, e Daniel balança a cabeça
ao pôr a mão no ombro do meu irmão.

— A gente perdeu ele.

— Eu sei, e você ainda tem que me agradecer. Foi graças a mim.

— Shhhh! — Eu o mando ficar quieto porque não quero que
conte a Daniel como tudo começou.

Minha mente nostálgica viaja para outra lembrança:

— *Você precisa que eu o quê?* — *Apolo franze a testa, confuso.*

Suspiro, incomodado.

— Já te expliquei.

— Mas não entendo para que você precisa que eu faça isso.

— Só faz e pronto.

— E você acha que ela vai acreditar em mim? Ares, ela sabe que temos dinheiro. Como vai cair nessa conversa de que não temos internet e estamos roubando a dela?

— Ela vai acreditar, sim.

— Se você quer falar com ela, por que não vai lá e fala?

— Não quero falar com ela.

Apolo ergue a sobrancelha.

— Sério? E por que não vai você mesmo até ela e diz que está roubando o wi-fi?

— Porque eu quero prolongar isso o máximo possível, quero que ela sofra um pouco. Ela merece, por ficar me perseguindo.

Claudia entra com um cesto de roupa recém-lavada.

— Ah, reunião de irmãos, isso é novidade.

Apolo não hesita em contar para ela, apesar de eu fazer sinal para que cale a boca.

— Ares quer me usar para falar com a vizinha.

Claudia dá uma risada.

— Ah, é sério? Está procurando novas vítimas, Hidalgo?

Olho para eles com cara de poucos amigos.

— Não é isso.

Claudia põe o cesto na cama.

— Então é o quê?

Eu a ignoro e olho para Apolo.

— Você vai me ajudar ou não?

Apolo se levanta.

— Bom, vou fazer isso hoje à noite. — E sai do quarto.

Em silêncio, Claudia arruma minha roupa no armário, com um sorriso se insinuando nos lábios.

— O que foi? — pergunto. — Fala.

Ela continua sorrindo.

— Não tenho nada para falar.

— Diz logo o que você quer me dizer.

Ela termina a arrumação e se vira para mim, apoiando o cesto vazio no quadril.

— Que bom que você finalmente decidiu falar com ela.

— Não sei do que você está falando.

Claudia sorri. Não entendo qual é graça disso tudo.

— Nós dois sabemos do que estou falando. Foi muito divertido ver vocês dois espiando um ao outro. Sempre achei que ela tomaria a iniciativa, mas pelo visto você não aguentou mais esperar.

— Você está falando um monte de besteira. Espiando um ao outro? Como se eu precisasse ficar atrás de alguém.

Claudia faz que sim. Sua expressão irônica está me irritando um pouco.

— Se você está dizendo, Hidalgo, tudo bem... Mas pedir ajuda a Apolo já mostra o quanto está interessado na garota.

— Você enlouqueceu, Claudia, não é o que está pensando, só quero dar uma lição nela.

— Desde quando você investe seu tempo e energia em dar lição numa garota? Por que resolveu planejar isso com tanto cuidado?

Mordo os lábios.

— Não vou ter essa conversa com você.

Claudia me faz uma reverência.

— Como quiser, senhor. — E vai embora, ainda sorrindo.

Sorrio com essa lembrança, voltando a olhar para Raquel. Talvez desde o princípio eu tenha demorado tanto para falar com ela, para encará-la, porque sabia que ela seria a garota que mexeria comigo dessa forma, que teria meu coração nas mãos. Talvez eu soubesse desde o começo e por isso relutei tanto, e, mesmo mantendo a distância, guardei esse tempo todo debaixo da minha cama a sacola com as pulseiras feitas à mão, como uma recordação concreta de que naquela noite eu tinha feito a garota que me olhava da janela sorrir, e esse sorriso estaria gravado em minha memória para sempre.

55

A DANÇA

Ares volta quando todo mundo está se preparando para cantar parabéns. Paro na frente do bolo, e ele fica do outro lado da mesa. Todos começam a cantar, enquanto eu fico só olhando para as velas, sem saber direito como me portar.

Aquele típico momento desconfortável, quando estão cantando parabéns para você, e você não sabe o que fazer nem para onde olhar.

Concentro-me naqueles olhos azuis que tanto amo, e as vozes somem ao meu redor. Ele está tão lindo no escuro, as luzes das velas do meu bolo de aniversário iluminando seu rosto...

Te amo...

Quero dizer isso, mas sei que tem muita gente olhando para mim.

Sopro as velas e todos aplaudem e gritam viva. Ares dá um passo para trás e desaparece entre as pessoas. Recebo abraços, beijos e felicitações, mas meus olhos buscam em vão o deus grego. Aonde será que ele foi? As minhas tias sofrem do "mal do bolo": basta cantar parabéns e pegar uma fatia do bolo que a festa está encerrada para elas.

Minhas primas aproveitam que estamos sozinhas para pôr uma música diferente e juntam as pessoas, bebendo todas, animadíssimas, para dançar numa pista improvisada. Camila apaga as luzes, e fica ainda mais difícil encontrar Ares.

Depois de dar uma conferida deste lado, passo pela "pista de dança", esbarrando nas pessoas dançando. O clima é elétrico, quase sexual. No meio, paro, recordando aquela noite na boate, quando Ares me observava da área VIP como se fosse um predador. Lembro como o procurei depois disso.

Sempre o persegui, sempre vivi atrás dele, e talvez seja a hora de ele vir me procurar.

Começo a dançar entre vários jovens com os hormônios a mil, sentindo o ritmo, que é suave mas também sensual. A letra é provocante, e normalmente não escuto esse tipo de música, mas é daquelas que grudam na cabeça e que são boas para dançar.

Eu o sinto antes mesmo de vê-lo.

O calor do seu corpo roça minhas costas enquanto eu continuo dançando; ergo um pouco a barra do vestido e rebolo devagar. Sinto o perfume dele. Embora eu saiba que Ares está bem ali atrás de mim, não me viro, só continuo provocando-o. Sua respiração acaricia minha nuca, me fazendo morder o lábio.

Ele pega minhas mãos, subindo ligeiramente meu vestido para baixá-lo de novo, e aproveitando para acariciar minhas pernas. O roçar dos seus dedos na minha pele acelera minha respiração.

Ares aperta meu corpo contra o seu. É ele quem sempre me tortura, e é hora de revidar. Empino a bunda e me esfrego nele, provocando-o, me movendo para cima e para baixo. E não fico surpresa ao sentir o quanto ele está duro. Ares aperta minhas mãos, grunhindo no meu cangote.

Dá uma mordidinha na minha orelha.

— Você está brincando com fogo, bruxa.

Sim, estou, e quero me queimar.

Uma das mãos que estão na minha coxa começa a subir, acariciando minha barriga. Fico sem fôlego quando a mão chega até meus peitos, mas não os toca, me deixando só na vontade. Ares sabe disso.

Sinto sua respiração pesada em meu ouvido, transmitindo uma corrente de tesão por todo o meu corpo. A mão na minha coxa sobe para dentro do vestido. Seus dedos roçam minha intimidade por cima da calcinha, e eu solto um gemido.

— Ares...

O contato dos nossos corpos se torna mais bruto e sexual. Ainda bem que o lugar está barulhento e escuro, e não dá para ver o que estamos fazendo. Com sua mão escondida dentro do meu vestido, Ares afasta minha calcinha para o lado, e eu prendo a respiração, seu dedo explora minhas partes íntimas, resvalando na minha umidade. Ele dá um gemido em meu ouvido.

— Meu Deus, desse jeito você vai me matar.

Seu dedo me penetra, e sinto minhas pernas bambas, mas ele me pressiona contra seu membro ereto.

Não estou aguentando...

Ele lambe meu pescoço, e seus dedos me levam à loucura. Reclamo quando ele tira a mão, mas me puxa pelos cabelos em sua direção e me beija com intensidade.

— A gente precisa sair daqui — murmura em meus lábios. — Ou juro que vou te comer aqui mesmo, na frente de todo mundo.

Ele pega minha mão e me arrasta entre as pessoas. Entramos na escuridão da minha casa, já que a maioria dos adultos foi dormir, e eu agradeço aos céus por Camila e Cecilia ainda estarem na festa, porque elas vão dormir aqui. Chegamos ao meu quarto e a duras penas consigo trancar a porta. Ares me imprensa ali mesmo, me beijando desesperadamente.

Ele passa a mão nos meus peitos, o polegar roçando meus mamilos por cima do vestido. Reprimo um gemido de prazer junto a seus lábios. Ele então beija meu pescoço, meus seios. Suas mãos deslizam por dentro do meu vestido para baixar minha calcinha até o chão, e eu me desvencilho dela com o pé. Com a vista turva de desejo, observo Ares se ajoelhando diante de mim e levantando meu vestido.

— Ares... O que você...? Ah... — Sua boca encontra minha intimidade, e minha cabeça encosta na porta.

Ares levanta uma das minhas pernas, colocando-a sobre seu ombro, e continua seu ataque, chupando, lambendo, e eu cubro a boca para tentar sufocar meus gemidos.

Não consigo mais segurar.

— Ares! — digo, gemendo, prestes a chegar ao orgasmo, e ele continua, implacável, levando-me à beira do abismo, onde acabo caindo.

Correntes de prazer atravessam todo o meu corpo, fazendo-me tremer, fechar os olhos e reprimir os gemidos com a mão. As ondas de orgasmo me deixam com o coração acelerado e o corpo sensível.

Ares se levanta e, antes que eu possa dizer qualquer coisa, me leva pela mão até a janela, me colocando de frente para ela e fica atrás de mim.

— Tira o vestido.

Obedeço; gosto quando ele fica mandão.

— Inclina o corpo.

Apoio as mãos no vidro grosso da janela, que está fechada. Mordo o lábio, inclinando-me para a frente, expondo-me para ele, o que me deixa ainda mais excitada.

Eu o escuto tirando a calça e fico louca de ansiedade.

— Foi por essa janela que tudo começou, né? — diz ele, e meus olhos viajam até a cadeira de plástico no quintal de sua casa. — Foi daqui, deste lugar, que você discutiu comigo naquela noite, e olha para você agora. — Ele acaricia minha bunda. — Exposta, molhada, esperando ansiosa que eu te coma. — Ele me dá um tapinha que me faz pular de surpresa. Agarra meus cabelos, levantando meu rosto, e vejo meu reflexo no vidro da janela, toda nua, vulnerável.

Posso vê-lo atrás de mim, nu da cintura para baixo, apenas de camisa. Sinto sua ereção e lambo os lábios.

Ares se debruça em mim e murmura em meu ouvido:

— Me pede pra te comer.

Estou tão excitada que nem sinto vergonha de implorar.

— Por favor, me come, Ares, me... — Ele não me deixa terminar e me penetra de uma só estocada, arrancando um gemido.

Minhas mãos deslizam um pouco pelo vidro, enquanto ele me agarra pelos quadris para enfiar com mais força e mais fundo.

— Ai, Deus, Ares...

Está tão gostoso que mal consigo ficar de pé. Ele segura meu quadril com uma das mãos, e com a outra acaricia meus seios, intensificando as sensações por todo o meu corpo. Ser capaz de ver meu reflexo, e vê-lo ali atrás, em suas investidas, é a imagem mais sexy que já vi em toda a minha vida, dentro, fora, dentro, fora. A sensação de nossas peles se tocando, de seu membro quente dentro do meu corpo molhado, é maravilhosa.

Ele crava os dedos em meus quadris, seus movimentos ficando mais intensos e selvagens. E sei que está perto de gozar, o que estimula meu segundo orgasmo.

Vejo Ares fechar os olhos e sinto-o ainda mais duro dentro de mim. Gozamos juntos, gemendo. Nossos corpos estremecendo, nossa respiração fora de controle, olhando pela janela, ali onde tudo começou.

56

O AVÔ

ARES HIDALGO

Observá-la dormindo me relaxa.

Me traz uma sensação de paz, de segurança, que nunca pensei que alguém pudesse me proporcionar. Passo com delicadeza as costas da mão por sua bochecha, não quero acordá-la, embora eu saiba que para isso ela precisaria de muito mais do que um simples toque. Raquel está esgotada.

Eu a deixei exausta. Um sorriso arrogante se forma em meus lábios, e eu gostaria que ela pudesse vê-lo para debochar de mim, como sempre faz.

Sei que diria algo como "deus grego arrogante".

Ela é tão linda e indefesa quando está dormindo... Sua transparência, a facilidade com que posso lê-la, é uma das coisas que mais me atraem nela. Não tenho que me preocupar com motivos ocultos, mentiras ou falsidade. Ela é verdadeira e muito sincera sobre tudo que sente. É exatamente disso que sempre precisei.

Clareza, honestidade.

É o único jeito de eu confiar e me expor dessa maneira, que me permitiu seguir meus sentimentos, libertá-los e abrir meu coração para ela.

Chego mais perto e dou um beijo em sua testa.

— Te amo.

Ela se mexe um pouco, mas continua dormindo. Observá-la dormir faz com que eu me sinta meio perseguidor, e isso me faz lembrar nosso início.

Minha bruxinha obcecada.

A menina que achava que me perseguia em segredo, todas aquelas vezes que fingi não saber que ela estava me observando.

Uma batida na porta me traz de volta à realidade. Cubro Raquel com o lençol e vou me vestir depressa, mas não encontro minha blusa. Então abro a porta assim mesmo.

Duas meninas. Sei que são primas da Raquel, mas não lembro os nomes. Ficam petrificadas quando me veem. Elas me examinam de cima a baixo descaradamente.

— É, bem... — Uma delas enrubesce, trocando um olhar com a outra. — Meu Deus, que gato!

— Cecilia!

Cecilia morde o lábio.

— Só estou dizendo a verdade, Camila, ele sabe que é gato, então por que fingir que não estamos deslumbradas?

Ignoro o elogio.

— Imagino que vocês sejam as primas que dormiriam no quarto da Raquel.

Camila assente.

— Sim, desculpa interromper.

Sorrio para ela.

— Tudo bem, podem entrar. — Chego para o lado, dando passagem. — Eu já estava indo embora, só preciso encontrar minha camisa.

Cecilia me segue dentro do quarto.

— Para quê? Você está ótimo assim.

Camila a segura.

— Cecilia! — exclama, e me dá uma olhada pedindo desculpa. — Foi mal, a Ceci bebeu muito.

— Sem problemas.

Pego minha camisa no chão e dou um beijinho na bochecha da Raquel. Visto a roupa e olho para as duas garotas.

— Não a acordem, ela está exausta. Foi um dia agitado para ela.

Camila faz que sim.

— Pode deixar.

— Boa noite. — Saio e desço a escada.

— Ares.

Paro e me viro para ver quem me chama.

Cecilia vem lentamente na minha direção, sorrindo.

— Eu...

Minha voz assume seu tom gélido usual, defensivo.

— O quê?

— Não entendo... Você e ela, não faz sentido.

Essa garota não tem ideia do quanto posso ser frio e brutalmente sincero. Ela só viu meu lado gentil, que aparece apenas com Raquel e ninguém mais.

— Você não tem que entender nada, não é da sua conta.

— Eu sei... — Ela dá outro passo em minha direção. — Mas é que você é tão perfeito... e ela é tão...

— Para — interrompo. — Muito cuidado com o que você vai dizer sobre ela.

— Eu não ia dizer nada de ruim.

— Sinceramente, não tenho o menor interesse na sua opinião. Boa noite.

Eu a deixo boquiaberta e vou embora.

— Por que você não me contou? — pergunta Raquel, irritada, as mãos na cintura. — Ares?

— Não sei.

As más notícias haviam chegado de várias formas: e-mails e cartas de recusa. A principal razão era que já tinha acabado o prazo e as bolsas de estudo haviam sido preenchidas por outros alunos que cumpriram o procedimento a tempo.

Raquel ficou sabendo por Apolo, porque eu não contei a ela quando comecei a receber as respostas. Não sabia como dizer isso; eu já tinha perdido a esperança, mas ela não, e eu não queria deixá-la frustrada.

Não posso mentir, fiquei muito triste com a recusa. Meu único consolo é saber que pelo menos poderei estar na mesma universidade que ela. Serei infeliz estudando algo que não quero, mas pelo menos estarei a seu lado.

— Está chateada comigo?

Raquel suspira e põe as mãos ao redor do meu pescoço.

— Não — responde e me dá um beijo rápido. — Sinto muito que não tenha dado certo, mas ainda temos o que reunimos nos últimos meses, logo vamos pensar em alguma coisa.

— Raquel...

Ela me encara.

— Não, nem pense em desistir.

— Acha que quero desistir? Mas também não podemos nos agarrar a falsas esperanças.

— Tentou falar com seu avô?

— Para quê? Ele já me disse que não se intrometeria entre mim e meu pai.

— Fala com ele de novo.

— Não.

— Ares, é seu último recurso. Por favor, tenta de novo.

Suspiro.

— Não quero ser rejeitado mais uma vez — admito, baixando a cabeça.

Raquel segura meu rosto, forçando-me a olhar para ela.

— Vai ficar tudo bem. É uma última tentativa.

Eu a beijo novamente, com meus dedos deslizando devagar por suas bochechas. Quando me afasto, abro um sorriso.

— Última tentativa.

Saio da casa dela e vou para minha.

* * *

O avô Hidalgo não parece nem um pouco surpreso ao me ver. Está sentado no escritório do meu pai, com uma roupa leve, mas típica dele, calça e camisa bem passada e abotoada.

Claudia está sentada a seu lado, rindo de algo que ele disse.

— Oi — eu o cumprimento, um pouco nervoso. — Como está, vô?

Ele sorri para mim.

— Uns dias melhores que outros. Assim é a velhice.

Sento-me na cadeira do outro lado da mesa que divide a salinha do escritório, ficando de frente para eles.

— Claudia, querida — diz meu avô com doçura. — Pode pedir a meu filho e a Ártemis que venham até aqui um momento?

Está chamando meu pai e Ártemis? Para quê? Isso não vai terminar bem.

Claudia sai, fechando a porta.

— Vô, eu...

Ele levanta a mão.

— Sei por que você está aqui.

Abro a boca para falar, mas meu pai entra, com seu traje habitual, provavelmente acabou de chegar do trabalho. Em seguida, entra Ártemis.

— O que houve, pai? Estamos ocupados. Temos uma videoconferência em dez minutos. — Ele me dá uma olhada rápida, mas não diz nada.

Ártemis está confuso.

— Cancele — ordena meu avô, sorrindo.

Meu pai protesta.

— Pai, é importante, estamos...

— Cancele! — Meu avô eleva a voz, nos deixando surpresos.

Ártemis e meu pai se entreolham, e quando meu pai assente, meu irmão faz uma ligação para cancelar a reunião. Os dois se sentam à mesma distância do meu avô e de mim.

Meu pai suspira.

— O que está havendo agora?

Meu avô recupera a compostura.

— Sabem por que Ares está aqui?

Meu pai me lança um olhar frio.

— Imagino que seja para te pedir ajuda de novo.

Meu avô confirma com a cabeça.

— Exatamente.

Ártemis fala:

— E imagino que isso tenha te irritado, porque você já disse a ele que não.

Levanto-me.

— Não precisa disso, vô, já entendi.

— Sente-se.

Não me atrevo a desafiá-lo, e me sento.

Meu avô se vira ligeiramente para meu pai e meu irmão.

— Esta conversa é muito mais importante que qualquer negócio idiota que vocês estejam fechando. A família é mais importante, e vocês parecem esquecer isso.

Todos permanecem em silêncio, e meu avô continua:

— Mas não se preocupem, estou aqui para lembrá-los disso. Ares sempre teve tudo, nunca precisou lutar por nada, nunca trabalhou na vida, veio me pedir ajuda, eu neguei para ver se ele desistia logo na primeira tentativa, mas ele superou em muito minhas expectativas. Esse garoto trabalhou dia e noite, tentando as bolsas por vários meses, lutando pelo que deseja.

Ártemis e meu pai me olham surpresos.

Meu avô prossegue:

— Ares não só ganhou meu apoio, mas também meu respeito. — Ele me olha diretamente nos olhos. — Estou muito orgulhoso de você, Ares. — Sinto um aperto no peito. — Tenho orgulho por você carregar meu sobrenome e meu sangue.

Não sei o que dizer. O sorriso do meu avô se desfaz quando ele encara meu pai.

— Estou muito decepcionado com você, Juan. Legado familiar? Que Deus me mate aqui agora se alguma vez pensei que o legado pudesse ser algo material. O nosso legado é lealdade, apoio e carinho, não uma maldita empresa.

O silêncio que se instala é angustiante, mas meu avô não tem problema algum em preenchê-lo.

— O fato de você ter se tornado workaholic para não ter que encarar as traições da sua esposa não te dá o direito de fazer seus filhos sofrerem também.

Meu pai cerra os punhos.

— Pai.

Meu avô balança a cabeça.

— Que vergonha, Juan, que seu filho tenha implorado seu apoio e ainda assim você tenha lhe virado as costas. Nunca pensei que me decepcionaria tanto. — Meu avô olha para Ártemis.

— Você o fez estudar algo que ele odiava, fez o possível para torná-lo como você, e olhe para ele agora. Acha que seu filho é feliz?

Ártemis abre a boca, mas meu avô levanta a mão.

— Cale-se, filho. Apesar de você ser apenas fruto da má criação que seu pai te deu, também estou aborrecido por você ter dado as costas a seu irmão, por não o ter apoiado. Achei lamentável a postura dos dois, e nesses momentos eu não me orgulho nem um pouco de vocês terem nosso sobrenome.

Ártemis e meu pai baixam a cabeça. A aprovação de meu avô é extremamente importante para eles.

— Espero que aprendam alguma coisa com isso tudo e se tornem pessoas melhores. Tenho fé em vocês.

Fico surpreso com a tristeza estampada no rosto de meu pai e no de Ártemis. Eles nem ousam erguer o olhar.

Meu avô se volta para mim.

— Dei início a seu processo de inscrição para Medicina na universidade sobre a qual você comentou com Apolo — avisa ele, me entregando um envelope branco. — É uma conta bancária em seu nome, com dinheiro suficiente para pagar o curso e outras despesas, e dentro tem uma chave do apartamento que comprei para você perto do campus. Conte com meu apoio para tudo e lamento que seu próprio pai tenha virado as costas para você. O bom disso tudo é que você pôde ver como é não ter as coisas de mão beijada, ter que trabalhar para conseguir o que quer. Você vai ser um grande médico, Ares.

Não consigo me mover, não sei o que dizer. De todos os cenários que imaginei, este nunca havia passado pela minha cabeça. Meu avô balança as mãos e se levanta devagar.

— Bom, era isso. Vou descansar um pouco.

Cabisbaixo, meu pai sai atrás dele. Eu continuo ali, sentado com o envelope na mão, processando o que acabou de acontecer.

Ártemis se levanta.

— Desculpa.

Posso contar nos dedos as vezes que meu irmão mais velho pronunciou essa palavra.

Ártemis passa a mão pelo rosto.

— Desculpa mesmo. Fico feliz por você ao menos poder alcançar o que deseja. — Um sorriso triste toma seu semblante. — Você merece, Ares. Tem uma força que eu não tive quando me impuseram o que eu deveria fazer. O vovô tem toda a razão em te admirar.

— Nunca é tarde para mudar de vida, Ártemis.

Seu sorriso triste está repleto de melancolia.

— É tarde para mim. Boa sorte, irmão.

E com isso ele vai embora, me deixando sozinho.

Não sei como me sinto, minhas emoções estão confusas, mas reconheço a principal: felicidade pura.

Eu consegui.

Vou ser médico.

Vou estudar o que eu quero, vou salvar vidas.

A única coisa que ofusca minha felicidade é pensar na garota de olhos sinceros que espera uma ligação minha contando o que acabou de acontecer, a garota que amo e que estará a quilômetros de distância de mim quando o semestre começar.

Meu avô está enganado apenas em uma coisa: nunca tive tudo, e pelo visto desta vez não vai ser diferente.

57

A FESTA DE FORMATURA

Agridoce…

É a minha sensação quando Ares me conta o que houve com seu avô. Estou feliz por ele, mas meu lado egoísta fica um pouco triste porque agora é para valer.

Vamos nos afastar de verdade.

A ficha não tinha caído até agora, e o simples fato de me imaginar longe dele me dá um aperto no coração e me deixa sem ar. Mas sei que é o sonho dele, sei que é o que ele quer, e eu jamais faria nada para impedi-lo.

Mas como dói…

A voz de Dani ecoa longe de mim, quando na realidade está a meu lado.

— Raquel? Está me ouvindo?

— Ah, desculpa, minha cabeça estava em outro lugar.

— É nosso último dia na escola. Tenta estar mais presente. — Ela cutuca a própria testa para enfatizar que minha mente precisa parar de dar voltas e aproveitar o dia.

É o último dia de aula.

Eu ainda não consigo acreditar que meu último ano do ensino médio tenha chegado ao fim, que já é verão de novo. Já faz quase um ano que falei com Ares pela primeira vez.

— Meu amor! — Escuto atrás de mim e não preciso me virar para saber quem é.

Dani, virada para mim, anuncia:

— Aqui está seu príncipe intenso.

Braços fortes me agarram por trás.

— Minha Julieta, minha bela, meu tudo.

Depois de me soltar, me viro para ele.

— Carlos, o que te falei sobre ficar me abraçando o tempo todo?

Se Ares soubesse...

Carlos faz beicinho.

— Mas abraçar é uma coisa normal entre um futuro casal.

Dani puxa sua orelha como de costume.

— Futuro casal... Está cada dia mais louco.

— Ai! — Carlos geme de dor, mas continua no flerte: — Mais louco de amor, isso sim! — Dani aperta de novo a orelha dele. — Ai! Ai!

— Você é um nojo... — Dani o solta, simulando espasmos de vômito.

Carlos massageia a própria orelha.

— Como está sendo o último dia de aula?

Recosto-me no armário.

— Como qualquer outro.

Dani suspira e me lança um olhar triste.

Carlos pega nossas mãos.

— Não se preocupem, estaremos sempre juntos, mesmo que a distância nos separe.

Isso me faz sorrir.

Carlos é uma pessoa muito doce e de uma alegria contagiante. Definitivamente, vou sentir saudades dele.

A nostalgia me atinge de repente: adeus aos corredores, adeus à minha turma da vida inteira, adeus às loucuras de Carlos, às conversas doidas na sala de aula antes de o professor chegar.

Tudo isso acabou.

Não só vou embora desta escola, mas também desta cidade. Vou morar no alojamento universitário. Deixarei tudo isto para trás, e parte de mim está apavorada. Por sorte, Dani e Yoshi estudarão na mesma universidade que eu, não vou me separar deles dois, mas dele sim.

Deus grego...

Afasto esses pensamentos porque são muito dolorosos.

Carlos pigarreia.

— Sei que é uma pergunta boba, mas quer ir comigo à festa de formatura?

Dou-lhe um sorriso carinhoso.

— Carlos...

Dani passa um braço por meu ombro, abraçando-me de lado.

— Sinto muito, Casanova, ela já vai comigo.

Dani e eu tomamos essa decisão quando nos demos conta de que não tínhamos par. Ares terá que ir à festa de formatura da própria escola, então não poderá ir à da nossa.

Carlos faz um muxoxo.

— Ah, não me digam que vocês vão fazer essa coisa de ir com a melhor amiga. Que sem graça!

Dani sorri com malícia.

— Sim, não temos acompanhante, então vamos juntas.

Carlos me olha com segundas intenções. Dou um beijo na bochecha de Dani e o encaro.

— Sinto muito, hoje eu pertenço a ela. Sou toda dela esta noite.

— Eu sabia que vocês se pegavam.

Joshua se junta a nós, com seu boné de sempre, ajeitando os óculos para nos ver melhor, imagino.

— Joshua. — Carlos o segura pelos ombros de forma dramática. — Elas estão pensando em ir juntas à festa de formatura. Fala para não fazerem isso, para Raquel ir comigo.

Yoshi suspira, pondo suas mãos sobre as dele.

— Carlos, não sei se você lembra que ela tem namorado, um cara alto, capitão de um time de futebol que com certeza partiria para cima de você se te visse com ela.

— Não tenho medo dele. — Carlos se solta de Yoshi. — O amor me dá coragem.

Yoshi lhe dá um tapinha no ombro.

— Você vai acabar levando umas porradas se for com ela.

Dani desencosta da parede onde estava apoiada.

— Precisamos ir, temos que nos preparar para hoje à noite.

Carlos faz uma careta.

— Para quê? Vocês não têm nenhum cara para impressionar.

Dani se aproxima dele.

— Não precisamos disso — diz ela com determinação. — As garotas não têm que ficar bonitas só para impressionar um cara. Gostamos de nos olhar no espelho e admirar nossa própria beleza.

— Uau, que profundo — comenta Carlos, e Yoshi concorda.

Nos despedimos dos garotos e vamos para a saída. Quando chego à porta, me viro para dar uma última olhada no longo corredor que cruzei durante todos esses anos.

Com um suspiro, saio da escola.

— Uhuuuu! — Dani e eu gritamos com vontade no meio da pista de dança da festa de formatura.

Esse coquetel de frutas vermelho com certeza leva álcool. Não sei como fizeram isso, mas não estou reclamando.

Afinal, é nossa festa de formatura.

Dani cantarola e me estende seu copo de plástico vermelho para brindarmos. Minha melhor amiga está maravilhosa, com um vestido preto decotado, que combina com seus cabelos escuros, e uma maquiagem incrível. Sempre gostei das maçãs de seu rosto, seus traços chamam bastante atenção. Não à toa ela já fez vários trabalhos de modelo para a agência da mãe. Dani nasceu para isso.

Já eu escolhi um vestido vermelho acinturado que se ajusta muito bem a meus quadris, mas soltinho dali para baixo.

Seguramos a barra dos vestidos para andar melhor.

Somos loucas, mas loucas que estão se divertindo horrores. Dani ergue seu celular para fazer um vídeo e postar no Instagram: nós duas dançando e exibindo nossos copos, com um monte de *hashtags*, como #NaoPrecisamosDeGarotos, #AlcoolNaFormatura, #UuupsWeDidItAgain.

Morro de rir quando ela baixa o celular e posta mesmo. Mas logo muda de expressão quando vê algo, contraindo as sobrancelhas.

Ela levanta o rosto para mim e não precisamos falar nada, apenas olho com cara de "o que está acontecendo?".

Dani me passa o celular e clica no story do Instagram de alguém. A primeira coisa que vejo é o rosto de Ares, aquele sorriso torto e atrevido que tanto me encanta. Está lindo de terno, com uma gravata escura que não dá para ver direito na foto, porque o lugar também é escuro.

Em outras circunstâncias, eu teria gostado de ver essa foto, mas agora tem o efeito contrário: sinto meu bom humor evaporando.

Porque ele não está sozinho.

Nathaly está a seu lado, e eles estão grudados demais para o meu gosto, quase com as bochechas encostadas para a selfie. As *hashtags* só pioram a situação: #ComHidalgo, #FuturoDoutor, #OMaisGato, #OQueAconteceNaFormaturaFicaNaFormatura.

Sinto o calor invadindo meu rosto de tanta raiva, e meu estômago se contrai por uma razão inconfundível: ciúmes. Dani se aproxima para gritar no meu ouvido, por cima da música:

— Tenho certeza de que ela fez de propósito.

Ah, eu sei que ela fez, mas mesmo assim estou fervendo.

Sou invadida por um ciúme terrível que dá corda à minha imaginação. Já passaram pela minha mente os mais diferentes cenários de eles dois se beijando, se tocando, dançando juntos... Mas balanço a cabeça porque estou certa de que não vai acontecer nada, confio nele. De todo modo, não posso negar o incômodo que sinto, porque sei que eles têm uma história juntos.

Saímos da pista de dança e eu pego meu celular, tentando me acalmar.

Não seja imatura, Raquel.

Escrevo uma mensagem para meu namorado.

> Como está por aí?

Ele demora a responder e isso me deixa ainda mais furiosa. Está se divertindo tanto que nem se dá ao trabalho de me responder. Ai, meu Deus, preciso parar de pensar assim!

Meu celular vibra com uma resposta.

> Normal, falta você para ser perfeito.

> Com quem você está?

> Com toda a turma?

Não acho graça no sarcasmo, mas não sei como perguntar com quem exatamente ele está sem soar invasiva.

Não respondo e ele me escreve de novo:

> Já estamos quase saindo daqui para o *after*.

O *after* será na casa do Ares, lógico; de novo, não respondo porque sei que devo confiar nele e que, se eu falar agora, ele vai perceber minha raiva. Então decido tirar essa foto da cabeça e me divertir com meus amigos. Dançamos, e cada hora um vai para o meio da rodinha mostrar suas habilidades, que não são lá muito grandes, mas sob as luzes da pista, nós arrasamos.

Devo admitir que quem está batizando o suposto coquetel de frutas da festa está exagerando um pouco, porque a bebida está cada vez mais forte. Fico com medo de que algum dos professores acabe provando a bebida e dê problema, mas essa preocupação desaparece com o quarto copo.

Depois de um tempo, meu celular vibra em minha mão.

> **Chamada recebida**
> Deus Grego <3

Saio da pista e vou até o ginásio da escola, passando por um corredor vazio e silencioso. Ver seu apelido na tela me faz relembrar aquela foto com Nathaly.

Engolindo em seco, atendo a ligação.

— Alô?

— Ei, tudo bem?

— Hmm, sim. — Minha voz soa forçada.

— Você nunca foi boa em mentir, bruxa.

— Estou bem.

— Sabia que você costuma contrair os lábios quando está chateada?

Franzo as sobrancelhas.

— E você está fazendo exatamente isso agora — diz ele, e eu levanto o olhar e o vejo no corredor deserto e escuro vindo na minha direção. Se ele já é lindo com roupas comuns, de terno e gravata fica maravilhoso.

Ares baixa o celular e me dá um sorriso que não é debochado nem arrogante, mas um sorriso genuíno que me desarma. Ele parece tão feliz em me ver que eu logo me esqueço de Nathaly ou de qualquer dúvida em minha cabeça.

Ele me ama, está estampado em seu rosto, em seus olhos, em seu sorriso. E eu me sinto uma boba por ter duvidado disso um segundo sequer por causa de uma simples foto, quando o que sentimos um pelo outro é tão sincero, tão puro...

Ele chega perto de mim e me dá um beijo rápido. Depois sussurra junto aos meus lábios:

— Você está linda.

— Você também não está nada mal — admito.

— O que houve? — pergunta, acariciando minha bochecha com o polegar. — O que te deixou chateada?

Para ser sincera, não estou mais chateada com nada, no momento só me importo com ele e com este instante. Então fico na ponta dos pés, agarro sua gravata e lhe dou um beijo, pegando-o de surpresa; não um beijo delicado, um beijo que extravasa todos os meus sentimentos, todo o amor que me consome. Não demora muito para que ele acompanhe meu ritmo, nossos lábios em sintonia, acelerando nossa respiração.

Quando nos afastamos, eu o pego pela mão e o levo a uma sala de aula vazia e fecho a porta. Ares me observa, curtindo. Dá para ver que ele está sedento por me beijar e me possuir. Mordendo o lábio, eu o encaro, com a mesa do professor logo atrás de mim. Ares não disfarça, sei que está tão enlouquecido quanto eu, seus olhos percorrem meu corpo com luxúria e atrevimento.

— Hoje é sua formatura. — Põe as mãos em meus quadris, apertando-os. Seu cheiro delicioso me faz morder meu lábio de novo. É maravilhoso. — E você nunca transou aqui. — Ele me levanta e me coloca na mesa do professor, se enfiando entre minhas pernas, seu polegar acariciando minha boca. — Isso está prestes a mudar, bruxa.

Seus lábios engolem os meus num beijo possessivo, mas absurdamente irresistível e delicioso.

58

A ÚLTIMA FESTA

ARES HIDALGO

— Abre as pernas.

Solto um gemido nos lábios dela. Isso não é um pedido, é uma ordem. Entre tantos beijos, ela deu um jeito de fechar as pernas, mantendo-me ligeiramente afastado, minha ereção pressionando seus joelhos.

Ela acha que isso pode me impedir. Agarro seu cabelo, meus olhos encontrando os dela. Consigo ver a diversão em seu olhar, está me desafiando.

— Abre as pernas, bruxa — repito, segurando seu cabelo com mais força.

Ela sorri.

— Não.

Beijo-a de novo, minha boca incessante na dela, reivindicando-a, deixando-a ofegante. Raquel gosta de me provocar, desafiar, gosta de quando perco o controle e meto com força. Então, coloco a mão livre entre suas pernas enquanto ela tenta fechá-las com um olhar divertido, apertando minha mão, mas chego a sua calcinha, meu dedo roçando por cima do tecido, roubando um gemido.

Deixo os lábios dela e desço até os seios, sugando-os e mordendo-os por cima do vestido.

Uso meu dedo para puxar a calcinha para o lado e tocar sua pele com o polegar.

— Ah, Ares. — Ela deixa a cabeça cair para trás.

— Acha que consegue resistir a mim? — pergunto, embora eu já saiba que não. Ela tão molhada é toda a resposta de que preciso.

Entre arfadas, ela sussurra:

— Sim... consigo.

Levanto a sobrancelha, largando o cabelo e usando as mãos para tirar sua roupa íntima.

— Ai, Ares — diz ela, mas não resiste por completo.

Raquel gosta dessa brincadeira, de tentar resistir para que eu a pegue com força.

De forma brusca, obrigo-a a abrir as pernas, e ela recua, as mãos no meu peito em uma tentativa de me afastar. Agarro-a por trás e a seguro até que esteja na beirada da mesa, aberta e exposta para mim.

O aroma de sua excitação é delicioso e quase me faz esquecer tudo e penetrá-la de uma vez, mas me contenho, quero que ela implore.

Eu me ajoelho na frente dela e solto um gemido de prazer quando minha boca entra em contato com sua intimidade. Devoro-a com vontade, sem parar, seus gemidos ecoando por toda a sala escura, excitando-me ainda mais, se é que isso é possível. Esse é meu som favorito depois de sua voz. Suas pernas tremem apoiadas em meu ombro.

Geme, estremece e implora pra mim, bruxa.

Seu prazer me preenche de formas inexplicáveis. Você é tudo pra mim.

Consigo senti-la tremendo e sei que o orgasmo está próximo, então paro e me levanto, deixando-a com as pernas penduradas. Nossos olhos se encontram, e o apelo e o aborrecimento estão claros nos dela. Seu cabelo castanho parece preto na escuridão. Passo o polegar no meu lábio inferior, limpando-o.

Ela não se mexe, não fecha as pernas, apenas fica parada, olhando para mim. Levo um tempo para desabotoar a camisa, e ela observa cada botão se abrir e deixar minha pele exposta. Quando termino de tirar a camisa, as mãos dela passam pelo meu peitoral, descendo até o abdômen.

— Você é tão sexy, Ares Hidalgo — murmura, rendendo-se.

Seguro sua mão e a abaixo até minha calça, para ela sentir como estou duro. Raquel me aperta ligeiramente e me faz murmurar. Ah, não, ela não terá poder sobre mim, não esta noite.

Eu me posiciono entre suas pernas, aproximando nossos rostos.

— Implora pra eu te comer, bruxa.

Ela me dá um sorriso malicioso.

— E se eu não implorar?

— Vai voltar para a festa molhada e insatisfeita.

Ela morde meu lábio inferior.

— Você também vai sofrer.

Eu me afasto dela e desabotoo a calça.

— Não vou, não.

Ela levanta a sobrancelha.

— Está desistindo?

Balanço a cabeça em negativa, deixo a calça cair no chão junto com a boxer e começo a me masturbar na frente dela, seus olhos famintos me devorando com desejo. Roço sua fenda molhada, mas não a penetro e dou um passo para trás.

Ela abre a boca para protestar, mas a fecha, lutando com todas as forças — não quer perder. Tornarei as coisas mais difíceis, então. Começo a tocar entre suas pernas, sua umidade deslizando nos meus dedos, e Raquel fecha os olhos, gemendo.

— Implora, bruxa.

Ela balança a cabeça.

— Eu... Ah, Ares.

— Sei que você quer implorar — digo e movo meus dedos mais rápido. — Sei que quer me sentir dentro de você, te penetrando, forte, várias e várias vezes.

Sei que ela gosta quando eu falo assim, isso a excita, e sua reação a minhas palavras me deixa louco. Beijo-a novamente e movimento a língua dentro de sua boca mostrando quanto a desejo. Uma única súplica será o suficiente para eu mergulhar nela e acabar com essa tortura.

Quando nos afastamos para respirar, Raquel tira minha mão do meio de suas pernas e, com os olhos entreabertos, diz:

— Por favor, me come com força, Ares.

Suas palavras enviam uma corrente de desejo que se espalha por todo o meu corpo até meu membro.

— Fala de novo.

Ela coloca as mãos ao redor do meu pescoço e sussurra no meu ouvido:

— Por favor, entra em mim, Ares.

Ela não precisa pedir mais uma vez. Agarro sua cintura e a puxo, suas pernas em volta de meus quadris. Penetro-a em uma só estocada, e um grito estrangulado deixa seus lábios. Ela está tão quente e molhada que a sensação me deixa imóvel por um momento.

Ataco seu pescoço e começo a me mexer rapidamente, para dentro e para fora. Raquel se inclina para trás, apoiando o corpo.

— Ah, meu Deus, adoro isso, Ares, mais, por favor.

Agarro os quadris dela para acelerar o ritmo. Consigo ver tudo com clareza, e isso me deixa a mil. Sou um homem visual, então amo esse tipo de posição em que dá para ver tudo.

Raquel geme sem controle, o som do contato brusco de nossos corpos ecoando ao redor.

— Você gosta desse jeito, não é? Forte? — Ela geme em resposta. — Você é minha, Raquel — digo em meio ao descontrole —, e eu sou seu, todo seu.

— Sim! — Ela volta a agarrar meu pescoço, as mãos descem até minhas costas e sinto suas unhas se cravarem na minha pele. — Mais rápido! — implora no meu ouvido, e eu gemo de desejo, obedecendo.

Mordisco seu pescoço e continuo me movendo, sentindo-a por completo. Eu mergulho e me perco nela. Aperto seus quadris com tanta força que ela faz uma careta, e sei que ela gosta, ela ama me fazer perder o controle.

Meu ritmo fica cada vez mais implacável e rápido, e posso senti-la mais molhada, seu orgasmo se aproximando, e isso só me deixa mais próximo do meu. Seus gemidos ficam mais altos, as palavras mais atrevidas e safadas, e isso é tudo o que preciso para gozar dentro dela, junto com ela. Nossos orgasmos acabam conosco, deixando-nos sem fôlego e em êxtase absoluto.

Descanso minha testa sobre a dela, seus olhos estão fechados.

— Raquel. — Ela abre os olhos e me encara, e então acontece, essa conexão que queima entre nós dois, que é tão diferente com ela. — Te amo tanto. — As palavras saem de repente da minha boca. Com ela, sou sempre tão cafona.

Ela sorri.

— Eu também te amo, deus grego.

Depois de nos vestirmos, saímos para o corredor solitário para voltar ao ginásio da escola de Raquel, onde a festa de formatura está no auge. Raquel caminha de um jeito estranho e desajeitado, e um sorriso zombeteiro brota em meus lábios.

Ela percebe e franze as sobrancelhas.

— Aproveita, idiota.

Eu me faço de desentendido.

— O que aconteceu? Não consegue andar direito?

Ela me dá um soquinho no braço.

— Não começa.

Seguro sua mão.

— Você mereceu por ter me provocado.

Ela bufa.

Passo o polegar por sua bochecha, me aproximo e a beijo de um jeito suave, apreciando cada pequeno contato de nossos lábios. Quando me afasto, beijo seu nariz.

— Anda logo, bruxa, hora de voltar para a festa e deixar todos saberem que seu namorado acabou de te dar a melhor transa da sua vida.

Ela bate no meu ombro.

— Você continua sendo um idiota, deus grego.

Dou uma piscadinha.

— Um idiota que você implora pra te comer.

— Cala a boca!

Sorrindo, voltamos ao ginásio.

RAQUEL

Ai.

Dói para andar. Nunca acreditei em afirmações do tipo "Vou te foder tanto que você não vai andar por uma semana", mas agora sei por experiência própria, graças a Ares, que caminha pela festa com uma expressão arrogante.

Lanço um olhar assassino, a que ele responde com uma piscadela enquanto continua conversando com Joshua. Ares e Joshua têm se dado muito bem nos últimos tempos, o que me deixa feliz; nada melhor do que seu namorado e seu melhor amigo não terem problemas um com o outro.

Dani está me olhando de um jeito que conheço bem.

— Que foi?

— Você transou, não foi?

Desvio o olhar.

— Dani!

Ela levanta o copo e me dá um empurrãozinho.

— Saúde! Você é uma safada, adoro isso.

Qualquer um ficaria ofendido, mas Dani fala de um jeito carinhoso. Eu sei, é estranho, mas o que posso fazer? Minha melhor amiga é esquisita.

Ares se aproxima de nós.

— Vamos fazer o *after* na minha casa, não é?

— Aham, o Daniel mandou mensagem. Já estão lá.

Apolo, Joshua, Dani, Ares e eu saímos da festa e nos dirigimos ao carro de Ares. São apenas nove da noite, não consigo acreditar que aconteceu tanta coisa em tão pouco tempo.

O silêncio constrangedor entre Apolo e Dani é notável, principalmente por eu estar apoiando Dani. Tem sido difícil para eles agir normalmente depois de tudo o que aconteceu, mas acho que estamos progredindo. Apolo não voltou a procurá-la, e isso partiu o coração de Dani e a deixou confusa. Ela sempre esteve no controle com os garotos, mas com Apolo não tem sido assim.

Ao entrar na casa, ouço alguém chamar meu nome.

— Raquel! — grita Gregory, abrindo os braços, e eu o abraço com força. — Parabéns!

Gosto muito do Gregory, nos damos muito bem, aliás, bem melhor do que Marco e eu. Marco é tão... não sei explicar. Ele tem uma personalidade muito fechada, parecida com a de Ares quando o conheci; talvez por isso sejam melhores amigos.

Ares tira Gregory de cima de mim.

— Chega.

Gregory revira os olhos.

— Sim, sr. Chatão.

Permito-me admirar a sala perfeitamente decorada. Há várias pessoas, algumas da escola de Ares. Também há adultos, acredito que sejam alguns pais. Meus olhos reconhecem Claudia com um vestido preto muito lindo e perto de outras garotas vestidas como ela. Percebo que caminham por todos os cantos com champanhe e petiscos. Ah, estão servindo as pessoas.

Procuro os pais de Ares, mas não os vejo, e meus olhos se detêm em um senhor mais velho sentado no sofá com um terno muito elegante. O avô? Sim, é ele. Ares me mostrou algumas fotos dele, sem contar as que estão espalhadas por toda a casa.

O avô Hidalgo tem um ar incrivelmente confiante, não sei explicar, é como se ele emanasse sabedoria, e quando Ares me contou o modo como ele falou com seu pai e Ártemis, o avô ganhou todo meu respeito. Queria poder ir até ele, abraçá-lo e agradecê-lo, mas sei que sou uma desconhecida. Ártemis está ao seu lado, também de terno. Acho que nunca o vi com uma roupa casual. De fato, elegância é a marca dessa família.

Deixo Ares conversando com os amigos e me dirijo à Claudia, que sorri ao me ver.

— Oi, meus parabéns.

— Obrigada, foi um ano... muito interessante.

Ela assente.

— Sim, eu sei. Mas você conseguiu, estou feliz por você.

— Eu também. Como você está?

Ela dá de ombros.

— Sobrevivendo, você sabe.

— Fico feliz de te ver.

Embora nós não sejamos próximas, sinto uma conexão boa com ela. Claudia é o tipo de pessoa que tem uma aura nobre e gentil.

— Quer alguma coisa? — Ela me oferece uma taça de champanhe, e eu aceito.

— Obrigada. Bom, vou deixar você fazer seu trabalho.

Deixo-a trabalhar em paz e me afasto para sentar em um sofá que encontro num canto da sala; devem tê-lo mudado de lugar para abrir espaço para as pessoas. Giro a taça em minhas mãos enquanto observo o líquido dentro dela, a mente distraída pensando em mil coisas ao mesmo tempo. O sofá afunda ligeiramente ao meu lado, alguém se senta em silêncio. Reconheço o cheiro do perfume chique e caro.

— A que devo a honra? — brinco, virando-me para olhá-lo.

Ártemis me mostra um sorriso.

— Curiosidade. Sua mente não parece estar aqui.

— É tão óbvio assim?

— Admiro sua habilidade de comemorar com ele, apesar do que isso significa para o relacionamento de vocês.

— Não é fácil.

— Não disse que é. — Ele afrouxa um pouco o nó da gravata. — Por isso te admiro.

— Minha mãe disse que sou madura para minha idade.

— Ares tem sorte.

Levanto a sobrancelha.

— Por acaso isso é um elogio?

Ele não responde nada, só toma um gole da taça de champanhe, então encho o saco mais um pouco.

— Ártemis Hidalgo, o iceberg, acaba de me fazer um elogio. Isso é um sonho?

— Não precisa fingir tanta surpresa. — Seus olhos mantêm um ar de tristeza e melancolia. — Sei muito bem diferenciar as pessoas boas das ruins. — Ele aponta a taça para mim. — Você é uma das boas, por isso tem meu respeito.

Não sei o que dizer.

Seus olhos vão para Ares, que está rindo alto de algo que Gregory disse no grupo.

— Nunca achei que ele fosse conseguir superar o que aconteceu com a gente, que acreditaria em alguém desse jeito e mudaria para melhor. E não só isso, Ares não é o mesmo cara temperamental de um ano atrás, que não dava valor para nada nem para ninguém. De alguma forma, isso me dá esperança. Talvez nem tudo esteja perdido. — Ártemis vira o restante do champanhe. — Obrigado, Raquel.

Ele me dá um sorriso sincero; é a primeira vez que o vejo sorrir. Ártemis se levanta e sai, deixando-me sem palavras.

59

A VIAGEM

Corre…
Merda.
Merda.
Latidos atrás de nós.
Puta merda.
Deveria me exercitar.
Por que estou tão fora de forma?
Porque não faz exercícios, idiota, acabou de falar isso.
A distância, posso ver a silhueta perfeita de Ares. De repente, Marco passa por mim como um *flash*. Odeio jogadores de futebol.
Meu coração vai sair do peito. Dani me alcança também.
— Corra, Raquel, corra!
— Não sou — fico sem ar — o Forrest Gump!
Dani sorri.
— Eu sei, mas sempre quis dizer isso. É sério, corre!
Ela se afasta com pressa, e eu mostro o dedo do meio.
— O que você acha que eu estou fazendo?
Samy, Apolo e Joshua também me ultrapassam. Ah, não, eles também.
Sou oficialmente a última.

Estou prestes a entrar em pânico quando vejo Ares voltar para me buscar, e ele segura minha mão para literalmente me puxar logo atrás dele. Os cachorros latem muito alto, nem me atrevo a olhar para trás.

Como acabamos sendo perseguidos por quatro cachorros? Vamos apenas dizer que foi culpa do álcool e das decisões ruins, ênfase nas decisões ruins.

Tive a brilhante ideia de estender a comemoração quando a festa na casa de Ares acabou. Meu plano era todos irmos beber na minha casa, ouvir música, mas isso não foi o bastante. Dani, aquela que chamo de melhor amiga, quis nos mostrar um lago desconhecido que ela encontrou na semana passada enquanto corria, acho. Então, óbvio, todos nós, com a cabeça cheia de álcool, permitimos que essa loucura acontecesse. Mas o que Dani não sabia era que o lago não havia sido aberto ao público porque basicamente *não* é público, e sim uma propriedade privada, parte de uma chácara protegida por cães.

Foi assim que acabamos fugindo correndo para salvar nossas vidas.

Com a ajuda de Ares, pulo a cerca (que, a princípio, deveria ter nos alertado para o fato de não ser um lugar público), e deixamos os cachorros do outro lado. Caio de joelhos de um jeito dramático, meu coração latejando, na minha cabeça, em todos os lugares.

— Vou… — minha respiração é pesada — morrer.

Nem parece que Ares, Marco e Apolo acabaram de correr para salvar suas vidas, nem estão suados. Para meu alívio, Dani e Samy estão a poucos passos de mim, grunhindo, a respiração tão pesada quanto a minha. E Joshua, bom, vamos apenas dizer que Joshua está mais para lá do que para cá.

Samy mal consegue falar.

— Vou te matar, Daniela.

Dani levanta a mão.

— Eu…

Joshua nos ilumina com seu comentário.

— Isso foi incrível!

Todos nós lançamos um olhar de "mas que...?".

Joshua passa a mão pelo rosto.

— Foi como um videogame ao vivo. A adrenalina, uau!

Tudo bem, há a possibilidade de alguns ainda estarem muito bêbados. Dani começa a gargalhar sem motivo.

Vamos riscar a possibilidade. Sim, muitos de nós ainda estão bêbados. Os olhos castanhos e gentis de Joshua se voltam para mim.

— E, preciso dizer, se isso fosse um videogame, você estaria mortinha, Raquel. Nunca escolheria sua personagem para jogar.

Pela segunda vez naquela noite, mostro o dedo do meio para alguém; o álcool me deixa grossa. Levanto o olhar para o céu, surpresa pela claridade se formando.

— Ah, merda. É o sol?

Dani ri de novo, e Joshua a acompanha. Apolo segue meu olhar.

— Ah, amanheceu.

Em que momento a noite passou por nós?

— O álcool nos faz perder a noção de tempo — afirma Samy enquanto recupera o fôlego.

Marco a observa, e a adoração em seus olhos é evidente. Ah, ele está tão apaixonado. Ele e Samy estão saindo há algum tempo, e fico muito contente por eles. Samy merece ser feliz, é uma boa pessoa. Meus olhos se detêm em Apolo, que observa Dani discretamente. Fico me perguntando se vai rolar alguma coisa entre eles ou continuar na mesma.

O delicioso clima de verão recém-chegado toca minha pele, aquecendo-a.

— Que gostoso ficar assim aqui fora, sem casaco, jaqueta, estava com saudade disso.

Dani concorda com a cabeça.

— É um dia perfeito para ir à praia.

Samy faz um beicinho.

— Você está certa, quem dera a gente pudesse ir à praia.

Joshua anda de um lado para outro. Ele fica muito hiperativo quando bebe.

— E por que não vamos?

Todos viramos a cabeça na direção dele, como a menina de *O exorcista*, e Joshua continua:

— Ares e Marco estão sóbrios, e cabe todo mundo nos carros deles.

Dani o cutuca.

— Não sai por aí tomando decisões pelos outros.

Ares sorri.

— Não, parece uma ideia excelente.

Apolo o apoia.

— É, provavelmente essa é a última vez que vamos estar reunidos desse jeito.

A maioria de nós vai para a faculdade, e apesar de Dani, Joshua e eu estarmos indo para a mesma, não é o que vai acontecer com os outros, muito menos com Ares. Dói tanto cada vez que me lembro disso que acho que enterrei essa informação nas partes mais remotas do meu cérebro, como se não pensar tornasse a situação menos real.

Joshua levanta as mãos no ar.

— Vamos à praia!

Não consigo evitar sorrir. Seu entusiasmo é contagiante e fico feliz por vê-lo assim, principalmente depois do que aconteceu. Fiquei muito animada quando soube que estudaríamos na mesma universidade; quero estar por perto, não só para cuidar dele, mas porque faço questão de ajudar se em algum momento ele tiver uma recaída ou se sentir só. Depressão não é algo que melhora do dia para a noite, leva tempo, e algumas situações podem levá-lo a ter uma recaída. Se isso acontecer, quero estar ao lado de Joshua.

Samy estreita os olhos, focando atrás de mim.

— Aquele é o Gregory?

Eu me viro para olhar, e, de fato, Gregory caminha até nós segurando uma garrafa do que parece ser... Jack Daniel's. Mas o que...?

— Pessoal! Finalmente encontrei vocês! — grita ele, aproximando-se.

Ele disse que nos alcançaria, mas isso foi há cerca de uma hora, e quando não chegou presumimos que não viria.

Marco ri.

— Cacete, como você chegou até aqui?

Gregory mostra o celular.

— De Uber.

Marco dá um tapinha nas costas dele.

— Você parece uma barata, é tão difícil se livrar de você.

Gregory finge estar ofendido.

— Uma barata? Jura?

Samy intervém por seu namorado.

— Você nunca ouviu que as baratas resistiram à radiação da explosão nuclear? É um elogio à sua resistência.

Marco olha para ela satisfeito, mas não diz nada. Percebi que, apesar de ele não ser muito carinhoso com ela, seu olhar diz tudo. Acho tão fofo quando um cara durão se apaixona.

Gregory dá de ombros.

— Tanto faz, pelo menos cheguei e acho que ouvi alguém dizer *praia*. Contem comigo.

Joshua olha para Ares, Apolo, Gregory e Marco e murmura:

— Uau, vocês são incrivelmente bonitos.

Todos rimos, e Gregory pisca para ele.

— Solteiro às ordens.

Joshua lhe lança um olhar cansado.

— Não, quis dizer que vocês são meus primeiros amigos homens e são bonitos demais, isso não vai dar certo.

Gregory finge perder o fôlego.

— Está terminando comigo sem nem mesmo a gente ter começado?

Joshua o ignora.

— Estou dizendo que, se sair com vocês, não vou chamar a atenção de nenhuma garota.

Reviro os olhos e agarro suas bochechas.

— Você também é muito lindo, Yoshi.

Consigo sentir o olhar pesado de Ares sobre mim e abaixo as mãos devagar. Marco faz uma careta.

— Yoshi?

Apolo dá uma risadinha.

— Como a tartaruga do Mario Kart?

Fuzilo-os com o olhar.

— Não é uma tartaruga, é um dinossauro.

Gregory segura a ponte do nariz.

— Podemos focar na praia?

Samy assente.

— A barata tem razão, é uma viagem de duas horas, então vamos logo.

Dani se preocupa com a logística e a admiro por pensar nisso depois de ter amanhecido bebendo.

— Não temos roupa nem comida.

Gregory solta um pigarro.

— Como diria meu avô, "não importa o que lhe falta, você encontrará em algum lugar pelo caminho".

Marco levanta a sobrancelha.

— Seu avô não trocou sua avó por uma mulher que conheceu na estrada?

Gregory responde:

— Exatamente, ele não tinha amor e o encontrou pelo caminho. E para de estragar meus momentos legais.

Com Marco e Gregory ainda discutindo, nós começamos a caminhar em direção ao lugar onde deixamos os carros estacionados.

Hora de viajar.

Já no caminho, Ares apoia o braço na janela aberta enquanto mantém a outra mão no volante. Ele está sem camisa, com um boné para trás e óculos de sol. O sol atravessa a janela e desliza por sua pele, ressaltando cada músculo definido de seu torso.

Nossa Senhora dos Músculos, por que você foi tão boa com ele? Por que trazer um ser humano assim ao mundo? Deve ser para as pobres mortais como eu sofrerem cada vez que o virmos.

Gregory aparece entre nossos assentos.

— Estou me sentindo como o filhinho de vocês aqui atrás — comenta. — Mamãe, quero mamar.

Bato na testa dele.

— Muito engraçado.

Gregory volta para trás.

— Agressão infantil. — Ele balança o ombro de Ares. — Papai, você não vai fazer nada?

Ares suspira.

— Relaxa, filho, vou castigar ela mais tarde. — Ele é muito descarado e me mostra aquele sorriso torto que fica tão bem nele.

Gregory faz uma careta.

— Uaaaaau!

Ares dá uma risada.

— Como você acha que veio ao mundo, filho?

— Eu me rendo! Chega! — Gregory volta a seu posto com os braços cruzados, como se estivesse fazendo birra.

Apolo, que está no seu lado direito, faz uma careta, e Dani, no esquerdo, nos ignora, pensativa, olhando pela janela. Joshua foi no carro de Marco. Paramos em um supermercado para comprar o que precisamos para nossa aventura improvisada. Caminho por entre as araras de roupa de praia, tentando escolher algo simples. Ares surge na minha frente com um maiô nas mãos.

— Que tal este?

Cruzo os braços.

— Gosto de biquínis, não de maiôs.

Ares sorri.

— Mas esse ficaria muito bem em você. Além disso, você pode usar com este short também. — Ele me mostra a peça na outra mão. — Uma boa combinação.

Rá! Boa tentativa, deus grego!

— Não, valeu, foca em escolher algo pra você.

Ares faz beicinho. Deus, que lábios lindos, tão beijáveis.

— Por favor?

— Boa tentativa — digo e dou as costas para ele.

Ares coloca os braços ao meu redor, por trás, para sussurrar no meu ouvido.

— Bem, mas se eu ficar com ciúme, já sabe o que vai acontecer.

Engulo em seco.

— Então, quando ficar toda ardida da areia da praia, não reclama — provoca ele.

— Não importa o que eu colocar, você vai me comer do mesmo jeito — digo, girando em seus braços para lhe dar um selinho.

Ele sorri junto dos meus lábios.

— Você me conhece tão bem.

— Então vou escolher o que eu quiser. — Ele abre a boca para protestar. — E, se você reclamar — desço a mão por seu abdômen até a calça, apertando-o ligeiramente —, nada de sexo para você esta noite.

Ares morde o lábio inferior, jogando as mãos para o alto, em sinal de derrota.

— Escolhe o que quiser, então.

— Obrigada. — Faço um gesto com a mão para ele se afastar, e ele obedece.

Quem tem o poder agora, deus grego?

Escolho um biquíni vermelho simples, óculos de sol e um chapéu de praia. Dani aparece ao meu lado com o que escolheu, e saímos todos prontos para ir à praia.

— Praia! Aqui vamos nós! — exclama Gregory, os punhos no ar.

Acho que essa viagem vai ser muito interessante.

60

A FOGUEIRA

Ares...
   Ares...
   Ares...

Não consigo parar de olhar para ele, que ri de uma história que Gregory está contando, com as mãos para o alto. Os dois estão sem camisa, a praia ao fundo. A brisa do mar joga meu cabelo para trás; estou sentada em um tronco, aproveitando a vista.

O sol começa a se pôr, não sei como o dia inteiro passou tão rápido quando a praia estava só a duas horas de distância. Bom, na verdade eu sei: em cada parada, ficávamos brincando e jogando conversa fora por um tempão.

Apolo, Marco e Yoshi brincam com uma bola que compramos em uma das paradas e correm pela areia como crianças. Dani caminha pela orla, aproveitando um momento de solidão e tranquilidade, suponho.

Samy se senta ao meu lado no tronco.

— Vista bonita, não?

— Aham, a viagem valeu a pena.

Ela me oferece um copo de metal.

— Quer um pouco?

Aceito e tomo um gole, e o gosto forte de uísque queima minha garganta.

— Uísque? — Devolvo o copo para ela e a vejo beber sem nem fazer careta.

— Acho que andar com os meninos me mudou, peguei os gostos e as manias deles.

Passo as costas da mão na boca, como se isso fosse tirar aquele sabor.

— Não tem amigas?

— Não, sempre foram eles. — Seus olhos viajam até Gregory, Ares e então Marco e Apolo. — Mas tudo bem, eles têm sido ótimos para mim.

— Deve ter sido emocionante conhecê-los desde pequenos — comento, curiosa.

Samy dá uma risadinha.

— Ah, acredita em mim, conheço muitas histórias vergonhosas, apesar de a Claudia me ganhar nessa; ela conhece muito mais do que eu.

Encaro-a com um olhar questionador, e ela parece ler minha mente, levantando a mão em sinal de paz.

— Não, eu também não sei o que está acontecendo entre ela, Ártemis e Apolo.

Isso me faz franzir a testa.

— Apolo?

Ela arregala os olhos como se tivesse dito algo que não deveria.

— É. — Ela ajeita o cabelo atrás da orelha. — Quer dizer... Não que esteja acontecendo algo, só presumi que... Deixa pra lá.

Minha mente viaja para o dia do hospital, quando percebi que Ártemis havia dado um soco em Apolo, e para logo depois, no meu aniversário, quando Apolo deu um soco em Ártemis. Fito Dani, e minha necessidade de protegê-la se intensifica.

— O Apolo tem alguma coisa com a Claudia?

Samy não diz nada, então eu a pressiono.

— Samy, não gosto de fazer isso, mas a Dani é minha melhor amiga e eu faria qualquer coisa por ela. Preciso saber se devo dizer para ela esquecer Apolo.

— Se eu soubesse o que está acontecendo, diria, de verdade, Raquel, mas não faço a menor ideia. Ártemis é um bloco de gelo indecifrável. Apolo é tão respeitável que jamais falaria sobre uma garota. E Ares, bem, é sincero com tudo, menos no que diz respeito aos irmãos. Eles têm um senso de lealdade incrível.

Acredito nela.

Minhas tentativas de arrancar informações de Ares a respeito dessa situação foram um fracasso, incluindo uma em que tentei usar sexo como arma e só transei e acabei igualmente curiosa. Ares se junta aos demais garotos para jogar bola enquanto Gregory caminha até nós.

— Belezas tropicais!

Isso me arranca um sorriso. Gregory é tão alegre e cheio de energia que me lembra Carlos. Samy oferece um gole a ele.

— Como você consegue estar sempre animado?

Gregory bebe e expira visivelmente.

— É a força da juventude. — Ele se senta na areia em frente a nós. — Do que estão falando? Vocês estão sérias.

— Besteira — digo a ele, esfregando a cabeça dele como se fosse um cachorrinho. — Quem é um bom menino?

Gregory late e mostra a língua. Samy revira os olhos.

— Se ele não amadurecer, a culpa é sua. — Gregory lança um olhar pidão para ela. — Não vou fazer carinho em você. — Gregory continua fazendo aqueles olhinhos tristes, e observo o espetáculo com um sorriso. Samy suspira. — Está bem. — Ela acaricia sua cabeça. Gregory coloca a língua para fora e lambe a mão. — Ah!

O sol já vai se pôr.

— A gente devia fazer uma fogueira antes de escurecer.

Por que sempre surjo com ideias como essa?

Oito caminhadas para buscar lenha depois...

Nos filmes, acender uma fogueira parece fácil e prático. Bom, bem-vindos à realidade, é difícil pra caramba. Estamos todos suados, a escuridão caindo sobre nós, mas finalmente conseguimos acender a fogueira. Nos sentamos ao redor dela, o reflexo do fogo em nossos rostos, brilhando devido ao suor.

Estou ao lado de Ares. Apoio a cabeça em seu ombro e observo o fogo, que, por ter chamas azuis, me tranquiliza e me traz uma sensação de paz. O vento da praia, o barulho das ondas, o garoto ao meu lado, os amigos ao meu redor — é um momento perfeito, e fixo em cada detalhe para guardar este instante em um lugar especial no coração.

— Vou sentir saudade de vocês. — Gregory rompe o silêncio, e acho que disse o que todos estávamos pensando.

Apolo joga um pedaço de madeira no fogo.

— Pelo menos você também vai para a faculdade, Gregory. Só sobrou eu no ensino médio.

Dani o encara, e então os sentimentos ficam claros em seus olhos.

Eu me pergunto se também fica óbvio o que eu sinto quando olho para Ares.

Tenho certeza de que sim, reclamo mentalmente para minha consciência respondona.

Marco volta de sua busca no carro, os sacos de marshmallows nas mãos.

— Chegou a comida.

Samy o ajuda com os sacos.

— Que ótimo! Estou com tanta vontade de comer alguma coisa doce.

Gregory tosse.

— Marco pode te dar algo doce, você sabe, para chupar.

Samy faz uma careta.

— Você não presta.

Dani tem a ideia maravilhosa de começar a falar.

— Até porque aquilo não é doce.

— Ahhhhhhh!

Só consigo cobrir o rosto. Dani fica vermelha ao perceber que falou demais. É assim que eu gosto de chamar: sincericídio. Vão encher o saco dela para sempre por causa disso.

Enquanto zoam Dani, Ares sussurra para mim:

— Vamos andar pela beira do mar?

Meu Deus, eu amo a voz dele.

Endireito-me, tirando o rosto de seu ombro para olhá-lo.

— Só se você prometer se comportar.

Ele me dá um grande sorriso.

— Não posso fazer promessas que não consigo cumprir.

— Ares.

Ele segura minha mão, um sorriso malandro dançando em seus lábios.

— Bom, prometo não fazer nada que você não queira.

Estreito os olhos.

— Boa tentativa, mas você já usou essa estratégia uma vez, não vou cair de novo.

Ele cerra os lábios com uma frustração fingida.

— Não achei que você fosse lembrar.

Coloco o dedo na testa dele.

— Eu me lembro de tudo, deus grego.

Ele esfrega a testa.

— Isso é óbvio. Quem esqueceria a transa maravilhosa que eu te dei ontem de manhã? Você gemeu tanto e… — Cubro a boca dele.

— Bom, vamos caminhar. — Levanto-me em um pulo. — Já voltamos — digo rapidamente.

Ares me segue em silêncio, e consigo sentir seu sorriso bobo mesmo sem olhar para ele. Chegamos à beira do mar, e tiro os sapatos para segurá-los nas mãos, deixando as ondas molharem meus pés toda vez que chegam à costa. Ares faz o mesmo.

Caminhamos, nossas mãos livres se entrelaçando; o silêncio me faz muito bem. Nós dois sabemos que temos apenas mais alguns dias juntos, mas não falamos sobre isso. Para que ter essa conversa agora? Ares vai embora de qualquer forma, prefiro aproveitar cada segundo com ele sem ter que falar sobre coisas que vão nos fazer sofrer antes da hora.

Como diria minha mãe: "Não sofra por antecipação. Quando chegar o momento, você vai encarar o problema de frente."

No entanto, pela expressão de Ares, posso ver que ele quer dizer algo a respeito, então decido puxar assunto antes de ele abrir a boca. Lembro-me de minha conversa com Samy.

— Posso te fazer uma pergunta?

Ele levanta minha mão entrelaçada à dele e a beija.

— Aham.

— Tem alguma coisa rolando entre a Claudia e o Apolo?

— Já te disse...

— Já sei, já sei, só me diz uma coisa. — Escolho as palavras. — A Dani está muito apaixonada por ele, e não quero que ela sofra, Ares. Não precisa me dizer exatamente o que está acontecendo, só me diz se devo falar para minha melhor amiga esquecer o Apolo ou manter as esperanças, por favor.

Ares olha para mim franzindo os lábios, e o vejo hesitar. Finalmente, ele fala:

— Diga para ela esquecer ele.

Ah.

Isso dói em mim, e eu nem sou a Daniela. Acho que é assim com melhores amigas, uma sente a dor da outra; compartilham não apenas histórias, mas também sentimentos. Ares não diz mais nada, e sei que não vou conseguir arrancar outras informações dele, então deixo o assunto pra lá. Só o observo andar ao meu lado e me lembro de tantas coisas que meu coração aperta.

Acha que não sei sobre sua ligeira obsessão infantil por mim?

Sim, eu quero você, bruxa.

Estou sempre às ordens, bruxa.

E você é linda.

Fica comigo, por favor.

Eu posso ser seu Christian Grey sempre que você quiser, bruxinha pervertida.

Estou apaixonado, Raquel.

Só consigo ver o perfil de seu lindo rosto enquanto minha mente me faz reviver tudo outra vez.

— Ah, sou masoquista — digo em um sussurro.

Ares olha para mim.

— Sexualmente? Porque, se a resposta for sim, percebi que você gosta quando eu te dou um tapinha e…

— Cala a boca! — Ele fica quieto. — Não, estou falando emocionalmente, você foi um idiota comigo no começo.

— Defina "idiota".

Solto a mão de Ares e mostro o dedo do meio para ele.

— Já deu para entender.

— Como você achou uma boa ideia me dar o celular logo depois de transarmos? Bom senso, Ares, bom senso.

A expressão dele se apaga.

— Desculpa, não vou cansar de me desculpar por isso. — Ele estende a mão para mim outra vez. — Obrigado por não desistir de mim, mudei para melhor por sua causa.

Não seguro a mão dele, dou uma de difícil.

Ares pula e aponta para o meu lado na areia.

— Caranguejo!

— Ah! Onde? — Corro para ele instintivamente.

Ele me abraça.

— Vem cá, vou te proteger.

Empurro-o ao me dar conta da mentira.

— Ah.

Ares me ultrapassa e se ajoelha, oferecendo-me as costas.

— Vem, pode subir.

A lembrança dele fazendo a mesma coisa na noite em que fui assaltada surge na minha mente, o modo como ele fez com que me sentisse segura, como foi legal comigo naquela noite.

Prometo. Eu não vou embora. Não desta vez.

O café da manhã no dia seguinte, como ele segurou minha mão com gentileza, me mostrando que estava a salvo, que não deixaria nada de ruim acontecer comigo. Foi a primeira vez que vi o lado gentil de Ares. Subo nas costas dele e Ares se levanta, deixando que eu passe as pernas em volta de seu quadril e envolva seu pescoço com as mãos, para me apoiar.

Ele me carrega, e me dou conta de que este dia está cheio de momentos perfeitos. Descanso a cabeça em seu ombro. O som das ondas invade meus ouvidos, o calor do corpo de Ares se misturando com o do meu. Como vou sobreviver sem você, deus grego? Afasto essa pergunta da minha cabeça.

— Ares.

— Hum?

Tiro a cabeça de seu ombro.

— Te amo.

Ele fica em silêncio por um momento, e isso me faz apertar os olhos. Então ele fala:

— Eu vou ficar.

— O quê?

— Você sabe que, se você me pedir, eu fico. Certo?

— Eu sei.

— Mas você não vai pedir.

— Não.

Ele suspira e não diz mais nada por um instante.

Nunca poderia pedir para ele ficar, para desistir de seu sonho. Não posso ser tão egoísta, não posso tirar isso dele. Não seria justo que, enquanto realizo meu sonho e estudo o que sempre quis, ele tenha que estudar algo que não quer só para ficar comigo.

Sempre pensei que quando as pessoas diziam que "o amor não é egoísta" estavam se iludindo, seguindo o princípio de que devemos nos colocar em primeiro lugar. No entanto, quando é pela felicidade de alguém que amamos, tudo bem deixar um pouco de lado o que sentimos. Acho que não há maior prova de amor do que essa.

Volto a descansar a cabeça em seu ombro e o ouço sussurrar baixinho, o suficiente apenas para eu ouvir:

— Eu também te amo, bruxa.

Com essas palavras, deixo que ele me carregue pela beira do mar, saboreando cada segundo.

61

A DESPEDIDA

Chegou o dia...

O dia em que ele precisa ir embora, em que deixará de estar a poucos metros de mim, como meu vizinho, para estar a centenas de quilômetros. O silêncio reina entre nós, mas não é desconfortável, e sim doloroso, porque nós dois sabemos no que estamos pensando: na realidade inevitável. O céu está lindo, as estrelas brilhando em seu esplendor máximo, talvez em uma tentativa de iluminar essa tristeza arrebatadora.

Há certa dor no inevitável que não dá para colocar em palavras. É muito mais fácil se afastar de alguém quando essa pessoa partiu seu coração, te fez mal, mas se afastar parece impossível quando não há nada de errado entre vocês, quando o amor ainda está ali, vivo, palpitando como o coração de um recém-nascido, cheio de vida, exalando futuro e felicidade.

Meus olhos se focam nele, meu Ares.

Meu deus grego.

Aqui está ele, o cabelo despenteado e os olhos vermelhos pela longa noite, e ainda assim está lindo.

Meu peito fica apertado, minha respiração mais curta.

Isso dói...

— Ares...

Ele não olha para mim.

— Ares, você precisa...

Ele balança a cabeça.

— Não.

Ai, meu garoto instável.

Luto contra as lágrimas que enchem meus olhos, meus lábios tremem. Meu amor por ele me consome, me asfixia, me faz viver e me faz morrer. Seu voo vai decolar em meia hora, ele precisa entrar na área de embarque, aonde eu não posso ir. Estamos na área de espera do aeroporto, de onde podemos ver o céu através dos vidros transparentes.

Sua mão roça a minha suavemente antes de segurá-la com força. Ares ainda não me encara, os olhos azuis focados no céu. Eu, ao contrário, não consigo parar de olhar para ele, quero me lembrar de cada detalhe quando já não estivermos perto um do outro; quero me lembrar da sensação de estar ao seu lado, de sentir seu calor, seu cheiro, seu amor. Posso parecer um pouco grudenta, mas o amor da minha vida está prestes a entrar em um avião e ficar longe de mim por sei lá quanto tempo, então tenho o direito de ser cafona.

— Ares? — A voz de Apolo soa atrás de nós com aquele mesmo senso de urgência e tristeza da minha quando lembrei que era hora de ir.

Ares tira os olhos do céu e abaixa a cabeça.

Quando ele se vira para mim, forço um sorriso em meio às lágrimas que se formam, mas não consigo esboçar um sorriso triste sequer. Ele umedece os lábios, mas não diz nada, os olhos vermelhos, e sei que não consegue falar, sei que no momento em que abrir a boca ele começará a chorar, e quer parecer forte por mim, eu o conheço tão bem.

Ele aperta minha mão com força, e lágrimas escapam de meus olhos.

— Eu sei.

Ele enxuga minhas lágrimas, segurando meu rosto como se eu fosse desaparecer a qualquer momento.

— Não chora.

Dou um riso falso.

— Peça algo um pouco mais fácil.

Ele me dá um beijo breve, mas tão cheio de sentimentos que choro em silêncio, o gosto salgado das minhas lágrimas se misturando ao nosso beijo.

— Não desiste de mim. Pode me perseguir, mas não me esquece, por favor.

Sorrio, colada nos lábios dele.

— Como se eu pudesse esquecer você.

— Promete que não é o fim, que vamos tentar até não conseguir mais, até que todos os recursos e meios tenham se esgotado, até que possamos dizer que tentamos de tudo e ainda assim tentar um pouco mais.

Coloco meus braços ao redor de seu pescoço e o abraço.

— Prometo.

Ele beija a lateral da minha cabeça.

— Te amo tanto, bruxa. — Sua voz falha ligeiramente, e isso parte meu coração.

— Eu também te amo, deus grego.

Quando nos afastamos, ele enxuga as lágrimas e respira fundo.

— Tenho que ir.

Apenas assinto, as lágrimas escorrendo por minhas bochechas e caindo pelo queixo.

— Você vai ser um ótimo médico.

— E você, uma psicóloga maravilhosa.

Meu Deus, como isso dói.

Posso sentir meu rosto se contrair de dor enquanto contenho os soluços. Ares se despede de Apolo, de Ártemis e de seus pais. Ando com ele até o portão que deve atravessar para passar pela segurança e chegar ao portão de embarque. Sua família fica para trás enquanto eu continuo no portão com ele, e enxugo as lágrimas.

— Avisa quando chegar, está bem?

Ele assente e solta a mão para se dirigir à última porta. Para na metade do caminho e dá meia-volta. Aproxima-se de mim a passos rápidos e me abraça.

— Te amo, te amo, te amo, você é o amor da minha vida, Raquel, eu te amo.

Os soluços escapam de mim, então o abraço passando as mãos em torno de sua cintura.

— Eu também te... — Minha voz falha. — Te amo.

— Por favor, vamos lutar pela gente, sei que não vai ser fácil, sei que vão ter momentos difíceis, mas... por favor, não deixe de me amar.

— Não... Você não vai conseguir... se livrar de mim tão fácil — digo com a voz embargada, então nos afastamos outra vez e vejo como seu rosto está vermelho, as lágrimas escorrendo. — Prometo que sempre vou ser obcecada por você.

Ele passa o polegar pelo meu rosto.

— E eu por você.

Lanço um olhar confuso.

— Eu também te perseguia, sua bruxa boba.

— O quê?

— A gente nunca ficou sem internet. Pedi para o Apolo fingir. Era minha desculpa para falar com você. Você sempre teve minha atenção, bruxa.

Não sei o que dizer, deus grego idiota. Por que você escolheu logo esse momento para me contar isso? Ares tira do bolso as pulseiras que reconheço tão bem, e fico sem fôlego, porque as fiz há muito tempo para uma feira da escola, mas não consegui vender nenhuma até que um menino comprou todas. Ares tinha mandado aquele menino? Tinha feito isso por mim mesmo quando nunca havíamos nos falado?

Ares coloca um par de pulseiras na ponta da minha mão e a fecha.

— Você sempre teve minha atenção — repete, sentimental, e isso me faz chorar ainda mais.

— Ares...

— Tenho que ir. — Ele beija minha testa. — Aviso quando aterrissar. Te amo. — Ele me dá um beijinho e desaparece pelo portão antes que eu possa me arrepender de tê-lo deixado ir e implorar para que fique.

Com a mão nas vidraças do aeroporto, vejo seu avião decolar, desaparecer no céu, e sinto que o ar sumiu do meu corpo, que um buraco se abriu nele e nunca vai se fechar; pode até sarar, pode até se curar, mas a cicatriz sempre estará ali.

Uma parte de mim o imagina voltando como nos filmes, dizendo que me ama e que nunca vai me deixar, mas isso não acontece. A vida real costuma ser mais cruel do que as comédias românticas. Fecho as mãos em punho na janela.

Até logo, deus grego.

Os pais de Ares, junto com Ártemis, já foram embora. Apolo continua ao meu lado, chorando alto enquanto eu choro em silêncio. O caminho de volta para casa se torna a hora mais triste da minha vida. Apolo e eu dividimos um táxi, mas não dizemos nada, cada um absorto na própria tristeza. Árvores, casas, pessoas e carros passam pela janela, mas não vejo nada, é como se eu não estivesse aqui.

Nem me despeço de Apolo quando saio do carro e entro em casa como um zumbi. Meu quarto me recebe em silêncio, meus olhos fitam a janela e a dor aperta meu peito com força, a mente pregando peças em mim, imaginando que Ares pode surgir pela janela com um sorriso no rosto, os lindos olhos azuis se iluminando ao me ver.

Olho para minha cama e me lembro da noite em que fiz chocolate quente e ele me contou sobre seu avô. Ares amadureceu tanto, foi de um idiota que não dava valor a nada a um garoto que dá valor a tudo, que expressa melhor seus sentimentos, que entende que não há problema em ter fraquezas, que tudo bem chorar. Não quero atribuir essa mudança a mim, ninguém muda de verdade se não quiser, só dei aquele empurrãozinho que ele precisava para começar.

Eu me sento na cama sem focar um ponto em específico, o olhar perdido. Dani abre a porta de uma vez, e seus olhos encontram os meus. Isso é tudo de que preciso para perder o controle.

— Dani, ele foi embora.

Ela me lança um olhar triste, aproximando-se.

— Ele foi de verdade. — Começo a chorar descontroladamente, deixando tudo vir à tona, e sinto como se uma parte de mim tivesse ido com ele, e talvez tenha ido mesmo.

Dani entra correndo, joga a bolsa no chão e me abraça.

— Ele foi embora — continuo repetindo várias e várias vezes.

Nos braços de minha melhor amiga, choro a noite toda até adormecer e só acordo por um momento para ler a mensagem de Ares, avisando que chegou, mas depois de falar com ele apenas choro até dormir outra vez.

Três meses depois

— E então eu disse que ele era um idiota — digo para a tela do celular, falando de Joshua. — Que ideia foi essa de colocar um ovo no micro-ondas?

Ares dá uma risada, o rosto emoldurado pela tela do meu celular. Estamos conversando enquanto cozinho na residência estudantil.

— E isso nem foi o pior — continuo. — Ele inventou de lavar uma camisa rosa com as roupas brancas. Adivinha quem só usa roupas rosa agora?

— Pensei que *eu* cometeria esse tipo de erro quando começasse a morar sozinho.

Estreito os olhos.

— Você queimou todas as panelas do apartamento.

— Eu estava aprendendo.

— Nem sabe fazer café.

— Você nem experimentou.

— Graças a Deus — digo entre os dentes.

Ares me fuzila com o olhar.

— Fiz macarrão, ficou meio pegajoso, mas deu para comer.

— Olha quem está aqui. — Mostro a bruxa de pelúcia que ele me deu quando nos vimos no feriado de Ação de Graças há algumas semanas. — É minha colega de quarto.

— Falando em colega de quarto, e a Dani?

— Foi pra uma festa da fraternidade.

— E o Joshua?

— Também.

— Seus amigos em uma festa e você aí, falando com seu namorado? Que fiel.

Lanço um olhar cansado.

— Nunca fui muito fã de festas. — Lambo o dedo para provar a sopa que estou preparando. — Hummm, está uma delícia.

— Queria ser esse dedo.

— Ares!

— Que foi? Estou com saudade, bruxa. Vou morrer de falta de amor e sexo.

Reviro os olhos.

— Só você consegue ser romântico e safado ao mesmo tempo.

— Preciso que chegue logo o recesso de Natal. — Ele passa a mão pelo rosto. — Sabe o que poderíamos tentar?

— Não vamos fazer sexo pelo celular, esquece.

— Você deveria tentar.

— Se você se comportar, talvez eu mande uma foto sexy.

Ele me mostra o sorriso malicioso de que tanto gosto.

— Ah, bom, isso me parece justo.

— Só falta uma semana para o Natal. Vou ficar grudada em você igual chiclete. Já sabe, não é?

— Eu amo chiclete, então.

— Está flertando comigo?

Ele morde o lábio inferior.

— Está funcionando?

— Talvez.

Continuamos conversando, e eu rio de suas tentativas fracassadas de flertar. Até agora estamos bem, sentindo muita falta um do outro, mas nos vemos pelo menos uma vez por mês. Não estou dizendo que é fácil, mas dá para sobreviver, e me faz pensar que podemos superar tudo isso.

Quando chega o recesso de Natal, vou para casa. Conto para minha mãe como foram os primeiros meses na faculdade, enquanto faço chocolate quente. Subo segurando duas canecas e, ao chegar ao meu quarto, coloco as duas ao meu lado.

Pouco tempo depois, vejo Ares na janela e corro até lá, pulando em cima dele e lhe dando um beijo desesperado. Esses lábios que tanto amo me recebem com a mesma vontade. Os beijos são apaixonados e têm gosto de saudade. Nossas bocas se movem juntas do jeito que gostamos, em uma sincronia perfeita.

Quando nos afastamos, nossa respiração está pesada. Os lindos olhos de Ares se perdem nos meus, e passo os dedos por seu rosto para enroscá-los em seu cabelo e beijá-lo outra vez.

Depois de uma sessão de beijos, nos sentamos na cama, cada um com uma caneca de chocolate na mão. Está começando a nevar, há pequenos flocos de neve flutuando lá fora.

Brindamos com as xícaras, e me dou conta de que vai precisar de muito mais do que a distância para acabar com o que temos. Nós nos encontramos em um momento de mudança, mas isso não nos impedirá de superar e ficarmos juntos. E sei que, quando as dificuldades surgirem, daremos tudo para lutar pelo nosso amor. Talvez a gente vença, mas isso só o tempo dirá.

E, ainda que tudo acabe em algum momento, poderei dizer que lutei até o último segundo, até não poder mais, porque sei que ele também vai fazer isso.

Somos o deus grego e a bruxa, afinal de contas.

A que sentia tudo e o que não sentia nada. Agora nós dois sentimos demais.

E aqui no meu quarto, com uma mão segurando a caneca de chocolate quente e a outra entrelaçada à dele, ficamos em silêncio, vendo a neve cair através da minha janela.

intrinseca.com.br

@intrinseca

editoraintrinseca

@intrinseca

1ª edição	FEVEREIRO DE 2022
reimpressão	OUTUBRO DE 2024
impressão	LIS GRÁFICA
papel de miolo	PÓLEN NATURAL 70 G/M²
papel de capa	CARTÃO SUPREMO ALTA ALVURA 250 G/M²
tipografia	SIMONCINI